Denn das Schöne ist nichts als des Schrecklichen Anfang …

Rainer Maria Rilke

Der Roman spielt hauptsächlich in bekannten Regionen, doch bleiben die Geschehnisse reine Fiktion. Sämtliche Handlungen und Charaktere sind frei erfunden.

FSC
www.fsc.org
MIX
Papier | Fördert gute Waldnutzung
FSC® C104608

Bibliografische Information der Deutschen Nationalbibliothek
Die Deutsche Nationalbibliothek verzeichnet diese Publikation in der Deutschen Nationalbibliografie; detaillierte bibliografische Daten sind im Internet abrufbar über https://www.dnb.de

dotbooks GmbH, Max-Joseph-Straße 7, 80333 München
info@dotbooks.de
www.sagaegmont.com/dotbooks/

CW Niemeyer Buchverlage GmbH, Osterstraße 19, 31785 Hameln
info@niemeyer-buch.de
www.niemeyer-buch.de

Umschlaggestaltung: C. Riethmüller
Der Umschlag verwendet Motiv(e) von Adobe Stock
Satz: CW Niemeyer Buchverlage GmbH
Druck und Bindung: Nørhaven, Viborg
Printed in Denmark
ISBN 978-3-8271-9207-3

Bernhard Klaffke

Stille Verdammnis

CW Niemeyer

„Deine Erziehung bekommst du von deinen Eltern.
Deine Werte von dieser Stadt."

Fritz Pleitgen, geboren in Meiderich/Beek, Duisburg
im Interview
mit Gaby Dufresneim 2007

Prolog

Donnerstag

Er stolperte, verlor das Gleichgewicht und stürzte der Länge nach zu Boden. Panik überkam ihn, während das Gras wie klebrige Tentakel an seiner Haut klebte.

Ein einziger Gedanke drängte ihn zur Flucht, hinderte ihn jedoch daran, klar zu denken. Seine Finger gruben sich tief in das feuchte Erdreich. Matsch quoll zwischen ihnen hervor, als windeten sich Würmer über die blassblaue Haut.

Der Boden roch modrig wie frisch aufgeworfene Friedhofserde – feucht und von Schimmel durchzogen. Er schluckte schwer. Kraftlos richtete er sich auf, drückte die Ellbogen durch und spürte das Zittern in seinen Armen. Wie ein Hund, der sich trocken schüttelt, warf er den Kopf von einer Seite zur anderen, um die erdrückenden Gedanken loszuwerden. Sein Kreislauf sackte ab, gleichzeitig fühlte es sich an, als würde sein Herz jeden Augenblick explodieren.

„Sie werden dich kriegen", flüsterte eine düstere Stimme tief in seinem Inneren. „Du musst aufstehen, sonst stirbst du." Die Worte hallten wie ein endgültiges Urteil nach.

Seine Fingerknöchel wurden weiß, als er die Hände zu Fäusten ballte. Wackelig stützte er sich auf dem rutschigen Boden ab wie ein Sprinter, der zum Start bereit ist. Noch immer spürte er die Nachwirkungen der Drogen, die man ihm verabreicht hatte. Wie eine Dampflok stieß er kleine, blasse Wolken aus seinem Mund. Gehetzt und keuchend bewegte er sich zwischen den Bäumen, getrieben wie ein gejagtes Tier.

Er schluckte, zog rasselnd den Rotz hoch. Wieder entwich seinen spröden Lippen ein gutturaler Laut. Die sehnigen Muskeln auf seinem Rücken traten wie dünne Seile hervor. Sein Handeln war instinktiv, planlos. Er machte einen Buckel, stemmte die Hände auf die Knie und drückte sich ab. Wankend stand er da. Tat einen unsicheren Schritt nach vorne. Die Arme hingen schlaff an den Seiten, während ein brennendes Kribbeln sich über seine Haut legte. Blind setzte er unsicher einen Fuß vor den anderen.

Mit weit von sich gestreckten Armen wankte er schneller vorwärts. Der Boden war uneben, und er musste aufpassen, wollte er nicht erneut hinfallen. Der Mond warf sein trübes Licht durch die Blätter der Bäume hindurch. Über ihm zogen Wolkenfetzen langsam vorüber. Ohne es bewusst zu steuern, blieb der Mann stehen. Schnuppernd wie ein Tier legte er den Kopf in den Nacken. Etwas war da, und es versuchte zu ihm hindurchzudringen. In kurzen Stößen atmete er die feuchtnasse Luft durch die Nase ein. Nicht der modrige Geruch der Umgebung weckte seinen Instinkt, vielmehr war es das kaum wahrnehmbare Licht, das er wiedersehen konnte.

Langsam hob er die Arme, legte Zeige- und Mittelfinger an seine Augenlider und zog sie auseinander. Da war tatsächlich etwas. Ein geisterhafter Punkt, kaum sichtbar. Er spreizte die Finger weiter, um mehr von dem schwachen Licht auf seiner Netzhaut einzufangen.

Im fahlen Mondschein glich seine hagere Gestalt einem gespenstischen Scherenschnitt. Schädel, kantige Schulterblätter und der spitze Beckenkamm zeichneten sich ab. Selbst die Rippen, dünn wie gebogene Bleistifte, traten unter der pergamentartigen Haut ungesund hervor.

Mit beiden Fäusten rieb er sich die Augen, als könnte er die Blindheit aus ihnen herauswischen.

Wie weit war er gekommen? Weit genug, um seinen Verfolgern zu entfliehen? Orientierungslos drehte er den Kopf hin und her. Sein Herz pochte heftig in seiner Brust, und das Blut rauschte laut in seinen Ohren. Gierig schnappte er nach Luft, atmete tief ein.

„Egal, was es dich kosten wird, du musst weiter", ermahnte er sich selbst.

Wie ein Betrunkener stolperte er in die Dunkelheit, die dürren Arme wie Antennen vor sich ausgestreckt. Äste zerkratzten seine Haut, hinterließen kleine, blutende Wunden. Er durchquerte ein Feld aus Brennnesseln, deren Stiche juckende Pusteln auf seinem Körper verursachten.

Plötzlich formte sich auf seiner Netzhaut eine ockerfarbene Scheibe. Inmitten der Brennnesseln blieb er stehen und sah genauer hin. „Licht", dachte er hoffnungsvoll. Zum ersten Mal seit Wochen konnte er wieder etwas erkennen. Der Punkt auf seiner Netzhaut begann zu pulsieren, und er glaubte, er würde größer werden.

Wie ein Insekt bewegte er sich auf das Licht zu, schwankend und taumelnd zwischen den Bäumen. „Wo Licht ist, ist Leben", hallte es in seinem Kopf wider.

„Weiter", spornte er sich an. „So kurz vor dem Ziel darfst du nicht anhalten. Sie haben dein Verschwinden längst bemerkt." Kleine, spitze Steine bohrten sich schmerzhaft in seine Fußsohlen. Dennoch stolperte er auf das Licht zu, während sein Herz immer schneller raste und das Blut in seinen Ohren pulsierte.

Der Gedanke, was passieren würde, wenn er scheiterte, trieb ihn fast in den Wahnsinn. Tränen der Hoffnung liefen ihm über die schmutzverschmierten Wangen.

Der Untergrund fing an, sich zu verändern; lief er gerade noch über Gras, fühlte er sich jetzt an wie Asphalt. Sein Instinkt versuchte ihn zu warnen, da trat er ins Leere. Er fiel mit weit von sich gestreckten Armen der Länge nach hin. Haut riss auf, und Knochen rutschten über den steinharten Boden.

Sein Schrei hallte in seinem Kopf wider. Das Kinn schmerzte, als er es zaghaft berührte. Zwischen seinen Fingern verrieb er eine warme, klebrige Flüssigkeit. Doch den Schmerz selbst spürte er kaum. Aller Sinne beraubt, krabbelte er auf allen vieren, ertastete den Boden.

Plötzlich drang ein kaum merkliches Geräusch von Hupen wie durch Watte an seine Ohren. Die Klänge schienen ihn von allen Seiten zu umzingeln. In seiner Fantasie spielten sich gespenstische Szenen ab.

In seiner Angst kroch er schneller voran. Spitze Steinchen bohrten sich schmerzhaft in seine Kniescheiben, während etwas Scharfes in seine rechte Hand eindrang. Mit gesenktem Kopf bewegte er sich weiter über den Asphalt. Rotz tropfte ihm aus der Nase auf die Straße. Die Lichter um ihn herum wurden greller. Der Lärm steigerte sich ins Unerträgliche, und die Angst übernahm immer stärker die Kontrolle über sein Handeln.

Er spürte einen Luftzug, nahm die Anwesenheit von etwas Großem wahr, das ihn nur knapp verfehlt haben musste. Doch anstatt dem Fluchtinstinkt nachzugeben, überkam ihn das widersprüchliche Bedürfnis nach Ruhe. Er wollte sich einfach nur hinsetzen und warten. Worauf, wusste er selbst nicht genau – es war ihm schlagartig egal geworden. Ein Gefühl der Ankunft breitete sich in ihm aus, und zum ersten Mal seit seiner Flucht fing er an zu lächeln.

Nackt und schutzlos saß der Mann in der Mitte der Straße, während das grelle Scheinwerferlicht der Autos seine geschundene Haut kühl zur Schau stellte.

Plötzlich fühlte er, wie Wut in ihm aufstieg, und er wollte seinem Schmerz eine Stimme geben, der Welt seine Verachtung entgegenschreien. Mit letzter verbliebener Kraft kämpfte er sich in die Höhe. Breitbeinig reckte er seine geballte Faust in den nachtschwarzen Himmel, als ein warmes Licht ihn umhüllte.

„Das waren die Nachrichten. Es ist jetzt 04:35 Uhr." Die Stimme aus dem Radio machte eine kurze Pause. „Rolf Köppen meldet gerade, dass die Neumühler Straße, die Meiderich mit Hamborn verbindet, auch heute wenig befahren ist. Danke, Rolf, für diese äußerst wichtige Information." Der Sprecher von Radio Duisburg fiel zurück in einen monotonen Singsang und pries die Vorzüge eines neu eröffneten Cafés im Norden der Stadt an. Gabi Patschinski drehte ihr Autoradio leiser.

Einer der Gründe, warum sie tagtäglich denselben Weg zur Arbeit nahm, war das spärliche Verkehrsaufkommen. Die breite Straße gab ihr die nötige Sicherheit, nachdem der Arzt bestätigt hatte, dass der Graue Star weiter fortgeschritten war.

Sie arbeitete seit nunmehr 50 Jahren im Reinigungsgewerbe und gehörte zu den Menschen, die sich nie beschwerten. Mit Schrubber, Besen und Spültuch im Gepäck reinigte sie das, wofür andere Leute sich zu schade waren, ohne sich jemals zu beklagen. Jammern? Das war nichts für sie, so hatten ihre Eltern sie nicht erzogen.

„Gesundheit ist das Wichtigste", sagte sie immer zu sich selbst. Das war das Mantra ihres Lebens. Zusammen mit ihrer Witwenrente und dem, was sie sich im Lauf der Zeit angespart hatte, kam sie gut über die Runden. Einmal im Jahr gönnte sie sich einen bescheidenen Urlaub auf den Kanaren, der Rest des Geldes ging für Medikamente, Sanitätshäuser und die Unterstützung ihrer nutzlosen Familie drauf.

Der postgelbe VW Polo war ebenso in die Jahre gekommen wie sie selbst und verrichtete ebenso zuverlässig wie sie auch seinen Dienst. Wenn alles nach Plan verlief, müssten sie beide nur noch 24 Monate durchhalten, dann war Schluss mit der Plackerei.

Gedankenverloren wechselte sie die Spur, als plötzlich ein lautes Gehupe sie aus ihrer Ruhe riss. Im Rückspiegel machte sie den Störenfried schnell aus: Der Fahrer saß hinter dem Lenkrad eines dunklen Transporters, wild gestikulierend wünschte er ihr die Pest an den Hals. „Was fährst du auch so dichtauf, Spinner", dachte sie missmutig und zeigte ihm den Mittelfinger durch die heruntergelassene Seitenscheibe. Mit Genugtuung verfolgte sie im Rückspiegel, wie der Fahrer vor Wut tobte. „Gut so", lächelte sie freudlos.

Mit einem dämonischen Gesichtsausdruck und kleinen Fältchen um die Augen wandte sie den Blick zurück auf die Straße. Noch im selben Augenblick stockte ihr der Atem, und das Blut wich aus dem sonnengegerbten Gesicht. Wie in Zeitlupe sah sie das drohende Unheil auf sich zufliegen.

Trotz der geschlossenen Fenster hörte sie das dumpfe Brechen von Knochen. Mit weit aufgerissenen Augen griff sie sich ans Herz, als der Kopf des Mannes auf die Windschutzscheibe aufschlug. Seine Augen quollen aus den eingefallenen Höhlen explosionsartig hervor. Schmutzige Arme flogen wie Tentakel über die Motorhaube. Die Beine des Mannes standen grotesk ab.

Berstend zersplitterte die Frontscheibe. Glasscherben schleuderten wie Geschosse durch den Innenraum des VW Polos. Dünne Risse bildeten sich und formten ein Spinnennetz, in dessen Mitte ein blutiger Kopf steckte. Glassplitter ragten wie stumpfe Diamanten aus seiner Haut heraus.

Sie hyperventilierte, und ihr Kreislauf sackte ab. Gelähmt vor Schreck, mit angstgeweiteten Pupillen, starrte sie leichenblass über das Lenkrad hinweg.

Plötzlich riss die blutverschmierte Fratze die verkrusteten Augen weit auf. Das Schwarze darin schien bodenlos zu sein. Schmerzverzerrt öffnete er den Mund und schrie sie lautlos an.

Kapitel 1

Donnerstag 05:30 Uhr

Wie ein Ertrinkender auf offener See ruderte er hilflos mit den Armen, als die blecherne Stimme ihn aus seinem Schlaf riss. Noch bevor sich der erste Gedanke festsetzte, überrollte ihn ein Schmerztsunami. Kraftlos stöhnte er auf, und seine Arme fielen schlaff zu Boden.

Schmatzend schabte seine Zunge über den Gaumen, während sich die verklebten Lippen lösten. Der faulige Geschmack im Mund projizierte Bilder, die er lieber wieder vergessen wollte. Angewidert von sich selbst, legte er gequält den Unterarm quer über das Gesicht.

Blind tastete er nach dem Radiowecker auf dem Beistelltisch neben seinem Bett, und was er sah, gefiel ihm nicht. Erneut stöhnte er schwer auf. 05:30 Uhr! Fröhlig fühlte sich wie durchgekaut und ausgespuckt. Seine Lunge rasselte wie die eines Schwindsüchtigen, bis er den Reiz nicht mehr unterdrücken konnte und heftig hustete.

Der Geschmack von feuchter Pappe und etwas, an das er nicht denken wollte, breitete sich in seinem Mund aus. Den Auswurf hinunterzuschlucken, kostete ihn Überwindung. So sehr es ihm auch widerstrebte, er musste aufstehen.

Vornübergebeugt drehte er sich aus dem Bett und setzte sich auf die Kante. Ungesund knackten dabei einige seiner Wirbel an den falschen Stellen. Apathisch starrte er auf seine nackten Füße. Ein unangenehmes Jucken setzte ein, und er kratzte sich lieblos im Schritt. Der finstere Schleier einer exzessiven Nacht begann sich zu lichten, und was sich dahinter verbarg, ließ ihn schaudern.

Fröhlig hob den Kopf ein Stück weit an. Asynchron wanderten seine Augen hin zu der Stelle, wo ein Fetzen Stoff seine Schuhe bedeckte. Wie Bojen dümpelten die Erinnerungen, eine nach der anderen, zurück an die Oberfläche. Ein Schauer lief ihm quer über den Rücken. Der monströse Schlüpfer, der wie ein nasser Lappen über seine Schuhe hing, bestätigte seine schlimmsten Befürchtungen. Die schiere Größe ließ ihn schütteln.

Mühsam drückte er sich von der Bettkante ab, während sein Kreislauf sitzen blieb. Ihm wurde schwindelig, und er musste aufpassen, nicht zurück ins Bett zu fallen – dorthin, wo sie lag und damit die Gefahr, sie zu wecken.

Schwankend und mit runden Schultern gelang es ihm, sich in Richtung Bad zu schleppen. „Dusche“, war das Einzige, das sein Gehirn klar zu formulieren imstande war. Doch zuvor brauchte er eine Zigarette.

Als er den Lichtschalter in der Küche umlegte, fühlte es sich an, als zerfielen seine Sehnerven zu Staub.

„Gott verdammt", krächzte er. Seine Stimme klang ebenso rau wie die von Captain Beefheart. Schützend hielt er sich die Hand vors Gesicht, während er barfuß eine leere Weinflasche zur Seite kickte. Das grüne Glas rutschte klirrend über den klebrigen Küchenboden. Verwirrt wanderte sein Blick zum kleinen Tisch: Gläser, der Tischläufer und selbst die vertrockneten Strohblumen lagen darauf verteilt. Jemand hatte den Aschenbecher auf einen der Stühle ausgeleert und dann mit Rotwein übergossen. „Scheiße!"

Das Chaos vor Augen, fragte er sich verzweifelt: „Wer tut so etwas – und warum?" Es roch wie in einer Kneipe aus den 90ern, aus der guten Zeit, als am Tresen noch beidhändig geraucht wurde.

Fröhlig schwankte vorwärts und spürte den pochenden Druck auf seinen Schläfen. Kriechend nisteten sich Kopfschmerzen in ihm ein. Mit weit ausgestrecktem Arm suchte er nach Halt, bis er kraftlos auf den Boden sank. Stumm betrachtete er, was einmal seine Küche gewesen war. Da fiel sein Blick auf ein Kondom, das wie ein toter Wattwurm blass über einer Stuhlstrebe hing.

Er hielt den Atem an und schloss für zehn Sekunden die Augen. Als er sie wieder öffnete, erspähte er, wonach sein Körper so dringend verlangte. Mit zitternden Fingern zog er eine Zigarette aus der Schachtel und nahm einen tiefen Zug. Der Tabak glühte hellrot auf und knisterte. Er hustete, diesmal trocken. Dabei bemerkte er den Kabelbinder, der fest um sein linkes

Handgelenk gebunden war. Fröhlig nahm einen weiteren tiefen Zug und schloss die Augen. Den Kopf in den Nacken gelegt, wollte er nur noch alles vergessen. Kurz bevor die Glut den Filter erreichte, drückte er die Zigarette in einer leeren Weinflasche aus.

Er stützte sich ab und wuchtete sich schwerfällig in die Höhe. Die Wanduhr zeigte kurz vor sechs. Lautlos, wie ein geprügelter Hund, schlich er müde ins Bad.

Bevor er die Wohnung verließ, kehrte er noch einmal um und hinterließ eine handgeschriebene Notiz auf einem Schmierzettel. Darauf stand mit zittriger Hand geschrieben:

„Bevor du gehst, räum die Wohnung auf."

Draußen vor der Haustür wickelte er den grauen Schal enger um den Hals und zog den Reißverschluss seiner Wildlederjacke nach oben. Erst dann machte er einen unsicheren Schritt auf den Bürgersteig. Obwohl es für diese Jahreszeit viel zu warm war, fröstelte er.

Sein Blick fiel auf die gegenüberliegende Straßenseite. Dort verteilte bereits eine „Knöllchendomina" die ersten Strafzettel. „Gott", dachte er angesichts der frühen Stunde, „für Recht und Ordnung zu sorgen, ist in dieser Stadt wirklich kein Zuckerschlecken." Die Frau in der blauen Uniform sah kurz zu ihm herüber. Fröhlig nickte, als verbinde die beiden ein unsichtbares Band der Solidarität. Doch sie erwiderte seinen Gruß nicht. Stattdessen machte sie sich auf den Weg zu ihrem nächsten Opfer, fotografierte, notierte und wiederholte den Vorgang.

Ein hochfrequentes Kreischen lenkte seine Aufmerksamkeit nach rechts. Nur wenige Meter entfernt säuberten die orangefarbenen Helden der Entsorgung mit Laubbläsern den Gehweg. Fröhlig atmete die feuchtfrische Luft tief ein. Es war Anfang März, doch es roch schon ein wenig nach Frühling.

Der Weg, den er normalerweise in zwanzig Minuten schaffte, verdoppelte sich an diesem Morgen. Unsicher, was er als Nächstes tun sollte, stand er vor der Sicherheitsschleuse seiner Dienststelle und starrte sie gedankenverloren an. Noch blieb genügend Zeit, umzukehren und sein Heil in der Flucht zu suchen. Surrend schoben sich die Glastüren auseinander, und zwei junge uniformierte Kollegen nickten ihm zu. Er erwiderte den Gruß nicht, als er sich mühsam an ihnen vorbeischleppte.

„Guten Morgen, Fröhlig“, rief ihm eine übertrieben freundliche Stimme zu. „Hab gehört, du hast es gestern noch richtig krachen lassen?“ Der Kollege am Empfang schien, im Gegensatz zu ihm, in bester Verfassung zu sein. Fröhlig streckte ihm rücklings den Mittelfinger entgegen.

Schweigend ging er weiter in Richtung Aufzug. Er spürte den schadenfrohen Blick im Nacken. Selbst wenn er wollte, war er zu erschöpft, um darauf zu reagieren. Ihm war kalt, sein Blutdruck schien nicht mehr existent, und die Kopfschmerzen waren mörderisch. Langsam öffneten sich die Aufzugtüren, und Fröhlig trat hinein. Sein Blick fiel auf sein verzerrtes Spiegelbild im polierten Edelstahl. Ein schweres Seufzen entwich seinen Lippen. Als der Fahrstuhl die erste Etage erreichte, richtete er die Schultern auf und atmete schnell hintereinander tief durch. Vielleicht konnte er Feldmann täuschen, was seinen tatsächlichen Zustand anging. Doch daran glauben tat er nicht.

Mit einem entschlossenen Schritt verließ er den Fahrstuhl. Auf der gesamten Etage herrschte gähnende Leere, nur am Ende des Flurs leuchtete ein schwacher Lichtstreifen unter der Tür hindurch. Feldmann war bereits auf Posten – wie immer. „Streber", murmelte Fröhlig verächtlich.

Er gab der Tür einen kräftigen Tritt, sodass sie mit einem Schleifen aufging.

„Moin", schalmeite es ihm entgegen. Feldmann grinste breit. Seine Stimme klang frisch und ausgeruht und erinnerte Fröhlig an den Duft von japanischem Parfüm – irgendwie grün und spritzig. Fröhlig hasste Japan. Feldmann war, anders als er, weise genug gewesen, die Party vorzeitig zu verlassen.

Fröhlig zwängte sich aus der Jacke und warf sie achtlos über den Garderobenständer. Er versuchte, sich nichts anmerken zu lassen, spürte fast schon körperlich Feldmanns bohrende Blicke in seinem Rücken. Offensichtlich schien dieser Pharisäer sich an seinem Leiden zu ergötzen. Innerlich zögerte Fröhlig. Feldmann wirkte anders als sonst, übertrieben gut gelaunt. Als hätte er Geburtstag. „Hatte er?", durchfuhr es ihn kurz.

Unfähig, diesen Gedanken weiterzuführen, wischte sich Fröhlig mit einer Hand über das Gesicht, als könnte er die Spuren der vergangenen Nacht auswischen. Er streckte beide Arme zur Seite und begann lautstark zu gähnen, bevor er sich wie ein nasser Pudel schüttelte. Als sich ihre Blicke trafen, sah Fröhlig ihn mit ernster Miene an.

„Okay, Feldmann, raus damit. Was ist hier los?" Seine Stimme klang heiser und belegt.

Feldmanns Grinsen wurde breiter, während er mit dem Kopf in die entgegengesetzte Richtung nickte.

„Was?" Noch ehe Fröhlig sich umdrehen konnte, begrüßte ihn eine monotone weibliche Stimme:

„Guten Morgen, Frank." Sie stand neben einem der Aktenschränke, wie eine Raubkatze, die im Dickicht auf ihre Beute lauerte.

„Julia?" Überrascht und unsicher zugleich sah er sie an. Fröhlig spürte, wie ihm das Blut ins Gesicht schoss. Seine Wangen fühlten sich an, als hätte jemand heißes Wasser über sie gegossen.

„Ja!", bestätigte die Hauptkommissarin vom LKA das Offensichtliche. Julia Stern musterte ihn. Abgesehen von seinem desolaten Zustand hatte er sich kaum verändert. Der Bauch war weniger geworden, und auch sein Kleidungsstil hatte sich gewandelt. Er erinnerte sie entfernt an Kevin Costner in *3 Days to Kill*.

„Bist du noch immer mit dieser Tschechin zusammen?" Der Zusammenhang war für sie logisch: Nur eine Frau konnte einen Mann dazu bringen, plötzlich auf sich zu achten. „Wie hieß sie noch gleich?"

„Katharina." Fröhlig verzog das Gesicht. Wie selbstverständlich ging Julia davon aus, dass er wieder Single war – eine Impertinenz, die ihn ärgerte.

Seinen Unmut über Julias Versuch, Informationen über Katharina zu erlangen, quittierte er mit Schweigen. Immer wenn das Thema auf die Tschechin zu sprechen kam, spürte er diesen fiesen Druck auf seinen Schläfen. Das Kapitel war für ihn endgültig abgeschlossen.

„Aha", stellte Julia nüchtern fest. Fröhligs mangelnde Gesprächsbereitschaft war nicht schwer zu interpretieren. Den Rest konnte sie sich ausmalen.

Fröhlig sah sie vorwurfsvoll an. Wie lange war es her, dass sie sich gemeldet hatte? Ein Jahr? Anderthalb? Sie sah umwerfend aus. Ihr ehemals kurzes schwarzes Haar war schulterlang gewachsen, leicht strähnig und auf eine androgyne Art wild. Sie hatte verschiedenfarbiges Make-up aufgetragen, dass den Verdacht nahelegte, sie wäre farbenblind: karminrot um die Augen, blaue Lippen wie bei Erfrierungen, und ihre Wangen glichen einem Marzipanschwein. Der grafitgraue Pullover unter der schwarzen Lederjacke harmonierte gut mit der Marlene-Dietrich-Hose. Ihr Aussehen erinnerte ihn, abgesehen von der Schminkpanne, an die Punkmusikerin Björk – und die Turnschuhe trug sie immer noch.

„Ich, ich wollte …" Er stotterte und spürte, wie sein Mund anfing auszutrocknen.

„Was?", fragte sie fordernd.

„Ich meine, du …" Seine Hände begannen zu schwitzen, und die Stimme wurde kehlig.

Julia kippte den Kopf leicht zur Seite und sah ihn forschend an. „Geht es dir gut, Frank? Du benimmst dich, als stündest du kurz vor einem Schlaganfall." Sie klang ernsthaft um ihn besorgt.

„Was? Nein, Blödsinn. Wieso glaubst du das, Julia? Und was machst du hier?" Unwillkürlich hob er die Stimme bei der letzten Frage.

„Erste Kriminalrätin Fröhlig hat auf Bitten von Frau Doktor Melanie Kramer meine Hilfe angefordert. Sprich: deine geschiedene Frau."

„Gott, Julia, ich weiß, wer sie ist. Schließlich war ich lange genug mit ihr verheiratet." Der eine Fehler, der das Leben für immer verändern kann, schoss es ihm durch den Kopf. Das Pochen in seinen Schläfen wurde intensiver.

„Jens hat behauptet, du würdest dich freuen, mich wiederzusehen. Stimmt das nicht, Frank?" Dabei sah sie Feldmann anklagend an.

Mit weit aufgerissenem Mund gähnte Fröhlig erneut. „Natürlich freue ich mich, Julia. Warum denn auch nicht?" In Wahrheit aber freute er sich mehr, als er bereit war, ihr gegenüber zuzugeben. Er warf einen Blick auf die Wanduhr. „Aber die eigentliche Frage sollte lauten: Warum stehst du so früh so geschniegelt und gestriegelt hier in unserem Büro?" Für einen Moment überlegte er, ob ihre Haare eine Perücke waren. So schnell konnten sie doch gar nicht wachsen.

„Er hört immer noch nicht zu, wenn man ihm etwas erzählt, Jens." Feldmanns bedeutungsloses

Schulterzucken schien ihr zu genügen. „Wurdest du nicht von deinen Vorgesetzten informiert?“ Ihr roboterhaftes Auftreten hatte sie noch immer perfekt im Griff.

Fröhligs Unterbewusstsein hatte verdrängt, wie anstrengend Julia sein konnte. Mit einem genervten Stöhnen blickte er vorwurfsvoll zu Feldmann.

„Warum hast du dich verdammt noch mal nicht mehr bei mir gemeldet?“ Erbost griff er nach der Kaffeekanne, die dem Geruch nach die halbe Nacht auf der heißen Platte gestanden hatte.

„Sollte die Frage nicht eher lauten, warum du dich nie bei mir gemeldet hast, Frank?“, konterte sie prompt. Ihr war bewusst gewesen, dass diese Frage irgendwann gestellt würde, aber die Antwort darauf lag nicht allein bei ihr.

„Weil ich nur eine Wegwerfnummer und eine E-Mail-Adresse von dir habe.“ Der säuerliche Geruch des Kaffees hielt ihn davon ab, sich einen Becher einzuschenken.

„Du bist ein erfahrener Ermittler, Frank, und ich habe einen Doktor in forensischer Psychologie. Was glaubst du also, was genau ich in den letzten Monaten nicht verstanden habe?“ Ihr leicht verzogenes Lächeln schien vorwurfsvoll zu sein.

„Komm mit, ein wenig frische Luft wird dir guttun, Frank“, sagte Feldmann in einem Ton, der Fröhlig an seinen Vater erinnerte. Im Vorbeigehen klopfte er Frank auffordernd auf die Schulter.

„Wo willst du hin?" Fröhligs Augen verfolgten Jens bis zur Tür.

Feldmann drehte sich zu ihm um. Ein dunkler Schatten legte sich über sein Gesicht. Mit beunruhigender Klarheit sagte er: „Mel hat am Telefon nur so viel gesagt, es wäre besser, vorher noch zu frühstücken."

Mel war Gerichtsmedizinerin und einiges gewohnt. Wenn sie schon dazu riet, nicht mit leerem Magen zu ihrem Tatort zu erscheinen, musste das etwas heißen. Die Kopfschmerzen kehrten zurück, und namenlose Gesichter von Toten, die er längst vergessen glaubte, tauchten aus den Tiefen seiner Erinnerung auf.

Julia parkte den Tesla auf der Rückseite eines Garagenhofs. Die Wände waren mit unleserlichem Graffiti beschmiert worden. In einem Schriftzug glaubte Fröhlig zu lesen: „Schade um die schöne neue Wand." Angesichts des heruntergekommenen Zustands überlegte er, ob dieser Spruch nicht an Bedeutung verloren hatte. Fingerbreite Risse durchzogen die Wand, und grüne Ablagerungen zeugten von feuchtem Mauerwerk.

Während er den beiden hinterhertrottete, spielte seine Fantasie ihm Bilder vor, die keine Grausamkeit ausließen. Trotz seines angeschlagenen Zustands begann sein Denkapparat langsam wieder an Fahrt aufzunehmen.

Ihr Weg führte sie an den Rand einer Industriebrache und tiefer in unwegsames Gelände. Fröhligs Augen flogen forschend über die trostlose Szenerie. Von den einst so stolzen Gebäuden hatte die Abrissbirne kaum mehr übrig gelassen als eine trübe Mondlandschaft. Zwischen

Hügeln aus zerbrochenem Bauschutt und Graffiti-beschmierten Betonbrocken ragten rostige Stahlträger wie mahnende Gerippe aus dem Boden. Sein Blick wanderte zurück zu der Wohnsiedlung, die sie hinter sich gelassen hatten. Die Gebäude waren in ein tristes Grau gehüllt und wirkten wie verwaiste Kasernen. Wie alles hier hatten auch diese Siedlungen schon bessere Tage gesehen.

Fröhlig verlangsamte seinen Schritt. Die Kulisse ließ seine Gedanken abschweifen, und längst vergessene Erinnerungen drangen an die Oberfläche. Er selbst stammte aus einem ähnlichen Stadtteil, der geprägt war von heruntergekommenen Mietskasernen und einem längst verblassten Charme. Er erinnerte sich: Als Kind war er häufig zu Besuch bei seiner Oma. Die Toilette befand sich auf dem Flur, und der Kohlenkeller war so düster, dass er oft die Hand vor Augen nicht sah. Ein muffiger Geruch von Schimmel und keimenden Kartoffeln stieg ihm in die Nase. Fröhlig schüttelte sich bei dem Gedanken daran – ohne ersichtlichen Grund.

„Sagt dir der Name Fritz Haarmann was?“

„Nein, wer soll das sein?“ Feldmann kam aus dem Osten, wie sollte er also?

„Ein Serienmörder aus den 1920er-Jahren. Man nannte ihn auch den Schlächter von Hannover.“ Fröhlig vergrub die Hände in den Hosentaschen und richtete seinen Blick nach vorne. Wieso ihm dieser Name gerade jetzt einfiel, war ihm selbst ein Rätsel.

„Hat das etwas mit unserem Fall zu tun?“ Feldmann warf ihm einen kurzen Blick über die Schulter zu.

Fröhlig blieb die Antwort darauf schuldig. Wie aus weiter Ferne begann in seinem Ohr ein Banjo zu spielen. Die Melodie war ihm vertraut, und ein schiefes Lächeln verzog seinen Mund. Dann begann eine alte Frauenstimme in seinem Kopf zu singen.

„Warte, warte nur ein Weilchen,
bald kommt Haarmann auch zu dir,
mit dem kleinen Hackebeilchen
macht er Hackefleisch aus dir.
Aus den Augen macht er Sülze,
aus dem Hintern macht er Speck,
aus den Därmen macht er Würste, und den Rest,
den schmeißt er weg."

Seine Oma sang ihm dieses Lied vor, wenn er nicht einschlafen konnte. Danach lag er oft stundenlang wach und fürchtete sich zu Tode.

Die aufgehende Morgensonne warf die ersten Schatten, die in langen Bahnen aus ihren Verstecken krochen. Plötzlich kreuzte eine Ratte seinen Weg, verharrte und schien sichtlich irritiert. Ihre rubinroten Augen funkelten misstrauisch. Niemand von ihnen beiden rührte sich, und Fröhlig fragte sich, ob die Ratte in diesem Moment dasselbe dachte wie er.

Das Tier machte einen Buckel und begann sich unter schmatzenden Lauten den Bauch zu lecken. Als sie fertig war, fauchte sie bösartig in seine Richtung, als wollte sie ihn warnen, ihr zu folgen. Mit gesenktem Kopf und peitschendem Schwanz huschte sie ins Dickicht, und das Geräusch ihrer Krallen auf dem sandigen Boden war deutlich zu hören.

Die drei Kommissare näherten sich der alten Werkshalle von der Seite. Knochige Dornen überwucherten den roten Backsteinbau und schützten das Innere wie natürlich gewachsener Stacheldraht. Schon von Weitem sah Fröhlig, dass Teile des Dachs eingestürzt waren, und durch ein herausgebrochenes Drahtglasfenster erkannte er schwarzgerußte Wände. Bei alten Fabrikhallen nichts Ungewöhnliches; solche Gebäude zogen Hobby-Pyromanen an wie das Licht die Motten.

Seine Augen flogen über die verwitterte Hallenwand. Die wenigen noch intakten Drahtglasfenster waren mit Zeitungen beklebt, vergilbt und zerfleddert; sie wirkten, als hingen sie dort seit Jahrzehnten. Ihm fielen die Lampen unterhalb der Dachrinne auf – allesamt zerschlagen. Ihre Überreste baumelten wie Innereien aus den Gehäusen.

Fröhlig richtete seine Aufmerksamkeit auf das Ende der Halle, dort, wo die Blaulichter der unterschiedlichen Einsatzfahrzeuge nervös über die Wände zuckten. Neben dem weißen Lieferwagen der KTU standen noch zwei Rettungsfahrzeuge der Feuerwehr und eine unüberschaubare Menge an Fahrzeugen der Polizei.

Eine Gruppe von drei Ermittlern in weißen Einweg-Schutzanzügen bewegte sich zwischen den Fahrzeugen umher. Ihr Ziel schien offensichtlich der Kopf der verfallenen Industriehalle zu sein. Mit ihren blauen Überschuhen und den silberfarbenen Koffern, die sie seitlich trugen, erinnerten sie ihn mehr an Mitarbeiter der NASA als an Kollegen der KTU.

Vor dem rot-weiß gestreiften Absperrband blieben sie stehen, zückten ihre Dienstausweise und hielten sie mit festem Blick den beiden uniformierten Beamten entgegen. Der ältere grüßte knapp, während der andere es anhob und sie passieren ließ.

„Ist es das, wofür ich es halte?" Feldmann versuchte, einen neutralen Ton anzuschlagen, als er andächtig vor dem großen rostigen Rolltor stehen blieb.

„Was?" Fröhlig war für eine Sekunde abgelenkt gewesen. Zwischen den Fahrzeugen glaubte er, einen alten Bekannten gesehen zu haben. Doch das konnte wohl kaum sein. Das letzte, was er über ihn gehört hatte, war, dass der Alkohol ihn zugrunde gerichtet habe. Fröhligs Augen flogen der schemenhaften Gestalt noch hinterher, da wandte sich sein Kopf schon in Richtung Feldmann. Er verstand sofort, worauf Jens angespielt hatte: Das riesige Hallentor zierte ein überdimensionaler nachtschwarzer Wolf, der auf einem Felsvorsprung stehend den Halbmond anheulte.

„Hm", Fröhlig grunzte nachdenklich, als er das animalische Kunstwerk betrachtete. Wie ein Kenner der Kunst stützte er sein Kinn grübelnd auf seine Faust ab. „Entweder will uns hier jemand auf den Artenschutz aufmerksam machen, oder aber die türkisch-rechtsextreme Community sieht diesen Teil der Stadt als ihr

Revier an." Ohne den Blick vom riesigen Wolfskopf abzuwenden, griff Fröhlig in seine Jackentasche.

„Ich glaube, den Artenschutz können wir hier definitiv ausschließen, Frank." Julia Stern trat einen Schritt näher an das gesprühte Gemälde heran und strich mit ihrem Finger darüber. Die Farbe war ausgehärtet. Dabei fiel ihr das spinnennetzartige Craquelé in den Sprühfarben auf. Demnach konnte das Graffiti unmöglich neueren Datums sein.

Fröhlig zog sein Smartphone aus der Jackentasche und machte ein Foto davon.

„Da drüben." Jens Feldmann wies auf eine Tür, die seitlich in das Rolltor eingelassen war.

Fröhlig setzte einen Fuß auf die Schwelle, als aus dem Schatten vier Männer heraustraten und ihnen den Weg versperrten. Vorweg Gerd Rütte, der leitende Kommissar beim KK21, Abteilung organisiertes Verbrechen. Julia beobachtete, wie die beiden Männer sich einen scharfen Blick zuwarfen.

„Rütte?" Fröhlig sah ihn abschätzig an.

„Frö-öhlig", erwiderte der Kollege frostig seine Begrüßung. Wer nicht wusste, worauf er zu achten hatte, konnte es leicht überhören. Rütte stotterte – nicht viel, und das Problem war mit den Jahren auch weniger geworden.

In der Tür stehend, fragte sich Fröhlig, was das KK21 hier zu suchen hatte. Ihr Aufgabengebiet lag bei Menschenhandel, Betrug, Falschgeld, Rocker-, Drogen- und Wirtschaftskriminalität. Es war keine Seltenheit, dass sich ihre Fälle überschnitten. Aber dass sie vor ihnen an einem Tatort erschienen, war ungewöhnlich.

Die beiden Männer standen sich gegenüber. Es war nicht zu übersehen, was sie voneinander dachten. Als in den Morgenstunden des 15. August 2007 sechs Menschen vor dem italienischen Restaurant „Da Bruno“ erschossen worden waren, hatte Fröhlig Rütte Tage zuvor gewarnt. In der Nähe seiner Wohnung befand sich eine Sportsbar. Regelmäßig, einmal im Quartal, trafen sich dort die Größen der italienischen Unterwelt – nicht nur, um Espresso zu trinken, sondern in erster Linie, um geschäftliche Angelegenheiten zu regeln, wie zum Beispiel das Eintreiben von ausstehenden Schutzgeldern, Umsätze durch Drogengeschäfte und die Neuanschaffungen von Prostituierten. Dabei war auch der Eigentümer des italienischen Restaurants auf der Mülheimer Straße ein Thema gewesen. Sein Informant hatte ihm berichtet, dass sich jemand in Kalabrien mächtig auf die Füße getreten fühlte, was nur wenig später den Tod von sechs Menschen zur Folge hatte. Fröhlig gab diese Information an Rütte weiter, doch der schlug seine Warnung in den Wind. Daraufhin verloren sechs Personen ihr Leben, und bei ihm blieb ein fader Beigeschmack zurück.

Fröhlig trat einen Schritt zurück und gab den Durchgang frei.

„Du und deine beiden a-anderen Fragezeichen sollten aufpassen. Eure Gerichtsmedizinerin hat e-echt schlechte Laune.“ Einen Moment lang überlegte Fröhlig, worauf Rütte gerade anspielte.

„Ich bin mir sicher, Frau Doktor Kramer hat ihre Gründe, warum sie bei eurem Anblick schlechte Laune bekommen hat." Sein Lächeln wurde breiter, nicht aber freundlicher. Rütte ignorierte seine Anspielung. Zumindest ließ er sich nichts anmerken. Als er an Jens und Julia vorbeischritt, grüßte er nur einen von beiden.

Einen Fuß vorsichtig vor den anderen setzend, gingen sie tiefer in die diesige Halle. Im trüben Licht der Morgensonne zerschnitten helle Lichtstreifen die neblige Luft im Inneren. Das Erste, was Fröhlig bewusst wahrnahm, war der süßliche Geruch von Teersand. Es roch nach Diesel, Hydrauliköl und, wenn er richtig vermutete, eben auch nach Teersand – eine Bodenversiegelung, die für Industriehallen in jener Zeit typisch war.

Unter seinen Schuhen hörte er mit jedem Schritt das platzende Geräusch von Glas und brechendem Unrat. Seine Augen überflogen den Bereich vor ihm. Der Boden war übersät mit milchigen Glasscherben, alle nicht viel größer als ein Zweieurostück. Ihrem Aussehen nach stammten sie von Neonröhren. Hier und da wucherten wilder Flieder, und Brombeersträucher schlängelten sich wie Tentakel durch die Fenster ins Innere. Ein Drittel des Dachs war eingestürzt, und die verbliebenen Stahlträger weckten nicht gerade sein Vertrauen.

Fröhlig tastete sich weiter in die Halle hinein. Da wo früher schwere Maschinen unter ohrenbetäubendem Lärm ihre Arbeit verrichteten, standen nur noch nackte Betonsockel, die ihn an Grabsteine erinnerten. Die gesamte Halle besaß den beklemmenden Charme eines „Lost Place".

Aus dem im Dunkeln liegenden Teil der Halle konnte man deutlich Mels Stimme hören. Nicht nur Fröhlig fiel auf, dass sie missmutig klang.

„Ja, es tut mir aufrichtig leid", ihr Sarkasmus war nicht zu überhören, „wenn der Empfang hier miserabel ist. Beim nächsten Mal bitte ich den Mörder, er möge bitte nur da metzeln, wo es auch eine ordentliche Netzabdeckung gibt." Pause. „Ob ich Sie verarsche? Ja, natürlich tue ich das. Was denken Sie denn, Herr Staatsanwalt?" Mels Stimme stand am Rand zur Hysterie. „Haha!", lachte die Frauenstimme trotzig auf. „Tun Sie das, wenn Ihnen verdammt noch mal danach ist. Das ist mir so was von scheißegal." Erneute Pause. „Lassen Sie mich ausreden."

Ein tierähnliches Knurren drang aus der Dunkelheit zu ihnen herüber. „Danke. Wie ich eben schon versucht habe, Ihnen zu erklären, hängt die genaue Reaktion von verschiedenen Umwelteinflüssen ab. Blut gerinnt normalerweise binnen weniger Minuten und könnte nach vier Stunden durchtrocknen. Die DNA-Degradation könnte in dieser Zeit ebenfalls beginnen, insbesondere könnte sie unter dem Einfluss von Umweltfaktoren wie zum Beispiel der Temperatur verzögert werden." Mel hatte binnen kürzester Zeit dreimal hintereinander den Konjunktiv benutzt, was nichts Gutes zu bedeuten hatte.

Die Stelle, aus der er glaubte, Mel gehört zu haben, lag im Halbdunkel.

Im diffusen Licht tauchte vor ihnen ein rechteckiger, gelb gefliester Raum auf. Fröhligs Augen wanderten neugierig umher. Damals wurden Waschkauen im Volksmund auch Zitronenbunker genannt, was angesichts des fiesen Gelbtons auf der Hand lag.

Sie folgten dem Weg tiefer in den von Unrat überzogenen Raum hinein. Dann erkannte er den milchigen Vorhang aus Plastikplane. Dahinter vermutete er die Duschen der Kaue. Licht schimmerte von der anderen Seite hindurch und projizierte formlose Schatten auf ihrer Oberfläche. Kurz schnippte er schnell hintereinander mit dem Finger dagegen.

„Mel?“ Zur Sicherheit trat er einen Schritt zurück und wartete ab, was passieren würde.

„Moment!“, kam es zweisilbig von der anderen Seite. „Ist Julia bei dir?“

„Ja“, antwortete die Hauptkommissarin vom LKA einsilbig.

Als der Spalt in der Folie groß genug war, reichte ihnen eine behandschuhte Hand drei Schutzanzüge hindurch.

„Anziehen“, befahl die körperlose Stimme ihnen schroff.

„Welche Laus ist dir denn über die Leber gelaufen, Mel?“, wollte Jens Feldmann von der Gerichtsmedizinerin wissen.

„Ich frage dich mal was, Jens“, zischte die Pathologin mehr, als dass sie sprach. „Hast du schon einmal was von einem Staatsanwalt mit Rückgrat gehört?“ Sein Zögern interpretierte sie als ein Nein. „Außerdem werde ich nicht dafür bezahlt, hier neue Freunde zu finden, Feldmann." Ratlos sahen sich die drei Kommissare an. Fröhlig fragte sich, ob es nur an dem Telefonat mit dem Staatsanwalt lag oder ob es noch etwas anderes gab, warum sie so überreagierte. Mel gehörte gewöhnlich zu den ausgeglichensten Personen, die er kannte.

„Also, wollt ihr den Tatort jetzt betreten, ja oder nein?" In der Enge vor der Schwarz-Weiß-Schleuse erwies sich das Überziehen der Overalls schwieriger als erwartet. Erst nachdem sie im Teamwork sich gegenseitig stützten, funktionierte es schließlich.

Fröhligs Fuß berührte nicht ganz die andere Seite, da spürte er Mels kalte Augen und wie sie ihn über ihre weiße Partikelmaske hinweg anstarrte. Mel nahm ihre Schutzbrille ab und eilte zielstrebig auf ihn zu. Unter ihrer Maske sah sie wütend aus, aber er konnte schwören, nicht seinetwegen. Es war Wochen her, dass sie sich privat getroffen hatten. Dabei setzte er das Wort „privat" imaginär in Anführungszeichen.

Mit in die Hüften gestemmten Armen blieb sie vor ihm stehen und versperrte ihm den Weg. „Na, Fröhlig, du Pharisäer, du Dorfschulversager, du mieser Verräter!", ätzte sie ihn an. Seit Tagen verspürte sie eine unterschwellige Aggression, die ihr fremd war. Im Hintergrund stand Manjula Chandra, Mels Assistenzärztin, die abwehrend ihre Hände in die Höhe hielt, ganz so, als wollte sie zu verstehen geben, damit nicht das Geringste zu tun zu haben.

Fröhlig überlegte noch, als Mels Faust ihn hart am Brustkorb traf. „Autsch, wofür war das denn bitte schön?“ Er war sich ausnahmsweise keiner Schuld bewusst. Schließlich war es Wochen her, dass sie Sex miteinander gehabt hatten.

„Kannst du mir verraten, warum ich gestern nicht mit euch unterwegs gewesen bin?“, zischte sie bösartig.

Er überlegte, wie er ihr darauf antworten sollte. Dann sagte er mit einem gewinnenden Lächeln auf den Lippen: „Weil man auch keinen Sand mit zum Strand nimmt, Mel!“ Gleichzeitig hielt er schützend die Hände vor das Gesicht.

Erneut traf ihre Faust ihn hart. Doch dieses Mal zielte sie dicht unterhalb des Bauchnabels. „Arsch!“, fauchte sie ihn an.

Mel war wütend, und jetzt wusste er auch, warum. Zu Anfang ihrer Freundschaft Plus hatten sie eine Übereinkunft getroffen: Wer von ihnen beiden Party machte, lud automatisch den anderen mit ein. Beide waren so mit ihrem Beruf verheiratet, dass ihr Privatleben regelmäßig zu kurz kam. Doch das gestern war etwas anderes.

Fröhlig rieb sich den Unterleib. Sie hatte den Schlag präzise ausgeführt, aber nicht mit voller Wucht. „Du kannst mich doch nicht dafür verantwortlich machen, wenn die Braut es vorzieht, den letzten Abend in Freiheit in einem Beauty-Salon zu verbringen.“

„Doch, kann ich“, hielt sie trotzig dagegen, vor allem nachdem sie wusste, wo die Kerle feiern gingen.

„Außerdem, Mel, was hast du an einem Junggesellenabschied nicht verstanden?“ Dabei setzte er einen überlegenen Gesichtsausdruck auf. Wieder traf ihre Faust ihn schmerzhaft, diesmal mit einem Doppel-Punch hart an die Schulter.

„Doppel-Arsch.“ Fröhlig rang sich ein müdes Lächeln ab, während er sich den Oberarm hielt. „Ich bin mit dir noch nicht fertig, Frank.“ Dabei schwang ein Unterton mit, der ihn misstrauisch werden ließ.

„Bevor du mich noch k. o. schlägst, Mel, wo ist sie?“ Fröhlig versuchte, an ihr vorbeizuschauen.

Ohne den Blick von Fröhlig zu nehmen, warf Mel den Daumen über ihre Schulter. „Die letzten beiden Kabinen, Fröhlig, Nummer fünf und sechs.“

„Plural?“, fragte Julia sachlich nach.

„Ich muss euch warnen“, begann die Gerichtsmedizinerin. „Unser Toter ist kein wirklich schöner Anblick.“ Ihre Augen suchten den Kontakt mit jedem Einzelnen von ihnen.

„Ist es das jemals, Mel?“ Das war das erste Mal, dass Fröhlig ihr Augenspiel als ernst gemeinte Warnung verstand.

„Wissen wir, wer ihn gefunden hat?“, fragte Jens Feldmann im Vorbeigehen.

Mel schaute über ihre Schulter hinweg und gab ihrer Assistenzärztin zu verstehen, den Namen zu benennen.

„Ein gewisser Manfred Grashoff. Er ist Wachmann hier auf dem Gelände. Die Firma, bei der er beschäftigt ist, versteht sich auf Gebäudeschutz. Laut den Angaben fiel ihm die aufgehebelte Tür am Haupttor auf. Als er die Leiche fand, überkam ihn Panik. Beim Herausrennen stolperte er und fiel der Länge nach in einige Scherben. Vermutlich wird er gerade genäht und wegen des erlittenen Schocks behandelt. Später wird er zur Vernehmung auf das Präsidium gebracht." Mel sagte dies ausdruckslos, ohne von ihren Notizen aufzusehen.

Stumm zählte er jede der Duschkabinen einzeln ab. Im Halbschatten erkannte er auf dem Boden zersprungene Fliesen, Überreste von Zeitungsseiten und darüber verteilt, wie schwarzer Streusel auf Zitronenkuchen, Rattenkot. Fröhlig hörte sich selbst schwer ausatmen. Er hasste Ratten, aber wer tat das nicht?

„Und passt gefälligst auf, wo ihr eure Füße absetzt!", fauchte Mel sie ausnahmslos an. „Dank der tollpatschigen Kollegen vom KK21 habe ich an meinem Tatort mindestens genauso viel fremde DNA, wie sich auf der Arbeitsunterlage einer südosteuropäischen Sexarbeiterin finden lässt." So wie sie es sagte, kam Fröhlig das Wort „angepisst" in den Sinn. Seine Augen wanderten zum Boden hinab. Das Blut musste vom Wachmann stammen. Und darin, sehr markant, Profilabdrücke der Größe 45.

Jeder der Anwesenden wusste, was das für Mel und ihre Assistenz bedeutete. Dank des Wachmanns und Rüttes Unachtsamkeit war ihr Tatort mit fremder DNA kontaminiert worden. Das verlangte von den beiden unnötige Stunden der Mehrarbeit, in denen sie die direkten und indirekten Transfer-Ereignisse von den gesicherten Gegenständen ausschließen mussten.

Umso mehr sie sich der vorletzten Duschkabine näherten, desto anschaulicher wurde das Spritzmuster auf den zitronengelben Fliesen. Die doppelte Linienführung der blutroten Schleuderspuren sprach eine eigene Sprache. Wie wachsgeschmolzene Perlenketten hoben sich die rostroten Blutstropfen deutlich von den Fliesen ab. Die geometrischen Formen der Halbbögen standen für ein schwungvolles, kräftiges Ausholen, die Linien für erbarmungsloses Zuschlagen. Fröhligs Augen folgten den blutigen Spuren, die wie aufgereihte Perlen an den gelben Kacheln klebten. Als er die vorletzte Kabine erreichte, stockte ihm der Atem.

„Was für eine kranke Scheiße ist denn …"

Mel trat von hinten an ihn heran. „Dieses Bewegungsmuster bezeichnet man als Schleuderspuren durch Bewegungsstopp. Sie entstehen durch das Abschleudern von einem Objekt. Wie zum Beispiel durch ein Beil, ein Messer oder wie in unserem Fall durch etwas Vergleichbares wie eine Stahlrute." Zur Verdeutlichung führte sie einen imaginären Schlag aus, hielt abrupt inne und setzte die Bewegung in entgegengesetzter Richtung fort.

Julia Stern bog aus einem Reflex heraus die Schulterblätter nach hinten durch. „Dezelerationsmechanismus", ergänzte Julia Mels allzu bildhafte Ausführung.

Während Fröhligs Gehirn versuchte, das Gesehene zu verarbeiten, modulierte eine unheilvolle Stimme in seinem Kopf die Qualen, denen das Opfer ausgesetzt worden war. Hinter ihm hörte er Jens trocken schlucken.

Fröhlig trat näher an das Opfer heran. Vor seinen Augen war etwas zutiefst Verstörendes, Monströses geschehen.

„Gott!“ In Jens’ Stimme lag Mitleid für das Opfer.

Ohne sich vom Leichnam abzuwenden, sagte Fröhlig: „Gott hat nicht das Geringste hiermit zu tun, Jens.“

Vor ihnen hing der entblößte Leichnam eines Mannes. Die ursprüngliche Farbe seiner Haut, wenn man im Singular überhaupt davon reden konnte, musste schwarz gewesen sein. Fröhlig schätzte den Mann auf Anfang bis Mitte dreißig. In der Duschkabine hing sein Körper von dunklen Seilen gehalten an einer Querstange. Ihre Enden ragten über die gemauerten Trennwände weit hinaus.

Der leblose Körper war ein einziges dunkelblaues, violettes, fast tiefschwarzes Hämatom und so exzessiv misshandelt, dass sein Blut aus den Poren der Haut hervorquoll. An den zugefügten Verletzungen erkannte Fröhlig schnell, dass der oder die Peiniger das Opfer nicht nur zu Tode prügeln wollten. Da steckte mehr dahinter.

Stumpfe Faustschläge kamen seiner Erfahrung nach dafür nicht infrage. Selbst wenn der Täter Profiboxer gewesen ist – solche Verletzungen verursachte kein Faustschlag.

Mel wusste, wonach Fröhlig Ausschau hielt. „Der Wundmorphologie nach handelt es sich bei dem Tatwerkzeug um einen konischen Gegenstand von etwa einem bis anderthalb Zentimetern Durchmesser“, sagte sie vorausschauend. Mel ging um ihn herum, stellte sich neben ihn und deutete mit ihrem behandschuhten Finger auf den Oberschenkel des Opfers. „Schau mal hier, Frank.“ Sie lenkte seine Aufmerksamkeit auf einen sichelförmigen Bluterguss.

„Sieht für mich aus wie die Verletzung durch einen Teleskopschlagstock. Wenn du mich fragst, Mel ...“ Trotz des Einweg-Overalls, den sie trug, konnte er ihr Deo riechen.

„Die Wucht der Schläge war so zerstörerisch, dass sich das Eisenrohr beim Auftreffen um seinen Oberschenkel gebogen hat“, führte Mel sachlich aus.

Fröhlig nahm sein Smartphone zur Hand und schoss ein Foto von der Verletzung. Sein Blick wanderte zurück, den geschundenen Körper weiter hinauf. Der Hals des Opfers war merkwürdigerweise nahezu unverletzt. „Sollte sein Leiden kein allzu schnelles Ende nehmen, und der oder die Täter haben die Stelle vorsätzlich ausgelassen?“ Seine Frage richtete sich an Mel, die sie unbeantwortet ließ.

Ein Gedanke kam Fröhlig in den Sinn. „Jeder, der einmal Kampfsport betrieben hat, weiß: Ein gezielter Schlag auf die Halsschlagader kann tödlich sein.“

Fröhlig ließ seinen Kopf zwischen den Schultern knirschend kreisen. Beide Schlüsselbeine des Toten waren unnatürlich tief nach innen eingefallen, vermutlich gebrochen. Fröhligs Augen verglichen beide Schultern miteinander. Der Knochen wirkte an dieser Stelle härter. Auch hier fand er dasselbe Muster wie an den Oberschenkeln, was seine Theorie vom Teleskopschlagstock untermauerte. Bei einem Knüppel oder Baseballschläger wäre das Schlagmuster auf den Schulterblättern länglich. Stahlruten hingegen gaben immer etwas nach. Ihre Elastizität machte sie zu einem brutalen und gefürchteten Werkzeug.

Fröhlig zückte sein Smartphone und machte jeweils von einer Schulter zwei Bilder – eines von der Brust- und eines von der Rückseite. Unterhalb der Achselhöhlen hatte der Täter das Nylonseil durchgeführt.

Er gab Mel zu verstehen, dass sie dem Opfer einen sanften Drehimpuls verleihen sollte. Millimeter um Millimeter drehte sich der Körper um seine eigene Achse. Arme und Hände waren auf dem Rücken fest verzurrt. Anormal war auch die Art, wie er gefesselt war; diese nahm viel Zeit in Anspruch. Fröhlig betrachtete die gesamte Rückseite des Opfers. Dabei kam ihm der Begriff „Qual Marta" in den Sinn.

Das Seil war akribisch in eng anliegende Bahnen um die Arme gewickelt worden, wobei die Handinnenflächen nach außen zeigten – eine Technik, die er aus Berichten von Folteropfern kannte. Diese Art zu Hängen war nicht nur schmerzhaft, sie führte zwangsläufig zu ausgekugelten Schultergelenken und einem qualvollen Erstickungstod.

Ihn beschlich zunehmend das unangenehme Gefühl, dass der oder die Täter nicht nur Rache ausüben wollten. „Krimineller Sadismus?", grummelte Fröhlig, mehr zu sich selbst als zu jemand anderem.

Er trat einen Schritt zurück und musterte den Leichnam in seiner Gesamtheit. Leicht kippte sein Kopf zur Seite, als würde er über etwas nachdenken. Was ihm fehlte, war das Offensichtliche – die Wunden, die zu seinem Tod führten. Er verspürte den Drang, dem Toten ins Gesicht zu fassen, hielt sich aber zurück. Mel würde ihm das Fell über die Ohren ziehen, wenn er den Leichnam mit seiner DNA kontaminierte.

Wie in Zeitlupe drehte sich der Leichnam um seine Achse. Mit einem Blick, als könnte nur der Tote ihm seine Fragen beantworten, sah er ihn an. Dann atmete er schwer aus. Obwohl er bekennender „Star Wars"-Fan war, fiel ihm ein Zitat von Commander Spock ein: „Man muss erst einmal das Unmögliche abgrenzen. In dem, was dann noch da ist und sei's auch noch so unwahrscheinlich, muss die Wahrheit stecken."

Der Umstand, dass der Kopf des Toten wie sonst üblich nicht vornüber hing, hatte etwas Skurriles. Denn dieser saß kerzengerade, wie bei einer Gipsbüste, fest auf seinen Schultern.

Fröhlig neigte den Kopf zur Seite. Sollte er erstickt sein, müssten petechiale Blutungen zu finden sein. Fröhlig beugte sich näher zu dem leblosen Körper herüber. Aus dem blutverschmierten Gesicht starrte ihn das rechte Auge des Toten flehend an. Die Gallerte des Augapfels begann auszutrocknen, was den Eindruck erweckte, die Iris würde unter einer geronnenen Schicht Fett schwimmen. Fröhlig bat Mel, das rechte Augenlid leicht nach unten zu ziehen. Er stellte sich auf die Zehenspitzen. Doch von den punktförmigen oder kleinfleckigen hellroten Einblutungen fehlte jede Spur.

„Also kein Erstickungstod“, schloss er still aus dem Fehlen der braun-violetten Blutgerinnungsstörungen.

„Weißt du, was mit seinem Kopf los ist, Mel? Sollte sein Kinn nicht auf der Brust liegen? Ist ihm etwas in den Hals eingeführt worden, das ein Abkippen verhindert?“

„Das war auch meine erste Überlegung, aber weder im Mund noch im Hals habe ich einen Fremdkörper gefunden. Meine Theorie dazu lautet: kataleptische Totenstarre“, sagte sie, ohne den Blick von dem Leichnam zu nehmen.

„Aha“, sagte Fröhlig, bemüht, ihr zu folgen.

Mel schenkte Fröhlig ein schmallippiges Lächeln. „Kataleptische Totenstarre tritt äußerst selten auf und ist in Fachkreisen wenig erforscht. Darunter versteht man eine Leichenstarre, die den menschlichen Körper schlagartig nach Eintritt des Todes in der vorangegangenen Stellung hält.“ Fasziniert betrachtete sie den leblosen Körper vor sich. Dabei kam ihr ein Gedanke. Sollte sich ihre Diagnose bewahrheiten, könnte sie einen Artikel im Journal of Pathology veröffentlichen.

„Bist du sicher?“ Fröhlig versuchte sich zu erinnern, konnte aber schwören, diesen Begriff noch nie zuvor gehört zu haben.

„Seit wann bist du so schwer von Begriff, Fröhlig? Was habe ich gerade eben gesagt?“ In Mels Augen spiegelte sich ihre Gereiztheit wider.

Fröhlig tat gelassen, so als ob er den letzten Satz nicht gehört hätte. Ihr äußerst ambivalentes Verhalten ließ aus seiner Sicht nur einen Rückschluss zu: Mel litt momentan unter PMS. Während des prämenstruellen Syndroms sollte er sie besser nicht übermäßig reizen, dachte er und konzentrierte sich wieder auf das Opfer.

Seine Nase war unterhalb der Wurzel zweimal gebrochen, was ihr eine mäandernde Form verlieh. Drei von vier Schneidezähnen fehlten komplett. Nur noch ihre blutigen Stümpfe ragten schimmernd aus dem schief stehenden Mund.

Fröhlig griff sich in den Nacken und fing an, ihn leicht zu massieren. Der Fall besaß alles, um ihn für einen erfahrenen Ermittler interessant zu machen: einen sadistisch veranlagten Mörder, einen Toten, bei dem nichts so war, wie es sein sollte, und einen Tatort inmitten einer abbruchreifen Industriehalle. Hier gab es mehr Fremd-DNA als im Hamburger Institut für Tropenkrankheiten.

„Wurde er penetriert?“, fragte Julia Stern, als erkundigte sie sich bei Mel nach dem Wetter.

Die Gerichtsmedizinerin zögerte, dann sagte sie: „Was wir bisher wissen, nein. Mehr kann ich erst dann sagen, wenn er bei mir auf dem Tisch liegt.“

„Das ist ungewöhnlich. Alles weist hier auf eine sexuelle Rückkopplung hin. Für gewöhnlich spielen unser Lustzentrum und Teile des Gehirns eine wichtige Rolle bei dem, was wir als Befriedigung, Freude und Glück erleben. Sind diese Bereiche gestört, kann es unter bestimmten Umständen zu solchen Taten führen. Oftmals spiegeln solche Taten Aspekte der eigenen Lebensgeschichte wider: Umgang mit Sexualität innerhalb der Familie, Erziehung und Umfeld bis hin zu Traumata durch sexuelle Gewalterfahrungen. Eine Impulstat schließe ich schon wegen der langen Vorbereitungszeit aus."

„Das sehe ich genauso", stimmte Mel ihr zu.

„Affektdelikte sind ebenfalls impulsiv-aggressive Handlungen. Sie werden im Zustand hoch gespannter Affektregung begangen, sind aber gezielt an eine zweite oder dritte Person adressiert. Sie sind durch eine Vorgeschichte der Tat abgeleitet und eventuell durch eine Täter-Opfer-Beziehung gekennzeichnet. Das Drehbuch im Kopf des Täters dominiert sein Handeln. Es ist die Spielwiese seiner geheimsten Wünsche. Die Art und Weise, wie er sein Opfer entkleidete", dabei richtete Julia ihre Aufmerksamkeit auf die blutenden Fußgelenke, „und wie er den Mann verstümmelte, ergibt nur dann einen Sinn, wenn er ihn auch penetrierte."

Fröhlig stand da und ließ den geschundenen Körper auf sich wirken. „Glaubt ihr, das Böse kann jemanden wie eine Krankheit befallen?" Ihm waren schon einige abnorme Verbrechen untergekommen, aber selbst für ihn war diese Tat gewöhnungsbedürftig.

Der Mörder hatte das Opfer so aufgehängt, dass die blutverkrusteten Zehen gerade den Boden berührten. In der halb getrockneten Blutlache waren pendelartige Wischspuren zu erkennen. Feldmann, der die ganze Zeit zurückhaltend geblieben war, räusperte sich jetzt.

„Oh Mann!“, brachte Feldmann bei dem Anblick hervor. Vor ihnen lag auf einem blutbesprenkelten Stapel akkurat zusammengelegter Kleidung die blassgraue Haut zweier Füße. „Das sieht für mich aus wie jemand, der vor dem Schlafengehen seine Kleidung fein säuberlich auf einen Stuhl ablegt.“ Julia drehte sich zu Feldmann herum. Damit lag er unbeabsichtigt näher an der Wahrheit, als er dachte.

„Was ist mit den Socken?“, wollte Fröhlig von der Gerichtsmedizinerin wissen. „Ich sehe sie nirgends.“

Mel schürzte die Lippen. „Stimmt, sie fehlen!“

„Handy, Brieftasche, Portemonnaie, irgendetwas, das Rückschlüsse auf seine Identität zulässt?“, bohrte Fröhlig nach.

„Bis jetzt noch nichts. Wir haben das gesamte Areal aber noch nicht vollständig abgesucht.“

Federnd ging Julia Stern in die Hocke und beugte sich leicht in Richtung der blutigen Stümpfe. „Gibt es erkennbare Probier- oder Zauderschnitte an der Epidermis?“

„Den Merkmalen der Schnittwundmorphologie zufolge würde ich sagen, nein. Es grenzt meiner Meinung nach an eine Meisterleistung, jemandem die Haut so abzuziehen, ohne dass sie dabei einreißt. Es gibt da noch etwas, und das wird euch nicht gefallen. Das Opfer war“, Mel sah die drei mit festem Blick an, „bei vollem Bewusstsein. Zumindest so lange, bis er unter den zugefügten Verletzungen kollabierte und verstarb. Was vermutlich Stunden gedauert hat. Der Zeitpunkt seines Todes liegt zwischen ein Uhr und halb zwei."

„Wie ist er überhaupt aufgehängt worden? Er muss sich doch bis zum Eintritt seines Todes gewehrt haben?" Jens Feldmann schaute die Gerichtsmedizinerin fragend an. „Oder ist er zuvor sediert worden?"

„Jens, es gibt bisher keine verwertbaren Spuren, die auf die Anwesenheit eines zweiten Täters hinweisen. Wenn es das ist, was du wissen willst." Mel sah ihn mit nachdenklicher Miene an.

„Ich meine, Menschen mit fehlender Körperspannung können schnell das Dreifache ihres Eigengewichts wiegen. Und wenn sie sich dann auch noch wehren ..."

Fröhlig dachte über Jens' Frage nach und malte sich aus, wie der Mörder das Opfer schulterte. „Was wiegt er?" Die Frage richtete er an Mel.

„Müsste ich schätzen, ausgehend von der Größe und seiner Konstitution zwischen 65 und 70 Kilo. Unter Vorbehalt, Frank", fügte sie sachlich an.

Fröhlig spürte das imaginäre Gewicht auf seinem Rücken und wie der leblose Körper zu rutschen begann. Immer wieder versuchte er in Gedanken nachzufassen, den reglosen Leib unter ruckartigen Bewegungen anzuheben. Doch es gelang ihm nicht. Entweder bekam er ihn nicht richtig zu fassen oder das Seil, mit dem er gefesselt war, glitt von dem Rohr ab und fiel zu Boden.

„Wenn ihr mich fragt, ohne eine dritte helfende Hand ist es ein auswegloses Unterfangen. Du hast recht, Jens, ohne fremde Hilfe bekommt er ihn nicht aufgehängt."

„Es gibt aber keinen Hinweis auf eine weitere Person, Frank." Nachdenklich stützte Mel ihr Kinn auf die Faust vor ihrer Brust. „Wie also bekam der Täter sein Opfer dorthin? Er wird sich wohl kaum selbst aufgehängt haben?"

Zwischen ihnen entstand eine nachdenkliche Stille. Feldmann machte einen Schritt auf Fröhlig zu und legte ihm die Hand auf die Schulter. Dann sagte er im prophetischen Ton: „Ich weiß, wie er es gemacht hat." Feldmann spürte die Blicke der anderen auf sich ruhen. „Dazu muss er nur wissen, wie ein Zurrknoten geht. Das ist ein simpler Knoten, wie er bei den Thälmannpionieren, den Pfadfindern der DDR, auch als Flaschenzug eingesetzt wurde. Und je nachdem wie viele Schlaufen innerhalb des Knotens gelegt werden, kann seine Übersetzung eins zu sechs betragen. Damit bist du in der Lage, einen leblosen Körper ohne fremde Hilfe aufzuhängen."

Julia Stern schaute Feldmann überrascht an. Dann sagte sie in einem Tonfall, der Anerkennung erraten ließ: „Das kann funktionieren."

Fröhlig schaute zu der Stelle, wo das Seil mehrfach um das Rohr gewickelt lag. Was auf den ersten Blick nach einer willkürlichen Wickeltechnik aussah, schien auf den zweiten System zu haben.

„Wenn es so ist, wie du behauptest, Jens, dann wirft das ein ganz anderes Licht auf die Angelegenheit.“ Fröhlig legte die Stirn in Falten.

„Eskalierter Fetisch“, warf Julia Stern in die Runde. So wie sie die beiden Wörter aussprach, lag in ihnen eine dunkle Erinnerung, und plötzlich stieg in ihr das Verlangen nach frischer Luft und einem endlosen Horizont auf. Julia musste raus. Die erdrückende Enge der Industrie-Ruine verlassen – und das so schnell wie möglich.

Fröhlig war nicht entgangen, wie sie plötzlich ihr Standbein wechselte. Er glaubte zu erahnen, was in ihr vorging. Jeder von ihnen trug mindestens einen Dämon mit sich herum. Doch bei Julia waren es entschieden mehr.

Sie konnte nicht mehr warten. Der Druck auf ihrer Brust und das Brennen auf dem Rücken fingen an, unerträglich zu werden. Sie machte auf dem Absatz kehrt und eilte hinaus.

„Wenn es etwas Neues gibt, melde ich mich bei euch“, rief Mel den Männern hinterher, während diese versuchten, mit Julia Schritt zu halten.

Kurz bevor sie das Wellblechtor erreichte, riss sie den Reißverschluss ihres Overalls auf und atmete wie eine Getriebene durch. Frank und Jens näherten sich ihr schnell. Als sie gleichauf waren, sagte sie kurzatmig: „Das war höchst unprofessionell von mir. Dafür möchte ich mich bei euch entschuldigen.“ Trotz atonaler Stimme gelang es ihr nicht, ihren emotionalen Ausnahmezustand vor den beiden Männern zu verbergen.

„Da gibt es nichts, für das du dich entschuldigen musst, Julia. Wir haben alle mal einen Tag, an dem wir nicht ganz auf der Höhe sind." Fröhlig wusste genau, wovon er sprach. Dabei nickten die beiden Männer ihr aufmunternd zu.

„Dann ist es ja gut", sagte sie und vergrub ihre Hände tief in den Taschen ihrer Lederjacke. Julia stand da und sah die beiden Männer auf eine merkwürdige Weise an.

„Ist sonst noch was?" Anders als üblich bei einem klaustrophobischen Anfall wirkte sie gefasst. Weder machte sie einen fahrigen Eindruck, noch stand ihr die nackte Angst im Gesicht geschrieben. Regungslos verharrte sie nur da und blickte die beiden Männer unverändert mit einem ihrer einstudierten Gesichtsausdrücke an. Fröhlig verspürte das Verlangen, ihr einen Schubs zu geben – ähnlich wie bei einem Plattenspieler, bei dem die Nadel hängt. Wie beiläufig sagte sie: „Euer Büro und alles, was sich darin befindet, untersteht ab sofort meiner Person." Stille. „Also auch ihr beide."

„Was?" Fröhligs Stimme war hoch und stand kurz davor überzuspringen. Er zog hörbar Luft durch seine Nasenflügel, sodass sie anfingen zu vibrieren.

„Frau Polizeioberrätin Fröhlig hat dich auch darüber nicht informiert, Frank?" Julia neigte den Kopf leicht zur Seite und sah ihn ausdruckslos an.

„Nein, hat sie nicht", fauchte er mehr, als dass er sprach. Sein Kopf fing an, die Farbe eines gekochten Hummers anzunehmen.

„Ab heute seid ihr beide mir unterstellt. Außerdem erwarte ich einen professionellen Umgang bezüglich unserer und insbesondere deiner Emotionen mir gegenüber." Fröhlig überkam das schmerzhafte Gefühl, einen unerwarteten Tritt zwischen die Beine bekommen zu haben.

Feldmanns Lachen hallte hysterisch durch die Halle, während er den Kopf in den Nacken warf.

Fröhlig suchte noch nach einer passenden Antwort, als Feldmann anfing zu singen: „Ich glaub, es geht schon wieder los, das darf doch wohl nicht wahr sein!"

Fröhlig konnte fühlen, wie der Restalkohol aus seinen Leitungsbahnen verschwand. „Nein, nein, nein", brabbelte er ungläubig. Heute Morgen glaubte er noch, der Tag könnte nicht schlimmer werden. Und jetzt stand er kurz davor, selbst zu morden.

„Ich möchte, dass ihr wisst …", setzte sie an.

Fröhlig streckte den Arm aus und schob sie unsanft beiseite. „Mir geht es am Arsch vorbei, was wir deiner Auffassung nach wissen sollen." In Fröhligs Kopf rotierten die Gedanken. „M. und seine missratene Ex hatten ihn schon wieder an den Meistbietenden verschachert, ohne auch nur in Erwägung zu ziehen, ihn darüber zu informieren."

Aus seiner Sicht gab es mehr als nur einen Grund, warum Julias Versetzung niemals funktionieren konnte. Der Gedanke, ihr offiziell unterstellt zu werden, ließ seine Augenbrauen über der Nasenwurzel aneinanderstoßen. Fröhlig wandte Feldmann so schnell den Kopf zu, dass sein Haar in Strähnen hinterherflog. „Das hat jetzt ein Ende“, sagte er forsch. Feldmann hob abwehrend beide Hände vor die Brust. „Sobald wir im Präsidium sind, kläre ich das mit Sabine.“ Fröhlig wandte sich Julia zu. „Ich gebe dir einen gut gemeinten Rat: Fang gar nicht erst an auszupacken!“ Julia als seine Vorgesetzte wäre ein wahr gewordener Albtraum. Ihre Empathie gegenüber anderen Menschen, von Untergebenen ganz zu schweigen, war vergleichbar mit der eines Flusskiesels.

Eine ähnlich gelagerte Überreaktion hatte sie erwartet. Aber seit 1992 waren die Zuständigkeiten bei Serienmorden klar geregelt. Leidenschaftslos sagte sie: „Das FBI definiert im Crime Classification Manual Serienmord folgendermaßen: drei oder mehr voneinander unabhängige Ereignisse, die an unterschiedlichen Orten stattfinden und von einer emotionalen Abkühlung des Täters zwischen den Einzeltaten gekennzeichnet sind. Wir wissen, Serienmord fällt in Deutschland in die Zuständigkeit des LKA, weswegen ich deine Reaktion nur bedingt nachvollziehen kann.“ Sie hielt den Kopf leicht schief – wie ein Kind, das die Welt der Erwachsenen zu verstehen versuchte.

„Nein, nein und noch mal nein.“ Fröhlig schüttelte den Kopf, als wollte er eine lästige Fliege loswerden. „Wenn überhaupt, Julia, ermitteln wir auf Augenhöhe.“

Ohne auf ihn näher einzugehen, löste sie sich aus der kleinen Gruppe und trat hinaus ins Tageslicht. In diesem Moment blendete sie ein greller Blitz. Unscharf erkannte Fröhlig, dass jemand eine Kamera auf sie drei richtete. Wieder blitzte es grell auf. Als der Journalist erkannte, wer da auf ihn zukam, stellte er den Sensor auf Serienaufnahme.

Federnd ging der Reporter in die Knie und neigte den Oberkörper in deren Richtung. Über den Fokus der Kamera hinweg schrie er: „Kommissar Fröhlig, stimmt es, dass der Mörder dem Opfer die Haut von den Füßen gezogen hat?" Durch das Objektiv hindurch verfolgte der Reporter, wie Fröhlig die Gesichtszüge entglitten. „Sehr gut", dachte der Journalist bei sich. Fröhlig war für sein unkontrolliertes Gemüt bekannt, was später jede Menge Klicks generieren wird. „Was sagen Sie dazu?"

Fröhlig störte weniger, was er gefragt wurde; so waren diese Maden eben. Das, was ihn störte, war das Wie. Er fand, es klang den Toten gegenüber respektlos, fast schon despektierlich. Fröhligs Miene fror ein. Er war ein erfahrener Ermittler und nicht so schnell aus der Reserve zu locken. Also, was kümmerte es ihn, was dieser Schmierblattreporter von ihm wollte. Unbeirrt setzte er seinen Weg fort.

„Und warum setzt das KK11 auf den Fall nur die zweite Liga an?" Die Provokation sollte ausreichen, um Fröhlig endgültig aus der Reserve zu locken. Der Reporter witterte seine Chance. Blitzschnell wechselte er die Kamera gegen ein Diktiergerät aus.

Statt sich wie üblich in solchen Situationen mit der Journaille verbal zu prügeln, lachte Fröhlig ein freudloses Lächeln. Dann erkannte er, wer der Reporter in

Wirklichkeit war. „Kein Kommentar, Neunziger, das solltest du Made inzwischen begriffen haben! Oder ist dein Erinnerungsvermögen in der Gosse etwa mit heruntergespült worden?“

Fröhlig stand in Reichweite zu dem Reporter und verspürte das unwiderstehliche Verlangen, ihm das Diktiergerät aus der Hand zu schlagen, hielt sich aber zurück. Pressefreiheit war in diesem Land noch immer im Grundgesetz verankert, auch wenn rechte Parteien und heuchlerische Populisten das nur allzu gerne abgeschafft wüssten.

Fröhlig überlegte, wie Neunziger es geschafft hatte, so schnell an Details zu kommen. Zornig flog sein Blick auf die beiden Uniformierten, deren einzige Aufgabe darin bestand, den Tatortbereich abzusperren. Ihm war klar, ihnen ein Dienstvergehen nachzuweisen, war ein aussichtsloses Unterfangen.

„Dein Ernst, Hardy.“ Fröhlig schüttelte mitleidvoll den Kopf. „Gehäutet! So einen Dreck kann nur aus der Feder eines abgehalfterten Journalisten wie dir stammen.“

Fröhlig betrachtete den Mann, dessen beste Tage weit in der Vergangenheit lagen. Und doch war er ein klein wenig beeindruckt. Hardy Neunziger hielt, trotz gelblicher Einfärbungen in den Augäpfeln, Tränensäcken und herunterhängenden Schultern, seinem stechenden Blick stand. Das Erscheinungsbild des Reporters vermittelte keinen souveränen Eindruck, vielmehr erzählten seine aufgetragene Kleidung und die ausgetretenen Schuhe, wie es in Wirklichkeit um ihn bestellt war.

Früher war er ein herausragender Reporter gewesen. Zu Beginn der 2000er hatte er in einem Fall recherchiert, bei dem ein totes Kind auf einem Spielplatz gefunden wurde. Das Geschehen erregte nicht nur die Gemüter in Duisburg, ganz Deutschland nahm Anteil an dem Schicksal der Familie. Anfang des Jahrtausends dann hatte er die Finger mit im Spiel, als der Mörder von Herne bekannt wurde. Das SEK hatte diese Bestie tagelang gejagt und nach einem Tipp von Hardy erfolgreich gestellt. Nach und nach blieb der Erfolg aus, und Alkohol trat an seine Stelle. Dies führte zur ersten Scheidung und einer nicht unerheblichen Menge an Alimenten, die er lockermachen musste. Seine zweite Ehe wurde noch kostspieliger. Fröhlig verfolgte seinen Abstieg von der Seitenlinie aus, und die letzten Jahre waren hart für ihn. Wenn seine Informationen stimmten, schrieb Hardy für ein dubioses Duisburger Online-Blatt mit müden 100.000 Followern. Auf der anderen Seite kam Bewegung in sein Leben, was gut für ihn war. Fröhlig hielt es für ratsam, ihm seine wahren Gedanken nicht zu offenbaren.

Er war davon ausgegangen, Hardy besäße kaum ausreichend Geld, um sich selbst ein Frühstück leisten zu können, was die Frage aufwarf, wie er in der Lage gewesen war, die beiden Uniformierten zu schmieren.

„Was gut für die Polizei ist, Fröhlig, ist auch gut für meine Leser“, konterte Hardy, etwas zu selbstbewusst für Fröhligs Geschmack.

„Du weißt, dass ich zu laufenden Ermittlungen nichts sagen darf, Hardy. Belassen wir es doch dabei.“

„Stillschweigen ist Zustimmung, Herr Kommissar. Das weiß keiner besser als du." Dabei hielt der Reporter ihm das Diktiergerät so dicht vors Gesicht, dass Fröhlig den säuerlichen Geruch von Kaffee und filterlosen Zigaretten wahrnahm. „Ich darf dich zitieren?" Die Augen des Reporters bekamen ein hinterhältiges Funkeln.

Fröhlig warf Hardy einen genervten Blick zu und wischte grob das Diktiergerät vor seinem Mund beiseite. Er stoppte die Aufnahme und schaute ihn durchdringend an. So, als würde Fröhlig ihm einen Gefallen schulden, den er sich weigerte zu erweisen.

Fröhlig verringerte die Distanz zwischen ihnen und sah ihn kalt an. Dann begann er, wie ein Hund an ihm zu schnuppern. Als er sich in seiner Annahme bestätigt fühlte, lächelte Fröhlig breit. Hardy hatte nicht einmal versucht, indem er den Atem anhielt, den Geruch vor ihm zu verbergen. Aus Mund und Nase schlug ihm der verräterische süßlich-herbe Duft von Kräuterbonbons entgegen. „Dummheit frisst, Intelligenz säuft. Heißt es nicht so, Hardy?"

Fröhlig hatte seinen Beweis. Der Mann vor ihm hing noch immer an der Flasche. Doch nur deswegen Gnade walten zu lassen, kam für ihn nicht infrage.

„Geh mir aus den Augen, Hardy, oder ich verspreche dir, ich loch dich wegen Verleumdung ein. Reporter hin oder her, vertrau meinen Worten." Fröhlig verspürte große Lust, seiner Drohung Taten folgen zu lassen. Als er an dem Journalisten vorbeiging, touchierte er ihn unsanft.

„Wer war das?“, wollte Julia wissen und sah über seine Schulter an ihm vorbei.

„Ein alter Bekannter, oder besser gesagt, er war mal ein guter Reporter.“

„Und jetzt?“, hakte sie nach.

„Ist er nur noch ein bedauernswertes Wrack“, dachte er, sprach es aber nicht aus. Beide beobachteten den Mann, der wie ein Getriebener vor dem rot-weißen Absperrband auf und ab lief.

Kapitel 2

Die silberfarbene Limousine bockte kurz auf, als sie über den Schweller fuhr. Wie eine plastinierte Figur aus Körperwelten hatte er während der Fahrt zum Präsidium auf der Rückbank gesessen und über alles nachgedacht. Mel war eine herausragende Gerichtsmedizinerin. Wenn jemand die Identität des Ermordeten ausfindig machen konnte, dann sie.

Anhaltspunkte, in deren Richtung sie ermitteln konnte, gab es zur Genüge: Ohrenabdruck, Zahnstatus, DNA-Analyse, Isotopenanalyse und selbst die Daktyloskopie standen ihr in vollem Umfang zur Verfügung. Auch wenn der Abdruck von seinen Fußsohlen extern stattfinden würde, war er sich sicher.

Die Tatrekonstruktion sollte also kein Hexenwerk sein. Auch bei der Taphonomie sah er keine Probleme auf sie zukommen. Der Prozess, der nach dem Tod auf Organismen einwirkt, war Mels tägliches Brot. Zu schaffen machte ihm nur, dass es sich bei dem Opfer um einen außergewöhnlichen Todesfall handelte.

Auch die Art, wie der Mörder seine Leiche präsentierte, ließ auf einen Ritualmord schließen.

Julias Expertisen im Bereich der psychoanalytischen Kriminologie und insbesondere beim Profiling waren mehr als nur einmal hilfreich. Aber als Vorgesetzte taugte sie noch weniger als er selbst. Ihre soziale Kompetenz und Führungsqualitäten standen fernab jeder behördlichen Stellenbeschreibung.

Fröhlig öffnete die hintere Tür und drehte sich aus dem Wageninneren.

Auch als sie den Fahrstuhl verließen, war er in Gedanken noch immer versunken. Im Halbdunkel, kurz vor ihrem Büro, blieb Fröhlig abrupt stehen. Der Gang hinter ihm lag im Dunkeln. „Wo ist sie hin?"

„Wen meinst du?" Feldmann sah ihn an, als stünde er vor einem dadaistischen Gemälde.

„Julia!" Den Namen noch nicht ganz ausgesprochen, drehte Fröhlig sich auf dem Absatz um und begann zu laufen. „Diese falsche Schlange!", rief er laut aus.

„Du vermutest, sie ist bei …?", sagte Feldmann, während er hinter Fröhlig herlief.

Als Fröhlig die Türklinke zu Sabines Büro zu fassen bekam, gab sie unvermittelt nach. Vor ihnen im Rahmen stand Julia und schaute sie beide strafend an. Wie zwei Pennäler, die sie dabei ertappte, wie sie unsittlich Mädchen auf der Toilette beobachteten.

Fröhligs Kehle entwich bei dem Anblick beider Frauen ein Knurren, das nur für ihn bestimmt war.

Sabine saß hinter ihrem Schreibtisch und trug ein weißes Hemd, das von einer uniformblauen Krawatte geziert wurde. Zwischen ihren Handinnenflächen stieg blasser Nebel auf. Die Espressotasse in ihren Händen verströmte den verführerischen Duft von Kaffee mit einem Hauch von Vanille.

Bemüht, freundlich zu klingen, fragte seine Ex: „Kaffee, die Herren?“ In Fröhligs Kopf schrillten sämtliche Alarmglocken. Sabine ließ keinen Zweifel aufkommen, wie sie über ihn dachte. Warum also die geheuchelte Freundlichkeit?

Fröhlig lächelte und entschloss sich, die Scharade mitzuspielen – zumindest so lange, wie er es vor sich verantworten konnte. „Gerne“, antwortete er engelsgleich.

Mit einer einladenden Geste zeigte Sabine auf die noch freien Stühle vor ihrem Schreibtisch. Lautlos rollte ihr Bürostuhl nach hinten weg. Sie drehte sich zur Seite und erhob sich.

Er war erstaunt, wie gut Sabine heute Morgen aussah. Ihr Make-up war nicht wie sonst üblich eher sporadisch aufgetragen, auch ihre Haare erschienen ihm gestylt. Fröhlig neigte sich leicht zur Seite, um an dem Schreibtisch vorbei einen Blick zu erhaschen. Die Bügelfalten der blauen Hose waren wie mit dem Lineal gezogen, und auf dem schwarzen Leder ihrer Schuhe reflektierte das Licht der Deckenlampen.

„Wie magst du ihn, Frank – noch immer schwarz, so wie die Nacht?“

An der Garderobe hing Sabines Uniformjacke, dabei fiel ihm die flache Aktentasche ins Auge, die an den Ständer angelehnt war.

Sabines Position innerhalb der Behörde war inzwischen die einer Polizeioberrätin. Zu ihren Aufgaben gehörte weiterhin die Leitung des KK11, aber auch die der Pressesprecherin für die Polizei der Stadt Duisburg.

„Frank, ist alles in Ordnung bei dir?“, fragte Julia mit beunruhigender Klarheit in der Stimme.

Fröhlig bejahte die Frage, sein Gesichtsausdruck jedoch sagte etwas ganz anderes. Als sich ihre Blicke kreuzten, stieg in ihm der Begriff „Judasziege“ auf.

Sabine wandte sich in ihre Richtung. „Möchte jemand einen Keks?“

Schneller als erwartet, war der Punkt für ihn erreicht. „Okay, Schluss mit dem Schmierentheater, Sabine, was ist hier los?“ Fröhlig beugte sich vor und legte die Hände auf den Tisch.

Sabines Augen verengten sich nur ein wenig. „Vorsicht, Frank, überleg dir gut, wie du mit mir redest.“ Das Vibrieren in ihrer Stimme erinnerte an das Ende einer Klapperschlange.

„Er wollte dir nur sagen …“, grätschte Feldmann beschwichtigend dazwischen.

„Du musst nicht dolmetschen, Jens. Ich weiß, was er mir zu sagen versucht. Und hör endlich auf, dich als sein ewiger Praktikant vor ihn zu stellen.“ Feldmann erhob protestierend den Finger. „Ihr beide geht mir gehörig auf die …“ Sabine atmete tief durch die Nase ein und sagte dann mit kontrollierter Stimme: „Ich weiß nicht, wie du es jedes Mal schaffst, mich so schnell auf die Palme zu bringen, Fröhlig.“ Mit zitternder Hand stürzte Sabine ihren Espresso hinunter, als es an der Tür klopfte.

Herein trat M., die Polizeipräsidentin und Sabines beste Freundin. Spätestens jetzt glaubte Fröhlig an eine Verschwörung.

„Hallo zusammen“, begrüßte M. die Anwesenden mit einer huldvollen Geste. „Entschuldige mein Zuspätkommen, Sabine, aber ich hatte noch ein wichtiges Telefonat mit dem Minister. Wie weit sind wir?“ Zielstrebig ging sie zu dem einzigen freien Stuhl und setzte sich neben Fröhlig. „Frank“, sagte M. freundlich.

„Wir haben nur auf dich gewartet. Espresso, meine Liebe?“, bot Sabine höflich an, was M. mit einer Handbewegung ablehnte.

„Lass uns gleich anfangen, Sabine. Meine Zeit ist heute knapp bemessen.“ Dabei warf M. einen Blick auf ihre Armbanduhr.

Fröhlig spürte, wie sich sein Zwerchfell zusammenzog.

„Inzwischen haben wir absolute Gewissheit: Das Opfer an der Gleisharfe ist einem Einzeltäter zuzuordnen.“

„Erzähl uns etwas, das wir noch nicht wissen, Sabine“, sagte Fröhlig provokant. Denn wissen tat er es nicht.

M. wandte sich an ihn: „Wenn du Sabine jetzt noch einmal unterbrichst, Frank Fröhlig, schwöre ich, dass du bis zu deiner Pensionierung die Ausnüchterungszellen von Hand schrubben wirst.“ Sie fauchte ihn an.

Selbst Fröhlig wusste, wann es besser war, nichts mehr zu sagen.

„Sabine, bitte mach weiter“, befahl M. ihrem Protegé.

„Aufgrund von Frau Doktor Kramers Expertise können wir davon ausgehen, dass wir es mit einem Serienmörder zu tun haben. Vorausschauend und weil sich die Zusammenarbeit mit Frau Doktor Stern in der Vergangenheit bewährt hat, bat ich Frau Polizeipräsidentin, das LKA im Rahmen der Amtshilfe hinzuzuziehen. Frau Sterns Wissen und ihre Fähigkeit, andere Menschen zu führen, sind eine Bereicherung für unsere Dienststelle. Das wollte ich ausdrücklich betonen." Sabine beugte sich vor. „Frau Hauptkommissarin Julia Stern übernimmt mit sofortiger Wirkung die Leitung der Sonderermittlung in diesem speziellen Fall."

„Ach komm schon, Sabine", stöhnte Fröhlig genervt. „Nicht schon wieder."

„Lass mich ausreden, Frank. Seitens der Gerichtsmedizin gibt es Grund zur Annahme, dass die Tat politisch motiviert ist. Da das LKA mehr Ressourcen hat, ist meine Entscheidung endgültig, Frank."

Fröhlig ließ sich in die Rückenlehne fallen. Was geschah hier gerade, und wie war es dazu gekommen? Schließlich war es erst wenige Stunden her, dass die Leiche aufgefunden worden war. Mel konnte unmöglich in der kurzen Zeit verwertbare Ergebnisse geliefert haben – schon gar nicht, die eine solche Schlussfolgerung rechtfertigten. Selbst sie war nicht in der Lage zu zaubern. Zumindest hatte sie nie mit ihm darüber gesprochen.

„Aufgrund der Hautfarbe unseres Opfers und dem Symbol auf dem Haupttor der Halle liegt die Vermutung nahe, dass der Mörder dem rechten Spektrum zuzuordnen ist."

„Was redest du da, Sabine? Das wissen wir doch alles noch gar nicht. Bisher ist nur klar, dass der Mann zu Tode gefoltert wurde. Seine Hautfarbe kann ebenso gut Zufall sein. Hast du dich in Duisburg mal umgesehen? 180 Nationen leben hier auf einer Fläche, die größer ist als Düsseldorf. Deine Schlussfolgerung ist angesichts der vielen Möglichkeiten absolut haltlos." Fröhlig traute seinen Ohren kaum. Bisher hatten sie, wenn überhaupt, nur Indizien – mehr nicht.

Sabine erhob gebieterisch die Hand. „Außerdem hat die Presse Wind von der Sache bekommen." Sie zog ein Tablet aus einer Schreibtischschublade und reichte es Fröhlig. „Wir können nicht mehr zurück, selbst wenn wir wollten." Bei den letzten Worten flaute ihre Stimme ab.

Die reißerische Überschrift ließ keinen Zweifel, wer der Verfasser des Artikels war. „Hardy!", spie Fröhlig voller Verachtung.

In roten Lettern las er die Überschrift: „Dieses Monster häutet seine Opfer bei lebendigem Leib." Darunter stand: „Sind unsere Kinder noch sicher?" Hardy hatte es geschafft, ein Foto des Ermordeten zu schießen. Wie und von wo, blieb ein Rätsel. Die Redaktion hatte wenigstens so viel Anstand, das Wesentliche auf dem Bild zu verpixeln. Der Text darunter lautete: „Der Sockenmörder von Duisburg. Diesen zynischen Namen gab ihm die Duisburger Polizei."

„Na super!“, stöhnte Fröhlig. „Das Pressebild ist zwar an der entscheidenden Stelle verpixelt, doch mit ein bisschen Fantasie kann sich jeder ausmalen, was er nicht sieht.“ Ihn überkam das Verlangen nach einer Zigarette. „Neunziger, du gottverdammtes Arschloch“, fauchte er in die Runde. Zorn stieg in ihm auf.

Jeder Ermittler wusste, dass Mörder, die auf diese Weise zweifelhaften Ruhm erlangten, sich oft berufen fühlten, weiter zu morden.

Ohne Fröhlig zu fragen, nahm Sabine ihm das Tablet aus der Hand. Mit einem Finger wischte sie den Artikel beiseite. „Noch ist es der einzige Artikel, der online verfügbar ist. Es ist nur eine Frage der Zeit, bis wir von der Pressemeute belagert werden. Was das heißt, muss ich hier wohl niemandem erklären.“

Merkwürdigerweise fühlte sich Fröhlig in die Pflicht genommen. „Ich werde versuchen, mit Hardy zu reden, Sabine. Vielleicht kann ich ihn überzeugen, den Artikel aus dem Netz zu nehmen. Im Gegenzug bieten wir ihm später die Exklusivrechte an.“ Er lehnte sich vor und schaute zuversichtlich in die Runde. Schadenbegrenzung gehörte ebenso zu dem Job wie schlechter Kaffee am Morgen.

M. blickte ausdruckslos zu Sabine hinüber. „Das brauchst du nicht, Frank.“ Unter anderen Umständen wäre sie nicht so gelassen geblieben. Die Angelegenheit war brisant, solche Fälle konnten Karrieren schnell beenden. Doch M. hatte alles unter Kontrolle.

„Ich verstehe nicht ganz?“ Der Ausdruck auf Fröhligs Gesicht spiegelte Irritation wider.

„Das hat er schon, Frank", sagte M. und wirkte dabei für Fröhligs Empfinden etwas zu entspannt.

„Was?" In seiner Stimme lag echte Empörung. Er konnte es kaum auf seinem Stuhl aushalten. „Du warst es, die Hardy angerufen hat." Der Raum wurde schlagartig ruhig. „Das erklärt, woher er wusste, wo der Mörder zugeschlagen hat."

Fröhlig war sichtlich ungehalten. Er sprang wie ein Flummiball vom Stuhl auf. „Du sabotierst vorsätzlich unsere Ermittlungen!" Wütend beugte er sich vor und stützte sich mit geballten Fäusten auf die Tischplatte. „Was wird hier gespielt, Sabine?" Sein Zorn nahm überhand.

M. schlug lässig die Beine übereinander und strich mit einer Hand über die Hose. „Es geht dich zwar nichts an, aber die Idee kam ausschließlich von mir." Mehr musste er nicht erfahren. Abgesehen davon, gehörte er nicht zum Führungskreis.

„Wie bitte?" Fröhlig glaubte sich verhört zu haben. „Seit wann mischt sich die Polizeipräsidentin ins operative Geschäft ein?"

Plötzlich keimte in ihm der Verdacht auf. Warum gab M. das so offen zu? Diese Frau war eine lupenreine Intrigantin.

M. saß da, lächelte breit und sah unbeirrt zu Sabine. „Tu uns allen einen Gefallen, Fröhlig, und komm von deinem hohen Ross herunter. Ich werde meine Entscheidungen sicher nicht mit deiner Gehaltsgruppe diskutieren." Sie lachte trocken und strich sich eine

Strähne aus dem Gesicht. „Es ist, wie es ist, Fröhlig. Finde dich damit ab. Und basta."

„Und basta?", wiederholte er ungläubig. Vielleicht sollte er selbst hier und jetzt mit dem Morden anfangen.

„Auch wenn es dir nicht gefällt, Frank. Dienstanweisungen bekommst du immer noch von mir", ergänzte Sabine M.s Aussage.

Unfähig, angemessen zu reagieren, starrte er seine Ex ausdruckslos an. Worauf hatte Sabine sich eingelassen? In Fröhligs Kopf rotierten die Gedanken. Sabine war berechnend, was also war ihr Deal in dieser Angelegenheit? Er musste sich beruhigen. Blinder Aktionismus würde nur schaden.

Sabine räusperte sich und verkündete: „Wir werden gleich zusammen mit der Oberstaatsanwältin vor die Presse treten, und Frau Doktor Stern, als leitende Ermittlerin, wird eine Erklärung abgeben. Ihr beide", sie richtete ihren Finger auf Jens und Fröhlig, „werdet im Hintergrund die Statistenrolle übernehmen und euch jedem Kommentar entziehen. Selbst wenn ihr gefragt werdet. Und damit keine Missverständnisse aufkommen, meine Herren, das ist eine Dienstanweisung." Ihr Lächeln war so falsch wie das der Medusa.

„War es das, Sabine?", fragte er, während sein rechtes Bein nervös zu zucken begann.

„Ich hoffe, ihr wisst, was ihr macht." Damit war für ihn alles gesagt. Die Entscheidung in diesem Fall hatte jemand anderes getroffen. Ob sie auch die Verantwortung übernahmen, blieb abzuwarten.

Die beiden Männer drückten sich schwerfällig aus ihren Stühlen und warfen Sabine finstere Blicke zu.

Beide standen halb im Flur, als M.s Stimme ertönte: „Und, Fröhlig?"

„Was?"

„Zieh dir was anderes an. Du stinkst nach Suff."

Kapitel 3

Auf der Straße, die zum Präsidium führte, stauten sich die Übertragungswagen. Techniker verlegten Kabel, während Reporter ihre Einschätzungen zur Situation in die Kameras sprachen.

Als Fröhlig sah, was sie erwartete, presste er ein „What the fuck!“ durch den halb geöffneten Mund. Noch nicht ausgesprochen, warf die Oberstaatsanwältin ihm einen ermahnenden Blick zu.

„Habe ich das etwa gerade gesagt?“, fügte er entschuldigend hinzu.

Die meisten Logos erkannte er: SAT.1, RTL, NTV, aber auch Exoten wie CNN, CBS und selbst die BBC waren vor Ort vertreten.

Es war Hardy Neunziger, der das Sextett als Erster bemerkte und eiligen Schrittes mit ausgestrecktem Arm auf sie zueilte. In der Hand hielt er das Aufnahmegerät. Als die übrigen Journalisten verstanden, wohin ihr Kollege rannte, folgten sie ihm wie ein Rudel hungriger Hyänen.

M. stand wie eine Galionsfigur vor ihnen und sonnte sich im Licht der zahlreichen Scheinwerfer. Daneben, auf gleicher Höhe, die Oberstaatsanwältin. Dahinter, leicht versetzt, Sabine und Julia. Flankiert wurden sie von Fröhlig und Feldmann, die versuchten, im Rücken der Frauen unsichtbar zu bleiben.

Fröhlig war es im letzten Moment gelungen, sich von einem der Kollegen ein kariertes Flanellhemd auszuleihen. Darüber trug er seine fellbesetzte schwarze Wildlederjacke. Jetzt sah er ein Stück weit aus wie der introvertierte Kumpel von „Hör mal, wer da hämmert".

Als die Mikrofone in Reichweite von M. kamen, lächelte sie breit. M. wartete professionell, bis der Lärm auf ein erträgliches Maß abfiel. Huldvoll hob sie vor der Masse den Arm. Gleichzeitig brach eine Kakofonie aus Wortmeldungen über die Polizeipräsidentin herein.

M.s rot geschminkte Lippen öffneten sich, und zum Vorschein kam eine Reihe unnatürlich weiß gebleichter Zähne. „Ich bitte Sie, jede einzelne Frage wird von uns beantwortet." Mit einer einladenden Geste vollzog ihre Hand einen Halbkreis. „Frau Oberstaatsanwältin und Frau Doktor Julia Stern vom LKA sind hier, um auf alle Ihre Anliegen einzugehen. Ich bitte Sie nur, bei der Auswahl unbedingt Rücksicht auf die Angehörigen zu nehmen. Wir werden allerdings nur Auskünfte erteilen, die der Sachlichkeit dienen. Ich bitte dafür um Verständnis."

Innerlich musste Fröhlig bei ihren Worten schmunzeln. Wie ein Bauchredner sagte er zu Feldmann: „Ich wette um fünf Euro, die erste Frage hat es schon in sich."

Kleine Fältchen bildeten sich in Feldmanns Augenwinkeln. „Vermutlich. Und nach dem dritten Strike wegen unangemessener Fragestellung bricht sie die Pressekonferenz ab und verlässt als moralische Instanz vor den Augen der Weltöffentlichkeit den Platz."

„Ein Schelm, der Böses dabei denkt", fügte Fröhlig flüsternd an.

Die beiden Männer verschränkten ihre Hände auf dem Rücken, drückten die Brust durch und schauten respektabel in die Objektive der Kameras.

Es war eine blond gefärbte Reporterin vom Sender SAT.1, die sich aus dem Pulk löste und an Hardy Neunziger vorbeidrängte.

„Wieso ist der Mörder noch immer auf freiem Fuß, und können Sie uns nähere Details zum Tathergang schildern?" Die Frau lispelte, was sie trotz ihres nachgefärbten Haaransatzes kindlich wirken ließ.

„Strike Nummer eins", zischelte Feldmann.

„Wir wissen aus zuverlässiger Quelle, dass das Opfer auf sadistische Weise ums Leben gekommen ist", bohrte sie forsch nach.

„Und Nummer zwei", quittierte Fröhlig den Fehler der Reporterin.

Oberstaatsanwältin: „Guten Tag zusammen. Sie werden Verständnis dafür haben, dass auf laufende Ermittlungen aus taktischen Gründen nicht näher eingegangen wird. Wir stehen noch ganz am Anfang und arbeiten mit Hochdruck daran, schnellstmöglich verwertbare Ergebnisse zu liefern."

NTV: „Gibt es bereits eine Spur, die zu dem Täter oder den Tätern führt?"

Polizeioberrätin Sabine Fröhlig: „Diesbezüglich gibt es keine konkreten Hinweise. Ich versichere, Untersuchungen, die in diese Richtung führen, haben höchste Priorität. In diesem Zusammenhang möchte die Duisburger Polizei sich an die breite Öffentlichkeit wenden. Das ist ein Appell an Sie alle: Wenn Sie im Besitz von Informationen sind, die zur Ergreifung oder zur Lösung des Falls dienlich sind, melden Sie sich. Jede Polizeidienststelle im Land nimmt Ihre Anrufe entgegen."

Hardy Neunziger, freier Reporter: „Was wissen Sie über das Opfer?" Er machte eine künstlerische Pause. „Stimmt es, dass der Tote einer anderen ethnischen Gruppe angehörte und ihm aus diesem Grund die Haut abgezogen wurde?"

„Ethnie! Das war es dann, Neunziger, du Stümper", flüsterte Fröhlig Feldmann zu. „Strike Nummer drei." Doch zu ihrer Überraschung trat Julia hervor und beantwortete seine Frage.

„Mein Name ist Julia Stern. Ich bin Doktor der forensischen Psychologie und Hauptkommissarin beim LKA Düsseldorf. In diesem speziellen Fall obliegt mir die Leitung der Ermittlung. Vorweg: Solche Fälle sind für alle Betroffenen äußerst belastend. Unser Team arbeitet höchst professionell, aber auch mit dem nötigen Einfühlungsvermögen. Die ethnische Herkunft des Opfers ist ein möglicher Bestandteil der Ermittlungen, aber nicht der einzige Ansatz, den wir in der Sache verfolgen. Wir wissen noch immer nicht, ob das Opfer nicht auch die deutsche Staatsangehörigkeit besitzt. Der gesamte Prozess, den eine solche Ermittlungsarbeit mit sich bringt, muss von allen Seiten durchleuchtet werden."

Noch mal Hardy Neunziger, freie Presse: „Welche Maßnahmen ergreift die Polizei, um die Bevölkerung vor diesem verabscheuungswürdigen Monster zu beschützen?"

Polizeioberrätin Sabine Fröhlig: „Wir sind uns darüber im Klaren, dass eine solch grausame Tat in der Bevölkerung Ängste auslöst, und ich möchte noch einmal hier betonen, wir setzen alles daran, die Sicherheit unserer Bürgerschaft auch weiterhin zu gewährleisten."

BBC Deutschland: „Wie genau hat der Mörder das Opfer gehäutet?"

M.: „Sie werden Verständnis haben, wenn wir aus Rücksicht auf die Hinterbliebenen die Pressekonferenz jetzt beenden. Unsere Gedanken sind bei den Angehörigen des Opfers. Vielen Dank für Ihre Fragen."

M. lächelte zum Abschied breit in die Kameras, drehte dem Pulk den Rücken zu und entschwand in Richtung der gläsernen Schiebetüren.

Feldmann, der mit Fröhlig die Nachhut bildete, sagte kaum hörbar: „Ich frage mich, liegt es nur an den Medien oder ist es die morbide Faszination ihrer Zuschauer, die sie immer dann zusammentreibt, wenn ein Unschuldiger auf besonders grausame Art und Weise ums Leben gekommen ist? Es widert mich jedes Mal aufs Neue an."

Fröhlig quittierte seine Aussagen mit einem verbalen Achselzucken. „Was willst du jetzt von mir hören, Jens? Der Mensch ist dem Menschen ein Wolf.“

Kapitel 4

Oben angekommen, trat er fester als sonst üblich gegen die Bürotür. Fröhlig warf missmutig seine Jacke über den Garderobenständer und hielt zielstrebig auf die Kaffeemaschine zu. Der Kaffee in der mit brauner Patina besetzten Kanne simmerte seit Stunden und verströmte einen säuerlich-bitteren Geruch. Der Ausdruck auf seinem Gesicht war eine Mischung aus Ekel und Verlangen. Geradewegs griff er zu seinem Becher.

„Genau das Richtige, um böse Geister fernzuhalten", bestätigte die Stimme in seinem Kopf, als es in seinem Nacken anfing zu kribbeln. Fröhlig spürte Julias Anwesenheit, hatte aber nicht die geringste Lust, ihr mehr Aufmerksamkeit zu schenken, als sie aus seiner Sicht verdiente.

„Sag es", forderte die Frauenstimme ihn streng auf.

„Was möchtest du denn hören? Eine freundliche oder lieber doch eine ehrliche Antwort?" Er zog die Kanne mit so viel Schwung von der Heizplatte, dass er aufpassen musste, nichts von der giftigen Brühe abzubekommen.

„Deine ehrliche Meinung, Frank." Sie war in den letzten Wochen und Monaten so mit sich selbst beschäftigt gewesen, dass sie an ihre Freundschaft mit Frank kaum gedacht hatte. Jetzt schien das enge Band, das sie beide zusammengeschweißt hatte, sich zu lösen.

Fröhlig drehte sich mit dem Becher in der Hand zu ihr herum. Er sah sie an wie jemanden, der unter Aussatz litt. „Findest du nicht auch, dass es dafür ein klein wenig zu spät ist?“ Hinter ihr stand Feldmann und sah ihn beschwichtigend an. Fröhlig verdrehte die Augen und bemühte sich, einen gemäßigten Ton anzuschlagen. Heraus kam etwas anderes.

„Was soll dieser ganze Schwachsinn?“, ging er sie mit rauer Stimme forsch an.

Julia wandte den Kopf in Feldmanns Richtung. Ohne es auszusprechen, bat sie, die Tür zu schließen.

„Frank, sagt dir der Begriff der Introspektion etwas?“ Sie verdrehte die Augen und starrte zur Decke. „Sie ist die Fähigkeit, zu eigener Selbstwahrnehmung zu gelangen. Man versteht Introspektionsfähigkeit in der Regel als einen selbstreflexiven Prozess, der uns befähigt, unsere intrapsychischen Gefühle und Gedanken wahrzunehmen.“

„Arrrg!“, rief Fröhlig laut aus und rieb sich genervt über die Stirn. „Hör verdammt noch mal damit auf.“

„Lass sie reden. Ich will hören, was Julia uns zu sagen hat“, meldete sich Feldmann diplomatisch zu Wort.

„Ich möchte, dass ihr versteht, warum ich das tue. Warum ich euch übergangen habe.“ Julia Stern fühlte sich unwohl.

„Ein intrapsychischer Konflikt tritt auf, wenn in einer Entscheidung bezüglich der möglichen Alternativen unvereinbare, entgegengesetzte Handlungstendenzen entstehen." In eben einem solch emotionalen Konflikt, den sie zu Anfang ihrer beruflichen Karriere nicht vorhergesehen hatte, befand sie sich. Beinahe täglich sah sie das Böse vor Augen. Vor allem nachts, wenn sie schlief. Inzwischen bekam sie Albträume, dass sie schweißnass aufwachte. Wie eine schleichende Krankheit breitete sich das Grauen jeden Tag ein wenig mehr in ihr aus.

„Was ich damit sagen will", dabei stellte sie sich so in den Raum, um beide Männer im Blickfeld zu haben, „ich habe beim LKA um meine Versetzung gebeten."

„Wohin?" Feldmann stand die Enttäuschung ins Gesicht geschrieben.

Stille. Nur das leise Röcheln der Kaffeemaschine füllte den Raum aus.

Julia war sich bewusst, dass die Position beim LKA zwar ihren Verstand forderte, aber nicht erfüllend war. Hinzu kam, dass sie dort bis zu ihrer Pensionierung sicher die Außenseiterin blieb. Ihr Asperger war Fluch und Segen zu gleichen Teilen, aber sie brauchte auch Menschen um sich herum, die sie so nahmen, wie sie war: mit all ihren Stärken und Eigenarten, ohne die Fähigkeit, gesellschaftliche Konventionen zu beachten, und mit einem defekten emotionalen Kompass.

„Hierher zu euch." Zu den Personen, die sie als ihre Freunde beschrieb.

„Du meinst für immer?" Pause. „Und nicht nur für den Fall?" In der Stille ihres Büros hörten sie, wie mehrere Einsatzfahrzeuge unter Sirenengeheul vom Parkplatz der PI Mitte rasten.

„Es gibt weitere Probleme, von denen ihr wissen solltet.“ Sie fand, es war an der Zeit, ihnen die ganze Wahrheit zu sagen. „Frau Polizeipräsidentin hat meine Versetzung an Bedingungen geknüpft. Wir haben für die Lösung des Falls weniger als eine Woche bekommen. Und“, der Blick, den sie Frank zuwarf, verhieß nichts Gutes, „die Lorbeeren gehen anschließend an Frau Oberpolizeirätin Sabine Fröhlig.“

Der letzte Satz wirkte in Fröhligs Kopf nach, als er blind zum Telefonhörer griff. Julia hielt mit ihrer Hand dagegen.

„Was denkst du damit zu erreichen, Frank? Das Einzige, was passieren wird: Du bringst die Polizeipräsidentin gegen dich auf. Damit ist keinem von uns geholfen.“

Ein leises Rauschen entstand, als er durch die Nase ausatmete, dann sagte er: „Also gut, wir werden diesen Fall lösen. Zu dritt und in der uns aufoktroyierten Zeit.“

„Aufoktroyieren ist ein Pleonasmus, Frank“, verbesserte sie ihn lehrerhaft.

„Womit fangen wir an?“, fragte Fröhlig enervierend.

„Aktenlage“, antwortete Feldmann gewohnt entspannt.

„Gerichtsmedizin“, ergänzte Julia Stern.

Als der silberfarbene Tesla auf Höhe der Sana-Klinik rechts abbog, herrschte vor dem Haupteingang des Krankenhauses reges Treiben. Fröhlig hatte die Fahrt damit verbracht, über die Spielchen von M. nachzudenken. Er hatte das Gefühl, Sodbrennen zu bekommen. Die Geschichte konnte einem aber auch auf den Magen schlagen.

Abwesend starrte er aus dem Beifahrerfenster. Eine Handvoll Raucher stand dicht gedrängt um einen Ascheneimer. Der Anblick brachte ihn zurück in die Realität. Gräulicher Qualm stieg aus dem silberglänzenden Zylinder auf und erinnerte ihn an die Kaminschlote seiner Kindheit. Der Wind musste die Filter der ausgedrückten Zigaretten entzündet haben, und nun kokelten sie in einem Schwelbrand vor sich hin. Im Vorbeifahren verfolgte er ungläubig einen frisch Amputierten, der sich in der hohlen Hand einen Glimmstängel anzündete. Hell brannte der Tabak rot auf, als der Mann tief inhalierte.

„Möchtest du, dass ich anhalte?“ Ihr war nicht entgangen, wie aufmerksam Frank die Szenerie beobachtete. Aus ihrer Sicht war Konfrontationstherapie bei Süchten oft sehr hilfreich.

„Wer bist du, meine Mutter?“, ätzte er sie mit vorgetäuschter Gereiztheit an.

Er war so in Gedanken vertieft gewesen, dass er nicht mitbekommen hatte, wie Julia den Wagen vor der Gerichtsmedizin parkte. Fröhlig streckte die Arme vor und begann lautstark zu gähnen. Dabei sperrte er den Kiefer so weit auf, dass er schmerzhaft knackte. Er öffnete die Tür und drehte sich schwerfällig aus dem Wageninneren.

Kapitel 5

Als Julia Stern die Edelstahlschiebetür zur Gerichtsmedizin aufschob, schlug ihnen die penetrante Mischung aus Formaldehyd und scharfen Reinigungsmitteln entgegen. Fröhlig griff routiniert zu einer der kleinen blauen Dosen, die Mel überall herumliegen ließ, und schmierte sich die stark nach Eukalyptus riechende Paste unter die Nase.

Ihr Weg führte sie an einer silberglänzenden Front aus Kühlfächern vorbei. In der Mitte des weiß gefliesten Raumes standen die drei Obduktionstische parallel zueinander. Alle waren sie mit grünem Tuch abgedeckt. Unter zweien lagen Leichen, auf dem dritten saßen Mel und ihre Assistenzärztin Manjula Chandra und aßen zu Mittag. Mel ließ ihr unangemeldeter Besuch kalt, und sie schob sich einen Löffel Frühstücksflocken in den Mund. Manjula biss herzhaft in ein reich belegtes Butterbrot. Cremig-grüne Remoulade quoll aus den Seiten hervor, die sie unter schmatzenden Lauten genüsslich von der tiefbraunen Kruste abschleckte.

„Wir machen Mittag, kommt verdammt noch mal später wieder." Dabei griff die leitende Gerichtsmedizinerin, ohne den Blick von ihnen abzuwenden, in eine der Edelstahlwannen am Kopfende und nestelte nach einem Skalpell. Manjula biss erneut ein großes Stück aus ihrer Stulle. Ein fetter Tropfen Remoulade fiel ihr direkt in den Schoß.

„Gibt es erste Ergebnisse von der Obduktion?", kam Julia ohne Umschweife auf den Punkt.

Mel schaute sie missmutig an, antwortete aber nicht auf ihre Frage. Stattdessen zerteilte sie einen Apfel mit dem Skalpell aus der Edelstahlmulde. Erneut nahm sie einen Löffel Müsli, drehte ihn auf der Zunge herum und zog ihn genüsslich heraus. Frei von jeder Tischmanier kaute die leitende Gerichtsmedizinerin provokativ mit offenem Mund.

„Dein Verhalten ist kindisch, Mel", sagte Fröhlig, der erahnte, was sie als Nächstes tun würde. Sie öffnete den Mund so weit, dass sie aufpassen musste, wollte sie den Inhalt nicht verlieren.

„Mel, schlucken nicht vergessen", kommentierte Fröhlig trocken. Sie versuchte noch, das Unvermeidliche abzuwenden. Wie bei einer Konfettikanone schoss das Müsli aus ihrem Mund. Hustend und lachend zugleich, kämpfte sie um Luft. „Blödmann!", stammelte sie.

Mel wischte sich hemdsärmelig durch das Gesicht, stellte die Schüssel Müsli neben sich ab und hüpfte von dem silberglänzenden Seziertisch herunter. „Also gut, Söckchen liegt drüben auf Tisch eins."

„Nicht du auch noch", dachte Fröhlig. Die reißerischen Schlagzeilen der Klatschpresse machten schneller die Runde, als ihm lieb sein konnte.

Fröhlig griff nach dem Klemmbrett am Fußende des Obduktionstisches und überflog das Deckblatt. Viel Neues hatte Mel nicht vermerkt. Weder ein Treffer bei den Fingerabdrücken noch ein Sterbenswort zur Intoxikation.

„Ich sehe, zum Todeszeitpunkt hast du noch nichts notiert." Fröhlig blickte auf. „War die Tox nicht positiv?"

Melanie Kramer vergrub die Hände in ihrem weißen Kittel und sah zu ihm herüber. „Der exakte Todeszeitpunkt lässt sich noch nicht ermitteln, aber dem Kaliumgehalt seiner Tränenflüssigkeit nach verstarb er zwischen null und halb eins. Plus/minus. Die Umgebung hat sein Auskühlen verlangsamt, weswegen die Messung mit dem Thermometer nicht infrage kam."

Fröhlig stellte sich seitlich zum Tisch. Nachdenklich betrachtete er das grüne Tuch, das den Leichnam verdeckte. Mel platzierte sich ihm gegenüber, nahm beide Hände aus den Taschen und zog das Laken würdevoll beiseite. Der Anblick sollte ihm eigentlich nicht fremd sein, und trotzdem spürte er so etwas wie Widerstand in sich.

Der Brustkorb des Toten war halsabwärts geöffnet. Im kalten Licht der Neonröhren verlor der Leichnam seine Menschlichkeit. Übrig blieb nur ein blutiges Stück Fleisch, das von Knochen gestützt wurde. Mel hatte den Knorpel vom Brustkorb grob durchtrennt. Wie blutige Flügel lagen die nackten Hautlappen zu beiden Seiten aufgeklappt. Die Rippenbögen waren herausgeschnitten und abseits in einer Edelstahlwanne zwischengelagert. Fröhligs Augen überflogen den freigelegten Körper. Die gesamte Epidermis war ein einziges Ödem. Seine Augen wanderten zum Kopf hinauf. Das Gesicht war eine Maske der Qual, und trotzdem wirkte der Tote auf ihn wie ein verlassenes Kind. Irgendwie traurig und schutzlos. Fröhlig beugte sich tiefer zu ihm hinab. Die Nase war an mehreren Stellen gebrochen, und sein Kiefer hing unnatürlich schief. Auch beide Jochbeine hatten einiges abbekommen. Fröhlig stülpte sich einen blauen Nitrilhandschuh über und ertastete forschend die Schädelstruktur. An der Stelle, wo sich sein Scheitelbein befand, gab die Haut widernatürlich nach. Wie zur Bestätigung schaute er zu Mel herüber.

„Die Röntgenbilder zeigen einen Bruch der Schädelbasis", antwortete sie ihm.

Das rechte Ohr des Toten war bis zum Knorpel eingerissen, und getrocknetes Blut war aus der Muschel gelaufen. Vorsichtig schob Fröhlig dessen linkes Augenlid nach oben. Darunter starrte der Glaskörper wächsern zur Decke.

„Von welcher Tränenflüssigkeit reden wir? So wie ich die Sache sehe, ist die Hornhaut nahezu ausgetrocknet." Auch wenn Frank sich noch immer angeschlagen fühlte, funktionierte sein Verstand doch akzeptabel.

„Klugscheißer mag niemand, Fröhlig. In seinen Tränendrüsen fand ich eine ausreichende geringe Menge, um eine Bestimmung vorzunehmen." Mel bedachte ihn mit einem herablassenden Lächeln. Ohne sich zu ihrer Assistenz herumzudrehen, sagte sie fordernd: „Manjula, die Schöpfkelle." Dabei streckte sie ihren Arm mit offener Handfläche weit nach hinten aus.

Die Assistenz legte das Brot beiseite und hüpfte schwungvoll vom Tisch. „Es gibt da etwas, das ich euch gerne zeigen will." Als Manjula zurückeilte, hielt sie neben einem übergroßen Messbecher noch eine ordinäre Suppenkelle in der Hand.

Mel tauchte die Edelstahlkelle tief in den hohlen Brustraum der Leiche ein. Fröhlig war überrascht – das Blut war geliert. Wie schwarzer Wackelpudding waberte die glibberige Masse unruhig in der Kelle. Während sie unablässig mehr von dem dunklen Glibber zutage förderte, präsentierte sie ihnen ihre Diagnose.

„Unser Toter ist an Herzversagen infolge eines kardiogenen Schocks gestorben. Neben den allgemeinen Schocksymptomen wie Hypotonie oder Blässe kommen beim kardiogenen Schock Symptome wie Thoraxschmerz, Atemnot oder gestaute Halsvenen dazu. Der kardiogene Schock ist meist Folge eines linksventrikulären Pumpversagens, hier ausgelöst durch eine akute Extremitätenischämie – also einen akuten Verschluss einer Extremitätenarterie mit plötzlich einsetzender ischämiebedingter Symptomatik." Mel legte eine Pause ein und sah beide Kommissare fragend an.

„Als Ischämie bezeichnet man die pathologisch verminderte oder aufgehobene Durchblutung eines Gewebes infolge mangelnder arterieller Zufuhr von Blut. Dadurch kommt es zu einer Überlastung des rechten Herzens, das nun gegen einen erhöhten Widerstand arbeiten muss. Akutes Herzversagen und Sauerstoffmangel aller Organe stehen dabei im Vordergrund."

„Er ist an einer verstopften Ader gestorben?" Angesichts der multiplen Verletzungen erschien es Julia Stern unwahrscheinlich, dass der Tote an einer zufällig verstopften Ader verstorben ist.

Die Gerichtsmedizinerin ließ die halb volle Kelle zurück in den geöffneten Bauchraum sinken. „Erinnert ihr euch, was ich in der Maschinenhalle über kataleptische Totenstarre erzählt habe?"

Fröhlig nickte zustimmend.

„Sie beschreibt eine seltene Form davon, bei der der menschliche Körper unmittelbar in der vorangegangenen Stellung erstarrt."

In Fröhligs Kopf entstand ein historisches Bild. „Du meinst, ähnlich wie bei den Toten von Pompeji?"

„Fast, beinahe – nur ohne den pyroklastischen Strom, der aus tausend Grad heißer Asche besteht. Aber bildlich gesprochen, ein durchaus treffender Vergleich. Es gibt für das ausgetretene Blut im Bauchraum nur zwei Erklärungen. Erstens: In seiner Agonie hat der Organismus so viel Blut durch die Adern gepresst, dass sie dem Druck nicht mehr standhielten und platzten. Zweitens: Dazu muss ich erklärend hinzufügen, etwas an seinem äußeren Erscheinungsbild ließ mich misstrauisch werden. Sein fehlendes Körperfett, das vernarbte Gewebe rund um seine Handgelenke in Verbindung mit seiner schwarzen Hautfarbe. Mitteleuropäer besitzen aufgrund ihrer schlechten Ernährungsgewohnheiten fast alle tief liegendes Fettgewebe, was bei ihm jedoch nahezu fehlt. Woraufhin ich eine Probe seines Nierengewebes unter dem Mikroskop untersucht habe."

Mel ging um den Seziertisch herum, hin zur Arbeitsplatte am anderen Ende des Raumes. Vor dem Mikroskop nahm sie Platz und schaltete es ein. Der angeschlossene Monitor daneben erwachte zum Leben. Als Nächstes positionierte sie eine runde Schale unter dem Objektivrevolver. Mel lenkte die Blicke der beiden Kommissare auf den Monitor.

„Ich will euch nicht mit Details langweilen. Nierenverletzungen im Allgemeinen können unterschiedlich schwer ausfallen. Sind sie geringfügig, wird das Organ nur gequetscht." Dabei setzte sie das Wort „nur" mit zwei Fingern in Anführungszeichen. „Bei schwerwiegenderen Verletzungen kann die Niere einreißen. Das nennt sich Lazeration, wobei Urin und Blut in das umliegende Gewebe einfließen. Dabei bilden sich in seltenen Ausnahmen Verklumpungen."

Mel schob den Hocker nach hinten weg und ging zum Obduktionstisch zurück. „Seht ihr das Narbengewebe um seine Handgelenke?"

„Fesselspuren!" Julia glaubte zu wissen, worauf die Gerichtsmedizinerin abzielte. Die vernarbten Wunden waren nur an den Außenseiten deutlich zu erkennen, an der Innenseite, dort wo die Venen verliefen, jedoch nicht.

„Als er gefesselt wurde, zeigten seine Handflächen nach innen."

„Und was sagt uns das?“, wollte Mel von ihr wissen.

„Dass es nicht das erste Mal gewesen ist, dass jemand ihn grobschlächtig aufgehängt hat“, kam Fröhlig Julia Stern zuvor. „Du meinst, Mel …“

„Ich meine gar nichts, Frank, aber die gequetschten Nieren und das Narbengewebe sprechen eine eindeutige Sprache.“

„Warst du es nicht, der von eskaliertem Fetisch gesprochen hat, Julia? Wäre es unter Umständen möglich, dass unser Toter hier auf Schmerzen stand und die Sache vollkommen aus dem Ruder gelaufen ist?“

Das wäre nicht der erste Fall, dachte Fröhlig.

„Deine Überlegung in Ehren, Frank, aber es gibt da noch etwas anderes. Sein Dünndarm ist befallen von *Ancylostoma duodenale*, einem etwa 8 bis 12 mm großen Parasiten aus der Gattung der Hakenwürmer. Der gelblich-weiße Wurm ist oft die Ursache für Anämie bei Migranten und verantwortlich für eine Vielzahl chronischer Darmbeschwerden in Entwicklungsländern. Das Besondere an ihm ist seine Fähigkeit zur Autoinfektion. Seine Larven durchbrechen immer wieder aufs Neue die Darmwand und verursachen lebenslange Infektionen. Dabei spürt der Wirt meist nichts von seinem Untermieter. Es kann jedoch nach Jahren des Befalls zu einer gefährlichen Reaktivierung kommen, die chronische Darmbeschwerden verursacht und zu einem Kalziummangel führt, der wiederum winzige Flecken in den Fingernägeln hinterlässt. Addiert man all das zusammen, komme ich nur zu einem Schluss: Der Tote hier ist ein

Geflüchteter. Woher genau, lässt sich nicht mit Bestimmtheit sagen." Mel machte eine nachdenkliche Pause. „Viele dieser armen Teufel haben eine menschenunwürdige Odyssee hinter sich, verbringen Jahre in Flüchtlingslagern oder enden, wenn sie Pech haben, in der Sklaverei oder in Foltergefängnissen irgendwo in Libyen."

Wie ein unsichtbares Gas breitete sich die Stille im Obduktionsraum aus. Mit belegter Stimme fuhr Mel fort: „Allerdings lässt mich sein Zustand vermuten, dass er sich seit ein paar Monaten in Europa aufhielt. Körperlich zumindest schien er sich von den Strapazen der Flucht erholt zu haben."

Fröhligs Miene verfinsterte sich. „Auf dem Hallentor, das Graffiti mit dem Wolf?" Er spürte, wie eine dunkle Vorahnung in ihm aufstieg. „Es ist schon ein komischer Zufall. Findet ihr es denn nicht auch merkwürdig? Ausgerechnet dort, wo das Symbol der Grauen Wölfe auf einem Hallentor gesprüht worden ist, finden wir seine Leiche. Seit den 70er-Jahren wird diese Organisation immer wieder mit politisch motivierten Morden in Verbindung gebracht." Mit ernstem Blick sah er die beiden Frauen an.

„Ich widerspreche dir nur ungern, Frank. Für mich sieht er nicht besonders türkisch aus", gab Mel zu bedenken.

Mels Einwand schien berechtigt. Wie ein türkischstämmiger Dissident kam er ihm auch nicht gerade vor. Die drei standen um den Tisch herum und betrachteten stumm die Leiche.

Fröhlig grübelte. „Vielleicht ist er einer der Schleuserbande zum Opfer gefallen. Das organisierte Verbrechen hat in Duisburg viele Gesichter." Nicht selten refinanzieren sich die unterschiedlichen Organisationen durch Menschen-, Waffenhandel oder den Vertrieb von Drogen. Im Revier konkurrierten Clanfamilien, Rockerbanden, Graue Wölfe, die albanische Mafia oder die italienische 'Ndrangheta seit Jahren eifrig um die Vorherrschaft. Und mit all diesen Gruppierungen ging die radikale Rechte nur allzu gerne ins Bett – Hauptsache, es diente dem Größeren.

Innerlich spielte er verschiedene Möglichkeiten durch. Am einfachsten wäre es, wenn Julia Feldmann ihre LKA-Kontakte nutzen ließe. Wenn Jens erst in Fahrt kam, verwandelte er sich in einen wahren Terrier. Manchmal fragte Fröhlig sich, woher er dieses Talent hatte. Er wusste, dass Feldmann eine Ost-Vergangenheit hatte – mehr jedoch nicht. Das LKA besaß die umfangreichste Aktenlage über solche Gruppierungen und sehr wahrscheinlich auch über das in Duisburg ansässige organisierte Verbrechen. Fröhlig selbst würde Kontakt zu einem alten Bekannten aufnehmen. Der Libanese war kein Leichtgewicht in der Duisburger Unterwelt, aber er schuldete ihm noch einen Gefallen.

Fröhligs Stimme bekam eine dunkle Tonlage. „Mel, wenn dir noch was auffällt, melde dich", sagte er und ging in Richtung Ausgang.

Konsterniert schaute sie ihm hinterher. „Habe ich irgendwas nicht mitbekommen? Meinen Informationen nach hat M. dir doch die Leitung des Falles übertragen, Julia?“

Julias Schultern zuckten gleichgültig. „Freier Wille ist eine Illusion, wenn auch eine schöne.“

Bei ihren Worten grinste Mel spitzbübisch. Julia Stern wusste selbst am besten, wie anstrengend Frank werden konnte, wenn sie ihn maßregelte. Ohne sich bei Mel zu verabschieden, folgte sie ihm.

Sie hatte keine Probleme damit, wenn Frank inoffiziell die Leitung der Ermittlung übernahm. Für die Akten war ausschlaggebend, wer das Protokoll später unterschrieb. Julia öffnete die Fahrertür und setzte sich neben ihn. „Wohin möchtest du, dass ich dich fahre?“

Fröhlig sah auf die Armbanduhr. Inzwischen war es halb drei. „Eine Woche“, geisterte es durch seine Gedanken. Nicht mehr als eine Woche bekamen sie zur Lösung dieses Falles. Was hatte Julia sich dabei bloß gedacht, diesem hirnrissigen Unterfangen auch noch ihre Zustimmung zu geben? Es war nicht nur unmöglich, sondern entbehrte obendrein jeder Grundlage seriöser Polizeiarbeit. Selbst M. sollte bewusst sein, dass niemand in der Lage war, innerhalb dieses Zeitfensters einen Mordfall aufzuklären.

Er ließ den Blick durch das Seitenfenster gleiten. Andererseits, Julia und ihm war es schon einmal gelungen. Doch zu welchem Preis? Sie war damals dem Tod nur um Haaresbreite entkommen, und er? Unbewusst griff er an seine Schulter, dorthin, wo ihn das Messer fies erwischt hatte.

Blind nestelte er nach dem Smartphone in der Innentasche seiner Jacke, schaltete es ein und suchte nach dem Synonym, unter dem er seinen Informanten abgespeichert hatte. Julia saß auf dem Fahrersitz und verfolgte aus dem Augenwinkel jede seiner Bewegungen.

Mehr zu sich selbst sagte er: „Wenn jemand darüber Bescheid weiß, was im Norden vor sich geht, dann mein Kontakt.“ Fröhlig tippte zielsicher auf das Wort *Beirut*.

Erst nach dem sechsten Freizeichen meldete sich eine dunkle Männerstimme am anderen Ende.

„As-salamu alaykum.“ Fröhligs Augen wurden hellwach, und er hatte das Gefühl, von einem hungrigen Bären begrüßt zu werden.

„Wa alaykum as-salam“, antwortete er mit ernster Stimme.

„Bruder, es ist lange her.“ Orientalische Höflichkeit, mahnte ihn eine innere Stimme. Diese Floskel bedeutete nicht das Geringste. In Wahrheit hasste der Libanese ihn. Fröhlig hatte bei einem verdeckten Einsatz seine Frau und die beiden Töchter vor noch böseren Menschen als Bassem selbst gerettet. Nur diesem Umstand und der Tatsache, dass Fröhlig mit Knochenbrüchen und zwei kreisrunden Löchern in Bein und Schulter mehrere Wochen im Krankenhaus verbracht hatte, war es geschuldet, dass der Libanese überhaupt mit ihm sprach.

„Wir müssen uns treffen. Noch heute.“ Fröhligs Befehlston war unmissverständlich. Schwäche wurde in solchen Kreisen schnell falsch verstanden. Zwischen den beiden Männern entstand eine Pause. „Son Durak, sieben Uhr." So wie der Libanese den Namen aussprach, verursachte er Fröhlig Magenprobleme. Er kannte den Laden nicht. Was der Name bedeutete, hingegen schon.

„Ich warte fünf Minuten, danach ist meine Schuld bei dir endgültig beglichen." Er wollte noch etwas darauf erwidern, doch der Libanese legte auf.

Fröhlig tippte den Namen des Etablissements in die Internetsuchmaschine ein. Die Suche ergab einen einzigen Treffer. Das Bistro befand sich in Bruckhausen, einem der ärmsten Stadtteile von Duisburg. Zwei seiner Finger spreizten sich auf dem Display, und er zoomte das Bild heran. Der Straßenzug, in dem sich das Bistro befand, sah heruntergekommen aus. Fröhlig wechselte in die 3D-Ansicht der Karte, um die Umgebung aus der Ich-Perspektive zu sichten. Die Fassaden der Häuser hatten ihre besten Tage weit hinter sich gelassen. Die qualmenden Hochöfen von Thyssen Steel befanden sich in unmittelbarer Nähe und hatten dem Stadtteil einen trüben Anstrich verliehen. Selbst Gardinen hinter Doppelverglasungen waren grau wie Anglerblei. „Son Durak", wiederholte er die beiden Wörter flüsternd.

„Was ist damit?", fragte Julia nach. Sie sah, wie ihn der Name beschäftigte.

„Das ist türkisch und bedeutet ‚letzte Station'." Ihm war nicht klar, was er davon halten sollte. War es Zufall, dass der Libanese ausgerechnet diesen Laden auswählte, oder versuchte Bassem ihm etwas mitzuteilen?

„Du sprichst Türkisch, Frank?“, wollte Julia von ihm wissen.

Fröhlig lehnte sich in ihre Richtung. „Ich bin in einer Arbeitersiedlung auf der anderen Rheinseite aufgewachsen. Neben Deutsch und Italienisch war Türkisch so etwas wie meine dritte Muttersprache.“ Er hatte kaum noch Kindheitserinnerungen aus diesen Tagen, aber plötzlich stieg ihm der Duft von Köfte und Lahmacun in die Nase. Nicht alles war schlecht gewesen, manch Gutes war in den Jahren nur verblasst.

Er warf einen erneuten Blick auf die Armbanduhr. Es blieb noch genügend Zeit, um einen kleinen Umweg zu machen. „Julia, bevor wir ins Präsidium fahren, will ich zu Hause vorbeischauen und mich umziehen.“ Selbst ihm war der strenge Geruch inzwischen nicht entgangen, der ihn wie eine dunkle Aura umgab.

Als der Tesla langsam vor seiner Haustür ausrollte, fiel es ihm wie Schuppen aus den Haaren. Es war zwar unwahrscheinlich, dass sein Übernachtungsgast noch da war, aber ein Aufeinandertreffen der beiden Frauen musste er unter allen Umständen verhindern.

Fröhlig sagte so sachlich wie möglich: „Ruf Mel an. Sie soll Abdrücke von beiden Zeigefingern des Toten nehmen und sie umgehend Feldmann zumailen. Außerdem soll Jens beim Bundesamt für Migration und Flüchtlinge nachfragen, ob ein elektronischer Aufenthaltstitel vorliegt.“ Aber so wie er Jens kannte, war das schon längst erledigt.

Wortlos berührte Julia das Touchpanel zwischen ihnen. Noch im selben Moment meldete sich eine computergenerierte Stimme zu Wort. Fröhlig war überrascht, wie sehr sie Julia ähnelte. Er öffnete die Beifahrertür und stemmte sich mühsam aus dem Wagen.

Oben vor seiner Wohnungstür blieb er wie angewurzelt stehen. Jemand hatte eine Nachricht auf der Tür hinterlassen. Mit rotem Lippenstift stand dort geschmiert: „ARSCHLOCH!“ Und er kannte den Absender.

Darum kümmerte er sich später, jetzt blieb keine Zeit dafür. Fröhlig warf einen schnellen Blick über die Schulter. Gut, Julia war ihm nicht gefolgt. Vorsichtig steckte er den Schlüssel ins Schloss und öffnete die Tür nur ein Stück weit. Bei dem, was ihn auf der anderen Seite erwartete, traf ihn fast der Schlag. Toilettenpapier hing wie Girlanden über Lampen und Möbel. Auf dem Fußboden der Diele lagen Kleidungsstücke wild verstreut.

Ein Gedanke schoss ihm durch den Kopf: „Welche Irre hatte er sich nur gestern in sein Bett geholt? Keine Schublade, deren Inhalt nicht auf dem Boden verteilt war. Dabei war der Sex gut gewesen, und er hatte darauf geachtet, dass auch sie einen Orgasmus bekam.“ Als er ins Schlafzimmer blickte, hörte er sich schwer schlucken. Mittig auf dem Kopfkissen steckte ein 30 Zentimeter langes Fleischermesser, darauf aufgespießt das benutzte Kondom.

Fröhlig beugte sich über das Bett und wollte das Messer aus dem Kissen ziehen, als eine Stimme hinter ihm sagte: „Das durchstoßene Kondom lässt darauf schließen, dass er dich hasst." Erschrocken drehte er sich um. Julia lehnte im Türrahmen. Unfähig, einen klaren Satz auszuformulieren, stammelte er: „Ich, sie, wollte nicht, dass du …"

„Wenigstens seid ihr erwachsen genug gewesen, zu verhüten." Mit Genugtuung verzog sie ihr Gesicht zu einem Grinsen.

„Was redest du da? Sie war kein Mann!", empörte er sich.

Das Grinsen wurde zu einer diabolischen Fratze. „Natürlich nicht, Frank, wenn du das sagst." Sie wusste genau, wie sie ihn provozieren konnte. Die Vorstellung von gleichgeschlechtlichem Sex verursachte ihm Unbehagen.

„Nein, ich ..." Julia drehte sich bewusst um und ließ ihn mit seiner unausgesprochenen Rechtfertigung zurück. Auf dem Weg bis zum Präsidium hielt Fröhlig es für angebracht, kein Wort mehr mit ihr zu wechseln.

Kapitel 6

19. September 2022

Der Mann bewegte sich mit der fehlenden Eleganz eines Wiedergängers. Schlafwandlerisch, die Schultern gesenkt, schleiften seine Schuhe über den staubigen Boden. Einige wenige drehten sich zu ihm herum, doch niemand schenkte ihm wirklich Beachtung.

Der Top Act des Abends stand kurz bevor. In Gruppen oder vereinzelt strömten die Menschen zu der großen Halle, die sich am Rand des stillgelegten Stahlwerks befand. Die meisten Festivalbesucher waren jung und wollten feiern. Das Leben genießen. Den Bands auf den Bühnen lauschen. Mit Freunden Bier trinken. Tanzen, lachen und nur für einen Tag die Probleme der Welt ausblenden.

Torkelnd schritt die Gestalt weiter voran. Blind für das, was um ihn herum geschah. Etwas traf ihn hart an seiner Schulter, er wankte, machte einen Schritt rückwärts. Wie auf hoher See versuchte er das Gleichgewicht zu halten. Ihm gegenüber stand ein junges Paar, das ihn eng umschlungen anstarrte. Gerade als ihr Verlobter dem Betrunkenen einen Faustschlag verpassen wollte, hielt sie ihn zurück. „Nicht“, sagte sie mahnend.

„So wie der aussieht, wer weiß, was er eingeworfen hat." Der Mann vor ihnen besaß ein Gesicht und auch wieder nicht. Sein Ausdruck erinnerte an ein Gespenst, das sie wie aus einer anderen Dimension anschaute. Er jagte ihr Angst ein, und sie trat einen Schritt beiseite. So als wären sie aus Glas, schaute er durch sie hindurch. Ein Schauer kroch ihr den Rücken empor und die kleinen Härchen auf ihrem Arm stellten sich senkrecht. Vollkommen ungerührt setzte der Mann seinen Weg fort.

„Alter, der ist vielleicht stoned gewesen", sagte ihr Verlobter und sah sie kopfschüttelnd an. Er griff nach ihrer Hand. Sie blickte zurück – in die Richtung, aus der die unheimliche Gestalt gekommen war.

Im Hintergrund erkannte sie ein riesiges Windrad.

Die Stahlkonstruktion war weit über vierzig Meter hoch und bewegte sich in der schwülen Septembernacht kaum. Nur gelegentlich, wenn der Ostwind durch die großen Schaufeln wehte, fingen die Rotorblätter an, sich zu drehen.

Quietsch – Stille – Quietsch – Stille – Quietsch – Stille.

Wie ein Schatten in der Finsternis schob er sich vorwärts. Das rostige Geräusch, das der Getriebekopf auslöste, hallte kreischend in seinem Kopf wider. Verschwommene Gestalten strömten an ihm vorbei. Gesichter ohne Mund und ohne Augen. Köpfe wie Luftballons, die kurz davor standen, zu zerplatzen.

Quietsch – Stille – Quietsch – Stille.

Das Geräusch verursachte ihm Schmerzen.

Quietsch – Stille – Quietsch – Stille.

Wie eine Kompassnadel drehte er sich und suchte nach dem richtigen Weg. Die beiden stillgelegten Hochöfen ragten bedrohlich in den nachtschwarzen Himmel. Ihre Stahlträger projizierten das Bild von riesigen Insekten in sein Gehirn, die im Schutz der Finsternis auf Beutefang gingen. Sein Kopf neigte sich zur Seite, wie der eines Erhängten. Dann hörte er sie wieder. Die Stimme trieb ihn an. Er musste weiter, durfte nicht stehen bleiben, sein Ziel lag in 1000 Metern Entfernung. Am gegenüberliegenden Ende des Hochofenwerks.

Quietsch – Stille – Quietsch – Stille – Quietsch – Stille.

Farbige Lichter tauchten die stählernen Kolosse in eine blutrote Glut.

Quietsch – Stille – Quietsch – Stille.

Im Licht der Bühnen waberte Nebel. Frauenstimmen johlten laut auf.

Unbeirrt setzte er seinen Weg fort. Wie ein Betrunkener taumelte er mehr, als dass er ging. Geisterhaft flogen die Festivalbesucher an ihm vorbei. Das grelle Licht der Scheinwerfer schmerzte in den Augen. Immer lauter wurde der fremdartige Lärm, und er ging instinktiv schneller. Bässe wummerten und er spürte einen Druck auf seiner Brust. Doch selbst der Lärm war nicht imstande, die Stimme in seinem Kopf zu übertönen.

Quietsch – Stille – Quietsch – Stille.

Unbarmherzig drängte das Geräusch ihn weiter voran, seinem Schicksal entgegen.

Stroboskoplicht blitzte auf und brannte sich schmerzhaft tief in seine Netzhaut. So fest er nur konnte, presste er beide Hände vor die Augen. Er stolperte und wäre um Haaresbreite der Länge nach hingefallen.

Quietsch – Quietsch – Quietsch – Quietsch.

Mit jedem Schritt näherte er sich seinem Ziel. Plötzlich blendete ihn ein grelles, citrinfarbenes Licht. Sein Körper verkrampfte. Wie ein Reh im Scheinwerferlicht gefangen, erstarrte der Mann, und das Geräusch in seinem Kopf schwoll an.

Quietsch – Quietsch – …

Kapitel 7

19. September 2022

Im letzten Augenblick versuchte der Fahrer, das Lenkrad herumzureißen und der Gestalt auszuweichen. Staub wirbelte auf und Dreck spritzte hörbar gegen den Lack. Der Wagen brach aus und drehte sich wie ein Kreisel über den staubigen Asphalt. Dann folgte ein dumpfer Schlag, und der VW Polo bockte kurz auf. Angsterfüllt und mit Schrecken im Gesicht starrten sie über das Armaturenbrett.

„Was machst du?“, empörte sie sich ungläubig. Er trat das Kupplungspedal durch und legte den Rückwärtsgang ein. Der Motor heulte auf und Schotter spritzte gegen die Karosserie. „Denk du vielleicht auch mal mit. Wenn die Bullen uns erwischen, sind wir beide am Arsch. Dem Penner da draußen kann keiner mehr helfen, der ist hin.“ Er schaute in den Rückspiegel und ließ das Kupplungspedal langsam kommen. „Aber wenn du aussteigen willst, mach. Nur zu.“ Seiner Stimme haftete eine Kälte an, die sie nicht von ihm kannte. „Was denkst du, wird passieren? Bei dem Ecstasy, was du eingeworfen hast, wird der Richter dich ficken.“ Er sah, wie ihr Gehirn versuchte, die Fakten einzuschätzen. Erneut heulte der Motor auf. Das Letzte, was er jetzt gebrauchen konnte, war ein weiteres Strafverfahren. Außerdem war es nicht seine Schuld gewesen; was lief ihm dieses Arschloch auch vor die Karre? Und auf dem Parkplatz waren noch genügend andere, die sich um ihn kümmern konnten. „Vielleicht denkst du ausnahmsweise auch mal an deine Tochter. Oder hast du wieder vergessen, was das Jugendamt beim letzten Mal gesagt hat?", versuchte er ihr ein schlechtes Gewissen einzureden. Nein, das hatte sie nicht. Sie sah ihn an und wusste, dass es falsch war, dann sagte sie: „Fahr los."

Kapitel 8

Heute

Schwer atmend lag der Mann verletzt im ausgedörrten Gras. Als er versuchte aufzustehen, knickte sein linkes Bein unnatürlich zur Seite weg. Wie ein Haus, das in sich einstürzt, sackte er zusammen.

Quietsch – Stille – Quietsch – Stille – Quietsch – Stille.

Ohne dem gebrochenen Körperteil Beachtung zu schenken, drehte er sich bäuchlings, stemmte sich auf und stellte sich auf das gesunde Bein.

Quietsch – Stille – Quietsch – Stille – Quietsch – Stille.

Von Weitem sah er sein Ziel. Die hohe Kabelbrücke setzte sich vor dem silbrigen Licht des Halbmondes deutlich ab. Die vernieteten T-Eisenträger ragten wie abgenagte Tierknochen in den nächtlichen Himmel.

Quietsch – Stille.

Er war angekommen. Im selben Moment sendete sein Gehirn Botenstoffe aus, und ein Gefühl der Glückseligkeit durchströmte ihn. Nicht mehr lange, und er würde seine Belohnung erhalten.

Wie einen Fremdkörper zog er das ungesund abstehende Bein hinter sich her. Nur langsam näherte er sich dem umzäunten Areal der stillgelegten Masselgießanlage. Die verrußte Ruine bestand aus einem einstöckigen Haus, dessen Fenster herausgebrochen worden waren.

Die Gittertür, die eigentlich die Ruine vor neugierigen Besuchern schützen sollte, stand nur einen Spalt weit offen. Mit den Fingern seiner linken Hand griff er in die verrosteten Maschen des Zauns. Leise quietschend schob er die Gittertür ein Stück weiter auf.

Bis zur Halle waren es jetzt nur noch wenige Meter. Euphorie breitete sich in ihm aus. Stacheldraht und zerbrochenes Glas erschwerten ihm den Weg. Unbeeindruckt davon drang er tiefer in das unwegsame Gelände vor. Das schleifende Geräusch, das sein gebrochenes Bein auf dem mit Unrat übersäten Boden verursachte, hallte in dem Gebäude zurück. Sein Ziel lag eine Etage über ihm. Die Stellen, an denen der Rost sich durch die eisernen Treppenstufen gefressen hatte, versuchte er instinktiv zu meiden.

Das elektrisierende Gefühl der Belohnung legte ein geisterhaftes Lächeln über sein Gesicht. Sein einziger klarer Gedanken galt dem, was ihn erwartete.

Stille.

Das furchtbare Geräusch in seinem Kopf war endgültig verstummt. Er durfte nicht stehen bleiben, durfte ihn nicht warten lassen. Mit letzter Kraft hielt er sich am rostigen Handlauf fest und zog sich Zentimeter um Zentimeter weiter nach oben.

Unsicher stand er auf dem oberen Treppenabsatz und blickte in die Schwärze vor ihm.

„Knie dich hin!“, befahl ihm die Stimme.

„Knie dich hin", wiederholte sie mit Grabeskälte.

Durch die herausgebrochenen Glasfenster der Masselgießanlage drangen die grölenden Stimmen der Festivalbesucher. Unter tosendem Applaus und schrillen Rufen kündigte der Sänger sein nächstes Lied an: „Die Nacht, in der ich starb."

Kapitel 9

Donnerstag, März 2025

Feldmann saß, wie nicht anders erwartet, über einem Berg von Akten und führte eine angeregte Diskussion mit sich selbst. So wie er es immer tat, wenn es darum ging, den Inhalt von Informationen nach Wichtigkeit zu sortieren. Als er die Tür hörte, verstummte er.

Es war unschwer zu erkennen, dass Fröhlig sich über etwas oder jemanden geärgert hatte. Wenn Feldmann raten müsste, war Julia, die ihm dichtauf folgte, wohl die sicherste Ursache dafür.

„Jens, was hast du für uns?" Ohne Umwege steuerte Fröhlig direkt die Kaffeemaschine an. Feldmann warf ihm einen „Lass deine schlechte Laune nicht an mir aus"-Blick zu.

„Das BAMPF hat sich bezüglich der Fingerabdrücke noch nicht zurückgemeldet, Frank. Ich habe die Zeit genutzt und beim KK12, 13 und 16 angefragt, um die Kriminalaktenführung der vergangenen sechsunddreißig Monate anzufordern. Solltest du recht behalten, gibt es irgendwo zwischen Personenfahndung, Verstößen gegen die Aufenthaltsbestimmung, Schleusung, Erpressung, Freiheitsberaubung, Sexualdelikten, Vermissten und Menschenhandel eine Auffälligkeit, die es zu finden gilt." Dabei schwebte seine Hand über den Berg von Akten auf seinem Schreibtisch, als wolle er sie beschwören. „Nur die Kollegen vom KK12 reichen noch nach. Kollege Rütte sagt, im Augenblick sind sie wegen eines anderen Falls noch gebunden. Ich denke, um anzufangen, reichen die hier aus."

Fröhlig hielt mit dem Rücken zu Feldmann inne. „Jens, ein gut gemeinter Rat von mir: Das Bessere ist der Feind des Guten, und gute Absichten bringen uns nicht weiter. Das KK12 soll sich bewegen und uns die fehlenden Akten umgehend zur Verfügung stellen. Uns läuft die Zeit davon." Fröhlig griff nach einem Becher und schüttete sich ein. „Wir haben keine Zeit zu warten, bis sie endlich wach geworden sind."

Aus dem Augenwinkel bemerkte Fröhlig den Blick, den Julia Jens zuwarf. „Du musst Frank entschuldigen, möglicherweise habe ich seine Männlichkeit infrage gestellt." Sie grinste schief. „Ein erdolchtes Kondom auf seinem Kopfkissen ließ mich schlussfolgern, er hätte in der vergangenen Nacht Sex mit einem Mann gehabt."

„Was?" Feldmanns Gesicht erhellte sich schlagartig, während seine Augen Fröhlig mit feixendem Blick fixierten. Fröhlig versuchte, Widerspruch zu erheben, doch mit dem Kaffee in seinem Mund brachte er nur gurgelnde Laute hervor.

Eine Zornesfalte furchte Fröhligs Stirn. Gerade als er sich Julia nähern wollte, fiel ihm eine einzelne Fotografie ins Auge. Neben dem Berg aus Akten hatte Feldmann kleinere Stapel mit Tatortfotos sortiert.

„Was ist das?“ Feldmann schob die Fotografie in seine Richtung. „Das ist ein Fall aus dem Jahr 2022, der 2023 ungelöst zu den Akten gelegt worden ist.“ Fröhligs Gesichtsausdruck verriet Feldmann, dass er mehr hören wollte. „Mir schien es auffällig, dass der Tote auf der Fotografie in unmittelbarer Nähe zu unserem Verstorbenen gefunden worden ist. Und zwar …“ Feldmann öffnete einen Aktendeckel und überflog die Zeilen der ersten Seite mit der Fingerspitze, „im Erzbrecher auf dem Gelände der Masselgießanlage.“

Feldmann sah in Fröhligs fragenden Gesichtsausdruck. „Wenn du von Meiderich kommst und die Emscherstraße in Richtung Landschaftspark Nord fährst, befindet sich links der Haupteingang, und rechts sind die Parkplätze. Die Masselgießanlage liegt im hinteren Teil. Heute gibt es dort Stellflächen für Wohnmobile und eine Skateranlage.“

„Komm zum Punkt, Jens.“

„Der Tote ist am 20. September 2022 aufgefunden worden.“ Das Datum machte etwas mit Fröhlig. „Traumzeitfestival“, ging es ihm durch den Kopf. An dem Wochenende spielten über 30 Bands aus aller Welt zwischen den stillgelegten Hochöfen. Er selbst hatte nicht teilgenommen. Die Nachwehen der Pandemie waren für viele damals noch zu frisch gewesen.

Feldmann überflog die nächsten Zeilen. „Gefunden wurde er von ein paar herumstreunenden Kindern. Die

Eltern der beiden lagen zu diesem Zeitpunkt nur wenige Hundert Meter entfernt im Camper und schliefen. Ihren Aussagen nach erholten sie sich von den Strapazen des Festivalwochenendes, weswegen sie das frühe Verschwinden ihrer Sprösslinge nicht sofort bemerkten.

Stellt euch die Masselgießanlage wie eine heruntergekommene Industriehalle vor. Ohne Türen und mit eingeworfenen Fenstern. Das Areal ist in etwa so groß wie ein Tennisplatz, mit einer verrosteten Stahlgerippebrücke darüber. Das Terrain selbst ist mit einem zwei Meter hohen Zaun eingefasst, und der einzige Zugang erfolgt über eine Gittertür. Das Vorhängeschloss lag auf dem Boden. Der Bügel war mit einem Bolzenschneider oder Ähnlichem durchtrennt worden. Zu erwähnen wäre auch, dass jemand zuvor die Scharniere geölt haben muss." Feldmann schob Fröhlig weitere Fotos zu.

„In einer der Wellblecheinhausungen, durch die früher Förderbänder gelaufen sind, haben sie ihn gefunden. Die Art, wie er ums Leben kam, ist extrem schmerzvoll und erinnert an eine Methode, die bis heute von der italienischen Mafia praktiziert wird: Incaprettamento, auf Deutsch „Fesselung". Die Technik führt zur Selbsterdrosselung beim Opfer. Die Person liegt bäuchlings auf dem Boden, mit einer Schlinge um den Hals. Das Ende vom Strick verbindet die auf dem Rücken gefesselten Hände mit den Knöcheln seiner Füße. Durch die angewinkelte Position der Beine und die natürliche Spannung ist eine Selbststrangulation unvermeidlich. Je nachdem, in welchem Winkel die Beine verzurrt werden, tritt der Tod verhältnismäßig schnell ein oder lässt verdammt lange auf sich warten." Feldmann sortierte einige der Fotografien vor und übergab sie an Frank.

„Oh Mann!" Fröhlig reichte einen Teil der Aufnahmen an Julia weiter. „Interessant", sagte sie wenig überrascht. „Diese Art zu töten, fand nachweislich schon 3500 v. Chr. statt. Forscher fanden in einem Grab bei Saint-Paul-Trois-Châteaux in Frankreich die Überreste von drei Frauen, von denen zwei auf dieselbe Art ermordet worden waren."

Die beiden Männer sahen Julia Stern mit unterschiedlichem Ausdruck auf ihren Gesichtern an. Jens Feldmann mit etwas wie „Aha, interessant". Fröhlig schlug die Augen nieder und fragte sich selbst, ob diese Straftat nicht doch schon verjährt sei.

„Das ist der erste nachgewiesene Serienmord in der Geschichte der Menschheit", führte sie weiter aus.

Stille.

„Homo insipiens, ihr ungebildeten Menschen", verachtete sie die beiden innerlich.

„Wie haben die Kinder das alles verarbeitet?", kam Julia auf den Mord aus 2022 zurück.

„Die leitende Gerichtsmedizinerin war in diesem Fall ebenfalls Mel. Sie ging davon aus, dass er schon zwei Tage dort lag, und neben massivem Befall und Spuren von Tierfraß war der Geruch entsprechend intensiv. Eines der beiden Kinder wurde ins Krankenhaus gefahren. Der Arme hatte angesichts der offenen Wunden und der Maden, die sich darin festgesetzt hatten, einen Schock erlitten. Der Opferschutz der Polizei kümmerte sich um die beiden."

Fröhlig schloss die Augen. In seinem Inneren suchte er nach etwas, das Feldmann möglicherweise entgangen war. Wie bei einem Suchbild verglich er die beiden Morde miteinander. Ihr Toter von heute Morgen war an einem Seil erhängt und zu Tode geprügelt worden. Der Mann vor ihm auf dem Foto hingegen erdrosselt. Der Erschlagene fand Mitte März den Tod, der Erdrosselte Mitte September. Im aktuellen Fall wurde dem Opfer die Haut von den Füßen gezogen. Fröhlig öffnete die Augen und betrachtete die Fotografien in seiner Hand. Auf keiner der Aufnahmen war zu erkennen, was dem anderen fehlte.

„Jens, schau doch bitte nach, ob in dem Bericht Besonderheiten aufgeführt sind."

„Du meinst abgesehen von dem Offensichtlichen?" Er überflog den Bericht aufmerksam. „Davon ist, soweit ich es erkennen kann, nichts vermerkt."

Fröhlig war sich sicher, dass die beiden Toten etwas verband. Es konnte sich um keinen Zufall handeln. „Was sagt die Tox?"

Feldmann schüttelte resigniert den Kopf. „Nichts, kein Treffer bei Drogen oder Opiaten. Nicht einmal Spuren von Alkohol oder anderen Substanzen. Den Laborergebnissen nach war der Mann so etwas wie ein Heiliger. Selbst seine Leberwerte waren zum Zeitpunkt seines Todes in Ordnung."

„Name, Adresse? Was steht da über seine Herkunft?“, wollte Fröhlig von ihm wissen.

„Nichts, alle Abfragen bei sämtlichen Behörden verliefen damals ins Leere. Jedoch lässt der forensische DNA-Test, zusammenhängend mit der Phänotypisierung, darauf schließen, dass er aus der Levante stammt. Genauer gesagt, Syrien. Wie ihr euch vorstellen könnt, gab es an dem Tatort zahlreiche unbekannte Spurenverursacher. Was auch daran liegt, dass solch düstere Orte eine magische Anziehungskraft für bestimmte Typen Mensch sind. Sprayer, Metalldiebe, ‚Lost Place‘-Fotografen oder eben auch allzu neugierige Kinder, die auf der Suche nach dem nächsten Abenteuer sind. Auch der Abgleich mit der forensischen DNA-Datenbank vom BKA ergab keinen brauchbaren Treffer.“ Feldmann zögerte. „Die STR-Profilanalyse, also die Short Tandem Repeats Methode …“

„Feldmann, jeder weiß, worum es sich dabei handelt. Damit wird der genetische Fingerabdruck einer Person dargestellt.“

„Ausgenommen davon, Frank, sind Zwillinge“, fügte Julia wie immer erklärend hinzu.

„Ergab einen nicht eindeutigen Treffer“, fuhr Feldmann dort fort, wo Frank ihn unterbrochen hatte.

„Was?“ Fröhlig glaubte sich verhört zu haben. Es existierte eine übereinstimmende DNA, und Feldmann hatte bis jetzt die Information zurückgehalten? Was war los mit ihm? Er musste doch wissen, wie wichtig diese Information für den Fall war.

„Warum rückst du erst jetzt damit heraus? Verdammt, Jens, du machst das doch hier nicht erst seit gestern." Fröhlig spürte Magensaft in sich aufsteigen. „Das kann die Lösung in unserem Fall bedeuten."

„Du hast mich falsch verstanden", bremste Feldmann seinen Enthusiasmus. „Ich habe nie davon gesprochen, dass es eine individuelle Identifizierung der DNA gibt. Ich habe nur gesagt, dass damals am Tatort ein unbekannter Spurenverursacher ausfindig gemacht worden ist, den das Labor aber nicht eindeutig zuordnen konnte. Nicht mehr und nicht weniger. Und ich würde es begrüßen, wenn du deine schlechte Laune an jemand anderen auslässt. Ich bin nicht dein Azubi." Feldmann sah Fröhlig mit einem warnenden, zementierten Ausdruck an.

„Soll ich das so verstehen, dass Mel die Kontamination damals, ohne den offiziellen Dienstweg einzuhalten, abgeglichen hat? Der direkte Vergleich von tatverdächtiger DNA setzt einen konkreten Verdachtsfall voraus."

„Jens, ich möchte, dass du Mel anrufst. Ich will wissen, was sie weiß. Und zwar alles!" Fröhlig sah Feldmann an, und irgendwie auch wieder nicht. Sein Blick schien durch ihn hindurchzugehen. Wenn Mel einen Verdacht hegte, wollte er es wissen. Mel war über jeden Zweifel erhaben, aber die Herausgabe von Informationen in therapeutisch homöopathischen Dosen ging nach seiner Auffassung gar nicht. Fröhlig wusste, dass sie, bevor sie etwas Falsches sagte, lieber schwieg, was im Allgemeinen auch die richtige Vorgehensweise war, aber eben nur im Allgemeinen.

Er atmete tief durch die Nase und durch den Mund wieder aus, was ein nasales Rauschen verursachte. Feldmann kannte dieses Geräusch nur zu gut und wusste, was als Nächstes kam. Er griff zum Stift und wartete darauf, sich Notizen zu machen.

„Ich möchte, dass du Mel fragst, ob sie bei beiden Toten diese komische Totenstarre diagnostiziert hat." Fröhlig betrachtete das Bild in seinen Händen, dann sagte er zögerlich: „Und ich will wissen, ob die verwendeten Seile bei beiden Opfern identisch sind." Dabei wedelte er mit der Fotografie aus dem Jahr 2022 herum. „Ich muss nicht betonen, dass Mel dir diese Frage unter allen Umständen beantworten muss. Wenn das Asservat, aus welchem Grund auch immer, nicht mehr aufzufinden ist, soll sie bei der Staatsanwaltschaft eine Exhumierung beantragen. Irgendwo wird sie schon eine einzelne Faser von dem verwendeten Strick ausfindig machen."

Feldmann wollte gerade etwas sagen, als Fröhlig ihm erneut das Wort abschnitt. „Ich weiß, Jens, aber wenn er sich gewehrt hat, muss sie in den Handgelenken Abriebspuren von dem Strick finden."

Und wenn nicht?, fragte eine Stimme in seinem Kopf. Was, wenn sich einer von beiden Toten nicht gewehrt hat? Fröhlig zog die Stirn kraus, als er das Bild auf Abwehrspuren untersuchte. Standen die beiden Fälle dann doch nicht in direktem Zusammenhang? Oder war das hier ein klassisches Muster von ..., er zögerte gedanklich. Wie würde Julia es so treffend beschreiben? Vermutlich mit dem Wort „Pareidolie“? Das Resultat einer bewusst oder unbewusst hervorgerufenen Fehldeutung durch sein Gehirn? Niemand wusste, wer die Toten waren oder woher sie genau stammten. Die Levante war groß und Syrien nur halb so groß wie Deutschland.

„Beide Opfer waren körperlich nicht in bester Verfassung und von Misshandlungen gezeichnet“, sagte Fröhlig.

Julia nahm ihm die Fotografien aus der Hand und betrachtete sie aufmerksam. „Sie tragen beide ausrangierte Kleidung, wie sie von gemeinnützigen Organisationen an Geflüchtete verteilt wird. Das retro Aloha-Strandhemd ist oversized und der Button-Down-Kragen typisch für die 90er-Jahre des letzten Jahrhunderts. Die Hose an den Gesäßtaschen sieht abgewetzt aus, und die Sohlen seiner Sandalen sind in einem schlechten Zustand. Was ist mit seinem linken Bein?“

Feldmann überflog Mels Bericht zu dem Toten. „Gebrochen, wie seine Hüfte auch.“

„Und wissen wir auch, warum?“, fragte sie bei ihm nach.

„Mel äußert sich in ihrem Bericht dazu nur vage. Auf der Kleidung des Opfers fand sie Rückstände von Autolack, weswegen sie eine Fahrerflucht nicht ausschloss. Die Farbpigmente im Splitter sind einem VW Polo zugeordnet worden.“ Feldmann blätterte in der Akte zurück. „Das KK21 konnte allerdings keinen Halter zu einer möglichen Fahrerflucht ermitteln. Nachforschungen verliefen später ins Leere."

Im Laufe seiner Dienstzeit waren Fröhlig viele Menschen begegnet, die auf ihrer Flucht aus der Heimat und in ein besseres Leben beinahe alles verloren hatten. Eine Gemeinsamkeit besaßen sie fast alle, egal, welche Religion oder Herkunft sie hatten: Jeder achtete auf sein Äußeres.

„Jens, kontaktiere das Bundesamt für Migration und Flüchtlinge. Schicke denen die Fingerabdrücke unserer Toten. Die sollen schauen, ob sie damit etwas anfangen können. Wenn die Männer legal eingereist sind, haben sie in den Auffangzentren die Abdrücke ihrer Zeigefinger erfasst. Und frag beim Kommissariat für Organisierte Kriminalität und den Kollegen vom Menschenhandel nach. Wenn dem KK21 oder KK12 vergleichbare Fälle bekannt sind, möchte ich, dass du der Sache mit Priorität nachgehst."

Zwei Tote binnen weniger Stunden; auch wenn zwischen ihrem Ableben Jahre vergangen waren, konnte das unmöglich ein Zufall sein. Zufall?, echote das Wort durch seinen Kopf. Zufall ist etwas, das nicht vorhersehbar ist, nicht beabsichtigt oder unerwartet passiert. Innerlich sträubte er sich gegen den Begriff. Er glaubte nicht an Zufälle, denn das Universum ist bekanntermaßen faul.

Sein Blick haftete auf dem Stapel Akten, hinter dem Feldmann nahezu verschwand. Jens besaß ein besonderes Gespür. Eine Superkraft, wenn man so wollte. Gab es in der Aktenlage eine Unregelmäßigkeit, eine winzige Anomalie – Feldmann würde sie finden. Er war, was solche Dinge anging, vergleichbar mit einem Terrier, der Blut gerochen hat.

„Julia, besteht die Möglichkeit, Jens deine Kontakte beim LKA zur Verfügung zu stellen?"

Sie sah ihn mit einem Blick an, der ihn für verrückt erklärte.

Fröhlig war sich bewusst, was er von ihr verlangte. „Beide Opfer sind massiver Gewalteinwirkung ausgesetzt gewesen. Nichts deutet bisher auf ein Sexualdelikt hin. Was, wenn das organisierte Verbrechen seine Finger im Spiel hat? Wenn sich mein Verdacht bestätigt und es sich bei den beiden Männern um illegal Eingereiste handelt, wird sie kaum jemand vermissen. Vielleicht kann das LKA uns hilfreiche Informationen liefern."

Julia atmete gepresst aus. Einem Dritten uneingeschränkten Zugang zu ihrem LKA-Account zu gewähren, widersprach jedem Diensteid, den sie jemals geleistet hatte. „Na gut, Jens", sagte sie enerviert. „Achte im Besonderen auf Verbindungen ins Clan-Milieu mit Überschneidungen bei Motorradclubs und/oder Osteuropäern." Feldmann nahm ein Blatt Papier und schrieb mit. „Strukturen, die in die Niederlande zur Mocro-Mafia oder in den Balkan, Russland, die Ukraine oder auch zur nigerianischen Mafia mit dem wohlklingenden Namen ‚Schwarze Axt' führen, haben für dich erhöhte Priorität."

„Was ist mit Italien?", fragte Feldmann.

„Absolut richtig." Sie schloss die Augen und dachte über seine Worte nach. Seit den Pizzamorden war der

Duisburger Polizei schmerzhaft bewusst geworden, dass die 'Ndrangheta aus Kalabrien, die Camorra rund um Neapel oder die Cosa Nostra, die auf Sizilien ihr Unwesen trieb, sich in Duisburg wie ein Krebsgeschwür ausgebreitet hatten. Feldmann hatte recht, das kriminelle Ökosystem war artenreicher, als viele ihrer Staatsanwälte wahrhaben wollten, kommentierte Julia in Gedanken.

„Okay, Jens, noch etwas anderes", sagte Fröhlig. „Julia und ich treffen uns heute Abend mit einem meiner Informanten. Name und Adresse gebe ich dir durch, nur falls uns etwas passieren sollte." Dabei ging er zur gegenüberliegenden Wand. Ein schuhkartongroßer Waffentresor hing auf Kopfhöhe. Fröhlig tippte eine vierstellige Nummer ein und bestätigte mit der Rautetaste. Mit einem mechanischen Klacken sprang die Tresortür auf. Neben harzfreiem Waffenöl, Pfeifenreinigern und einem moosgrünen Putztuch aus Baumwolle fand er, wonach er suchte. Prüfend betrachtete er die beiden Ersatzmagazine.

Julia tat es ihm gleich und kontrollierte ebenfalls das Zusatzmagazin in ihrem Schulterholster.

Feldmann kam sich vor wie in einem US-amerikanischen Krimi. Er wollte verdammt sein, wenn er im Büro zurückblieb, während sie ihren Spaß hatten.

„Bist du sicher, dass zwei ausreichen?"

„Jens, wenn wir dort mit der ganzen Kavallerie aufschlagen, ist er weg, noch bevor wir ihn zu Gesicht bekommen." Feldmann sah ihn schweigend an und verschränkte protestierend die Arme vor der Brust.

„Frank, ich habe vor vielen Jahren einen Fehler gemacht, einen!“ Demonstrativ streckte er ihnen den Zeigefinger entgegen.

„Und es hat nicht wenig gefehlt, wie du dich erinnerst.“ Dass Feldmann damals, als er noch bei den Streifenhörnchen den Dienst versah, das Vereinsheim in Hochfeld auseinandergenommen hatte, war nicht einmal das Problem. Dass er mit gezogener Waffe die Kontrolle über sich verloren hatte, hingegen schon.

Den ganzen Tag über hing sein Magen in der Kniekehle. Und jetzt, wo er daran dachte, wuchs in Fröhlig ein unstillbares Verlangen nach zerlaufendem Käse und italienischer Salami. Auch wenn seine Lieblingspizzeria am Dellplatz offiziell noch nicht geöffnet hatte, würde Roberto bestimmt gerne eine Ausnahme für seinen größten Bewunderer machen.

Als er satt und zufrieden vor die Tür der Pizzeria trat, lächelte er glückselig. In den letzten Jahren hatte er ein halbes Vermögen hierhergetragen und die andere Hälfte in Döner investiert.

Fröhlig und Julia Stern waren sich einig, früher als verabredet am Treffpunkt zu erscheinen. Die Wahrscheinlichkeit, dass der Libanese denselben Gedanken hatte, war groß.

Die Anzeige im Tesla zeigte 17:45 Uhr. Die untergehende Märzsonne verlieh dem Duisburger Norden ein schwefelgelbes Licht. Die abgenutzten Jugendstilfassaden der Häuser standen Pate für einen Stadtteil, der seine besten Tage weit hinter sich gelassen hatte.

Lange Schatten bildeten sich unter den vorstehenden Ornamenten und erinnerten an dunkle Ringe unter übernächtigten Augen. Bruckhausen befand sich seit Jahren im Niedergang. Erst kam der Zerfall, dann die Bankrotterklärung von Politik und Polizei und zu guter Letzt das organisierte Verbrechen.

Fröhlig empfahl, den Tesla abseits vom eigentlichen Treffpunkt zu parken, woraufhin sie den Wagen knapp hundert Meter vom Son Durak entfernt abstellte.

Fünf hochgewachsene Platanen säumten den Platz vor der Liebfrauenkirche, der von allen Seiten gut einsehbar war. Im Schatten der mächtigen Bäume standen junge Männer in billigen Trainingsanzügen und beäugten sie misstrauisch. Ihrem Aussehen nach tippte Fröhlig auf Dealer. Ob sie Heroin oder Methamphetamin vertickten, war schwer zu erkennen. Demonstrativ schlug er den Jackensaum nach hinten und entblößte seine Walther. Wie Ungeziefer, das das Licht scheut, stoben die jungen Männer auseinander.

Von außen machte das Son Durak nicht den Eindruck, der Schwerpunkt läge auf Gastlichkeit. Fröhlig blickte sich um. Selbst im orangefarbenen Licht der untergehenden Sonne erinnerte das Triste der Straße an „1984“, einen der Klassiker von George Orwell. Die Fassaden der Häuser waren so grau wie die Felsentauben, die gurrend auf ihren Giebeln saßen.

Das Schaufenster war von innen mit schwarzer Folie verklebt. Die Tür hing schief im Rahmen, und anstelle eines Schließzylinders verhinderte ein altersschwaches

Vorhängeschloss den ungewollten Zutritt. Auf der Fassade hatte der Besitzer ein handbemaltes Schild angebracht, dessen Lettern einer Geisterbahn gut zu Gesicht gestanden hätte. „FUN & MORE" war in zerlaufender Schrift darauf zu lesen. Fröhlig fragte sich, was es mit dem „MORE" auf sich hatte.

Er machte einen Schritt auf die Tür zu und betrachtete das Vorhängeschloss. Wie nicht anders erwartet, war es fest verschlossen.

„Ich glaube nicht, dass der Mieter noch einmal wiederkommt." Dabei nickte er in Richtung des provisorischen Briefkastens. Fröhlig zog einen einzelnen Umschlag heraus und studierte den Absender. Der Mahnbescheid kam vom Ordnungsamt der Stadt Duisburg. Als er ihn öffnete, gab es ein reißendes Geräusch. Laut dem Schreiben, das er in Händen hielt, war das Lokal vor Monaten geschlossen worden.

Julia drängelte sich an ihm vorbei und zog ein kleines braunes Etui aus der Innentasche ihrer Lederjacke.

Die Marlene-Dietrich-Hose, die an der richtigen Stelle eng anlag, das unordentliche Haar, ihre schwarze Lederjacke und dann noch ihr willkürlich aufgetragenes Make-up – kein Mensch kam auf die Idee, dass diese Frau, die gerade vor ihm kniete, vom LKA sein könnte.

Während Julia Stern sich kurz mit dem Schloss beschäftigte, überkam ihren Kollegen das Gefühl, von irgendwoher beobachtet zu werden. Fröhlig, der wie ein Freier breitbeinig vor ihr stand, warf einen schnellen

Blick über die Schulter. Bassem versteckte sich nicht vor ihm. Da war er sich sicher. Litt er etwa unter Paranoia? Aber das ungute Gefühl ließ nicht nach.

Als der Bügel vom Schloss aufsprang, schob Julia Stern die verzogene Tür einen Spalt weit auf. Knarrend streifte sie über den abgewetzten Linoleumboden.

Vorsichtig setzte Fröhlig einen Fuß in das leer stehende Bistro. Julia folgte ihm dichtauf, die Glock auf Höhe der Brust fest in den Händen. So wie die Inneneinrichtung aussah, stammte ein Großteil vom Sperrmüll. Putz fiel von den Wänden und lag zerbröselt auf dem Linoleumboden verstreut. Braune Deckenpaneele hingen lose herunter, und man konnte den Beton dahinter erkennen. Lautlos näherte er sich, die Walther im Anschlag, einem der drei provisorisch zusammengezimmerten Separees. Vor den Kabinen aus Pressspanplatten hingen Vorhänge aus milchiger Bauplane. Entfernt erinnerten sie an Obdachlosenunterkünfte unterhalb einer beliebigen Brücke. Mit gezückter Waffe wischte er den Vorhang beiseite.

„Sauber", sagte er flüsternd. Julia stand hinter ihm und nickte stumm. Seine Augen flogen durch den beengten Raum. Abisolierte Kabel hingen wie Würmer aus der mintgrün gestrichenen Wand. Jemand schien in großer Eile gewesen zu sein. Er konnte sich täuschen, aber nach den Abdrücken auf Boden und Wänden zu urteilen, standen hier einmal Spielautomaten.

Fröhlig drehte sich zu Julia um, die über den Lauf ihrer Waffe den übrigen Raum abdeckte. Durch Handzeichen gab er ihr zu verstehen, den hinteren Bereich zu sichern.

„Sauber", flüsterte ihre Stimme aus dem, was einmal die Küche gewesen ist. Schnell streckte er den Arm vor, und seine Armbanduhr rutschte unter dem Ärmel seiner Jacke hervor. Ihnen blieben noch exakt 20 Minuten, bevor der Libanese eintraf. Ohne es auszusprechen, verstand Julia, welche Position sie einzunehmen hatte. Leise wie eine Katze verschwand sie nach hinten. Im Türrahmen verharrte sie und scannte mit den Augen das, was von der Küche übrig gebelieben ist. In der verdreckten Spüle fand Julia Stern, wonach sie suchte. Sie nahm einen schmutzigen Teller und warf ihn vor die Tür. Scheppernd zerbrach das Porzellan in Dutzenden von Scherben. Ein improvisiertes Frühwarnsystem, sollte sich jemand ihrem Versteck nähern. Julia Stern zerrte zwei Einbauschränke von der Wand, warf sie um und ging dahinter in Stellung.

Fröhlig hatte sich einen der Stühle so hingestellt, dass er die Straße durch die offen gebliebene Tür gut einsehen konnte. Wenn er den Libanesen richtig einschätzte, durchsuchten ihn seine Bodyguards bestimmt nach Waffen. Um ihnen die Arbeit zu erleichtern, zog er die Jacke aus und legte sie über die Rückenlehne. Er ließ das Magazin aus der Pistole gleiten und bewegte den Schlitten nach hinten. Dann legte er die Automatik in Griffweite vor sich auf dem Tisch.

Die letzten Minuten kamen ihm wie eine Ewigkeit vor. Warten war noch nie eine seiner Stärken gewesen.

Als eine schwarze Mercedes-S-Klasse-Limousine langsam an der offen stehenden Tür vorbeifuhr, warf Fröhlig einen Blick über die Schulter zurück. „Sie kommen", sagte er. Er hörte Julia, konnte sie aber nicht sehen.

Im gleichen Augenblick wurde die Tür von außen aufgestoßen. Fröhlig erkannte im Gegenlicht der Straße einen gut gekleideten Mann, der mit einem Schalldämpfer auf ihn zielte.

War er eben noch die Ruhe selbst, schlug ihm sein Herz jetzt bis in den Hals. Sein Magen verkrampfte sich, und der Blick fiel auf die Walther. Hatte er sich womöglich gerade ins Aus manövriert? Bleib ruhig, ermahnte er sich. Noch gab es keinen Grund überzureagieren. Er schluckte trocken. Dem mattschwarzen Stahl des Schalldämpfers folgte das brünierte Eisen einer 9-mm-Beretta. Fröhlig saß mitten im Lokal und schlug lässig die Beine übereinander.

„Tag." Fröhlig versuchte, sich seine Nervosität nicht anmerken zu lassen. Bassems Bodyguard schien sich an seiner Gegenwart nicht weiter zu stören. Fröhlig war überrascht, wie leichtfüßig sich der Hüne durch den Raum bewegte. Er schätzte den Mann auf über einen Meter neunzig und gut und gerne 130 Kilo schwer. Seinen Augen schien nicht das Geringste zu entgehen. Auch die Art, wie er seine Waffe führte – mit abgespreizten Ellenbogen hielt er die Beretta dicht vor die Brust –, zeigte, dass er kein Anfänger war. Seine Bewegungen erinnerten Fröhlig stark an einen Soldaten. Er hörte, wie auf dem Boden Scherben zerplatzten.

Regungslos saß er da und wartete ab, was als Nächstes passierte.

Die Stille im Raum war kaum zu ertragen. Jeden Augenblick rechnete er damit, dass der Bodyguard Julia entdeckte.

Der Hüne trat von hinten an ihn heran und zog ihn unsanft in die Höhe. Zerrte ihn gegen eine der Sperrholzwände und begann ihn abzutasten.

„Sachte, mein Großer", sagte Fröhlig mit frivolem Unterton.

Grob presste der Goliath ihn fester gegen die Wand. Mit der Geschwindigkeit eines Ladendiebs durchsuchte er ihn nach Waffen. Als seine Hände ihn unsanft im Schritt berührten, zuckte Fröhlig zusammen.

„Also, das geht mir jetzt doch etwas zu schnell", beschwerte sich Fröhlig mit schwülstiger Stimme. „Ich will zuerst geküsst werden, bevor wir weitermachen", fügte er todesmutig hinzu.

Nachdem der Riese nichts bei ihm gefunden hatte, bewegte er das Handgelenk zum Mund und sprach etwas auf Arabisch. Danach stieß er ihn zurück auf den Stuhl.

„Selbst dann nicht, wenn von deinem Arsch Honig tropft, Bulle!"

„Das heißt aber nicht, dass du nicht willst?", schob Fröhlig leichtsinnig hinterher. Die flache Hand des Bodyguards traf Fröhlig hart am Hinterkopf.

„Kartoffel, du hängst nicht sonderlich am Leben. Kann das sein?" Der Mann hinter ihm verstaute die Beretta im Hosenbund und positionierte sich breitbeinig. Von draußen näherte sich ein weiterer Schatten und sicherte die Eingangstür seitlich. Dabei musste es sich um den zweiten Bodyguard von Bassem handeln. Somit war das Kräfteverhältnis nicht mehr ausgeglichen, dafür war das Überraschungsmoment auf ihrer Seite.

Absätze von Schuhen knallten hart auf die Gehwegplatten. Der Libanese trug, nicht anders als erwartet, ein teures Paar mit einem noch exklusiveren Anzug. In der verspiegelten Sonnenbrille konnte Fröhlig sich selbst erkennen.

Als er das Son Durak betrat, versuchte er sich an einem Lächeln.

„As-salamu alaykum," begrüßte ihn Bassem pflichtschuldig.

„Wa alaykum as-salam", erwiderte Fröhlig unterkühlt den Gruß.

„Du siehst scheiße aus, Fröhlig. Wenn ich das so sagen darf." Der Libanese stimmte einen freundschaftlichen Ton an, doch Fröhlig wusste es besser.

„Lassen wir doch die Höflichkeiten und kommen gleich zum Punkt, an dem ich dich frage: Kennst du einen der Männer?" Fröhlig entsperrte sein Smartphone, öffnete die Fotogalerie mit den beiden Ermordeten und schob es ihm rüber.

Der Gefragte wischte ein Bild nach dem anderen zur Seite weg.

„Wie sollte ich? Das Gesicht von dem einen ist Matsch und der andere ist so aufgedunsen, dass er aus einem Zombiefilm stammen kann.“ Das sagte er mit einem Gleichmut, der an Arroganz grenzte. Bassem stand ungerührt da und starrte ihn durch die verspiegelte Sonnenbrille an.

Fröhlig war nicht überrascht, dass der Libanese sich am Zustand der Leichen kaum störte. Die Kindheit von Bassem war laut seinen Erzählungen geprägt von Tod, Terror und Zerstörung. Er hatte sie in Beirut verbracht. Zu diesem Zeitpunkt war die Stadt die Hölle. Jeder schoss auf jeden – Nachbarn auf Nachbarn, Freunde auf Freunde. Das Grauen war in den Straßen damals allgegenwärtig.

Plötzlich sah Fröhlig ein leichtes Zucken in Bassems linkem Auge. Kannte er doch einen der Toten, oder waren sie ihm zumindest mal begegnet?

Fröhligs Gesicht erhellte sich. „Habibi, mir zuliebe. Schau sie dir noch einmal an.“ Fröhlig hatte den Eindruck, als sperre sich der Libanese gegen das, was er auf den Bildern sah. Nicht dass er menschliche Regung zeigte, aber etwas daran schien ihn zu beunruhigen.

„Fröhlig, die sehen für mich alle gleich aus. Schwarz, braun, gelb und immer mit dem gleichen Ausdruck in den Augen“, versuchte der Libanese abzulenken.

„Was genau meinst du mit ‚die sehen alle gleich aus‘? Geht das auch etwas genauer, Bassem?“ Fröhlig tat so, als ginge es um nichts. In ihm drin sah es anders aus.

„Jeden Tag kommen Dutzende dieser armen Teufel zu uns hierher. Alle mit derselben Hoffnung, denselben Träumen und derselben Vorstellung vom schnellen

Wohlstand. Afghanistan, Irak, Syrien, Nigeria, Nordafrika, Balkan." Der Libanese zog die Brille ab und legte sie vor sich auf den Tisch. „Soll ich weitermachen? Den meisten sieht man die Schrecken ihrer Flucht an." Er saß da und schaute Fröhlig kalt an.

„Wusstest du, Fröhlig, dass einer griechischen Sage nach Europa eine schöne phönizische Königstochter war, die von Jupiter in Form eines Stiers nach Kreta entführt und dort vergewaltigt wurde? Ihr Vater war der Herrscher von Tyrus, dem heutigen Libanon." Der Libanese sah ihm fest in die Augen. „Erkennst du die Ironie darin?"

Fröhlig saß dem Libanesen mit versteinerter Miene gegenüber. „Ich bin nicht nach Bruckhausen gefahren, um von dir eine Geschichtsstunde zu bekommen."

Mit finsterer Miene sah Bassem ihn an. Gleichgültig warf der Libanese einen erneuten Blick auf Fröhligs Smartphone.

„Wenn niemand diese armen Teufel vermisst, weckt das in ganz bestimmten Kreisen Begehrlichkeiten." Der Libanese wischte zurück zu der Aufnahme mit dem Erdrosselten. Ungerührt saß er da und schob das Smartphone wieder zur Tischmitte.

Fröhlig glaubte zu wissen, wovon Bassem sprach.

„Reden wir über Menschenhandel?" Eines der niederträchtigsten Verbrechen, dessen sich ein Mensch schuldig machen konnte. Fröhlig waren schon einige Fälle von Sklaverei untergekommen, und alle hatten zur Folge, dass eine Existenz zerstört worden war.

„Ja und nein“, sagte Bassem abwägend. „Habt ihr alte Narben bei ihnen gefunden? Irgendwelche Verletzungen, außer die, die auf den Bildern zu sehen sind?“

„Laut der Gerichtsmedizin gibt es bei einem der Opfer Verletzungen an beiden Nieren. Verursacht durch Quetschungen, wie sie bei hart ausgeführten Schlägen entstehen.“

„Nein, ich meine solche, wie sie bei unsauber durchgeführten Operationen vorkommen.“

Fröhlig verstand nicht sofort. Dann fiel auch bei ihm der Groschen.

„Worauf willst du hinaus? Auf illegalen Organhandel?“ Fröhlig hatte von dem Gerücht gehört. Seit einiger Zeit machte es unter den Kollegen die Runde, dass im Norden der Stadt eine Organmafia ihr Unwesen treiben soll. Aber das waren Ammenmärchen. Zumindest bis gerade eben.

„Das können wir definitiv ausschließen. Die Obduktion ergab keinerlei Hinweise auf eine Entnahme“, klärte er den Libanesen auf.

„Hm, zeig mir noch mal die Aufnahme, wo er mit dem Rücken zur Kamera hängt.“ Fröhlig beugte sich vor und schob das Smartphone zu ihm herüber.

Bassem spreizte die Finger auf dem Display und vergrößerte den Ausschnitt. „Es ergibt auch wenig Sinn, die Ware vorher zu beschädigen. Es sei denn, das hier war als Bestrafungsaktion gedacht.“ Fröhlig sah, wie der Libanese über etwas nachdachte. „Aber die Art, wie er geschlagen und der andere erdrosselt worden ist, kommt mir verdammt bekannt vor." Er drehte das Display in seinen Händen um neunzig Grad. „So wie er da hängt und so wie ihm die Verletzungen zugefügt worden sind, erinnern sie mich an …" Er zögerte, sah genauer hin. „An Damaskus." Es war nicht das erste Mal, dass Bassem Menschen auf diese Art hatte sterben sehen.

„Bisher dachte ich immer, du stammst aus dem Libanon?" Es war nicht auszuschließen, dass Bassem seine Herkunft aus dem Libanon frei erfunden hatte. Sollte er in naher Zukunft verhaftet werden, konnte man ihn nicht dorthin abschieben.

„Das stimmt auch, aber die Geschäfte in meiner Heimat haben mich viel reisen lassen. Ich und meine Familie sind seit vielen Generationen Händler und in den Basaren des Orients sehr gut vernetzt." Bassem legte ein Lächeln auf, das sagte: Vertraue mir.

Was kam als Nächstes? Dass der Libanese vor ihm eine Öllampe hervorzauberte und daran rieb?

„Wenn du das sagst." Fröhlig war es egal, woher Bassem in Wirklichkeit stammte. Sein Arbeitgeber war nicht die Ausländerbehörde. „Was ist jetzt mit den Toten? Die Art der Verletzungen, hast du das schon einmal gesehen?" Fröhlig konnte es ihm ansehen; so wie der Tote auf dem Foto hing, machte das etwas mit dem Libanesen.

Bassem atmete schwer aus, dann sprach er in einem Tonfall, der Fröhlig nachdenklich stimmte. „Willst du etwas in Erfahrung bringen, schaffe deinen Gefangenen nach Kairo. Soll er für immer verschwinden, nach Damaskus." Fröhlig suchte in den Augen des Mannes nach einer menschlichen Emotion.

„Was ist, Fröhlig?" Er legte eine kurze Pause ein und sprach dann im verächtlichen Ton weiter. „Als ob euch das hier interessiert. Weißt du, woher diese Redewendung kommt? Von euch." Er lachte. „Jedem in meiner Heimat, und selbst den Kleinsten, ist sie gut bekannt. Sie stammt aus westlichen Geheimdienstkreisen." Mit einem Mal überkam Fröhlig das Gefühl, die Temperatur in dem Abrisscafé sank rapide.

„Du hast gefragt, Fröhlig, woher ich diese Art der Tötung kenne. Aus Syrien, mein falscher Freund. Genauer gesagt, aus den Kellern von Damaskus. Weißt du, Baschar al-Assads Foltergefängnisse sind immer reich gefüllt. Aber warum erzähle ich dir das überhaupt?" Bassem zögerte und studierte den Bullen auf der anderen Seite vom Tisch.

Doch Fröhlig blieb ruhig auf seinem Platz sitzen. Er ließ sich nichts anmerken. Bassems Vergangenheit ging ihn nichts an und war zudem nicht Gegenstand der Ermittlungen. Er urteilte nicht, und es stand ihm auch nicht zu, den Libanesen zu verurteilen – zumindest was das Menschliche anging.

„Und weiter?", forderte Fröhlig den Libanesen auf.

„Der erdrosselte Typ hatte nie wirklich eine Chance. Seinen Mördern war es offensichtlich egal, ob und was er zu erzählen hatte. Der sollte nur weg. Denk mal darüber nach. Mit einem Strick um den Hals redet man für gewöhnlich nicht viel.“ Bassem wischte weiter zum nächsten Bild.

„Das hier sind typische Verletzungen eines Gefangenen, der an den Händen aufgehängt wird. Die vielen Schläge lassen ihn wie eine spanische Piñata um die eigene Achse drehen. Siehst du hier, das erklärt das gleichförmige Muster der Wunden. Immer schön von links nach rechts schlagen. Es ist ganz schön anstrengend, so viele Schläge einem Menschen zu verabreichen. Der Typ, der ihm das angetan hat, muss ziemlich gestört sein.“ Bassem griff sich ans Kinn und begann es zu massieren. „Du sagst, es ist nicht das erste Mal, dass er gefoltert worden ist. Ähnliche Verletzungen hat er schon früher davongetragen?“

„Zumindest ergab das die Untersuchung mit dem Mikroskop.“ Ganz offensichtlich wusste Bassem mehr über solche Dinge, als er bereit war, ihm zu erzählen.

Der Libanese gab dem Bodyguard zu verstehen, draußen zu warten. Und Fröhlig wunderte sich: Traute er etwa den eigenen Leuten nicht? Als der Hüne das Lokal verließ, fragte er verschwörerisch: „Sagt dir der Name Black Hands etwas?“ Dabei sah Bassem ihn an, als spräche er den Namen des Teufels aus.

„Nein, sollte er?“, log Fröhlig besseren Wissens. Natürlich sagte ihm der Name etwas. Die Straßengang war ihm keine Unbekannte. Er war Polizist in einer der härtesten Städte Deutschlands. Unter sechs Morden drehte sich hier nicht einmal eine Oma mit Rollator um. Der Ursprung der Gang ging bis in die 1990er-Jahre zurück.

Zu dieser Zeit bestand sie ausschließlich aus gelangweilten Jugendlichen mit Migrationshintergrund. Er glaubte sich zu erinnern, dass sie aus Hamborn kamen.

Später wurden aus gelangweilten Teenagern Intensivtäter und noch später Zuhälter, Drogenhändler, die ihr Geld in illegalen Spielhöllen wuschen. Das Letzte, was er hörte, war, dass sie mit Satudarah MC fusionieren wollten. Der niederländische Rocker-Club galt als kriminelle Vereinigung und besaß circa 30 Ortsgruppen in Spanien, den Niederlanden, Belgien, Malaysia und Indonesien. 2015 wurde der MC in Deutschland verboten. Danach gab es nur noch wenige Neuigkeiten. Das KK34 sollte mehr darüber wissen, schließlich war das hier ihr Revier.

„Es gibt Gerüchte darüber, dass im Norden Asylanten spurlos verschwinden. Und es gibt Gerüchte, dass sie damit in Verbindung stehen. Bruder, glaub mir, wenn ich sage, diese Typen sind nicht richtig im Kopf." Dabei rotierte sein Zeigefinger vor der Schläfe. „Die rauchen da irgendeine synthetische Scheiße. Ich habe Bilder von einer Bestrafung gesehen. Kennst du den Film SAW?" In böser Vorausahnung wusste Fröhlig nicht, ob er seine Frage mit Ja oder Nein beantworten sollte. „Die haben einem Verräter einen Putzeimer mit hungrigen Kanalratten auf den Bauch gebunden. Zwanzig Minuten lang soll er sich die Seele aus dem Leib geschrien haben, bis einer Gnade walten ließ und ihn erlöste." Bei der Vorstellung zogen sich seine Eingeweide zusammen. Ratten, dachte Fröhlig und schüttelte sich.

Plötzlich ließ ein Geräusch Bassem aufhorchen. So schnell, dass Fröhlig nicht imstande war zu reagieren, hielt der Libanese unerwartet eine Pistole in der Hand. Im selben Augenblick entwich aus dem Mund des Libanesen ein schriller Pfeiflaut, als befehligte er bissige Hunde. Sofort stürmten die beiden Bodyguards in das Bistro.

Fröhlig griff rasch nach seiner Waffe und stieß gleichzeitig mit dem Bauch den Tisch um, sodass der Libanese ins Straucheln geriet und zwei Schritte zurückstolperte. Der Hüne legte mit dem Schalldämpfer auf ihn an, dann zerriss ein ohrenbetäubender Schuss die Luft.

Fröhlig schaute blass an sich herab – mit der Gewissheit, getroffen worden zu sein. Stattdessen fiel der Bodyguard nach hinten und hielt sich schmerzverzerrt die Schulter. Fröhlig drehte sich zu Julia herum und sprang in Richtung Küche. Mit dem Bauch voran landete er auf dem Boden. Auf allen vieren, wie ein Hund, suchte er hinter der Wand Deckung. Er warf einen schnellen Blick um die Ecke und sah, wie Bassem, geschützt von dem unverletzten Bodyguard, aus dem Son Durak gezerrt wurde. Der andere lag noch immer am Fenster und hielt sich mit hochrotem Kopf die verletzte Schulter.

„Du bist ein toter Mann, Fröhlig“, brüllte der Libanese von draußen. „Ein toter Mann, hast du verstanden?“ Er hörte, wie eine Autotür zuschlug und die Limousine hochtourig beschleunigte.

„Bist du getroffen, Frank?“ Julia stand über ihm und zielte mit ihrer Glock auf den am Boden liegenden Bodyguard.

„Ich glaube nicht.“ Sein Puls hämmerte wie verrückt, und kalter Schweiß sammelte sich in seinem Rücken. Fröhlig stützte sich ab. Auch der Hüne erhob sich langsam. Blut sickerte aus dem Loch in seinem Sakko.

Fröhlig stand auf, legte seine Hand auf den Schlitten ihrer Waffe und drückte sie leicht nach unten. „Lass ihn gehen.“

„Aber er hat auf einen Polizeibeamten geschossen“, legte Julia Protest ein.

„Geschenkt.“ Fröhlig drängte sich an ihr vorbei. Was für ein beschissener Tag!, ging es ihm durch den Kopf. Es wurde auf ihn geschossen, und er hatte sich den Libanesen endgültig zum Feind gemacht. Stellte sich die Frage, was schlimmer war?

„Lass uns die Hülsen einsammeln und dann von hier verschwinden.“ Julia schaute ihn an, als habe er ihr einen unsittlichen Antrag gemacht.

„Was denn?“ Er sah sie irritiert an. „Der wird schon nichts erzählen, und die Nachbarschaft hört in der Gegend grundsätzlich schlecht. Also was ist, hilfst du mir beim Suchen?“ Julia Stern stand mit gesenkter Waffe da und betrachtete ihn fragend. „Hast du tatsächlich Lust, die kommenden Tage endlose Berichte zu schreiben und darüber nachzudenken, wie dein Leben beim KK11 hätte verlaufen können?“ Ihm fehlte die Zeit zu warten, bis sie sich entschied. Als er fand, wonach er suchte, sagte er triumphierend: „Hab sie“, und hielt die messingfarbene Hülse in die Höhe.

Vor der Tür stehend, drückte Julia den Bügel zurück ins Schloss, wischte ihre Fingerabdrücke darauf ab und ging, ohne ein Wort mit ihm zu wechseln, zurück zum Auto. Fröhlig öffnete die Beifahrertür und erstarrte in der Bewegung. Wieder überkam ihn das unbestimmte Gefühl, von irgendwoher beobachtet zu werden. Seine Augen flogen suchend über den Platz.

„Was ist?“, wollte Julia wissen. Sein zögerliches Verhalten war ihr nicht entgangen. Bildete er sich das nur ein oder spielten ihm seine Nerven einen Streich? Aber er konnte schwören, jemand beobachtete sie beide.

„Ich bin mir nicht sicher. War nur so ein Gefühl.“ Ohne den Platz aus den Augen zu lassen, sank er in den Beifahrersitz.

„Wohin als Nächstes?“ Julia versuchte, ihrem Zwang, der Dienstvorschrift zu folgen, nicht nachzugeben. Franks Vorgehensweise war mehr als nur regelwidrig. Sie hatte einen Schuss abgegeben. Dieser Vorgang musste protokolliert werden.

„Hamborn Altmarkt.“

Julia betätigte den Starterknopf, daraufhin sprang der Tesla lautlos an. Ihr Weg führte sie am Tor 3 des Stahlriesen Thyssen vorbei. Als sie rechts auf den Willy-Brandt-Ring abbogen, wurde die Gegend etwas grüner. Der Frühling machte auch vor Duisburgs Norden keinen Halt. Was ihm aber auffiel, war, dass alles hier mit einer kakaobraunen Staubschicht bepudert war. Gehwege, Häuser und selbst die zarten Knospen der Bäume schimmerten matt unter der eisenhaltigen Schicht.

Als die silberfarbene Limousine rechts abbog, war auf dem Hamborner Altmarkt nicht sonderlich viel los. Wo normalerweise am Wochenende Markthändler ihre Stände aufbauten, standen jetzt parkende Autos dicht an dicht. Umgeben von Supermärkten, Banken, Cafés und verschiedenen Schnellimbissen, gab es nichts Ungewöhnliches. Ein gewöhnlicher Marktplatz, wie er in jedem Stadtteil des Ruhrgebiets zu finden war.

Julia parkte den Tesla vor einem Döner-Stand. Als sie den Motor abstellte, fragte sie. „Was genau machen wir hier?“ Er blieb ihr die Antwort darauf schuldig. „Frank, würde ich deine Motivation kennen, könnte ich dir helfen, danach Ausschau zu halten.“

Fröhligs Augen flogen suchend über den Platz. Hier draußen saßen sie im Tesla wie auf dem Präsentierteller, falls der Libanese nach ihnen suchen ließ. Wovon er ausgehen musste. Er nickte stumm zu einem der Schnellimbisse, dessen Außenbereich durch eine hüfthohe Hecke ausreichend Schutz bot.

Das Lokal war nur schwach besucht. Fröhlig griff nach der Speisekarte. Er kam sich vor wie in einem zweitklassigen Agentenfilm. Hinter der Hecke, vor allzu neugierigen Blicken geschützt, konnte er dennoch alles und jeden im Auge behalten. Er wollte Julia gerade von seinem Plan erzählen, als der Kellner sich näherte.

„Was wollt ihr?“ Der Tonfall gefiel Fröhlig nicht. Vor ihm stand ein junger Mann, dessen Fusselbart erst noch wachsen wollte.

„Zwei Wasser ohne und zwei Lahmacun mit Hähnchen.“

„Für mich vegetarisch“, korrigierte sie seine Bestellung.

Wortlos drehte der junge Kellner sich herum und verschwand wieder in die Richtung, aus der er gekommen war.

„Ich verstehe nicht, warum wir hier sind.“ Aus ihrer Perspektive gab es nichts Verdächtiges. Sogar die schwarzen Limousinen der Mittelklasse schienen im erschwinglichen Rahmen zu bleiben. „Wegen des Essens jedenfalls nicht.“ Mit Abscheu betrachtete sie die klebrige Schicht auf der Plastiktischdecke.

„Lass dich von dem friedlichen Eindruck nicht täuschen, Julia. Am 4. Mai 2022 sind hier hundert Personen aufeinander losgegangen. Es wurde nicht nur heftig geprügelt, sondern auch geschossen. Das KK21 für Organisierte Kriminalität identifizierte die beteiligten Personen schnell als Mitglieder des Rocker- und Clanmilieus.“

Als der Kellner das Tablett vor ihnen abstellte, machte er immer noch kein freundliches Gesicht. Vielleicht lag es daran, dass er zwei Polizisten bediente. In bestimmten Kreisen waren sie nicht sonderlich beliebt.

„Sechzehn neunzig“, sagte er lustlos und klappte die Kellnerbörse auf.

Fröhlig nestelte zwei Geldscheine aus der Hosentasche, die restlichen Münzen gab er ihm passend.

Ohne eine Miene zu verziehen, verschwand der Kellner in Richtung Tresen. Fröhlig wickelte ein Stück der Aluminiumfolie ab und biss herzhaft hinein. Weiße Soße quoll aus dem Fladen und aus seinen Mundwinkeln. Dabei verfolgte er ungläubig, wie seine Kollegin ihr Essen mit Messer und Gabel sezierte.

„Was um alles in der Welt machst du da?“, nuschelte er mit vor dem Mund gehaltener Hand, darum bemüht, keine Essensreste zu verlieren.

„Ich esse“, sagte sie sachlich korrekt. „Wonach sieht es sonst aus?“

„Das sehe ich, aber das Wie verstehe ich nicht. Lahmacun isst man mit den Händen.“

„Bist du jetzt etwa auch noch ein Connaisseur?“ Sie führte die Gabel zum Mund. „Ganz ehrlich, Frank, deine Expertise in diesem Bereich lässt sehr zu wünschen übrig.“ Die Vorstellung, sich so wie er mit Soße zu besudeln, ließ sie erschauern. Auch wenn sie ihr Asperger-Syndrom nicht als Hindernis empfand, versetzte der Gedanke, verschmiert zu sein und keine Möglichkeit zum Duschen zu finden, sie in tiefes Unbehagen.

Gerade wollte sie noch etwas hinzufügen, da hörten sie eine rauchige Männerstimme: „Lass den Dreck liegen. Ihr zwei Süßen seid hier fertig.“

Fröhlig und sie griffen fast gleichzeitg unter ihre Jacken und öffneten die Druckknöpfe ihrer Pistolenholster. Vor ihnen stand ein Mann mittleren Alters. In Turnschuhen, einer fleckigen Jeans und mit einem T-Shirt, das säuerlich alt nach Schweiß stank. Der mickrige Pferdeschwanz erinnerte mehr an einen gescheiterten Hipster aus Berlin als eine ernst gemeinte Frisur.

Fröhlig besaß einen guten Straßeninstinkt, und auch Julia identifizierte die Person als verdeckten Ermittler. Es stellte sich ihnen nur die Frage, für welche Behörde der Mann arbeitete. Frank wischte sich mit einer Serviette über den Mund. Durch das Grün der Hecke hindurch suchte er nach dem beweglichen Arbeitsplatz des Kollegen. Der Fiat Ducato war in die Jahre gekommen und gehörte offiziell einem bulgarischen Speditionsunternehmen. Augenscheinlich hielt nur der Rost den altweißen Transporter noch zusammen.

„Leute, lasst uns ein paar Schritte gehen." Die Aufforderung war unverbindlich, der Ton des Kollegen war es nicht.

Julia und er sahen sich fragend an. In was waren sie da hineingestolpert?

Ohne Umwege hielt der Kollege auf das Observationsfahrzeug zu. Gerade als er den Griff der seitlichen Schiebetür zu fassen bekam, sprang die Zentralverriegelung von innen auf. Jemand schien ihr Kommen genau beobachtet zu haben. Fröhlig vermutete in den zahlreichen Rostlöchern hochauflösende Kameras.

„Los, rein da", befahl der Zivilfahnder zackig. „Bevor wir euretwegen auffliegen."

Fröhlig wischte den schwarzen Moltonstoff beiseite und stieg ein. Julia folgte ihm dichtauf. Sie zog gerade noch das Bein auf die Ladefläche, als im selben Moment ein reißendes Geräusch die Schiebetür zurück ins Schloss warf. Ihre Augen brauchten eine Sekunde, um sich an das schlechte Licht im Inneren zu gewöhnen. Ihnen gegenüber saßen sechs martialisch aussehende Männer und starrten sie stumm an. Den Waffen und ihren Abzeichen nach handelte es sich bei dem Einsatzteam um robuste Kräfte. Vermutlich SEK oder GSG9? Das konnte nach ihrem taktischen Verständnis nur eins bedeuten: Außerhalb von dem Transporter braute sich Großes zusammen.

„Mahlzeit", sagte Fröhlig im kollegialen Ton.

„Hinsetzen und Klappe halten!", befahl eine Stimme militärisch knapp. Ein Paar eisblaue Augen schauten ihn entschlossen an. Dem Mann war anzusehen, was er über ihren unangekündigten Besuch dachte. Neben den Einsatzhelmen mit Visier und Funk trugen alle Westen mit Unterleibsschutz. Am Gürtel hatten sie eine Glock 17 und um den Hals, an einer Schlaufe befestigt, hingen Maschinenpistolen vom Typ HK MP5.

Zum Schweigen verurteilt, rutschte Frank mit dem Rücken zur Wand auf den Boden, wo Julia schon auf ihn wartete.

Nach einer gefühlten Ewigkeit des Schweigens spürte Fröhlig ein unangenehmes Kribbeln im rechten Bein. Super, dachte er bei sich. Ausgerechnet jetzt fing es an einzuschlafen, wo ihm doch schon sein Hintern brannte. Fröhlig spürte die Blicke der Männer auf sich, wie sie ihn durch ihre Masken amüsiert anstarrten, ähnlich einem Haustier, das eine putzige Bewegung macht.

Julia fing an, unruhig zu werden. Sie fasste in die Innentasche ihrer schwarzen Lederjacke und zückte ihren Dienstausweis. Mit ausgestrecktem Arm hielt sie ihn den Männern entgegen. „Frau Doktor Julia Stern, Hauptkommissarin beim LKA Düsseldorf. Ich möchte umgehend erfahren, was das Einsatzziel ist."

Nur einer der Männer schenkte ihr seine Aufmerksamkeit. Er zuckte mit den Schultern, als wolle er ihr sagen: „Damit beeindruckst du hier niemanden, Kindchen." Anhand der speziellen Ausrüstung, die er mitführte, war schnell klar, wer der Squad-Leader, der Truppführer des Sondereinsatzkommandos, war. Der Mann war auch der Einzige, der ein schwarzes Glock-Feldmesser in taktischer Ausführung an seiner schusssicheren Weste trug. Julia konnte nur spekulieren – aber ein solches Mordinstrument fand man nicht auf eBay.

Plötzlich, ohne dass jemand etwas gesagt hatte, erhoben sich die Männer und überprüften ihre Waffen, während der Squad-Leader durch das integrierte Mikrofon im Kevlarhelm Befehle empfing. Fröhlig konnte nicht genau verstehen, worum es ging, aber die Anspannung auf der Ladefläche fing an, körperlich zu werden. Zwei der Männer zogen ihre Glock und knieten sich seitlich vor die hintere Tür. Dahinter positionierte sich der Rest des Sondereinsatzkommandos, den Lauf ihrer HK-MP5-Maschinenpistolen fest über die Schulter des Vordermannes gerichtet. Die ganze Situation ähnelte einer sehr wehrhaften Pyramide mit ausreichend Feuerkraft, um beim Gegner Eindruck schinden zu wollen.

Julias Nase war empfindlicher als die der anderen und nahm einen neuen Geruch wahr. Die hintere Ladefläche füllte sich mit dem markanten Duft vom Adrenalin der Männer. Wie Raubkatzen standen sie regungslos da und warteten auf ihren Einsatzbefehl. Jede Minute konnte es so weit sein und das Einsatzkommando würde nach draußen stürmen. Aber eine Sache beunruhigte sie. Was wäre, wenn die Gegenseite das Feuer auf sie eröffnete? Die dünnen Seitenwände des Ducatos hielten niemals einer 9-mm-Kugel stand. Julia umfasste Franks Handgelenk und zog ihn mit sich zu Boden. Im selben Augenblick warf ihr der Squad-Leader einen Blick zu, und sie glaubte, hinter der schwarzen Maske ein Grinsen zu erkennen. Dann brüllte er:

„Los, los, los!"

Die hinteren Türen flogen auf, und das Team sprang federnd auf den harten Asphalt. Bäuchlings verfolgte Fröhlig, wie der Trupp SEKler wie ein Lindwurm sich fortbewegte. Es war mittlerweile dunkel geworden, und zwischen den Bäumen warfen die Straßenlaternen ihr gelbliches Licht auf den Asphalt.

Kampfgeschrei war zu hören. Kommandos wurden gerufen und Befehle gebrüllt. Jemand schrie etwas auf Arabisch. Dann folgten mehrere Salven an Schüssen, einige wenige aus Kurzwaffen, die Mehrzahl aus Maschinenpistolen. Fröhlig robbte näher zu der offen stehenden Ladefläche und riskierte einen Blick auf den

Parkplatz. Neben weiteren Kleintransportern mit getönten Fenstern und Rundumlichtern auf den Dächern entdeckte er einen schwarzen Audi der Oberklasse, der bereits mehrere Einschusslöcher aufwies. Die Türen der Limousine standen weit offen. Dahinter, im Schutz der Motorhaube, schossen zivile Beamte auf einen sonnengelben Mercedes-AMG-G63.

Das Fenster zerbarst, und Glassplitter prasselten auf den Squad-Leader. Fröhlig sah, wie der sich mit blassem Gesicht schmerzverzerrt die Hand gegen die Schulter presste.

Julia lag jetzt neben Frank und sah gerade noch, wie der Kollege seitlich wegglitt. Gleichzeitig mit Fröhlig zog sie ihre Waffe. Sie mussten ihren Kollegen zu Hilfe kommen. Das Epizentrum des Gefechts lag westlich von ihnen, weswegen sie beschlossen, von Osten her einzugreifen.

In gebückter Haltung rannten sie beide zu dem alleinstehenden Döner-Pavillon und gingen dahinter in Deckung. Julia tippte Frank von hinten auf die Schulter und deutete auf elf Uhr.

Eine Autoreihe vor ihnen lag der Squad-Leader regungslos auf dem Bauch. Die MP5 außerhalb seiner Griffweite. „Verdammte Scheiße“, zischte Fröhlig durch die Zahnreihen. Auf diese Entfernung konnte er nicht erkennen, wie schwer es den Beamten erwischt hatte, aber er brauchte Hilfe, und zwar sofort. Fröhlig ließ sich flach auf den Boden fallen und suchte unterhalb der Fahrzeuge nach verdächtigen Bewegungen.

„Auf ein Uhr“, sagte Julia knapp und zerteilte mit der Handkante die Luft. Fröhlig wandte den Kopf in die Richtung, die sie ihm anzeigte. Unterhalb eines feuerroten Corsa konnte er klar ein Paar Sneakers sehen, überzogen mit goldenen Pailletten, die im Licht der Straßenlaterne aufblitzten wie eine Discokugel. Gleich einem Kastenteufel sprang Fröhlig auf und rannte gebückt zur nächsten Reihe geparkter Autos. Julia ließ ihn nicht aus den Augen und gab ihm Feuerschutz. Hinter dem Vorderreifen des Corsa ging er in Deckung. Fröhlig verfolgte, auf dem Boden liegend, wie sich das Paar Schuhe von der Ferse über die Zehen abrollte. Nur noch wenige Schritte und der Squad-Leader wäre tot. Fröhlig suchte kriechend nach der besten Schussposition. Dann passierte das, was nicht passieren durfte. Gerade als er abdrücken wollte, wurde das Paar Schuhe von einem anderen Auto verdeckt. In einem schnellen Reflex rollte Fröhlig zur Seite, zielte und drückte ab. Der Schuss krachte bellend unter dem Corsa hindurch. Mündungsfeuer blitzte auf, und Julia sah Frank für einen winzigen Augenblick auf der Seite liegen. Gleichzeitig hallte ein Schmerzensschrei über den Platz, als das Projektil den Knöchel des Gangsters durchschlug. Der Mann fing an zu taumeln und stürzte schließlich wie ein gefällter Baum um. Dann trafen sich ihre Blicke. So schnell, dass Fröhlig nicht in der Lage war zu reagieren, richtete der Gangster seine Waffe auf ihn. Zur selben Zeit durchbrach ein donnernder Schuss die Nacht, und plötzlich wurde es still auf dem Hamborner Altmarkt.

Fröhlig brauchte nicht lange, um zu erkennen, dass der Mann tot war. Das gestanzte Loch in der blutenden Stirn sprach für sich allein. Fröhlig drückte sich vom Boden ab und rannte so schnell er konnte zu dem verletzten SEKler. Auf den ersten Blick schien dem Mann nichts zu fehlen, auf den zweiten aber sah er das Blut, das unterhalb des rechten Armes austrat. Ein Projektil musste in die Achselhöhle eingedrungen sein, genau an der Stelle, wo die Weste keinen Schutz bot. Vorsichtig löste Fröhlig den Riemen des Helms und zog ihn ab. Die Haut des SEK-Beamten war blass wie Kerzenwachs. Blut schäumte über seine bleichen Lippen, und seine Lunge rasselte wie bei einem Schwindsüchtigen.

„Wie geht es ihm?", fragte Julia, ernsthaft besorgt.

Fröhlig presste seine Hand gegen die blutende Wunde. Ohne den Blick von dem Verletzten abzuwenden, sagte er: „Ruf den Notarzt."

Die Schießerei hatte kaum länger als ein paar Minuten gedauert und forderte drei Todesopfer. Der SEK-Beamte wurde mit einem Hubschrauber in die Spezialklinik an der Wedau geflogen. Die Verletzungen, die er erlitten hatte, waren so gravierend, dass niemand mit Sicherheit sagen konnte, ob er die Nacht überleben würde.

Kapitel 10

Es war die Mischung aus lähmender Enge und Schmerz, die ihn bis an den Rand des Wahnsinns trieb. In der Finsternis des Sargs stieg ein verzweifelter Schrei in seiner Kehle auf, doch statt eines menschlichen Lauts entglitt ihm nur ein zutiefst erschütterndes Schluchzen. Sein Geist sträubte sich zu akzeptieren, was sein Verstand längst begriffen hatte: Jemand hatte ihn lebendig begraben. Der Gedanke daran riss ihn aus der Schockstarre, und Panik übernahm ihn. Wie ein Besessener zappelte er in der klaustrophobischen Enge. Er musste hier heraus, musste seinem eigenen Grab entkommen, bevor der Wahnsinn ihn lähmte und jede Chance auf Flucht zunichte machte. Tränen strömten über sein Gesicht und wässriger Rotz floss seitlich aus der Nase. „Du wirst sterben", wimmerte er mehr, als dass er sprach. In seiner Todesangst lag er da und hörte, wie sein Herz schlug.

Lub dub, lub-dup, lub-dub, lub-dub.

In ihm stieg ein böser, ein abgrundtief verstörender Gedanke auf. „Voodoo!", hallte das Wort wie ein Unheil verkündendes Omen durch seinen Kopf.

Lub-dub, lub-dup, lub-dub, lub-dub.

Alles ergab plötzlich einen Sinn und auch wieder nicht. „Wer konnte ihn so sehr hassen, dass er ihn mit einem Voodoozauber verfluchen würde.“ Gierig sog er die verbrauchte Luft ein. Er presste seine Knie gegen den Sargdeckel, in der Hoffnung, sie durchstoßen zu können. Bei dem Versuch freizukommen, stieg der Druck auf der Schädeldecke wieder an.

Wenn er doch nur die Hände freibekäme? Aber die waren mit einem Seil fest auf den Rücken gebunden. In der beklemmenden Enge bäumte er sich wenige Zentimeter auf, stemmte sich mit letzter Kraft gegen den Sargdeckel. „Bitte“, flehte er in seiner Verzweiflung. „Bitte nur ein bisschen!“ Schweiß bildete sich auf seiner Haut, immer kraftloser wurde sein Widerstand.

Schwindel ergriff ihn, und er drohte das Bewusstsein zu verlieren. Er ächzte, kämpfte verbissen um den letzten Rest Leben, der ihm noch blieb. Niemand kam, um ihn zu retten. Weder Freunde noch Familie wussten, welchen Weg er auf seiner Flucht aus Benin genommen hatte. Sein Plan war gewesen, von Calais aus mit einem Schlauchboot den Ärmelkanal zu überqueren, weiter nach Großbritannien zu gelangen und dort seinen Onkel aufzusuchen. Sein Gehirn projizierte Bilder wie von verblassten Familienfotografien. Er versuchte sich zu konzentrieren, sich an Dinge zu erinnern: Welche Augenfarbe sein Onkel besaß, was er alles von England in seinen Briefen berichtet hatte. Wie sich alles für seinen Onkel zum Guten gewendet hatte. So viele waren auf der Flucht nach Europa ums Leben gekommen. Noch bevor sie eine Chance bekamen. Sein Herz fing wieder an zu rasen, so schnell, dass er die einzelnen Schläge nicht unterscheiden konnte.

Lub-dub, lub-dup, lub-dub, lub-dub, lub-dub, lub-dub.

Jeder einzelne der Schläge schien von einer unsichtbaren Macht begleitet zu werden, die eiskalte Sargnägel tief durch sein Herz trieb. Er war sich sicher, seine Zeit war gekommen.

Und plötzlich war da dieses andere Geräusch. Aber wie konnte das sein? Er lag doch vergraben und vergessen weit unter der Erde. Da war er sich sicher. Er lauschte, hielt den Atem an. Und tatsächlich, etwas auf der anderen Seite machte ein Geräusch. „Ratten", ging es ihm durch den Kopf. „Oh mein Gott, oh mein Gott. Bitte nur keine Ratten, bloß die nicht", flehte er jämmerlich. Unterhalb seiner Hose breitete sich eine körperwarme Flüssigkeit aus, die langsam zu seinem Hals floss. Und plötzlich verstummten die Laute. Eine erstickende Stille legte sich über alles. Und dann kamen die Töne zurück. Lauter und … er war sich nicht sicher, doch jetzt hörte er es ganz deutlich. Das waren keine spitzen Krallen, die sich scharrend einen Weg zu ihm hindurchgruben. Jemand war da draußen und näherte sich ihm. Was, wenn er gar nicht unter der Erde lag, wenn er gar keinem Voodoo zum Opfer gefallen war. Sondern … Der Gedanke war so kraftvoll, dass er aus ihm neue Hoffnung schöpfte. „Rettung!" Mit letzter Kraft strampelte er, trat gegen das Holz, schrie, so laut er nur konnte. Doch nichts geschah. Still lauschte er und versuchte mit den Ohren zu sehen. In seinem Kopf schwirrten die Gedanken umher. Vielleicht lag er abseits in einem Wald. Er musste schreien, so lange, bis ihn jemand hörte. Gerade als er losbrüllen wollte, verspürte er einen harten Schlag gegen den Sarg. So fest, dass sein Kopf krachend zur anderen Seite schleuderte. Ein leises Rauschen setzte ein, gefolgt von einem elektronischen Knacken. Dann hörte er eine verstörende Stimme.

Kapitel 11

„Hallo!“, begann jemand zu sprechen. „Was ich gleich sage, ist wichtig für dein Überleben. Also hör mir genau zu.“

„Please I don't understand you, Mister,“ drang es flehentlich aus der Kiste.

„Please help me, Mister. Help me!“ Der Tonfall wurde zunehmend weinerlich.

„Khaled.“ Als er seinen Namen hörte, riss der Mann in der Kiste beide Augen weit auf. Die Schritte kamen näher. So nahe, dass er das Abrollen der Sohlen hören konnte.

„Dein Schweigen verrät dich. Ich weiß, dass du mich verstehst.“ Der Unbekannte löste den Daumen von der Sprechtaste und wartete. Erneut trat er gegen das Holz der Kiste. Als sein Daumen wieder über die Sprechtaste wanderte, hörte er aus dem Inneren eine kaum wahrnehmbare Antwort. „Yes.“

„Lauter.“ Er holte aus und trat wieder gegen die Kiste. Dieses Mal härter und auf Höhe, wo er den Kopf vermutete.

Klong, dong.

Vor Khaleds Augen explodierte ein Universum. Der Tritt kam hart und unvorbereitet.

„Ich will hören, dass du es auch wirklich verstanden hast." Khaleds Magen zog sich schmerzhaft zusammen und eine Kälte legte sich wie ein Leichentuch über ihn. Die Niedertracht in der Stimme war kaum zu ertragen.

„Los!", herrschte er ihn an.

„Yes", sagte Khaled, wie ein Kind, das seinen Vater um Vergebung bittet.

Das Gesicht des Mannes verzog sich zu einer diabolischen Grimasse. Zufrieden mit sich selbst und seiner Beute stellte er wie ein Großwildjäger ein Bein auf die Kiste. Für ihn klang Khaleds Stimme wie die eines zu Tode verängstigten Kindes. Doch das war nicht das Einzige, was ihn erregte. Die Tage, die sein Opfer in der Holzkiste verbracht hatte, begannen sich nun auszuzahlen. Khaled hatte begriffen, dass er ihm völlig ausgeliefert war.

Langsam entfernten sich die Schritte wieder. Ein Ruck vom Fußende her ließ Khaled jedoch zusammenfahren. Er spürte, wie jemand die Kiste von unten anhob. Noch im selben Augenblick überzog ein brennender Schmerz seine Schädelplatte. In den Tagen seiner Gefangenschaft war der Druck auf seinen Kopf immer weiter angestiegen, so sehr, dass er glaubte, er könnte jeden Moment platzen.

„Was die wenigsten wissen, Khaled", sagte die Stimme im Plauderton, „mit dem Kopf nach oben und den Füßen nach unten ist das alles kein großes Problem. Es entspricht dem natürlichen Habitat, in dem wir uns bewegen. Umgekehrt sieht es schon anders aus. Es reicht ein leichtes Gefälle von nur sechs Grad, und der Körper beginnt, die natürliche Schwerkraft zu überwinden, während das Herz versucht, gegen diesen Druck anzukämpfen. Studien haben bewiesen, dass man auf diese Weise Migräne und sogar Bluthochdruck lindern kann. Verrückt, nicht?" Die Stimme hielt kurz inne. „Hast du gerade Kopfschmerzen? Ich könnte wetten, du hast welche. Ganz bestimmt sogar, denn deine Vorgänger hatten welche", flüsterte die Stimme boshaft.

Khaled lag starr vor Angst in der Kiste, so sehr, dass seine Atmung aussetzte.

„Kopfschmerzen sind dein geringstes Problem. Warum erzähle ich dir das?" Der Fremde machte eine künstlerische Pause und legte den Finger nachdenklich auf seine Lippen. „Die Neigung verschiebt die Flüssigkeiten in deinem Körper, ganz ähnlich wie bei Astronauten im Weltall. Der Druck im Kopf steigt an, was deine fürchterlichen Kopfschmerzen erklärt. Ein weiterer Nebeneffekt ist, dass, auf längere Sicht, durch deine körperliche Untätigkeit Muskeln und Knochen abgebaut werden, der Gleichgewichtssinn gestört wird und sich selbst das Herz-Kreislauf-System verändert."

Khaled lag tränenüberströmt auf dem Rücken. Jeder einzelne seiner Muskeln brannte wie Feuer, Hüfte und Ellenbogen fühlten sich an, als wären sie mit Säure bestrichen. Aber am schlimmsten war das brechende Gefühl seiner Schädeldecke.

Alle seine Worte zielten darauf ab, Khaleds Geist zu vergiften. Er sollte jegliche Hoffnung und jeden noch so kleinen Funken auf Rettung verlieren. Khaled sollte ihnen zu Willen sein, und dafür musste er ihn gefügig machen. Seinen Geist zerbrechen – und das würde Zeit kosten. Aber es lohnte zu warten. Langsam schob er den kleinen Tisch näher an die Holzkiste. Auf Höhe von Khaleds Kopf zog er einen Plastikstöpsel aus dem Holz. Ein kreisrunder Lichtstrahl fiel ins Innere und blendete Khaled schmerzhaft. Gleichzeitig trafen sich die Blicke der beiden Männer. Khaled sah in ein einzelnes Auge, das böse und gemein auf ihn herabsah. Dann wand sich ein Gummischlauch wie eine Schlange durch das Loch und kaltes Wasser tropfte auf Khaleds Gesicht. Gierig versuchte er, die kostbaren Tropfen mit der Zunge aufzufangen. Wie bei einer Sonnenfinsternis kehrte die Dunkelheit zurück – und mit ihr die Hoffnungslosigkeit. In diesem Moment beneidete er die Toten, all diejenigen, die es auf ihrer Flucht nicht bis hierher geschafft hatten.

Schritte, dann Stille.

„Bis in ein paar Tagen“, sagte die Stimme, als verabschiedete sie einen alten Freund.

Dann wieder Schritte, die jetzt eine Treppe hinaufstiegen.

Der Druck in seinem Kopf erhöhte sich stündlich, bis er fest daran glaubte, ein rotglühender Nagel stecke tief in seinem Gehirn. Er schrie vor Qual, aber auch, um seiner erdrückenden Verzweiflung Luft zu verschaffen.

Jedes Mal, wenn sein Schrei am lautesten war, rutschte er ein klein wenig tiefer, und der bohrende Schmerz nahm an Intensität zu.

Kapitel 12

Freitag, 00:30 / Duisburg, Musfeldstraße

Fröhlig hatte den Großteil der Nacht damit verbracht, seine Wohnung auf Vordermann zu bringen. Was in Teilen dem Tätowieren von Ameisen glich. Sein Übernachtungsgast hatte sich alle Mühe gegeben, einen bleibenden Eindruck zu hinterlassen. Am schlimmsten aber war das Toilettenpapier. Nicht nur, weil es wie Girlanden über die gesamte Wohnung verteilt hing – zuvor war „sie“ so aufmerksam gewesen und hatte es angefeuchtet, was es beinahe unmöglich machte, das hauchdünne Papier von den Wänden zu bekommen. Gegen null Uhr dreißig tauschte er die Mülltüte gegen ein kühles Bier und eine filterlose Zigarette auf dem Balkon. Als er sie in der hohlen Hand anzündete, knisterte der Tabak wie glühender Reisig. Er legte die Füße auf die Balustrade und schaute in den wolkenverhangenen Himmel. Schon nach kurzer Zeit zogen, wie auf einer Perlenkette, zwei Dutzend Starlink-Satelliten über ihn hinweg. Fröhlig reckte die Flasche Bier dem tiefseeblauen Himmel entgegen und prostete dem Wunderwerk moderner Technik zu. „Möge die Macht mit dir sein, Elon Musk. Du alter Space Cowboy.“ Dann setzte er die Flasche an die Lippen und nippte kurz. Es war erschreckend, wie gut es ihm wieder schmeckte, obwohl er es gestern doch ziemlich hatte krachen lassen. Während er die Zigarette zum Mund führte, warf er einen Blick auf seine Armbanduhr. Innerlich stöhnte er auf. Eigentlich gehörte sein Arsch ins Bett. Die Glut leuchtete im Dunklen hell auf, als er einen tiefen Zug inhalierte

Und wie er so dasaß und dem Tabak zuschaute, wie er sich in Rauch verwandelte, kam ihm Bassem in den Sinn. Der Libanese war ein Mann, den er besser nicht zum Feind haben sollte. Mit fatalistischer Sicherheit würde er seiner Drohung Taten folgen lassen. Vielleicht nicht in naher Zukunft, dafür war er zu schlau, aber irgendwann bestimmt. „Wenn es so weit ist, was bedeutet das dann für mich?" Fröhlig schaute mit dem mürrischen Blick eines getretenen Pavians in die Nacht hinaus. „Vierundzwanzig sieben, mit Schutzweste und Augen im Rücken, durch die Stadt laufen?" Die Antwort darauf stand auf seine Stirn geschrieben, wie die Überschrift in einem Boulevardblatt. „Wohl kaum." Fröhlig legte den Kopf in den Nacken und beobachtete die Sterne zwischen den Wolken. Bassem war nicht der Einzige, der ihm ans Leder wollte, und sicherlich auch nicht der Letzte. Diese heroische Erkenntnis zauberte ihm ein selbstgefälliges Schmunzeln ins Gesicht. „In den vergangenen Jahren war der Club seiner Anhänger erheblich größer geworden. Obwohl der Libanese mit Abstand der gefährlichste von allen war", ermahnte ihn eine Stimme irgendwo tief in seinen Hirnwindungen. Fröhlig zuckte wie zur Selbstbestätigung gleichgültig mit den Schultern, dabei verfolgte er den Kreis aus Zigarettenrauch, bis er zerfaserte und sich wie eine böse Fee in Luft auflöste.

Julia und er hatten im Norden für etwas Aufsehen gesorgt. Na und? Der Umstand, dass er sich einen der mächtigsten Köpfe der Duisburger Unterwelt zum Feind gemacht hatte, war weniger bemerkenswert, als es zunächst schien. Der Libanese sollte nicht so eine Dramaqueen sein; schließlich war er derjenige, der für Bassems Familie sich einige sehr schmerzhafte Kugeln eingefangen hatte. Aus Fröhligs Sicht waren sie noch lange nicht quitt. Der Libanese konnte brüllen und drohen, so viel er wollte – es änderte nichts. Mit einem schiefen Grinsen hob Fröhlig die Flasche erneut an die Lippen und leerte sie bis zum Boden. Dann stieß er, einem Platzhirsch gleich, einen tiefen, röhrenden Laut aus. Er wischte die Zigarettenschachtel vom Tisch und machte sich daran, ins Bett zu gehen. Und wenn seine Gedanken ihn einschlafen ließen, würde er wenigstens noch etwas Ruhe bekommen. Weniger war besser als nichts.

Kapitel 13

Freitag

Keine drei Stunden später wurde Fröhlig unsanft aus dem Schlaf gerissen. Mit dämonischer Poesie verkündete der Radiowecker den neuen Tag. Aus der Mono-Box plärrte eine quäkende Männerstimme, die Fröhlig unsanft aus dem Schlaf riss:

„In den Tiefen der Hölle, wo Flammen züngeln
Und verlorene Seelen um Erlösung ringen.
Dort herrscht das Böse in voller Pracht,
In dieser Welt, wo Dunkelheit erwacht."

Der Prediger im Radio verkündete die frohe Botschaft so lebensbejahend, dass Fröhlig der Gedanke an Suizid kam. Er holte aus und schlug erbarmungslos zu. Schlaftrunken fiel sein Arm zu Boden. Er versuchte, sich auf die Seite zu drehen, und spürte dabei einen reißenden Schmerz unterhalb der achten und neunten Rippe. Behutsam und unter leisem Stöhnen rollte er sich zurück. Zum Glück waren es nur Prellungen, die er sich zugezogen hatte, als er gesprungen, gefallen und sich auf dem Asphalt gedreht hatte wie ein in die

Jahre gekommener Hip-Hopper. In Gedanken musste er an den Kollegen vom SEK denken und ob er die Nacht überlebt hatte.

Nach dem Schusswechsel hatte Julia beim Einsatzleiter darauf bestanden, mit zur Vernehmung nach Düsseldorf zu fahren. Sie wollte herausfinden, was die Clanmitglieder möglicherweise über die verschwundenen Migranten wussten. Nach zähen Verhandlungen und Rücksprache mit ihrem direkten Vorgesetzten stimmte der Einsatzleiter dem parallel verlaufenden Verhör zu. Allerdings galt die Einladung nur für Julia Stern.

Das Hochsicherheitsgefängnis befand sich in Düsseldorf, Völklinger Straße, und lag nur einen Steinwurf weit vom LKA entfernt. Fröhlig blieb nichts anderes übrig, als die Entscheidung widerwillig zu akzeptieren. Das LKA war die übergeordnete Behörde, und Julia war ein Teil von ihr. Zumindest noch. Auch wenn er es gewesen war, der dem SEK-Beamten das Leben gerettet hatte. „Stand gestern Abend“, schob er in Gedanken hinten an. Der Aussage des Notarztes nach hatte es den SEKler schwer getroffen, und es war ungewiss, ob er die nächsten Tage überstehen würde. Vielleicht war der Gedanke sarkastisch, aber aus seiner Sicht war ein Lungensteckschuss immer noch besser, als eine 9-mm-Kugel in den Kopf zu bekommen.

Fröhlig verschränkte beide Arme im Nacken. Es hatte weniger als acht Stunden gebraucht, um von einem Wespennest ins nächste zu stolpern. Fröhlig dachte mit einem mulmigen Gefühl daran, was der Norden Duisburgs noch alles für sie bereithielt. Wieder fielen ihm Bassems Worte ein. Der Libanese sprach von illegalem Organhandel. Auch Fröhlig hatte die Gerüchte schon vor Monaten gehört, aber noch nie einen Gedanken daran verschwendet. Und jetzt? War die Vorstellung zu monströs, als dass er sie ernst nehmen konnte? Die Sicht auf die Dinge hatten sich verändert. Klar, Duisburg war immer schon ein hartes Pflaster, aber Organhandel? In Fröhligs Kopf herrschte so etwas wie weißes Rauschen. Er schloss die Augen, um in seinem Kopf für Ordnung zu sorgen. Der Libanese wirkte nervös, als er auf die Black Hands zu sprechen kam, gab sich aber Mühe, es sich nicht anmerken zu lassen. Aber vielleicht versuchte Bassem, ihn auch nur zu manipulieren. Ganz ausschließen konnte er es nicht. Es wäre nicht das erste Mal, dass die Polizei missbraucht wurde, um für andere die Drecksarbeit zu machen. Es wäre eine elegante Lösung, sich der Konkurrenz zu entledigen und später im Milieu zu behaupten, nichts mit der Sache zu tun zu haben. Natürlich war das apriorisches Wissen, aber Bassem war ein gerissener Hund, und man tat gut daran, ihn nicht zu unterschätzen.

Fröhlig stopfte das Kopfkissen unter seinem Nacken zurecht. Dabei gingen ihm die Worte des Radiopredigers nicht aus dem Kopf:

„In dieser Welt, wo Dunkelheit erwacht."

Würde er kurz vor seinem Tod Duisburg mit nur drei Worten beschreiben müssen, fielen ihm die drei R ein: **r**oh, **r**au und **r**eal.

Mit einem Stoßseufzer warf er die Bettdecke zum Fußende und richtete sich schwungvoll auf, was er noch im selben Augenblick bereute. Seine Rippen fühlten sich an, als zöge ihm jemand das Fleisch herunter. Schützend legte er eine Hand auf sie. Prellungen waren gemeinhin schlimmer als Brüche. Als der Schmerz abklang, drehte er sich altengerecht auf die Bettkante, machte einen Buckel und hörte jeden seiner Wirbel ungesund knacken.

Der Schmerz war nicht das eigentliche Problem, das war Julia. Als wäre nie etwas geschehen, trat sie einfach zurück in sein Leben. Wobei das so auch nicht ganz stimmte. Denn an dieser Frau war gar nichts einfach.

Er runzelte eine Augenbraue. Das Ganze besaß etwas von einer schlecht inszenierten Bühnenfassung des Filmklassikers „Blue Velvet". Wo ein nur mäßig begabter Regisseur versuchte, David Lynch zu kopieren. In den Hauptrollen: Frank Fröhlig als der junge Jeffrey Beaumont und Julia Stern als die Nachtclubsängerin Dorothy Vallens, in die er sich verliebt und mit der er eine sadomasochistische Beziehung führt. Zumindest wenn es darum geht, seine Gefühle ihr gegenüber zu beschreiben.

Fröhlig kratzte sich am Bauch und seufzte schwer. Es hatte ihn Wochen gekostet, über Julia hinwegzukommen. Er drückte sich ab und schlich mit der Eleganz eines Wiedergängers ins Bad. Nach der Dusche würde er sich besser fühlen, wenigstens hoffte er das. Im Bad schaltete er das Licht über dem „Alibert"-Schrank ein und betrachtete sich skeptisch im Spiegel. Seine Haut besaß den fahlen Farbton eines gefallenen Soldaten in einem Renaissance-Gemälde.

Wem versuchte er eigentlich, was vorzumachen? Sich selbst? Julia löste immer noch Gefühle in ihm aus. Nur wie sollte er mit dieser Erkenntnis angemessen umgehen? Er konnte ja schlecht mit ihr darüber reden. Julia und Gefühle? Gott bewahre. Alles – bloß das nicht!

Fröhlig stieg unter die Dusche und drehte das Wasser auf. Zwanzig Minuten später waren nicht nur der Schlaf, sondern auch einige sehr unanständige Fantasien abgewaschen. Mit nichts als einem Handtuch um die Hüften ging er in die Küche, befüllte die Kaffeemaschine. Mit wenigen Sekunden Verzögerung fing sie schwindsüchtig an zu röcheln. Gerade als er sich anziehen wollte, klingelte es an der Tür. Irritiert sah er zur Wanduhr. Es war noch keine halb sieben. Fröhlig spielte mit dem Gedanken, zu warten, bis die Person vor seiner Tür stand, um sie dann zu erschießen. Verwarf die Idee aber gleich wieder. Der Berg aus Formularen, der ihn erwarten würde, ließ diesen süßen Plan dahinschmelzen wie Schnee in der Sonne.

Fröhlig drückte den Türöffner und wartete. Als sich die Haustür öffnete, strömte ein kalter Luftzug ins Treppenhaus. An der Art und dem Klang ihrer Schritte erkannte er sofort Julia. Der bloße Gedanke an sie löste eine unerwünschte Reaktion aus, und das Handtuch um seine Hüfte zog sich straff. Entsetzt starrte er auf seine untere Region, wo sich eine Erektion bildete. Panisch versuchte er, sie zu kontrollieren, doch das machte die Situation nur schlimmer. Hastig blickte er sich um – das Letzte, was er wollte, war, ihr so gegenüberzutreten. Hektisch drehte er sich aus dem Türrahmen und eilte ins Schlafzimmer.

Während er panisch eine kobaltgrüne Boxershorts aus einer der Schublade fischte, betrat Julia schweigend seine Wohnung. Fröhlig griff gerade in die Boxershorts, um sein bestes Stück zu sortieren, als sie plötzlich im Türrahmen stand.

„Soll ich später noch einmal wiederkommen, Frank? Du scheinst beschäftigt zu sein." Dabei sah sie distanzlos zwischen seine Beine.

„Nein, ich ..., was willst du um diese Uhrzeit hier, Julia?", hörte er sich selbst stottern. Fröhlig zog seine Hand aus der kobaltgrünen Shorts und hielt Ausschau nach einer sauberen Jeans.

Julia ließ ihn unterdessen nicht aus den Augen. Ihr war gestern schon aufgefallen, dass sein Musculus gluteus maximus fester, runder und auch sein Bauch weniger geworden war. Julia überlegte, ob die Entscheidung, auf den Sex mit ihm zu verzichten, klug gewesen war; angesichts seiner gestrafften Oberfläche und dem verbesserten Erscheinungsbild. In naher Zukunft stand niemand zur Verfügung, der sich um ihre Orgasmen kümmern würde. Und sie hatte Bedürfnisse. Wie jede andere Frau auch.

„Hey", Fröhlig spreizte Mittel- und Zeigefinger und führte das Finger-V bis auf Höhe seiner Augen. „Hier oben spielt die Musik." Nicht dass es ihn störte, wenn sie ihm auf den Arsch starrte, aber es war Julia gewesen, die nichts mehr von ihm wollte.

„Ich wiederhole meine Frage: Warum bist du so früh hier?" Doch sie wich seinem Blick aus.

„Perseveranz, was sagt dir das, Frank?", fragte sie stattdessen und kam wie ein Wesen auf ihn zu.

Zwischen Fröhligs Augenbrauen bildete sich eine Spalte, während er am Hosenbund zerrte und die Luft anhielt.

„Leg dich aufs Bett", befahl sie ihm.

„Was?" Fröhlig hüpfte ungelenk auf einem Bein. Ehe er sich versah, verpasste sie ihm einen unsanften Schubs, sodass er rücklings auf die Matratze fiel.

„Im Stehen bekommst du die Jeans nie über die Muskeln deiner Gesäßhälften. Sie sind zu angespannt." Sie klang betont sachlich.

Er ließ einen Moment verstreichen, bevor er sagte: „Ich dachte, du wolltest ...?"

„Was wollte ich, Frank?", fuhr sie ihm über den Mund.

Wie eine Schlange, die sich häutet, schlängelte er sich auf dem Bettlaken herum. Nach einer Weile sagte sie: „Du solltest darüber nachdenken, eine Hose anzuziehen, die deinen Bedürfnissen entspricht. Diese hier ...", sie legte den Kopf leicht schief, „scheint eingelaufen zu sein." Julia wandte sich von ihm ab und suchte in einer anderen Schublade nach passendem Ersatz. Inzwischen hatte Fröhlig die Hose abgestreift und lag wie ein Baby, das gewickelt werden wollte, vor ihr auf dem Bett.

„Diese sollte passen.“ Als sie sich zu ihm zurückdrehte, sah sie, wie er das Kopfkissen schambehaftet über seinen Schritt legte. Ihr linker Mundwinkel zuckte leicht nach oben und ihre Augen bekamen einen merkwürdigen Glanz. Einen kurzen Augenblick lang herrschte Stille im Raum. Das wenige Mienenspiel, das Julia beherrschte, förderte ihre Gedanken klar zutage. Seine gespielte Schüchternheit interpretierte sie als versteckte Einladung.

Zehn Minuten später bäumte sie sich auf, krümmte den Rücken, damit er tiefer in sie eindringen konnte.

Nach weiteren fünf Minuten lagen sie schwer atmend nebeneinander, starrten befriedigt und verschwitzt zur Decke hin.

Jeder von ihnen hatte sich genommen, was der andere bereit war zu geben: Julia die Ausgeglichenheit ihres Hormonhaushalts – und er?

Fröhlig lag neben ihr und stierte mit öligem Gesicht weiter zur Zimmerdecke.

Welche inneren Konflikte Julia auch immer mit sich ausficht, Schamgefühl gehörte definitiv nicht dazu. Sein Herz schlug wie verrückt in seiner Brust, und der Puls in seinen Adern war ungesund hoch. Der Sex mit ihr war noch immer auf das Wesentliche ausgerichtet. Und doch war es diesmal anders gewesen. Klarer, intensiver, körperlicher und auf eine animalische Art erregend. Hatte sie vorgehabt, ihn zu dominieren? Kurz hielt er an dem Gedanken fest. Und wenn es so war, war es ihm egal.

Vermutlich lag es an dem erhöhten Endorphinspiegel oder dem Adrenalin in seinem Blut, dass er die Kratzer auf dem Rücken kaum spürte. Julia hatte ihn gebissen und wie eine Raubkatze ihre Fingernägel in seine Haut gekrallt, während sie es wie die Karnickel trieben. Dabei hatte sie ihn die ganze Zeit über mit weitgeöffneten Augen unverwandt angeblickt. Inzwischen hatte er sich auch daran gewöhnt – eine weitere Eigenart, die er zu ignorieren wusste.

Fröhlig drehte sich zu ihr herüber, winkelte den Arm an und stützte das Kinn auf seiner Hand ab.

Ihre Haut schimmerte feucht-matt, und ihre Atmung ging unregelmäßig schnell. Dabei war ihr Blick ausdruckslos zur Decke gerichtet. Er konnte Julia dabei zuschauen, wie ihr Denkapparat langsam in Wallung geriet. Diese Frau war wirklich ein Kuriosum. Es war keine zwei Minuten her, als sie sich lautstark auf ihm austobte, sodass er befürchten musste, die Nachbarn könnten die Polizei rufen. Jetzt wirkte sie wie Schneewittchen, kurz nachdem sie in den vergifteten Apfel gebissen hatte.

Wie sie so vor ihm lag und er sie betrachtete, musste er an Sabine denken. Auch sie hatte er gevögelt, als sie schon seine Vorgesetzte war. Was bei den Kollegen damals nicht gut ankam. Aber was andere von ihm dachten, war nicht sein Problem. Fröhlig strich mit dem Rücken seines Fingers über die Stelle, wo ihr Bauchnabel eine kleine Grube ausformte. An den Punkten, wo er sie berührte, richteten sich winzige blonde Härchen auf. Mehr passierte nicht. Kein Zucken, kein verschwitztes Lächeln, kein mädchenhaftes Gekicher. Sie lag da und schien sich selbst genug.

Ihre weiße Haut war makellos schön wie frisch gefallener Schnee auf einem Fußballplatz. Aber was das Thema „Julia und Emotionen" anging, durfte er Triebe nicht mit zwischenmenschlicher Beziehung verwechseln. Leicht spitzte er die Lippen und hauchte einen sanften Luftzug über ihre Haut. Er schaute auf ihren Mund, der vom Lippenstift verschmiert war, und die malachitgrünen Augen, die durch den verlaufenden Mascara wie polierte Halbedelsteine ins Leere starrten.

Julia Stern schätzte die Zeit bis zur vollständigen Regeneration ihres Körpers auf weniger als fünf Minuten. Währenddessen verspürte sie kein Verlangen, eine oberflächliche Konversation mit ihm zu führen. Der Sex mit Frank war genauso, wie sie ihn erhofft hatte. Außer seiner Zärtlichkeit nach dem Koitus, die sie als irritierend empfand; aber auch das ging vorüber.

Wie eine Mumie, die von den Toten erwacht, drehte sie ihm den Kopf zu und sagte: „Perseveranz." Sie sprach das Wort aus, als hätte sie vor, aus der Bibel zu zitieren.

Fröhlig, der ahnte, was jetzt folgte, stieß einen tiefen Seufzer aus und fiel zurück in sein Kopfkissen. Er schloss die Augen und rechnete mit dem Schlimmsten

– einem ausführlichen Vortrag über ein Wort, das ihm nie wieder über den Weg laufen würde.

„Perseveranz beschreibt im kriminologischen Sinne das Festhalten eines Täters an einem bestimmten Deliktbereich und an einer bestimmten Vorgehensweise bei der Tatausführung." Julia lehnte sich zu ihm herüber und versuchte sich an einem kumpelhaften Lächeln.

Er legte seinen Handrücken wie einen nassen Lappen über die Stirn. „Reden wir jetzt wirklich über den Modus Operandi?" Er konnte es nicht fassen, sie tat es schon wieder. Sie ignorierte ihn einfach. Wenn sie wenigstens über das Verhör im LKA-Hochsicherheitsgefängnis reden würde, dann wäre die Zeit nicht ganz verschwendet. Stattdessen faselte sie von etwas, das ihn nicht das Geringste interessierte: Perseveranz – oder wie auch immer dieses seltene Tier hieß.

„Ja und nein", fuhr sie fort. Julia Stern drehte sich aus dem Bett, wischte ihren Slip vom Boden auf und ging ins Bad. Für einen winzigen Augenblick blieb sie stehen. Eine Sekunde lang spielte sie mit dem Gedanken, Frank mit unter die Dusche zu nehmen, verwarf diese Idee aber gleich wieder. Sie hatten unverfänglichen Sex gehabt, und so kurz hintereinander sich von ihm erneut penetrieren zu lassen, könnte er falsch interpretieren.

Vorsichtig drehte auch er sich aus dem Bett. Die Schmerzen waren mehr geworden, und das an Stellen, an die er vor wenigen Minuten überhaupt nicht gedacht hatte. Er zog die Hose an, die sie für ihn herausgesucht hatte, und ging in die Küche. Mit einem Becher Kaffee in der Hand betrat er den regennassen Balkon. Das Rauchen war wieder zu einer schlechten Angewohnheit geworden. Er schnippte mit dem Finger gegen die offene Schachtel und suchte nach einem der Sargnägel.

Er verspürte keine Lust mehr, sich wegen Julia weiter den Kopf zu zerbrechen. Denn das hatte er die letzten Monate zur Genüge getan. Sollte diese Frau machen, was sie wollte. Wenn es ihr nur darum ging, von ihm gefickt zu werden, bitte schön. Konnte und sollte ihm recht sein. Er steckte sich die Zigarette an und ließ sie seitlich wie Philip Marlowe zwischen den Lippen herunterhängen.

„Je schneller du dich damit abfindest, Fröhlig, umso besser ist es für dich", raunte eine dunkle Männerstimme tief in seinem Kopf. „Es ist, was es ist, Frank Fröhlig. Schneller Sex ohne jede Verpflichtung."

Die Zigarette stellte sich waagerecht, als er seine Lippen fester aufeinanderpresste. Seine Augen wanderten über die Dächer der Stadt. Die Regenwolken waren weitergezogen und das Rot der aufgehenden Sonne legte sich wie geschmolzenes Eisen darüber. In zwei Tagen war Vollmond.

Julia, nur mit einem Handtuch um den Oberkörper gewickelt, betrat tropfnass den Balkon.

Auch wenn er nicht wollte, schaute er trotzdem hin. Ihre feuchte Haut besaß eine aristokratische Blässe, und für einen kurzen Moment sah er ihre Narben, die wie wulstige Nattern über ihre Schultern krochen.

„Kaffee?“, fragte er und hielt ihr den Becher mit ausgestrecktem Arm entgegen.

„Nein danke. Dein Kaffee schmeckt, als hätte eine Katze dort ihr Geschäft drin verrichtet.“

Gleichgültig, wie sie über seinen Kaffee dachte, nahm er einen großen Schluck. Im Gegensatz zu ihr schmeckte ihm die aufgebrühte Katzenpisse.

Julia beugte sich vor und schüttelte das nasse Haar aus. Dann, mit einer schnellen Bewegung, schleuderte sie es, einem Model für Shampoo gleich, in den Nacken. „Zwei Morde an ein und demselben Standort. Ist dir schon mal in den Sinn gekommen, dass der oder die Täter das alte Stahlwerk bevorzugen?“

„Der Gedanke ist mir tatsächlich schon gekommen.“ Fröhlig nahm einen Zug und blies den Qualm durch die Nase wieder aus. Wie ein Schleier umhüllte der graue Nebel seinen Kopf. „Aber beide Morde liegen Jahre auseinander. Auch stimmt der Modus Operandi nicht überein.“

„Aus meiner Erfahrung wird er es wieder tun.“

„Oder hat es schon getan“, schoss es ihm wie ein böses Omen durch seinen Kopf. „Du bist davon überzeugt, der oder die Täter werden im Landschaftspark erneut ein Opfer zu Tode foltern?“

„Das glaube ich nicht nur, Frank, seit heute Morgen bin ich fest davon überzeugt. Aber warum hat niemand ihre Schreie gehört? Eine solch brutale Folter hält doch niemand aus, der bei vollem Bewusstsein ist.“

„Wir können nicht ausschließen, dass den Opfern Betäubungsmittel verabreicht worden sind, die im Körper schnell abgebaut werden", gab Fröhlig zu bedenken.

„Kann sein, vielleicht bei dem Toten aus 2022. Der zeitliche Abstand zwischen Tod und Auffindung betrug damals über vierundzwanzig Stunden. Die schnellsten mir bekannten Präparate bauen sich binnen acht Stunden rückstandsfrei ab", ergänzte sie.

„Wenn deine Theorie Bestand hat, Frank, sollte der toxikologische Befund von heute Morgen positiv ausfallen."

Dieser Gedanke nagte an beiden, und sie gingen im Kopf den Bericht noch einmal durch.

Beide Männer waren durch massive Gewalteinwirkung ums Leben gekommen. Die Todesursache stand zweifelsfrei fest. Ließ man die geplatzte Herzarterie außer Acht, zurückführend auf übermäßig erlittenen Stress, waren beide in erster Linie an den Folgen ihrer Misshandlungen gestorben.

Julia spürte eine innere Unruhe. Etwas aus ihren Erinnerungen wollte an die Oberfläche. Dann fiel es ihr wieder ein.

Einer der Männer, die das LKA auf der Völklinger Straße verhört hatte, gab zu Protokoll, dass im Norden von Duisburg eine Droge im Umlauf sei. Ihren Ursprung habe sie in Russland. Dort würde sie experimentell ahnungslosen Soldaten verabreicht, die an der ukrainischen Front kämpfen müssten.

Ein Körpertreffer ohne Schmerzempfinden war im Bereich des Möglichen. Moderne Morphine waren in der Lage, weitaus schlimmere Verletzungen vom menschlichen Schmerzempfinden abzukoppeln. Warum sollte dann nicht auch das Abziehen menschlicher Epidermis bei vollem Bewusstsein möglich sein?

„Spekulationen, weiter nichts", bremste sie ihren eigenen Gedankengang. Solange die toxikologische Untersuchung ausstand, konnten sie beide nur mutmaßen. Es konnte nicht schaden, Jens Feldmann deswegen nachfragen zu lassen. Ihr war gestern aufgefallen, dass Frau Doktor Kramer stressanfälliger als sonst gewesen war. Sie schien gereizt und nicht sonderlich zugänglich. Waren das etwa schon die Symptome ihrer Wechseljahre?

„Und was beschäftigt dich?" Es war unschwer zu erkennen, dass auch Frank angestrengt über etwas nachdachte.

„Der Libanese sprach von einer Straßengang."

„Die Black Hands", gab sie die Antwort darauf, als wäre es ein Quiz.

„Ich kenne sie noch aus meiner Jugendzeit. In den Anfängen bestand die Gang aus ein paar Halbstarken mit zu viel Langeweile." Was angesichts geschlossener Jugendzentren, fehlender Sozialarbeit und einer galoppierenden Perspektivlosigkeit kein Wunder gewesen war. „Hier und da einen organisierten Ladendiebstahl bei Saturn oder eine Schlägerei, nichts wirklich Wildes. Meist ging es dabei um Revierstreitigkeiten. Also: wir gegen die. Oder lass es mich anders formulieren: In den Neunzigerjahren des letzten Jahrhunderts warst du im Duisburger Norden entweder Ausländer oder Nazi. Dazwischen gab es nichts. Mit der Zeit gesellten sich zwielichtige Gestalten dazu. Typen mit hervorragenden Verbindungen zum harten kriminellen Milieu und mit ausreichender Knasterfahrung", raunte Fröhlig düster. Er machte eine Pause, spürte Zorn in sich aufsteigen. Ein ganzer Stadtteil geriet durch wenige subversive Elemente in Verruf. Dabei hatte der Norden Duisburgs einmal zu den reichsten Stadtteilen in ganz Deutschland gehört. Nicht wenige Städte im Revier teilten mit Duisburg ein ähnliches Schicksal – der Norden von Essen oder der von Dortmund. Heute waren diese Stadtteile durch die Medien als No-go-Areas gebrandmarkt. Gerechtfertigt oder nicht, darüber konnte man geteilter Meinung sein. In der Presse und auch innerhalb der Blaulichtfamilie galt der Norden jedenfalls als verloren.

„Ich denke, wir sollten den Black Hands einen Besuch abstatten und freundlich abklopfen, was die so wissen."

Den Sarkasmus darin verstand selbst sie.

„Mit ‚freundlich abklopfen' meinst du aber nicht genauso wie gestern?", fragte sie vorsichtshalber nach.

„Soll das eine Schuldzuweisung sein, Julia?", antwortete er lammfromm. „Ich bin es nicht gewesen, der in dem Lokal wie wild um sich geschossen hat."

Kapitel 14

Freitag

Jens Feldmann hatte seit den frühen Morgenstunden die Zeit damit verbracht, Berge von Akten zu sichten. Ihm brannten die Augen, und er spürte, wie er anfing, unkonzentriert zu werden. Immer wieder schweifte er ab und starrte grundlos die gegenüberliegende Wand an.

Wie schlaftrunken rieb er sich mit den Fäusten die Augen. Inzwischen hatte er 2021 abgearbeitet und war im Jahr 2022 angekommen.

In Wellen klopften seine Finger, rhythmisch wie ein Specht, auf die buchenfurnierte Schreibtischplatte. Frustriert wanderte sein Blick zur patinierten Kaffeekanne, in der eine fingerhohe und tiefschwarze Flüssigkeit vor sich hin simmerte. Der Kaffee verströmte eine säuerliche Note, die an altes, gegerbtes Leder erinnerte. Ohne dass er es erklären konnte, tauchte ein Name aus den Tiefen seiner Erinnerungen auf.

Heinrich Kramer. Der Dominikanermönch war gleichzeitig Autor des berüchtigten *Hexenhammers* und ein fanatischer Inquisitor.

„Schuld ist nur eine falsche Deutung von Ursachen“, rezitierte er die Kernaussage feindselig. Folgte er dieser Auslegung, war Frank im Sinne der Anklage schuldig.

Er war es gewesen, der vergessen hatte, neuen Kaffee zu besorgen. Jetzt saß er hier ohne einen Schluck. „Keinen Kaffee", echote es finster in Feldmanns Kopf. Mit zu Schlitzen verengten Augen sprach er beschwörend: „Brennen sollst du, Barbas, Dämon der Vergesslichkeit." Er gab seinem Bürostuhl einen Impuls und rollte nach hinten weg. Um in die reguläre Mittagspause zu gehen, war es noch zu früh.

Auch Sabine war bei ihm in Ungnade gefallen, nachdem sie ihn als Auszubildenden tituliert hatte. Er zog Nasenrücken kraus, als er daran dachte.

Noch einmal gab er dem Bürostuhl einen richtungsändernden Stoß. Surrend glitt der Stuhl unbestimmt über den Linoleumboden. Als er langsam abbremste, kam ihm eine Idee.

„Die Kantine am Südeingang zur PI Mitte sollte reichen. Ihr Betreiber hatte sie im Laufe der Zeit mit allerlei Stehrümchen ausgeschmückt, was ihr den Charme eines Heimatkundemuseums verlieh." Bei diesem Gedanken wanderten seine Mundwinkel ein Stück weit nach oben.

Feldmann nahm die Akte mit Mels Ergebnissen vom Tisch und ging zur Tür.

Im Treppenhaus traf er eine Kollegin aus der Abteilung für Sexualdelikt. Die Frau hatte einen blonden Zopf, der so eng geflochten war, dass ihm beim Hinsehen die Kopfhaut schmerzte. Sie war gute zehn Jahre jünger als er, trug schwarze Jeans, einen schwarzen Hoodie und war ohne Zweifel sportlich aktiv. Breite Schultern, schmale Taille und ein Po, der sich sehen lassen konnte. Und das, obwohl sie Mutter von zwei Kindern war, und, genau wie er, in einer glücklichen Ehe lebte.

„Jens", begrüßte sie ihn im unverfänglichen Plauderton.

„Martina", gab er freundlich zurück.

„Was macht euer Fall?", fragte sie ernsthaft interessiert. Es war erst wenige Stunden her, dass sie die angeforderten Akten dem KK11 zur Verfügung gestellt hatte. Sie redete gerne mit ihm. Feldmann zählte zu der Sorte Mann, die zuhörten, wenn eine Frau ihm etwas mitteilte. Das machte ihn aus ihrer Sicht mehr als nur sympathisch.

„Ich wollte mir gerade eine Kaffeepause gönnen. Komm doch mit", forderte er sie unverfänglich auf. Die Kommissarin schaute prüfend auf die Uhr an ihrem Handgelenk. Bis zum nächsten Meeting blieben ihr weniger als zwanzig Minuten. Ausreichend Zeit, um mit ihm die neuesten Gerüchte auszutauschen. Die PI Mitte war ein Tratschhaufen, daran würde sich auch in hundert Jahren nichts ändern.

„Wenn du mich einlädst. Ich habe mein Portemonnaie auf dem Schreibtisch liegen lassen."

Feldmann sah sie mit den Augen eines Welpen an. „S'il vous plaît, après vous", sagte er und vollzog eine höfische Bewegung.

„Es ist mir selbstverständlich eine Ehre, Martina." Hinter ihrer strengen Fassade war auch sie nur eine Frau, und Französisch ging einfach immer.

In der Kantine hielt er ihr, ganz gentlemanlike, die Tür auf. Um diese Uhrzeit herrschte dort nur wenig Treiben. Sie suchten sich einen Platz am Fenster, und Feldmann legte die Akte vor sich auf den Tisch.

„Wie trinkst du ihn, Martina?"

„Schwarz, mit zwei Stück Zucker", erwiderte sie freundlich.

Als er mit dem Tablett in den Händen zurückkehrte, hing sie kopfüber in der Fallakte. Erst als er ihr einen der Becher hinstellte, schaute sie zu ihm auf.

„Habt ihr euch eigentlich die Schuhe näher angesehen?", wollte sie von ihm wissen.

Feldmann verstand nicht, worauf sie hinauswollte. „Was ist mit ihnen?" Scharrend schob er den Stuhl nach hinten und setzte sich zu ihr.

„Sieh dir mal das Fußbett genauer an. Was fällt dir dabei auf?" Er hielt die Fotografie hoch und nahm sie in Augenschein.

„Ich weiß nicht." Er betrachtete die Einlage, wie sie in vielen Schuhen zu finden ist. Billiges Leder, das an der Ferse glatt und durch Schweiß gegerbt worden war.

Sie neigte sich zu ihm herüber und umkreiste mit dem Finger eine bestimmte Stelle auf der Fotografie. „Schau dir den Bereich an, wo seine Zehen aufliegen, und im Besonderen die Spitze des Schuhs", forderte sie ihn auf.

„Ich weiß immer noch nicht, worauf du hinauswillst."

„Jens, die Schuhe hier sind ihm zu groß. Das ist etwas, was wir nicht selten bei unseren Opfern finden." Winzige Fältchen bildeten sich in ihren Augenwinkeln. „Wer solche Schuhe trägt, ist nicht wählerisch." Sie senkte die Stimme, um ernster zu klingen. Eine Aufnahme nach der anderen breitete sie vor ihm aus – alles Bilder, die Mel von der Kleidung des Toten gemacht hatte.

„Sieh sie dir genau an. Die Kleidung ist zwar gut erhalten, entspricht aber nicht der neuesten Mode."

Ein Zustand, den sie kannte. Die Menschen kamen nach Europa, im Gepäck nichts weiter als die Hoffnung auf ein besseres Leben. Aber nicht jeder Traum ging gut aus. Manche tauschten eine Hölle gegen eine andere ein.

„Ich bin mir fast zu einhundert Prozent sicher: Der Tote ist ein Geflüchteter. Und seine Kleidung ist gespendet, vermutlich von einer karitativen oder einer kirchlichen Hilfsorganisation."

Feldmann sah sie mit geweiteten Augen an. Sie besaß zwar jetzt seine ganze Aufmerksamkeit, aber ein Restzweifel blieb an ihm hängen.

„Jens, wenn Schuhe zu groß sind, versucht sein Träger, sie automatisch mit den Zehen festzuhalten. Was die Kratzspuren an der Spitze der Einlage erklärt", intonierte sie sachlich.

Feldmann griff nach der Fotografie und studierte aufmerksam die Furchen im speckigen Leder. Erst jetzt erkannte auch er die Kratzspuren, die von Zehennägeln stammten.

„Wenn du kein Geld hast, oder nur sehr wenig, Jens, stellst du keine Forderungen. Ich vermute, der Tote hier stammt aus Nordafrika." Dabei trafen sich ihre Blicke in der Mitte des Tisches.

„Stimmt. Woher weißt du das, Martina?"

„Sagen wir: Berufsgeheimnis." Sie lächelte ihn hintergründig an und wollte es offensichtlich dabei belassen. „Aber es gibt noch etwas, das mir an ihm aufgefallen ist."

„Und zwar?" Feldmann kam sich vor wie ein Polizeischüler: Was hatte er noch alles übersehen?

„Die Art, wie beide gefesselt worden sind." Seine Kollegin schob die Fotografie mit dem Erhängten zu ihm herüber. „Das Seil wurde sehr eng um seine Arme gebunden", sagte sie, als wüsste sie genau, wovon sie sprach. „Es gibt keinen Millimeter Luft dazwischen. Die Wicklung ist akribisch, beinahe schon künstlerisch dicht. Aber die Technik der Knoten ist das, worauf du achten solltest." Abwartend lehnte sie sich zurück, griff nach dem Becher Kaffee und nippte kurz daran. „Hm, der ist wirklich gut", sagte sie wie zur Bestätigung. Dabei sah Martina ihm über den Rand des Bechers hinweg in die Augen. Feldmann war nicht sicher, wie er den Blick interpretieren sollte, aber es lag Neugier darin. Wären die Umstände anders gewesen, wäre er vermutlich darauf eingegangen, aber das hier war einfach zu wichtig, um vom Thema abzuschweifen.

„Das stimmt, die Knoten sind uns auch schon aufgefallen“, sagte er bestätigend. „Wir wissen, dass es sich bei einigen um Zurrknoten handelt, wie sie auch beim Segeln und Klettern Verwendung finden.“ Er schaute flüchtig auf das Foto.

„Ja, das ist richtig, aber nicht nur“, erwiderte sie und verfiel in ein geheimnisvolles Schweigen. Sie bekam einen Gesichtsausdruck, als würde sie angestrengt überlegen, wie viel sie ihm erzählen durfte. „Ich kenne die Technik der Knoten mehr als nur gut, Jens“, sagte sie im verschwörerischen Ton.

„Okay“, sagte er zögerlich.

„Die Knoten beider Opfer unterscheiden sich nicht. Sie sind, wenn du so willst, identisch, Jens.“ Sie erwartete eine Reaktion, eine Gegenfrage – doch die blieb aus. Feldmann saß nur da und wartete ab. „Es ist schwer zu erkennen, wenn man nicht weiß, worauf man genau zu achten hat. Schau dir diesen Bereich hier genauer an.“

Sie überreichte ihm die Fotografie von dem Erdrosselten.

„Von seinen gefesselten Händen führen zwei Seile bis zu seinem Nacken. Um den Hals selbst führt aber nur eines. Diese Technik nennt sich *Kinbaku* und stammt ursprünglich aus der japanischen Militär- und polizeilichen Fesseltechnik. Sie ist sehr grausam und äußerst schmerzhaft für den Gefangenen. Heute wird diese Technik oft in der BDSM-Szene praktiziert. Richtig angewendet, verspürt dein Partner oder deine Partnerin ein Gefühl der absoluten Geborgenheit, ähnlich wie ein Säugling beim Pucken. Das *Kinbaku* kann aber auch missbräuchlich durchgeführt werden, um ein Opfer zu foltern oder gar zu töten. Du brauchst den Knoten nur wenige Millimeter einer Seite zu verschieben. Schon löst sich die Spannung, und dein Opfer bekommt wieder Luft. Schiebst du den Knoten jedoch in die andere Richtung, erstickt das Opfer qualvoll. Sie könnten einen Hinweis auf den Täter geben."

Sie wartete, damit Jens das eben Gehörte verarbeiten konnte, dann lehnte sie sich zu ihm vor und sah ihm fest in die Augen. „Ich will, dass du schwörst, Jens: Denn was ich dir gleich erzähle, muss unter allen Umständen unter uns bleiben."

Feldmann spürte, dass es hier um mehr als nur Vertrauen ging. Martina hatte vor, mit ihm ein gut gehütetes Geheimnis zu teilen. Wie in Kindertagen leckte er über die Spitzen von Mittel- und Zeigefinger, streckte sie feierlich in die Höhe und sagte leise: „Ich schwöre."

„Es gibt da einen bestimmten Fetischclub, den mein Mann und ich gelegentlich aufsuchen." Feldmanns Pupillen weiteten sich. „Du verstehst schon, wenn wir etwas Druck ablassen wollen."

„Eigentlich nicht, Martina", dachte er, „aber rede ruhig weiter."

„Job, Kinder und kaum Zeit, sich um sich selbst zu kümmern. Manchmal muss man einfach den Kopf freibekommen von all dem Mist, mit dem wir uns täglich herumschlagen." Gedanklich machte sie eine Pause.

Die meisten Männer, denen sie von ihrer Neigung zum Bondage erzählte, bekamen diesen frivolen Glanz in ihren Augen. In ihrer Lack- und Lederfantasie war sie meist gefesselt, bewegungsunfähig und bereit, ihre Strafe von ihnen zu empfangen. Diese primitiven Geister verwechselten Bondage mit SM. Bondage ist die Einschränkung der Bewegungsfreiheit, dient der sexuellen Stimulation und hat mit Schlägen nicht das Geringste zu tun. Aber wie so oft war die Fantasie der meisten Männer leider eine Einbahnstraße.

„Martina", sagte Feldmann im väterlichen Ton und holte sie aus ihren Gedanken zurück. „Deine Neigung geht mich nur dann etwas an, wenn sie mit unserem Fall zu tun hat. Ich werte und bewerte nicht." Er versuchte, glaubhaft einen neutralen Ton anzustimmen, auch wenn ihm der Gedanke, sie in dieser speziellen Abendgarderobe zu sehen, durchaus gefiel.

Sie hatte ihm schon zu viel von sich erzählt, um jetzt auf schüchtern zu machen, also knüpfte sie dort an, wo sie aufgehört hatte.

„Du kennst doch sicher den Baumarkt in der Peripherie von Duisburg-Neumühl?"

Feldmann überlegte kurz, dann nickte er zur Bestätigung.

„Der Club, von dem ich spreche, nennt sich *Torture Garden.*"

Zuerst verstand er nicht. Den Bruchteil einer Sekunde später zog sich eine seiner Augenbrauen hoch und ein „Ah!" entwich wissend seinen Lippen. Der Name des Etablissements sagte alles, was er glaubte wissen zu müssen.

Plötzlich verfinsterte sich ihre Miene und sie sah ihn mit einem stechenden Blick an. „Wenn ich herausbekomme, dass du mit der Geschichte hausieren gehst, dann …“ In Martinas unausgesprochener Drohung lag eine Endgültigkeit, die er lieber nicht auf die Probe stellen wollte.

Feldmann hob symbolisch die rechte Hand zum Schwur.

„Es ist die Art, wie die Knoten gebunden wurden. Schau hier.“ Ihr Finger tippte schnell hintereinander auf die Mitte der Fotografie. „Die Wulst des Knotens weist nach innen. Normalerweise zeigen sie aber nach außen. Nicht die Lust steht hier an erster Stelle, sondern der zugefügte Schmerz.“

„Die Wahrscheinlichkeit ist hoch, dass der oder die Mörder Kenntnisse über extreme SM-Techniken verfügen.“

Für ihn waren Martinas Worte wie Kettenglieder, die sich ineinanderfügten.

SM stand für sadomasochistisch und gehörte zu den beliebten Spielen von Psychopathen, waberte es durch seinen Kopf. „Glaubst du, dass auch Frauen zu so etwas fähig sind?“ Er lenkte ihren Blick zurück auf die Fotografien, die zwischen ihnen lagen.

„Ausschließen lässt sich das nicht, Jens. Die SM-Szene kann ein schmutziges Sammelbecken für verdammt kranke Fantasien sein. Aber am besten fragst du eure Freundin vom LKA. Die soll, was man so hört, ja in solchen Sachen ein richtiger Überflieger sein." Flüsternd schob sie hinterher: „Laut Flurfunk beerbt sie Fröhligs Ex, ist da was dran?"

Innerlich verdrehte Feldmann die Augen. Die Gerüchteküche funktionierte im Präsidium schneller als jeder E-Mail-Verteiler. Er schenkte Martina ein salomonisches Lächeln. „Weißt du, die Leute haben einfach zu viel Zeit. Ich an deiner Stelle würde dem nicht zu viel Glauben schenken. Julia ist beim LKA, wie soll das funktionieren?", log er ihr frech ins Gesicht.

Ihre Mundwinkel formten kleine Sicheln. „Stimmt, du hast recht, Jens. Außerdem ist die Idee absurd. Schon aufgrund ihres Asperger-Syndroms ist sie vollkommen ungeeignet für diese Stelle."

„Eben, wem sagst du das, Martina", pflichtete er ihr stirnrunzelnd bei.

Was Martina ihm erzählt hatte, ergab für Feldmann Sinn. Wo konnte ein Sadist sein Handwerk besser erlernen als unter professioneller Anleitung? Anregungen gab es im Internet genug, aber um zur Perfektion zu gelangen, brauchte es einen Meister. Er konnte sich vorstellen, dass ein Tutorial auf YouTube allein nicht ausreichte. Als Autodidakt stieß man irgendwann an seine natürlichen Grenzen.

„Verrätst du mir nur noch eine Sache?" Er modulierte seine Stimme so, dass sie nicht voyeuristisch klang.

„Schieß los, Jens. Was willst du wissen?" Sie hatte ihm schon mehr verraten, als gut für sie war. Auf den Rest kam es jetzt auch nicht mehr an.

„Dein Silberring, was hat es mit ihm auf sich? Modeschmuck ist das doch sicherlich nicht."

Sie betrachtete die Hand, an der der Ring steckte. „Er ist ein Erkennungszeichen. Er zeigt meinem Gegenüber, dass ich sub bin", sagte sie und schaute Feldmann direkt in seinen Augen. „Dass ich mich gerne meinen Partnern unterwerfe."

„Plural!", dachte er und hoffte, es nicht laut ausgesprochen zu haben. Der Gedanke, Martina in Lack und Leder zu sehen und wie sie sich lasziv zwischen mehreren Körpern umherschlängelte, sprengte seine bürgerliche Vorstellungskraft. Das war mehr kollegiale Fantasie, als gut für ihn war. Feldmann überlegte noch, wie er darauf reagieren sollte, als es in seiner Hosentasche zu dudeln anfing. Erleichtert über die Störung, griff er nach seinem Smartphone.

„Entschuldige, Martina, da muss ich rangehen." Er schob den grünen Hörer zur Displaymitte und sah seine Kollegin auffordernd an. „Wartest du kurz?" Die Frau sah auf ihre Armbanduhr, dann schüttelte sie den Kopf.

„Sorry, Jens, ich muss zurück an die Arbeit", sagte sie und stand auf.

„Jens?", meldete sich die Stimme von Mel Kramer.

„Entschuldige, Melanie. Ich hoffe, du hast gute Nachrichten."

„Nicht wirklich. Ist einer von den beiden Chaoten-Cops bei dir?" Gestern Abend war ihr das Gerücht zugetragen worden, dass Frank und Julia eine Schießerei angezettelt hatten. Und zwar nicht mit irgendjemandem. Nein, mit einer der Unterweltgrößen aus Duisburg!

„Und?"

„Und was?", echote Feldmann unsicher.

„Gott, Jens, stell dich nicht so begriffsstutzig an", knurrte Mel in den Hörer.

„Nein, bis jetzt noch nicht. Gegenfrage, Mel, hast du Neuigkeiten für uns?" Feldmann griff nach seinem Kaffeebecher.

„Die Toxikologie ergab keine Auffälligkeiten. Es gibt nichts, was erklärt, warum das Opfer sich nicht gewehrt hat und die Folter widerstandslos über sich hat ertragen lassen. Richte den beiden das von mir aus."

Feldmann schob den Becher vor sich zurück auf den Tisch und kratzte sich nachdenklich über die Wange. Normalerweise lieferte die Gerichtsmedizinerin sowohl die Fakten als auch die Erklärungen dazu. Dass sie rein gar nichts für ihn hatte und dennoch anrief, war ungewöhnlich.

„Was ist mit dem DNA-Abgleich?", fragte er in der Hoffnung, wenigstens darauf eine Antwort von ihr zu bekommen.

„Steht noch aus", sagte sie, während im Hintergrund ein knackendes Geräusch den Raum erfüllte. Wie trockenes Holz, das erst zerbrach und dann dumpf in zwei Teile fiel. Als Nächstes hörte er Mel zu ihrer Assistenzärztin sagen: „Manjula Chandra, habe ich dir denn gar nichts beigebracht?" Entnervt blaffte sie ihre Assistenz an. „Wie zum Teufel kommst du auf

Wischnewsky-Flecken? Zum Zeitpunkt seines Todes waren es weit über null Grad. Der Mann starb an einem Trauma, verursacht durch sechzehn Kugeln aus einer Maschinenpistole."

Er konnte deutlich hören, wie Melanie Kramer kurz davorstand, etwas in Manjulas Richtung zu werfen. So dünnhäutig hatte er sie noch nie erlebt.

„Bist du noch dran, Jens?", meldete sich Mel zurück. „Einer von beiden soll mich zurückrufen", kam im Befehlston, dann war das Gespräch beendet.

„Das wird Frank nicht gefallen", sagte Feldmann nachdenklich zu sich selbst.

Kapitel 15

Gerade als Feldmann beschloss, einen der beiden Kaffeebecher, die er auf Vorrat aus der Kantine mitgenommen hatte, in der Mikrowelle zu erhitzen, hörte er ihre Stimmen hinter der Tür. Ungewöhnlich, diesmal schien sich Frank nicht über Julia zu ärgern – im Gegenteil. Er war in bester Stimmung, ja, er lachte sogar. Und Feldmann fragte sich misstrauisch, warum. Aufmerksam beobachtete er, wie jemand von der anderen Seite an der Tür herumfummelte. Dann folgte der obligatorisch dumpfe Tritt, und sie öffnete sich schleifend.

„Entschuldige unsere Verspätung, aber es gab da etwas, um das wir uns dringend kümmern mussten."

Für Feldmann war der Fall sofort klar: Franks übertrieben gute Laune, der Glanz in Julias Augen und die Tatsache, dass sie nach Franks Duschgel roch, erklärte alles. Feldmann entschied sich, ihre Scharade mitzuspielen. Frank war aus den verschiedensten Gründen wie ein Kind ohne Selbstbeherrschung, und Julia verstärkte diese schlechte Eigenschaft noch. Hatte Frank in den vergangenen Monaten nicht genug wegen ihr gelitten? Eigentlich sollte er es besser wissen, dachte Feldmann und betrachtete das vertraute Spiel der beiden.

Andererseits, sie waren beide erwachsene Menschen. Manchmal erschienen sie ihm wie Figuren aus dem Roman „Sturmhöhe". Eine Geschichte, die von Obsession und intensiver Liebe erzählt, aber auch von Schmerz, Missverständnissen, sozialem Druck und unerfüllten Sehnsüchten geprägt ist.

„Wo ist er?", fragte Fröhlig gut gelaunt.

„Wenn du Mels Bericht meinst, muss ich dich enttäuschen. Die Toxikologie ist negativ."

„Was?" Fröhlig sah Feldmann an, als habe er einen schlechten Witz gemacht.

„Das Labor hat nichts Auffälliges gefunden, Frank. Keinerlei verdächtige Substanzen, die das passive Verhalten während der Tat erklären. Und Mel besteht darauf, dass einer von euch beiden sie zurückruft."

„Sie besteht darauf?", wiederholte Fröhlig seine Worte ungläubig.

In letzter Zeit kam ihm Mel übertrieben gereizt vor, und er fragte sich, woran das lag. Er war sich ausnahmsweise keiner Schuld bewusst.

Schweigend griff Fröhlig zum Hörer und wählte die Nummer der Gerichtsmedizin. Dann stellte er das Gespräch auf Lautsprecher um. Es klingelte, noch mal und noch mal, bis sich schließlich eine weibliche Stimme am anderen Ende meldete.

„Manjula Chandra, Assistenz der leitenden Gerichtsmedizinerin."

„Noch!", rief eine verärgerte Stimme hörbar aufgebracht aus dem Off.

„Manjula, Hauptkommissar Fröhlig hier, gib doch bitte den Hörer an Frau Doktor weiter." Er glaubte ein leises Knurren zu vernehmen. Anscheinend hatte er nicht das Monopol auf Mels schlechte Laune. In den letzten Tagen war sie nahezu unausstehlich gewesen. So hatte er Mel nicht gekannt. Natürlich, ihr Job war alles andere als einfach und konnte, wenn man nicht aufpasste, einen auffressen. Die Schicksale der Toten berührten sie noch immer, selbst nach all den Jahren, in denen sie als leitende Gerichtsmedizinerin arbeitete. Dazu kam der Stapel an Überstunden, bedingt durch eine Flut bürokratischer Vorschriften. Aber wer von ihnen litt nicht darunter? Vielleicht sollten sich die beiden eine kleine Auszeit gönnen. Einfach ihre Koffer packen und zusammen ein Wochenende an der Küste verbringen. Mel liebte Spaziergänge am Strand, und er liebte das belgische Bier.

„Frau Doktor Kramer, leitende Gerichtsmedizinerin. Worum geht es?" Manjula schien verschwiegen zu haben, wer am Apparat war.

„Ich bin es", sagte Fröhlig, bemüht, freundlich zu klingen.

„Was willst du?", antwortete sie distanzierter als von ihr beabsichtigt.

„Jens sagt, du wolltest mich sprechen", wobei er die Betonung auf „du" legte.

„Stimmt, gib mir eine Sekunde." Er bemerkte, wie sie ihn beiseitelegte, um in einer Akte zu blättern.

„Die Tox war negativ", hörte er sie von weiter weg.

„Aber so wie ich dich kenne, war es das noch nicht. Was ist mit dem, was du Jens am Telefon nicht erzählt hast?“ Es war ein Gefühl, nichts Bestimmtes, aber wegen des negativen toxikologischen Befundes machte Mel kein Fass auf. Da steckte noch mehr dahinter. „Also Mel, was soll die Geheimniskrämerei?“

„Was ich dir jetzt sage, wird dir nicht gefallen, Fröhlig,“, begann Mel mit ernster Stimme. „Inzwischen mischt eine dritte Partei mit. Wenn du vorhast, dich zu beschweren, wende dich vertrauensvoll an M.“, fügte Mel mit säuerlichem Ton hinzu. „Sie hat mich kontaktiert und daran erinnert, wie ich meinen Job zu machen habe und dass dabei alles zu einhundert Prozent korrekt ablaufen muss.“

Bei Mels Aussage blitzten Fröhligs Augen bösartig auf. „Einhundertprozentig korrekt“, wiederholte er die beiden Wörter beinahe schon gehässig. „Mel, ausgerechnet sie nimmt das Wort ‚korrekt‘ in den Mund.“ Fröhlig spürte, wie Galle seine Speiseröhre hinaufstieg.

„Im Fall einer Verhaftung soll die Verteidigung keinen Hebel bekommen, mit dem sie den Fall aus den Angeln hebt. Du weißt doch, wie das läuft, Frank.“ Immer mehr bekam er eine klarere Sicht auf die Dinge. Und ihm drängte sich die Frage auf: „Was sprang für M. dabei heraus?“

„Geschenkt, Mel“, sagte Fröhlig diplomatisch, und um M. kümmerte er sich später. „Also, was hast du, was für die Ohren meines Partners nicht bestimmt ist?“ Auf seiner Stirn bildete sich die Zornesfalte deutlich aus.

Feldmann und er waren ein Team, da gab es keine Geheimnisse. „Vielleicht habe ich noch vergessen zu erwähnen, dass ich unser Gespräch auf Mithören gestellt habe.“

„Ich habe eine These: Sagt jemandem der Name Epiktet etwas?“ Mel war sich bewusst, dass Frank die Frage nur mit einem Nein beantworten konnte.

„Er war einer der einflussreichsten Vertreter der Stoa“, antwortete Julia an Franks Stelle.

Julia hatte eine vage Ahnung, worauf die leitende Gerichtsmedizinerin hinauswollte. „Meinen Sie, Frau Doktor, dass die Täter das Leid ihrer Opfer nicht als Schuld ansehen und sich so der moralischen Verantwortung entziehen?“

Sie dachte kurz nach und fügte hinzu: „Die Täter wenden jedoch den Epikureismus an. Sie verstärken das Leid ihrer Opfer ganz bewusst, um ihre Lust an der Bestrafung ins Abstrakte zu steigern.“

„So ähnlich, Julia. Was ich aber auch versucht habe zu sagen, ist: Was, wenn unsere Täter nicht dem organisierten Verbrechen zuzurechnen sind? Mir kommt es komisch vor, dass ihre Opfer sich nicht gewehrt haben und diese unbeschreiblichen Leiden über sich haben ergehen lassen. Wenn ich auch nur einen winzigen Anhaltspunkt hätte, der eine Sedierung erklären könnte, gut, meinetwegen. Oder sie an so abgelegenen Orten ermordet worden sind, dass niemand die Schreie gehört hätte. Aber den gibt es in Duisburg nicht. Erschwerend kommt hinzu, einer wurde während eines

Festivals ermordet, der andere in einer leer stehenden Industriehalle. Die Schreie müssen sich dort potenziert haben. Hinzu kommt, dass auf dem Gelände ein Wachschutz patrouilliert."

Plötzlich räusperte sich Feldmann. „Hallo, Mel. Ich habe zwar nicht alles genau verstanden, worüber ihr geredet habt, aber ich glaube, ich bin auf was gestoßen." Er würde Martina – bei dem, was jetzt folgte – nicht erwähnen. Er hatte ihr gegenüber einen Schwur geleistet und den würde er halten. Feldmann ging zu seinem Schreibtisch und verteilte die Fotografien der Opfer gleichmäßig. Julia und Frank traten näher an ihn heran.

„Mir ist aufgefallen, dass die Art der Knoten und wie sie beide gefesselt worden sind, an Kinbaku erinnern."

„Ist das nicht eine japanische Fesseltechnik, die sich im Bondage einer immer größer werdenden Beliebtheit erfreut?", fragte Mel aus dem Telefon.

„Das stimmt, Mel, vorausgesetzt, diese Art der Fesseltechnik wird zur Luststeigerung eingesetzt und nicht, um das Opfer absichtlich leiden zu lassen." Er hielt kurz inne, bevor er die Detailaufnahme des Strangulierten hervorholte. „Ursprünglich stammt diese Technik aus dem Militär und der Polizei. Doch missbräuchlich angewendet, wird sie zu einem grausamen und äußerst schmerzhaften Instrument." Feldmann spürte die fragenden Blicke der beiden anderen.

„Mel, ich halte jetzt das Bild in Händen, auf dem das Opfer aus der Masselgießanlage zu sehen ist."

„Warte eine Sekunde, Jens“, bestätigte sie. Sie öffnete ihr iPad, rief den Ordner mit der Bezeichnung „19.09.22 Opfer MStrang“ auf, tippte zweimal auf den Bildschirm, suchte die Fotografie und vergrößerte sie. „Ich bin so weit.“

„Schau dir bitte einmal seinen Hals an. Darum gewickelt findest du nur ein einziges Seil, über den Rücken laufen aber zwei.“ Julia und Frank standen ihm gegenüber und betrachteten die gleiche Aufnahme.

„Ja, und? Das ist alles von mir genauso dokumentiert worden. Worauf genau willst du hinaus Jens?“ Ihre Stimme hörte sich an, als würde sie sich rechtfertigen.

„Deine Arbeit ist tadellos, Melanie“, betonte er, um deutlich zu machen, dass er ihre Kompetenz keineswegs infrage stellte. „Zu dem Zeitpunkt fehlte dir das Referenzmuster – eine identisch ausgeführte Tat, mit der du die beiden Knoten hättest vergleichen können. Ohne dieses Muster steht jedes Verbrechen für sich.“ Am anderen Ende der Leitung war es still geworden.

Melanie Kramer musste über das, was Jens gesagt hatte, nachdenken.

„Du hast recht, Jens“, sagte die Gerichtsmedizinerin und meinte es auch so. „Wie konnte ich das übersehen?“ Sie spürte Wut in sich aufsteigen; Wut darüber, die Zusammenhänge nicht erkannt zu haben.

„Du wusstest es einfach nicht, und später ist es dir entfallen“, sprach Feldmann.

„Erzähl keinen Scheiß, Jens. Ich weiß zu schätzen, was du hier versuchst, aber ich bin die leitende Gerichtsmedizinerin, und es liegt in meiner Verantwortung, zu wissen und mich zu erinnern."

„Scheiße!", fluchte die Pathologin laut am Telefon. „Wenn M. hiervon Wind bekommt, koche ich demnächst für Manjula den Tee."

„Das wird nicht passieren", schaltete Julia sich ein. „Ich bin die leitende Hauptkommissarin in diesem Fall. Ich bestimme, an wen was weitergegeben wird." Ihr Ton ließ keinen Zweifel an ihrer Autorität aufkommen.

Die beiden Männer sahen sie mit großen Augen an.

„Verstehen Sie das als eine Art Dienstanweisung, Frau Doktor Kramer."

Julia Stern streckte den Arm aus und drückte das Gespräch weg. Julia stand in ihrer üblichen Pose da, als existierten die beiden Männer nicht. Mit unbestimmtem Blick sah sie durch Fröhlig hindurch.

Feldmann ahnte, was in Frank gerade vorgehen musste. Er war der trügerischen Annahme erlegen, alles ginge weiter wie zuvor. Doch die Umstände hatten sich geändert. Seine Realität kollidierte mit der Gegenwart. Um ihn von Julia abzulenken und die Situation zu entschärfen, legte Feldmann seinem Kollegen die Hand auf die Schulter und dirigierte ihn sanft Richtung Mikrowelle.

„Kaffee, Frank?"

Julia spürte das Gewicht der Verantwortung schwer auf ihren Schultern. Personalentscheidungen zu treffen, fiel ihr von Natur aus nicht leicht. Ihre Autismus-Spektrum-Störung stellte sie vor verschiedene Herausforderungen. Das eine Problem war ihre innere Zerrissenheit, die emotionale Bindung mit der beruflichen Anforderung kollidieren ließ und so verhinderte, dass sie eine neutrale Haltung einnehmen konnte. Als Vorgesetzte würde sie niemals unbefangen sein.

Improvisation hingegen lag ihr weit mehr – eine Fähigkeit, die sie in ihrer Jugend im Schauspielunterricht für Menschen mit Asperger-Syndrom verfeinert hatte. Dort hatte sie gelernt, die „Normativen" zu beobachten und deren Verhalten zu imitieren. Wie sie es verinnerlicht hatte, veränderte sie jetzt ihre Körperhaltung, indem sie ihr Gewicht von einem Fuß auf den anderen verlagerte. Ihr Kopf bewegte sich langsamer, als versuchte ihr Verstand Zeit zu schinden.

Fröhlig räusperte sich, dann stellte er sich vor Jens. „Du hast eben den Begriff Bondage erwähnt."

„Ja, das ist richtig", entgegnete Feldmann, froh darüber, dass sein Ablenkungsmanöver funktioniert hatte. „Ich wollte gerade anfangen zu recherchieren, da seid ihr …", beiden Turteltäubchen, dachte er, sprach es aber nicht aus, „… ins Büro gekommen. Es gibt da ein Etablissement, das sich auf BDSM spezialisiert und im Industriegebiet von Duisburg-Neumühl liegt." Feldmann tat so, als ginge er in Gedanken seine Notizen durch. „Ich meine mich zu erinnern: Es hat irgendwas mit einem Garten zu tun? Nein, wartet, Tortur Garden", sagte er im schlechtesten Englisch. „Blödsinn, *Torture Garden* heißt der Club", verbesserte er sein Englisch.

Julia sah zu Frank herüber, so als sollte der Name ihm bekannt sein. Fröhlig blinzelte schnell hintereinander mit den Augen, dann hielt er abwehrend beide Hände vor die Brust.

„Was siehst du mich an, Julia? SM ist nun wirklich nicht mein Beritt." Das sollte sie eigentlich wissen, fügte er innerlich hinzu.

Feldmann sah sie beide an. „Es gibt in dem Zusammenhang noch etwas, das euch bestimmt interessieren wird: Der *Torture Garden* befindet sich nicht weit entfernt vom Landschaftspark."

„Wieso rückst du erst jetzt damit raus?", Fröhligs Augen blitzten auf.

Auch bei Julia schien der Zusammenhang etwas auszulösen. Das konnte doch kein Zufall sein?

„Hast du eine Adresse für uns?"

Feldmann ging zum Computer, öffnete Google Maps und tippte den Namen ins Suchfeld ein. „Theodor-Heuss-Straße. Wenn ihr hinter der zweiten Kurve abbiegt, fahrt ihr automatisch darauf zu. Sieht in der Satellitenansicht aus wie ein verlassener Bahnhof." Feldmann sah genauer hin. Von den Gleisen im Schotterbett war nichts mehr zu erkennen. Die Natur hatte ihr verloren gegangenes Land zurückerobert.

Fröhlig drückte Feldmann den Kaffeebecher in die Hand und wandte sich Julia zu. „Was ist, kommst du?"

Sie legte den Kopf leicht schief. Dann sagte sie, ohne Feldmann direkt anzusehen: „Jens, bring alles über dieses Etablissement in Erfahrung. Das KK 12 soll dich auf meine Weisung hin bei deinen Recherchen unterstützen. Sollte es Kompetenzprobleme geben, richte dem leitenden Beamten aus, wird sich die Polizeipräsidentin der Sache annehmen."

Feldmann griff nach einem Stift und seinem Notizblock.

„Geh weiter alle Akten durch und suche nach eventuellen Übereinstimmungen: Tote mit möglichem Migrationshintergrund und Spuren oder Verletzungen von SM. Außerdem ruf das Niederrhein Therapiezentrum Duisburg an. Lass dich mit Frau Doktor Greifswald verbinden. Sie ist die Chefärztin dort."

Feldmann hob fragend den Zeigefinger. „Du sagst, ich soll in der forensischen Einrichtung anrufen und dort die leitende Chefärztin um die Herausgabe von vertraulichen Patienteninformationen bitten?"

In Feldmanns Gesicht spiegelten sich echte Zweifel wider.

„Richte ihr aus, Frau Doktor Julia Stern vom LKA habe dich damit beauftragt." Julia war im Begriff, sich umzudrehen, als Feldmann sie aufhielt.

„Ich sage das nur ungern, aber dein Name wird sie kaum zur Herausgabe veranlassen." Jeder Polizeischüler wusste, kein Arzt mit ordentlicher Zulassung gab vertrauliche Informationen an irgendjemanden heraus. Selbst dann nicht, wenn der Heilige Vater persönlich darum bat.

Julia Stern ignorierte seinen Einwand bewusst. „Ich benötige Informationen über Cluster-B-Persönlichkeitsstörungen. Richte Frau Doktor Greifswald Folgendes aus: ‚Wenn etwas schön gewachsen ist, neigt der Mensch dazu, es zu zerstören.'"

Feldmann war sich plötzlich nicht mehr sicher. Vielleicht sollte M. ihre Entscheidung bezüglich Julia neu überdenken. „Julia, nur weil du es kryptisch verklausulierst, wird es nicht besser." Der Datenschutz glich einer uneinnehmbaren Festung, deren Schlossherr stets schlechte Laune besaß.

„Tu es einfach!", befahl Julia ihm im Tonfall einer herrischen Vorgesetzten.

Grimmig starrte Feldmann sie an. Es war bereits anstrengend genug, jeden Morgen Fröhligs schlechte Laune zu ertragen; nun auch noch die von Julia, und den Ton konnte er schon gar nicht leiden.

„Entschuldige dich", forderte Feldmann sie auf.

„Weswegen?", entgegnete sie, sich keiner Schuld bewusst. Es war ihr gutes Recht, Untergebenen Anweisungen zu erteilen.

„Tu es einfach", mischte sich Fröhlig beschwichtigend ein. Jens hatte ein grundsätzliches Problem mit Anweisungen, die wie Befehle klangen. Und obwohl Fröhlig ihn schon nach den Gründen gefragt hatte, bekam er nie eine zufriedenstellende Antwort. Also zog er seine eigenen Schlüsse. Die Wahrscheinlichkeit, dass es mit seiner Ostvergangenheit zusammenhing, war groß.

Julia Stern verstand immer noch nicht, wofür genau sie sich entschuldigen sollte. Frank versetzte ihr plötzlich einen sanften Stoß in die Rippen und nickte ihr aufmunternd zu.

Ganz entgegen ihrer inneren Überzeugung murmelte sie: „Entschuldigung."

Die Strecke bis zur Auffahrt A59 in Richtung Duisburg-Nord fuhren sie beide schweigend. Als die silberfarbene Limousine die Brücke über den Meidericher Hafen passierte, drehte Julia den Kopf zu Frank herüber. „Habe ich mich Jens gegenüber missverständlich ausgedrückt?" Es sollte eine Frage sein, für seine Ohren klang es allerdings mehr wie eine Anschuldigung.

Fröhlig verfolgte mit den Augen gerade ein Containerschiff auf dem Weg zur Meidericher Schleuse. Der Bug formte Wellen, die sich an den Spundwänden brachen.

„Wenn ich dir für die Zukunft einen gut gemeinten Rat geben darf: Überarbeite noch mal dein Programm für den Erstkontakt mit unserer Spezies. Auf lange Sicht kann Diplomatie einen Krieg zwischen ihnen verhindern."

Dabei grinste Fröhlig sie breit an.

Julia verfiel in nachdenkliches Schweigen. Sie wusste, Frank transportierte Informationen, die für sie bestimmt waren, gerne mit Humor. Was die Sache für sie nicht einfacher machte.

Sie wechselte von der A59 in Richtung Dortmund auf die A42, nahm die Ausfahrt Neumühl und fuhr über die Duisburger Straße geradeaus weiter. Das Gewerbegebiet, in dem sich der Fetischclub befand, lag Feldmanns Angaben zufolge in unmittelbarer Nähe hinter der zweiten Kurve.

Julia steuerte den Tesla vorbei an der Moriansmühle, die dem Stadtteil Neumühl ihren Namen gab. Unterhalb der Autobahnbrücke machte die Straße eine Kurve nach rechts, aber von einem Bahnhof war nichts zu erkennen. Fröhlig überlegte, ob Feldmann sich bei der Wegbeschreibung geirrt hatte. Julia drosselte die Geschwindigkeit und studierte aufmerksam die Umgebung. Rechts von ihnen befand sich eine Montagehalle für Autoreifen und auf der gegenüberliegenden Seite ein Küchenstudio. Gemächlich rollte die silberfarbene Limousine weiter. Kurz darauf tauchte die Seitenstraße auf.

Julia setzte den Blinker. Das zweistöckige Bahnhofsgebäude mit seinem Flachdach und den gemauerten Rundbögen verriet ihnen, dass sie hier richtig waren. Langsam steuerte der Tesla auf das mit grauem Schotter bedeckte Grundstück zu. Auf der Kopfwand eines der Nebengebäude prangte ein schwarzer, fünfzackiger Stern. Darunter war in roter Schrift gesprüht: „Solidarität mit der Hafenstraße." Fröhlig musste bei dem Schriftzug grinsen. Zusammenhanglose Erinnerungen aus den Tagen seiner Jugend projizierten schrille Bilder, an die er schon lange nicht mehr gedacht hatte. Ein Name tauchte aus den Tiefen seiner verdrängten Vergangenheit auf: Eschhaus. In dem zweiten freien Jugendzentrum der Republik spielten Punkbands wie

Neurotic Arschlöcher, Maniacs, Inferno und nicht zu vergessen die legendäre Duisburger Punkband, die Dödelhaie. Neue Erinnerungen formten alte Bilder. Von jungen Menschen, die besessen zuckten und wie Massai-Krieger hoch in die Luft sprangen. Irokesenhaarschnitte und bunt gefärbte Haare. „Gott, wie lange ist das schon her?“, murmelte er in Gedanken versunken.

„Wie lange ist was her?“, wollte Julia von ihm wissen. Geistesabwesend sah Frank weiter geradeaus. Im Inneren des Teslas breitete sich Stille aus.

Julia fragte sich, ob das Etablissement in ihm womöglich unerfüllte Wünsche auslöste? Männer redeten im Beisein von Frauen nicht gerne über ihre Sexfantasien. Vielleicht sollte sie das Gespräch mit ihm suchen, ihm Raum geben oder besser noch, mit ihm über seine Fantasien sprechen, therapeutisch seine Probleme angehen. Aus ihrer Sicht gab es einiges aufzuarbeiten, was ihn betraf. Die Geräusche, die er beim Orgasmus machte, waren vergleichbar mit einem Sehtest beim Optiker: „A, O; A, U, U; U“.

Fröhlig öffnete die Beifahrertür und schälte sich aus dem Autositz.

„Ich glaube, da vorne ist der Eingang.“ Julia folgte seinem Blick zu einer Rampe an der Eingangstür.

„Anscheinend sind Menschen mit Behinderung auch hier ein Thema“, sagte sie anerkennend. Fröhlig vergrub seine Hände tief in den Taschen seiner Hose.

„Warum denn auch nicht. Sie besitzen dieselben Bedürfnisse wie jeder andere auch.“

Plötzlich erstarrte Julia wie ein Jagdhund, der Witterung aufnahm. Den Kopf im Nacken, schien sie schnuppernd etwas zu irritieren. Fröhlig konnte hören, wie sie stoßweise einatmete. Dann sah sie ihn fragend an: „Es riecht irgendwie chemisch-salzig“, sagte sie mehr zu sich selbst. Löschkalk kam ihr als Erstes in den Sinn. Ihr Kopf erinnerte ihn an eine Radarschüssel auf der Suche nach dem richtigen Signal. Fröhlig tat es ihr gleich, hielt ebenfalls die Nase in den Wind und schnupperte wie ein Trüffelschwein. Aber er konnte nichts Ungewöhnliches feststellen. Schließlich befanden sie sich in einem Industriegebiet.

„Irgendwas brennt hier doch immer. Vielleicht hat jemand einen Pulverlöscher benutzt.“ Damit war das Thema für ihn durch.

„Kann sein, Frank, aber da ist auch noch was anderes.“

Fröhlig stieß einen hilflosen Seufzer aus. Er hatte keine Lust zu warten, bis Lassie mit ihrer Spurensuche fertig war. Weiß wie eine belegte Zunge führte die Rampe verheißungsvoll zum Eingang. Auf der Fahrt hierher hatte er sich ausgemalt, wie es wohl im Inneren aussah. „Torture Garden“, schon der Name regte verdorbene Fantasien an. In seiner Vorstellung sah er umgedrehte Kreuze an den Wänden hängen. Bronzene Kandelaber, die in bordeauxroten Nischen goldgelb laszive Skulpturen von unten beleuchteten. Frauen in eng anliegender Kleidung; dabei war es ihm egal, ob in Leder oder Latex. Englische Clubsessel, Textiltapeten an den Wänden und über allem lag der süßlich-bittere Duft einer verderbten Erotik. Ohne dass er es bewusst steuerte, legte sich ein frivoler Ausdruck über sein Gesicht.

„Alles in Ordnung bei dir?", fragte Julia ehrlich besorgt.

Die schlicht gehaltene Tür war ganz anders, als er sich in seiner Fantasie ausgemalt hatte. Auf Brusthöhe hing eine geschwungene Klingelplatte aus Messing. Der Patina nach stammte sie noch aus der Gründerzeit. Der Knopf hingegen war hochglanzpoliert. Ob ab Werk oder durch eine starke Benutzung, ließ sich nur vermuten. Julia kam ihm zuvor und drückte auf die Klingel. Im selben Moment ertönte von der anderen Seite eine schwere englische Glocke.

Eine Zeit lang passierte nichts. Dann drückte sie erneut den polierten Knopf mehrmals hintereinander, und wieder ertönte das Glockenspiel von Westminster. Sie hörten Geräusche, die von innen nach außen drangen. Eine dunkle Bassstimme rief etwas. Fröhlig verstand nicht genau, worum es exakt ging, aber freundlich klang sie nicht. Schlüssel klimperten hektisch. Metall streifte eilig über Holz. Eine schwere Verriegelung löste sich auf der anderen Seite. Dann öffnete sich eine zigarettenschachtel-große Klappe, und ein Paar übertrieben stark geschminkter Augen schaute sie finster an.

„Ja bitte?"

Fröhlig hätte schwören können, dass ihn die Augen einer Frau grimmig anstarrten. Doch ihre Stimme erinnerte eher an 80er Schleifpapier und war nicht melodischer als die von Gianna Nannini. Stillschweigend zückten sie ihre Dienstausweise und hielten sie ihr entgegen.

„Ich bin Hauptkommissarin Julia Stern vom LKA, und das ist mein Kollege." Dabei vergaß sie bewusst, seinen Namen zu erwähnen.

„Wir würden uns gerne mit dem Besitzer dieses Etablissements unterhalten."

Die Pupillen der übertrieben stark geschminkten Augen verengten sich zu schmalen Schlitzen. „Näher!", befahl die Frau. Aufmerksam studierte die Angestellte ihre beiden Ausweise.

„Wenn überhaupt: Besitzerin!", korrigierte sie die Reibeisenstimme forsch. „Warten Sie hier. Ich werde sehen, ob die Herrin Sie empfängt." Mit einem schlagenden Geräusch verschloss sich die Klappe vor ihren Augen.

Fröhlig wartete nicht. Mit der geballten Faust hämmerte er donnernd gegen das schwere Holz der Tür.

„Aufmachen!", brüllte Fröhlig autoritär. „Aber sofort!"

Dann vernahmen sie Schritte, die von der anderen Seite schnell näherkamen.

„Hören Sie verdammt noch mal auf damit", befahl ihm die dunkle Stimme missmutig. Schlüssel klimperten und kratzten hektisch über einen Metallzylinder, diesmal kam das Geräusch von weiter unten.

„Treten Sie beiseite", forderte dieselbe Stimme schroff. Vor Fröhligs innerem Augen entstand das Bild einer russischen Hammerwerferin. Sie traten zwei Schritte zurück. Vorsichtshalber hielten sie ihre Hände auf Hüfthöhe, bereit, jederzeit von ihren Dienstwaffen Gebrauch zu machen. Das mechanische Schlagen eines Sperrriegels drang nach draußen. Die Tür schien besser gesichert als ein Banktresor. Ein Spalt öffnete sich zwischen Tür und Rahmen und wurde immer breiter, bis sie den Blick gänzlich freigab.

Fröhlig sah überrascht auf eine Person, mit der er so nicht gerechnet hatte.

„Äh ...", brachte er nur ein Murmeln fertig. Vor ihm stand ein 1,95 Meter großer Mann mit Schultern, die jeden Bergmann vor Neid hätten erblassen lassen. In dem tief ausgeschnittenen Dekolleté blühte ein üppiges Brusttoupet, das mehr preisgab, als Fröhlig bereit war zu sehen. Doch was dem Ganzen die Krone aufsetzte, war das zweifarbige Servierkleid aus hochglänzendem Lackstoff. Ungläubig wanderten Fröhligs Augen weiter nach unten. Der ausgestellte schwarze Rock und die weißglänzende Schürze zogen seine Blicke magisch an – auf eine Stelle, die er zu verdrängen versuchte.

Fröhlig bemühte sich, die Fassung zu wahren. Wie beiläufig sagte er zu ihm, zu sie. „Hübsche Schuhe, die Sie da tragen." Selbst die lichtgrauen Pumps mit den silbernen Schnallen schrien nach Fetisch.

Der Mann im kleinen Schwarzen sah die beiden Kommissare durchdringend an. Zwischen dem Trio entstand eine spannungsgeladene Stille. Fröhlig fiel auf, wie die Augen des Hünen für den Bruchteil einer Sekunde nach oben wanderten. Hin zu einer der Außenkameras, die versteckt unter dem Vordach hingen. Wie ausgewechselt fing der weibliche Hüne an zu lächeln und sagte im Tonfall eines Countertenors:

„Mein Name ist Gisèle, ich bin die Zofe von Madame."

Mit einer höfischen Geste knickste er vor ihnen und gab den Weg ins Innere frei. Fröhlig war sich sicher, skurriler konnte es eigentlich nicht mehr werden.

Die Lobby war in etwa so, wie Fröhlig sie sich vorgestellt hatte. Schweres Echtholzparkett, ein breiter, geschwungener Treppenaufgang. Das Geländer war aus dunklem Holz von Hand bearbeitet. An den Wänden hingen schwere Ölgemälde von barocken Adelsfrauen mit tiefem Dekolleté. Messingfarbene Kerzenleuchter spendeten flackerndes Licht auf die samtartigen Textiltapeten.

Gisèle schlängelte sich überraschend galant an ihnen vorbei und blieb auf dem ersten Treppenabsatz stehen. Dabei warf sie Fröhlig einen koketten Blick über die behaarte Schulter zu. Süß säuselnd sagte sie:

„Die Herrin arbeitet viel für unser aller Erfolg. Für gewöhnlich ist sie um diese Uhrzeit zu Hause und erholt sich von den Strapazen."

Sie wandte den Kopf zurück, verharrte aber weiter an Ort und Stelle, so als dachte dieses zierliche Geschöpf darüber nach, noch mehr preiszugeben. Ohne sich zu ihnen herumzudrehen, sprach sie:

„Es sei denn, sie kümmert sich selbst um einen Gast. Dann kommt es vor, dass sie sich der Sache ganz und gar hingibt. Wenn nötig, über Tage", fügte sie an.

Als sie ihren Kopf schnell in seine Richtung drehte, wehte die Echthaarperücke wie ein Kettenkarussell. Als ihre Blicke sich erneut trafen, fühlte Fröhlig, wie sein Magen sich zusammenzog. Sie legte eine Hand auf das Geländer und lächelte sie beide kindlich an: „Warten Sie genau dort!" Dann entschwand sie mit der Leichtigkeit einer Feder in die obere Etage.

Fröhlig spürte, wie Julia ihm ihre Hand auf die Schulter legte.

„Angesichts der hier gebotenen Möglichkeiten solltest du dein antiquiertes Weltbild neu überdenken. Sie scheint an dir Gefallen gefunden zu haben."

Mit gerunzelter Stirn drehte er sich zu ihr herum.

„Wie genau meinst du das?" Wartend stand er da und sah sie fragend an. Julias Gedankengänge waren für ihn nicht immer auf Anhieb nachvollziehbar.

Innerlich schrie sie vor Vergnügen, äußerlich aber war sie die Ruhe selbst.

Dann verstand auch er, was sie ihm damit zu sagen versucht hatte. Er atmete hörbar aus der Nase aus. Julias Versuche, witzig zu sein, scheiterten oft an der fehlenden Pointe. Gerade als ihm die passende Retoure einfiel, näherten sich von oben Gisèles schwere Schritte.

„Ich bin untröstlich", schallte es ihnen von oben entgegen. „Aber die Herrin ist doch schon nach Hause gefahren, und bevor sie fragen, unter gar keinen Umständen darf sie gestört werden. Weder von mir noch von jemand anderem."

Vom Fuß der Treppe aus sah Fröhlig, wie das Weiße in Gisèles Augen nach oben wanderte, als würde sie sich beobachtet fühlen. Fröhlig folgte ihrer Richtung, versuchte die Kamera zu finden, die irgendwo in der Decke versteckt hing. Julia machte einen Schritt auf die Treppe zu und sah der Zofe unnachgiebig in die Augen.

„Sie haben Verständnis dafür, dass mich der Schönheitsschlaf ihrer Arbeitgeberin einen Scheiß interessiert."

„Und Sie haben sicher Verständnis dafür, denn ohne einen Durchsuchungsbefehl oder eine gültige Clubmitgliedschaft kannst du dich verpissen, Schätzchen."

Über Gisèles Gesicht legte sich so etwas wie ein gewinnendes Lächeln.

„Ich wage aber zu bezweifeln, dass Sie weder das eine bekommen noch sich das andere leisten können." Ihr schwarz aufgetragener Kajal ließ Gisèles Augen bedrohlich schrumpfen.

„Im Übrigen, mein Engel, heißt er Durchsuchungsbeschluss." Fröhlig öffnete vorausschauend den Reißverschluss seiner Jacke.

„Das Letzte, was Sie möchten, ist, dass ich Ihr Engel bin."

Wie eine Femme fatale kam der Hüne graziös die Treppe herunter. Seine Augen blitzten gefährlich auf. Demonstrativ schwang Fröhlig den Teil seiner Jacke beiseite, unter dem sein Pistolenhalfter hing, und präsentierte Gisèle den brünierten Stahl seiner Walther P99.

„Wie auch immer", Fröhlig umfasste den kühlen Griff der Automatik und zog sie leicht aus dem Leder.

„Wie das hier ausgeht, liegt ganz bei Ihnen, mein Engel", und zog die Walther ganz heraus, den Lauf der Waffe zu Boden gerichtet.

Gisèles Gesichtsausdruck versteinerte sich mit jeder Stufe, die er nahm. Und mit jeder Stufe hob Fröhlig seine Waffe ein bisschen mehr an. In seinem zu kurzen Lackkleid erinnerte der behaarte Hüne ihn an eine verstörende Figur aus einem russischen Horrorfilm.

„Äh, äh, äh", äffte Fröhlig kindlich einen Clown nach und wedelte verneinend mit dem Lauf seiner Automatik. „Das ist, wenn ich Ihnen einen Tipp geben darf, keine besonders schlaue Idee. Noch einen Schritt …" Fröhlig richtete den Lauf der Walther mittig auf seine Brust. „Überlegen Sie es sich gut!" Dann drückte er beide Arme durch.

Julia zückte ihre Handschellen und hielt sie Gisèle entgegen.

„Entweder Sie kommen freiwillig mit uns, oder in weniger als dreißig Minuten zerlegt eine ganze Hundertschaft dieses Etablissement." Julia sah entschlossen zu Gisèle hinauf.

„Überlegen Sie es sich."

Frank sagte mit spöttischem Unterton: „Bitte die Adresse Ihrer Chefin – jetzt!"

Kapitel 16

Sie öffneten die Türen des Teslas und stiegen gleichzeitig ein. Als Julia den Startknopf drückte, fragte sie: „Wohin müssen wir?“ Fröhlig schaute auf die Visitenkarte und war überrascht von der Schlichtheit des Designs: Zwei silberne Lettern auf tiefschwarzem Hintergrund. Die Buchstaben schwebten über einer griechischen Säule, die von einem roten Kreis wie eine Aura umgeben waren.

Fröhlig drehte die Karte zwischen den Fingern. Auf der Rückseite stand in feinster Kalligrafie eine Adresse.

Odette Sansom
Am Brengershof
47259 Duisburg

„Ein ungewöhnlicher Name, findest du nicht?“ Insgeheim hatte er gehofft, etwas wie „Madame Cali“ oder „Domenica“ darauf zu lesen, aber Odette Sansom. Was für einen Eindruck sollte das erwecken?

Julia gab über Sprachsteuerung die Adresse ein, woraufhin das Navigationsgerät den Zielort in Duisburg-Serm ausfindig machte. Ihr Weg führte sie zurück über die A59. Schon von Meiderich aus erhob sich die spärliche Skyline Duisburgs in den Himmel. Architektonische Leuchttürme einer urbanen Schönheit. Wie der entkernte, stählerne Stadtwerketurm, der ausgebrannten Endstufen einer US-amerikanischen Raumfähre ähnelte. Bei Nacht erstrahlte der Turm in einem gespenstischen Grün. Warum ausgerechnet die Farbe der Hoffnung und der Harmonie Pate gestanden hatte, blieb Frank bis heute ein Rätsel. Ein weiteres bauliches Highlight war das 63 Meter hohe Hoist-Hochhaus. Mit seiner blau-weißen Fassadengestaltung erinnert es an ein kindliches Gemüt, dem man Steckbausteine gegeben und gesagt hatte: „Und jetzt zeig, was in dir steckt." Das Ergebnis war weithin sichtbar.

Ihr Weg führte sie weiter zum Autobahnkreuz Duisburg Süd. Julia setzte den Blinker und fuhr in Richtung Krefeld ab. Ein helles, flackerndes Licht, das sich auf den überfluteten Feldern widerspiegelte, rief Fröhligs Aufmerksamkeit hervor. In drei Kilometern Entfernung brannte die Gasfackel des Hüttenwerks Krupp Mannesmann. Wie der Fingerzeig Gottes ragte sie in den wolkenverhangenen Himmel. Mächtige Dampfwolken stiegen auf, schwebten über den Kühltürmen, die der Wind in Richtung Krefeld trieb. Auf der anderen Rheinseite, beleuchtet wie ein Rummelplatz, stand das Chemiewerk Bayer Uerdingen. Angesichts der harten Gegensätze zwischen Agrarlandschaft und Schwerindustrie überkam ihn eine heimatlich verbundene Melancholie. Man musste schon von hier sein, um den diametralen Widerspruch menschlicher Existenz mit dem Wort „pittoresk“ zu umschreiben.

Julia verlangsamte die Fahrt und bog am Ortseingangsschild „Serm“ links ab. Der Stadtteil war, außer für sein Oktoberfest, durch nichts über seine Grenzen hinaus bekannt. Aber das Oktoberfest – das hatte es in sich. In seiner Erinnerung formten sich feuchtfröhliche Bilder von durchzechten Nächten. Julia ließ den silberfarbenen Tesla gemächlich durch die enge Straße rollen. Die schicke Neubausiedlung stand im absoluten Gegensatz zum Norden der Stadt.

„Hier ist es.“ Julia zeigte auf ein Haus, vor dem ein weißer BMW Z4, neuestes Modell, parkte.

Fröhlig erblickte den weißen Sportwagen, der als einziger keine Familienkutsche war. Für Julia schien die Vermutung nahezuliegen, dass dort nur eine Person wohnt, die sich wegen ihres Singledaseins und des erreichten Wohlstands nicht schämte.

Während sie nach einem Parkplatz Ausschau hielt, überlegte er, welche Legende die Domina sich für die Nachbarschaft zurechtgelegt hatte, damit sie als Wölfin unter Schafen nicht weiter auffiel. Frauen, allen voran Ehefrauen, konnten zu wahren Furien werden, wenn sie sich in ihrer Existenz bedroht fühlten. Sollte herauskommen, dass in ihrer so heilen Welt eine Domina wohnt … Vor seinem inneren Auge entstand ein mächtiges Bild von brennenden Fackeln und erhobenen Mistgabeln. Wie in Mary Shelleys Roman „Frankenstein“ wären auch hier die Dorfbewohner eventuell bereit, zu altbewärten Mitteln zu greifen, um sie sich vom Hals zu schaffen.

Julia parkte den Tesla abseits der kleinen Nebenstraßen. Auch wenn man dem ungleichen Paar auf Anhieb nicht anmerkte, dass sie Polizisten waren, wusste sie aus eigener Erfahrung, dass die Bewohner von Neubaugebieten in der Regel sehr misstrauisch gegenüber Fremden waren. Auf den ersten Blick machte das Haus auf sie keinen besonders gehobenen Eindruck. Das Dach war mit klassisch schwarzen Frankfurter Pfannen gedeckt, die Außenwände weiß getüncht, Dachrinnen und Fallrohre nur feuerverzinkt. Von der Kopfseite her ragte ein hochglanzpoliertes Mantelrohr in den Himmel. Der Kamin war nachträglich angebracht worden, das verrieten ihm die Farbunterschiede an den Anschlussstellen. Die Haustür war schieferfarben und besaß aus der Mitte versetzt einen länglichen Lichtausschnitt. Vor den Fenstern hingen schleierhafte Gardinen. Einzig das Küchenfenster gewährte einen Blick ins Innere. Fröhlig trat näher an das Fenster heran, hörte unter seinen Schuhen den weißen Kiesel knirschen.

„Ihr Einrichtungsstil ist spartanisch", kommentierte er voyeuristisch den Blick in ihr Haus. „Weißes Ledersofa, zwei passende Sessel, Ottomane im Bauhausstil und ein rechteckiger Rauchglastisch. Keine Kunst an den Wänden oder sonstige Staubfänger auf den Regalen."

Julia ging einen Schritt zurück. Von außen machte das Haus den Eindruck, als diente es eher einem repräsentativen Zweck und weniger als Rückzugsort.

Julia legte den Finger gerade auf den Klingelknopf, da hörten sie von der anderen Seite eine Stimme und eine Frau öffnete ihnen die Tür. Fröhlig versuchte sich seine Enttäuschung nicht anmerken zu lassen. Ihr cremefarbenes Leinenkleid war hochgeschlossen und besaß am Hals einen fingerbreiten Stehkragen. Ihr langes rotes Haar hing in Wellen über ihre Schultern, die graugrünen Augen funkelten hellwach. Kein Ring an den Fingern, nur eine wenige millimeterdicke silberne Kette hing lang von ihrem Hals herunter. Ihre modische Erscheinung war eine Mischung aus skandinavischem Chic und japanischem Minimalismus.

„Bitte", sagte sie, als wären sie alte Bekannte. Ihre elitären Wangenknochen konnte sie nicht verstecken und wollte es allem Anschein nach auch nicht. Das apricotfarbene Rouge auf ihren Wangen ließ die Haut frisch aussehen. Fröhlig glaubte bei ihr einen Akzent herauszuhören. Er war sich nicht sicher, da war eine kaum wahrnehmbare Nuance. Aber etwas in ihm versuchte sich zu erinnern. Er kannte den Klang, irgendwo war er ihm schon einmal begegnet. Dann fiel es ihm wieder ein. Natürlich, Tschechien, Katharina – auch sie betonte die erste Silbe oft stärker, als es in Deutsch üblich war.

Die Frau lächelte mit dem ganzen Gesicht. „Kommen Sie, Gisèle hat Sie schon angekündigt." Die Frau blickte unauffällig über Julias Schultern hinweg. Fröhlig bemerkte in der Spiegelung der schiefergrauen Tür eine Gardine, die sich trotz geschlossenen Fensters leicht bewegte. Julia vorweg, betrat Fröhlig als Letzter ihr Haus.

„Was darf ich Ihnen anbieten? Da Sie im Dienst sind, ein Wasser oder vielleicht lieber einen Tee?“ Odette Sansom ging an ihnen vorbei, blieb auf der Schwelle zum Wohnbereich stehen und drehte sich zu ihnen herum. Im Gegenlicht der dahinterliegenden Terrasse begann ihr Kleid durchsichtig zu werden. Ohne es zu wollen, schaute er genauer hin und nahm die gestochen scharfen Konturen ihrer Oberschenkel wahr. Selbst durch den schlichten biederen Stoff erkannte er deutlich ihre definierten Muskeln. Fröhlig ließ seinen Blick weiter wandern. Unter dem schlauchartigen Kleid registrierte er die schmale Form ihrer Taille. Was auf den ersten Blick ein Zufall gewesen sein mag, war in Wirklichkeit ein bewusst gewähltes Outfit. Er sollte das sehen. Besser formuliert: Sie wollte, dass er es sah. Und er musste kein Genie sein, um zu begreifen, dass Odette Sansom mit ihnen spielte.

Hinter der Kochinsel, von der Domina zur Hälfte verdeckt, erspähte Fröhlig eine verchromte Espressomaschine, hielt sich aber mit seinem Wunsch nach einem Espresso bewusst zurück. Die Frau schaute Julia selbstbewusst in die Augen. „Sie haben Potenzial, meine Liebe, ist Ihnen das bewusst?“ Sie öffnete einen der seitlichen Hängeschränke und griff nach einer Dose. „Ich gehe davon aus, Sie bevorzugen Tee?“ Julia nickte stumm. „Männer stehen auf außergewöhnliche Frauen.“ Dabei wanderte ihr Blick unverhohlen zu Fröhlig. „Es ist das Exotische, was einen Mann reizt. Das Alltägliche haben sie zu Hause.“

Sie befüllte ein Sieb mit grünen Blättern und hing es in eine offene Glaskanne. „Und dafür sind sie bereit, eine ganze Menge Geld zu bezahlen." Dann stellte sie die Kanne unter den Wasserhahn in der Spüle und füllte sie bis zum Rand mit kochend heißem Wasser. Fröhlig zeigte sich wenig überrascht. Eine solche Apparatur kostete mehrere Hundert Euro und war für sie vermutlich nur Peanuts.

„Geld ist für mich keine Triebfeder. Es reizt mich nicht." Julia stand da und scannte sie und ihre Wohnung ganz offen.

„Ich verstehe." Odette Sansom legte beide Hände übereinander und lehnte sich gegen die steinerne Arbeitsplatte der Küchenzeile. „Natürlich nicht. Wir beide bevorzugen Kleidung, die nicht von der Stange ist", sagte sie mit einem Anflug von Bewunderung für Julia. Fröhlig betrachtete seine Kollegin und verstand nicht, wovon Odette Sansom redete. Schwungvoll stieß sie sich von der Arbeitsplatte ab und machte einen Schritt auf die Polizistin zu. „Die schwarze Leder-Bomberjacke kostet mindestens 1.900 Euro. Dem Zipper am Reißverschluss nach handelt es sich um eine DSQUARED2. Bei der Hose kommt nur Hugo Boss infrage. Das verrät mir die Dichte der Fäden und wie der schwarze Stoff gewebt ist. Der unscheinbar schlabbrige, grau melierte Pulli stammt sicherlich von einem Designer. Sollte ich raten, Hannes Roether." Irritierend fand Odette Sansom nur, dass die Polizistin weder geschminkt war noch ihre Haare frisiert hatte. Entweder hatte sie es heute Morgen sehr eilig gehabt, oder aber ihr Fokus lag auf der Kleidung; und wie sie im Gesicht aussah, war ihr egal. Sie war eine Schönheit, das stand außer Frage. Mit etwas Anleitung und viel Goodwill könnte sie aus dem Entlein einen wunderschönen Schwan zaubern.

Der Versuch, Julia zu einer Reaktion zu provozieren, war offensichtlich. Noch immer stand die Domina da und sah ihr unvermittelt ins Gesicht.

„Ich hoffe, Sie verzeihen mir meine Direktheit, Frau Stern, aber in meinem Beruf spricht man besser sofort aus, was man denkt. Schon um Missverständnisse von vornherein zu vermeiden. Es umgibt Sie eine Aura, eine besondere Ausstrahlung, die Männer auf eine subtile Weise verunsichert und ihnen den Respekt abverlangt, der Ihnen zusteht." Die Domina machte einen weiteren Schritt in ihre Richtung und stützte sich mit beiden Armen an der Kochinsel ab. „Die Entschlossenheit in Ihren Augen – sie ist in meinem Geschäft bares Geld wert. Wissen Sie, Frau zu sein ist heute schon lange keine Tugend mehr. Wir können tun und lassen, was immer wir wollen. Ich könnte Ihr jetziges Gehalt vervierfachen."

„Wie schon gesagt, Geld interessiert mich nicht." Julia hielt ihrem Blick stand.

„Wenn nicht Geld, wie wäre es dann mit Macht? Die Männerwelt würde Ihnen sprichwörtlich zu Füßen liegen, Frau Stern." Ganz langsam, wie der Kopf einer Gottesanbeterin, wandte sie ihr Gesicht in Fröhligs Richtung. „Zusammen bringen wir ihnen das Fürchten bei." Dann zwinkerte sie ihm zu.

Dass die Domina ihren Namen kannte, ließ Julia unkommentiert. Schließlich war es dank Gisèle und des Internets gleichermaßen möglich, diese Information in Erfahrung zu bringen. Über Frau Dr. Julia Stern fand man zahlreiche Veröffentlichungen, die sowohl in der Presse als auch in diversen wissenschaftlichen Fachzeitschriften erschienen waren.

„Rache!", sagte Odette Sansom scharf und beobachtete genau, welche Wirkung das Wort auf Julia Stern hatte.

Julia imitierte ein unverfängliches Lächeln. „Welche Frau verspürt in der Nähe eines Mannes nicht dieses Gefühl? Die meisten von ihnen sind präpotente Wesen. Was auch ein Grund dafür ist, warum Frauen beim Sex für sie an zweiter Stelle kommen."

Plötzlich warf die Domina den Kopf in den Nacken und lachte lauthals. „Sie sollten über mein Angebot wirklich noch einmal nachdenken, Frau Hauptkommissarin", bemerkte sie amüsiert. „Bei mir würden Sie reich werden."

„Vielleicht, aber das ist nicht der Grund, warum wir hier sind, Frau Sansom", entgegnete Julia vehement.

„Ist das eigentlich Ihr richtiger Name?", brachte Fröhlig sich in die Unterhaltung ein.

Seine Frage schien bei ihr einen empfindlichen Nerv getroffen zu haben. Leicht unterkühlt antwortete sie: „Das ist der Name, der in meinem Personalausweis steht, Herr Kommissar. Reicht Ihnen das als Antwort?" Sie nahm das Sieb aus der Kanne und stellte es gemeinsam mit drei Tassen auf ein Tablett. „Lassen Sie uns herüber ins Wohnzimmer gehen." Ihrem Blick folgend, sah Fröhlig auf das weiße Ledersofa.

Julia und er bevorzugten die Sessel, während Odette Sansom sich auf das Sofa setzte.

„Verraten Sie mir jetzt, was der eigentliche Grund für Ihren Besuch ist. So viel wie ich über Sie weiß, hat Ihr Kommissariat mit der Sitte nichts zu tun. Also, was verschafft mir die Ehre Ihres Besuchs?" Elegant schenkte sie zuerst Julia Tee ein. „Aus dem Umstand, dass das LKA Kontakt zu mir aufnimmt, schließe ich, dass es sich um eine gravierende Angelegenheit handeln muss."

Fröhlig griff in die Innentasche seiner Jacke und hielt mehrere Fotos in der Hand. Mit ernster Miene sagte er: „Ich muss Sie warnen, der Anblick ist verstörend."

„Es ehrt Sie, dass Sie um mich besorgt sind, Herr Kommissar." Die Frau schenkte ihm ein Lächeln. „Ich schlage vor, wir lassen die Maskerade. Sie beide wissen genau, womit ich mein Geld verdiene. Was Sie hier sehen, ist alles nur eine Scharade für die liebe Nachbarschaft." Sie lachte kurz und zynisch auf. „Es ist vielleicht so etwas wie mein Zuhause, aber mein Leben ist es nicht. Niemanden in der Siedlung geht es etwas an, womit ich meine Brötchen verdiene." Odette Sansom schob Julia eine silberne Schale mit dunklem Kandis herüber. „Glauben Sie im Ernst, ich mag diesen puritanischen Fummel, den ich trage?", sie beugte sich vor und schenkte Frank ein. Dabei rutschte ihr Ärmel etwas nach oben und Fröhlig erkannte eine bunte Schlangen-Tätowierung. Vielleicht haftete sein Blick eine Sekunde zu lang auf ihrem Unterarm. Als sie es bemerkte, zog sie den Stoff zurück.

„Die meisten Ehemänner in der Siedlung sind sexuell … frustriert, um es vorsichtig auszudrücken. Glauben Sie mir, ich weiß ganz genau, wovon ich spreche. Ich will Sie auch nicht langweilen und Ihre Zeit mit Details verschwenden, aber schocken, schocken tut mich schon lange nichts mehr."

„Haben Sie keine Angst, dass Ihnen einer Ihrer Kunden hier in Serm über den Weg läuft?", fragte Julia mit aufrichtigem Interesse.

„Frau Stern, ich bin eine hoch professionell agierende Domina. Sollte das geschehen …", über ihr Gesicht legte sich ein sardonisches Lächeln. „Meine Kunden haben schon ein eigenes Interesse daran, unser kleines Geheimnis zu bewahren. Und sollte trotz alledem jemand plaudern ..."

Dabei schlug sie mit dem Teelöffel in ihre offene Hand. Die Geste war unmissverständlich.

Julia nahm zwei Stück Kandis und ließ sie in den Tee gleiten. „Und was, wenn nicht? Wenn einer Ihrer Kunden genau das ausnutzt, um Sie zu erpressen? Ihre schöne Scheinwelt würde im selben Augenblick regelrecht implodieren." Julia nahm Fröhlig die Fotografien aus der Hand und breitete jede einzelne vor der Domina aus. „Passiert dann das mit einem Ihrer Freier?"

Während die Domina die Bilder aufmerksam betrachtete, sagte sie im ruhigen Ton: „Es gibt bei uns keine Freier, Frau Hauptkommissarin. Ich glaube, Sie verwechseln da was. Wir sind ein Fetischclub, kein Bordell. Da gibt es eine klare Linie, die nicht überschritten wird. Meine Angestellten sind weder Toyboys noch Nutten, die in schmuddeligen Hinterzimmern ihre Arbeit verrichten. Das, was wir dort leisten, ist therapeutisch zu bewerten und sollte keinesfalls dem Dienstleistungsbereich des Rotlichtmilieus zugeschrieben werden. Dagegen verwehre ich mich entschieden. Unsere Kunden kommen mit ihren Bedürfnissen und Fantasien, die sie zu Hause nicht so ausleben können oder dürfen. Wir unterstützen sie lediglich in ihrem Verlangen, für ein paar Stunden die Fesseln der gesellschaftlichen Konvention abzustreifen."

Sie wischte einige der Fotografien auseinander und separierte die Detailaufnahme mit den fest umwickelten Armen und den schwarzen Seilen unterhalb der Achselhöhlen. Dann schob sie das Bild wie eine Tarotkarte zur Tischmitte hin. „Schauen Sie, Sadomasochismus ist mehr als nur eine besondere Art der Sexualität. Stärker als der Wunsch, sich bedingungslos hinzugeben und sich meinen Zofen und Dienern vollkommen auszuliefern, ist hier das Verlangen nach Schmerzen, das sie unbedingt zeigen möchten. Es ist eine Geisteshaltung, ein Lebensgefühl, die zu einer eigenständigen Kultur gewachsen ist. SM ist inzwischen hoffähig geworden. *Fifty Shades of Grey* ist wohl das populärste Beispiel dafür, wenn auch kein besonders gutes. Aber die Kinosäle waren über Wochen hinweg ausgebucht. Noch immer wird es reißerisch trivialisiert, um es publikumswirksam, wie in einer Freak-Show, der breiten Masse zu präsentieren. Und ja, es gibt auch pathologische Aspekte, die darin enthalten sind. Einige können in der real existierenden Welt zu Übergriffigkeit führen, wenn meine Angestellten nicht für Kompensation sorgen. Von uns dreien wissen Sie, Frau Stern, noch am besten, wovon ich hier rede. Nicht wahr?"

Ohne es zu zeigen, fühlte Julia sich mit einem Mal unwohl in ihrer Gegenwart. Noch immer waren die Dämonen aus der Kölner Kanalisation allgegenwärtig. „Verlangen kann zur Qual für eine menschliche Seele werden. Das ist es, was wir für unsere Kunden tun. Wir stillen ihr Bedürfnis, befriedigen ihr Verlangen."

Sie tippte mit dem Finger auf die Fotografie in der Tischmitte. „Mit so etwas hier haben wir nichts zu tun. Krimineller Sadismus ist eine andere Kategorie. Aber wenn ich Ihnen einen Tipp geben darf: Probieren Sie es im Darknet. Snuff-Videos und anderen verstörenden Scheiß gibt es da zur Genüge."

Von diesen Videos hatte auch Fröhlig schon gehört. Vor laufender Kamera werden echte Menschen real ermordet. Und es gibt zu viele kranke Geister, die bereit sind, dafür zu bezahlen. Er schob das Bild zu ihr zurück. „Fällt Ihnen an der Art, wie er gefesselt ist, etwas auf?"

Ihm fiel Feldmann ein und was er über die Technik der Knoten gesagt hatte. „Die Methode, wie sie geknüpft worden sind, die Art, wie ihre Wülste nach innen zeigen."

Ihr Gesicht war eine Maske ohne Ausdruck. „Natürlich erkenne ich die Art der Knoten. Das ist mein Job“, sie zögerte. „Aber nicht, wer sie geknüpft hat. Die Wicklung der Seile und die genaue Abfolge der Knoten kommen aus dem Shibari. Das ist japanisches Bondage.“

„Ich dachte, es heißt Kinbaku“, sagte Fröhlig.

Odette Sansom warf ihm einen Blick zu, der zu sagen schien: Amateur. „Shibari ist oft die reine künstlerische, ästhetische Fesselung. Dabei geht es nicht um Sex, Herr Kommissar. Kinbaku hingegen verbindet die künstlerische Fesselung mit dem Sinnlichen und der sexuellen Praxis. Kinbaku ist der umfassendere Begriff.“

„Nur damit ich es richtig verstehe: Das hier ist also Shibari?“, wiederholte er ihre Feststellung.

„Vorausgesetzt, es handelt sich bei den toten Männern nicht um einen Sexunfall, dann ja.“

„Ich glaube, das können wir ausschließen“, sagte Julia an sie gerichtet.

Odette Sansom bekam nur die Bilder zu sehen, auf denen die Gesichter und einige wenige Details abgelichtet waren. Insiderwissen, wie die abgezogene Haut oder die speziellen Knoten, mit denen die Opfer langsam erstickt oder aufgehängt worden waren, hielten beide bewusst vor ihr zurück.

„Betrachten wir die Taten jedoch als sexuell motiviert, stehen sie beide für Kinbaku“, sagte Fröhlig, als handelte es sich dabei um eine ansteckende Krankheit.

Julia sah ihn an und überlegte, ob das ihr „Missing Link“ war, das fehlende Puzzleteil, das das Bild vervollständigte. Bisher waren sie davon ausgegangen, dass die Tat mit dem organisierten Verbrechen in Zusammenhang steht. Jetzt könnte die Frage aber lauten: Könnte sich die Domina vorstellen, dass einer ihrer Kunden zu so etwas fähig ist? Um dann im selben Atemzug um eine Kopie der Kundenkartei zu bitten.

Bemüht, freundlich zu klingen, fragte Julia: „Stellt es ein Problem für Sie dar, wenn wir uns in Ihrem Club etwas umsehen?"

Stille senkte sich über die Gruppe.

„Sie werden Verständnis dafür haben, dass zwei Polizisten, die unsere Gäste befragen, nicht gerade geschäftsfördernd sind." Ihre Augen fingen an, listig zu funkeln. „Ich komme Ihnen entgegen und mache Ihnen beiden einen Vorschlag." Die Pause zwischen den Sätzen gefiel Frank nicht, er ahnte Böses auf sich zukommen.

„Sie, Herr Fröhlig, kommen heute Abend in meinen Club – allein." Odette Sansom war anzusehen, dass der Gedanke sie amüsierte. „Ich werde Sie zu meinem Praktikanten ernennen, Herr Kommissar", versprach sie mit prophetischer Stimme. „Sie werden einen Abend lang mein Auszubildender sein."

„Unter gar keinen Umständen. Das kommt überhaupt nicht infrage." Vor seinem inneren Auge manifestierte sich ein düsteres Bild. Er sah sich selbst mit nichts als einer mattschwarzen Lederhose bekleidet an ein x-förmiges Kreuz gefesselt. Ähnlich einem Christusmonogramm, nur ohne den Segen Gottes. Mit gespreizten Armen und Beinen, an den Gelenken grobe Lederriemen, und hinter ihm stand Gisèle und schwang die neunschwänzige Katze. „Auf gar keinen Fall", wiederholte er sein Unbehagen gegenüber ihrer Idee.

„Seien Sie kein Feigling, Herr Kommissar, Sie bekommen die Möglichkeit, überall Ihre Nase hineinzustecken."

„Nein!", erhob er protestierend seine Stimme. „Ich lasse mich doch nicht auspeitschen." Seine Fantasie spielte ihm immer neue Bilder ein: Bilder, in denen ein 190 Zentimeter großer Hüne mit Servierkleid hinter ihm steht und diabolisch mit jedem Hieb lauter lachte. Fröhlig sah in die Gesichter der beiden Frauen, die ihn aus unterschiedlichen Gründen belächelten.

„Davon, dass Sie ausgepeitscht werden, war nie die Rede, Herr Kommissar. Aber interessant, woran Sie im Stillen denken." Das Grinsen der beiden Frauen wurde unerträglich breit.

„Wir öffnen um 21 Uhr. Gisèle wird Sie erwarten und in alles einführen." Ihre Worte hallten in seinem Ohr nach. Das war genau das, was er nicht von ihr hatte hören wollen.

Kapitel 17

Zur gleichen Zeit in der PI Mitte, Duisburg

Feldmann legte den Hörer auf und schob den leeren Notizblock von sich. Die Sekretärin der Chefärztin, mit der er telefoniert hatte, erinnerte ihn an einen Zerberus, den Höllenhund, der das Tor zur Unterwelt bewachte und keine Seele an sich vorbeiließ. So oder so ähnlich war es ihm gerade ergangen. Zumindest konnte er einen Teilerfolg für sich verbuchen. Die Sekretärin versprach, den kryptischen Text – ‚Wenn etwas schön gewachsen ist, neigt der Mensch dazu, es zu zerstören' – an Frau Doktor weiterzuleiten.

Feldmann lehnte sich zurück und betrachtete mit stillem Stolz die weiße Schreibtischplatte an der Wand. Nach einer kurzen Diskussion mit dem Hausmeister hatten sie sich darauf geeinigt, mangels eines verfügbaren Whiteboards die Schreibtischplatte als vorläufigen Ersatz zu verwenden. Das Motto des Hausmeisters „Praktisch denken, Särge schenken" war der Kitt, der die Büros der PI Mitte zusammenhielt. Das Innenministerium sprach gerne von Investitionen in den hiesigen Polizeiapparat – die Realität war allerdings ernüchternd.

Feldmann verschränkte die Arme hinter dem Kopf und studierte die Reihen der Fotografien auf der weißbeschichteten Platte.

„An diesem Fall ist nichts, was man als normal bezeichnen kann.“

Aufmerksam verharrten seine Augen auf jeder einzelnen Fotografie. Die erste Reihe zeigte Bilder von Ermordeten der letzten Jahre, deren Identität nicht geklärt war und die einem Gewaltverbrechen zum Opfer gefallen waren. Feldmann hatte alle Aufnahmen mit einer fortlaufenden Nummer versehen. Die roten Striche unter jedem Bild verästelten sich auf mehreren Ebenen – wie im Wurzelwerk eines Baumes. Dadurch entstanden unterschiedliche Stränge aus Datumsangaben, Fundort, Todesursache und Abnormität der spezifischen Todesfolge. Kurznotizen bildeten Mengendiagramme. Einzelne Schnittmengen hatte Feldmann mit buntem Marker schraffiert. Wer nicht wusste, was er da sah, konnte es mit einem Schnittmuster aus einer Nähzeitschrift verwechseln.

Er hatte nur die Fälle mit Klebestreifen an das Board geheftet, die er für ungewöhnlich hielt. Aus den Jahren 2020 bis heute. Erschreckend war, dass er glaubte, 24 in Zusammenhang stehende Taten gefunden zu haben. Feldmann verschränkte die Finger, legte beide Hände auf die Brust und begann, sie wellenförmig im Takt eines Tausendfüßlers zu bewegen. Nicht alle auf den Fotografien waren ums Leben gekommen. Einige wenige hatten überlebt, konnten laut dem Vernehmungsprotokoll sich aber an nichts mehr erinnern. Weder wussten sie, wo man sie gefangen hielt, noch wie sie dem Ort der Folter entkamen. Es war fast so, als ob die Überlebenden eine kollektive Amnesie heimgesucht hätte. Feldmann griff nach einer der Akten und schlug den orangefarbenen Aktendeckel auf. Konzentriert begann er, das geschriebene Protokoll der ersten Seite für sich zusammenzufassen. „Den Angaben der Krankenhausärzte zufolge kann sich niemand an eine Misshandlung erinnern, obwohl die Verletzungen so stark gewesen waren, dass bei allen die fünf Schichten der Epidermis mehrfach aufgeplatzt waren und sich darüber wulstiges Narbengewebe ausgebreitet hatte."

Feldmann dachte darüber nach und ging jedes Wort in dem Protokoll akribisch durch. Egal welche Perspektive er gedanklich einnahm, es ergab keinen Sinn. Allein der Heilungsprozess: nächtelang auf dem Rücken liegen, Verbände, von dem Wundschmerz ganz abgesehen. Auch wenn es da schwarz auf weiß vor ihm stand, niemand konnte ihm glaubhaft erklären, dass man eine solche Tortur vergaß.

Er blätterte weiter auf der Suche nach einer ganz bestimmten Diagnose. Doch was er suchte, fand er nicht. Schnell wechselte er zur nächsten Fallakte, doch auch dort: Fehlanzeige. Nirgends fand er einen Vermerk, dass die Opfer unter posttraumatischen Störungen litten, geschweige denn Anzeichen eines Schocks aufwiesen. Wie konnte das sein? Selbst wenn ihr Bewusstsein die Tat verdrängte, ihr Unterbewusstsein jedoch nicht.

Feldmann schob die Akten frustriert von sich und drückte sich aus dem Bürostuhl hoch. Er ging um seinen Schreibtisch herum und lehnte sich daran. Wie bei einem Memoryspiel verglich er die Schläge und wie sie ausgeführt worden waren. Sollten sie nur von einem Täter zugefügt worden sein, müssten sie die Spuren einer Signatur tragen. Ähnlich wie bei einer Reihe von Gemälden, die alle einem einzigen Maler zuzuordnen sind. Besondere Merkmale, die alle Opfer gemeinsam hatten. Die Toten wie auch die Überlebenden. Ihm fiel der Vergleich mit einer Mensur ein, dem traditionellen, streng reglementierten Fechtkampf zwischen Mitgliedern unterschiedlicher Studentenverbindungen. Jeder Schlag wurde blind ausgeführt, und ein Abweichen hatte zur Folge, dass der Gegner einen Treffer erzielte. Jeder der Kontrahenten hatte seinen eigenen Fechtstil.

Feldmann nahm einige Fotografien vom Whiteboard und verglich sie untereinander. Und wenn es so war, sollte es dann nicht der leitenden Gerichtsmedizin aufgefallen sein? Im gleichen Moment verwarf er den Gedanken wieder. Die Gerichtsmedizin gehörte den Toten. Die Lebenden kamen nur, um den Verstorbenen einen Besuch abzustatten. Weswegen Mel es nicht aufgefallen sein konnte. Die Gerichtsmedizin bekam keine Einsicht in die Akten der Krankenhäuser.

Feldmann schloss den Aktendeckel und las irritiert den Namen des leitenden Ermittlers: Gerd Rütte. Die Kernkompetenz des KK21 lag im deliktübergreifenden, organisierten Verbrechen. Feldmann kratzte sich nachdenklich den rechten Nasenflügel. „Das KK21 ermittelte nicht ohne Grund. So viel war klar. Als ihnen Rütte und seine Kollegen gestern vor der alten Industriehalle begegneten, hatte er noch an einen Zufall gedacht. Doch inzwischen glaubte er nicht mehr daran. Welches spezielle Interesse verfolgte das KK21 in ihrem Fall, und warum waren sie nicht darüber informiert worden, dass parallel ermittelt wird?"

Feldmann schaute auf die Wanduhr. Der Zeiger wanderte stark auf 16:00 Uhr zu. Mit etwas Glück würde er den leitenden Ermittler noch in seinem Büro antreffen. Gerade als Feldmann ins Treppenhaus abbog, erblickte er Rütte, wie der die Stufen hinunternahm. „Gerd?", rief er dem Kollegen laut hinterher. Keine Reaktion. Feldmann entschied sich, dem Ermittlungschef vom KK21 zu folgen.

Kurz vor dem Gang zur Leitwarte holte er ihn ein. „Hast du noch eine Verabredung, Gerd, oder warum rennst du so?", scherzte Feldmann.

„Jens, ich habe dich gar nicht kommen hören." Die beiden Männer hasteten gemeinsam über den grau melierten Linoleumboden. „Ich bin auf dem Weg in die Ausnüchterungszellen. Komm doch mit auf ein Bier", lud Rütte ihn ein.

Feldmann musste nicht lange überlegen. Seine Frau war mit einer ihrer besten Freundinnen im Kleinkunsttheater an der Goldstraße verabredet. Wenn er sich richtig erinnerte, wurde dort heute „Das Liebeskonzil" von Oskar Panizza aufgeführt. Ein satirisch-groteskes Drama, wie sie nicht aufhörte, es ständig zu erwähnen; in der Hoffnung, er käme vielleicht mit. Da zog er es doch lieber vor, mit Rütte in den Keller zu gehen.

„Wo ist deine Bromance?“, spielte Rütte auf Fröhlig an. Feldmann tat so, als könnte er mit dem Begriff nichts anfangen. Zusammen nahmen sie die Treppe, die in den Keller führte.

„Fröhlig, wo ist er? Ihr beide seid doch sonst unzertrennlich.“

„Ich habe ehrlich gesagt keine Ahnung“, log Feldmann dem Ermittler ins Gesicht. „Seitdem die Kollegin vom LKA bei uns mitmischt, leidet die Kommunikation darunter.“ Er mochte Julia. Trotz ihrer Autismus-Spektrum-Störung war sie für ihn zu einer Freundin geworden. Sie besaß zwar null Empathie, dafür aber ein großes Herz. Aber um sich mit Rütte im Geiste zu verbünden, brauchte es nun mal eine Schuldige. Und Julia war dafür wie geschaffen. Er hoffte, sie würde ihm später verzeihen.

„Bruder geht vor Luder, heißt es nicht so, Jens?“ Rütte legte ihm kumpelhaft die Hand auf die Schulter und drückte in stiller Solidarität zu. „Stimmt es, was man über sie hört?“

„Was genau meinst du?“, gab Feldmann den Ahnungslosen.

„Die Trulla soll tatsächlich Fröhligs Ex ersetzen und eure neue Chefin werden?“ Feldmann überlegte, dann schüttelte er abwehrend mit dem Kopf.

„Lass uns nicht darüber reden, Gerd.“ Er lächelte verkrampft und entblößte beide Zahnreihen.

„Alles klar, ich weiß, was du meinst. Würde mir auch sauer aufstoßen, wenn man sie mir vorsetzt.“ Unten angekommen, steuerten die beiden Männer auf die hinteren Zellen zu. Die vorletzte war bereits von sechs uniformierten Kollegen belegt. Die beiden Kommissare grüßten lässig und gingen weiter zur nächsten Zelle. Am Kopfende der Biertischgarnitur saßen sich zwei müde Gesichter schweigend gegenüber. Ihre Flaschen waren dreiviertel leer. Feldmann griff in den Kasten KöPi und stellte ihnen zwei neue hin.

„Wie lange?“, fragte er die beiden jungen Uniformierten anteilnehmend. „Fast siebzehn Stunden am Stück“, lautete die müde Antwort. „Der Zoll bekam einen Hinweis. Ein Schiff aus den Niederlanden soll über Rotterdam den Duisburger Hafen anlaufen. Sie wussten nur, dass die Tiefgangsmarken auf dem Schiffsbug eine auffällige Farbe haben.“

„Und?“, bohrte Feldmann interessiert nach.

„Sagen wir es so: Der Weihnachtsmann wird für viele Jahre wohl keine Päckchen mehr ausliefern, und die Schneesaison fällt dieses Jahr auch flach“, sagte der junge Beamte nicht ohne Stolz.

„Gut gemacht, meine Herren. Darauf stoßen wir an.“ Schlagartig erhellten sich die Gesichter der beiden Uniformierten. Klirrend trafen die vier Flaschen aufeinander. Danach kümmerte sich wieder jeder um seine Angelegenheiten.

Feldmann stellte die Flasche vor sich ab und hielt sie mit beiden Händen fest umschlossen.

„Was wolltet ihr gestern in der alten Industriehalle?“, kam Feldmann gleich zur Sache. Einem erfahrenen Ermittler wie Rütte etwas vorzumachen, glich einer Beleidigung.

„Ich bin überrascht, Jens. Bisher dachte ich immer, ihr Ossis findet beim Reden nie den Punkt.“ Er setzte die Flasche an die Lippen und sah ihn über den braunen Glasboden hinweg an.

„Was du meinst, Gerd, sind die Sachsen. Das liegt daran, dass die Menschen dort mehr nachdenken als der Rest der Bevölkerung.“ Feldmann schwenkte das Bier in der Flasche vor und zurück. Eine Pause entstand zwischen ihnen.

„Meiderich ist *Wolfsland*, Feldmann. Da lag der Verdacht für uns nahe, dass es sich bei dem Opfer um ein Bandenmitglied handelt.“

„Und?“

„Nichts und. Das war es.“ Rütte setzte an und trank einen Schluck. Mit dem Handrücken wischte er sich den Mund ab. „Nachdem mir die Gerichtsmedizinerin erlaubt hatte, einen Blick auf die Leiche zu werfen, war mir schnell klar, dass wir umsonst rausgefahren waren.“ In einer stummen Geste forderte Feldmann ihn auf, weiterzuerzählen.

„Die Klientel, mit der wir es üblicherweise zu tun haben, sind grobe Klötze. Die verwenden Eisenstangen oder Baseballschläger. Die brauchen schnelle Ergebnisse. Der Typ war mehr was für einen Kindergeburtstag. So wie er da hing, erinnerte er mich an eine Pappmaché-Figur. Du weißt schon, solche, die mit Süßigkeiten gefüllt sind, und wenn du nur fest genug darauf herumprügelst, fallen sie irgendwann heraus."

Feldmann kannte solche Figuren noch aus seiner Zeit auf Kuba, aber das war schon lange her.

„Feldmann, du wirst gerade ganz schön hässlich …", zitierte Rütte den alten Spruch, „greif mal hinter dich und zaubere uns vier Flaschen Bier aus dem Kasten." Der leitende Ermittler vom KK21 wandte sich den beiden uniformierten Kollegen zu. „Was ist mit euch Schlafmützen los, ihr trinkt doch auch noch eins mit, oder?" Feldmann bekam Mitleid mit den beiden. In den wenigen Minuten, in denen sie zusammengesessen hatten, waren ihre Rücken krumm wie Maulwurfshügel geworden.

„Ich habe auch genug für heute." Feldmann sagte es genauso, wie er es meinte.

Kapitel 18

Am Abend

Er saß da, seine Augen fest auf sie gerichtet. Ihr androgyner Körper fesselte ihn auf eine Weise, die er sich nur schwer erklären konnte. Vielleicht erinnerte sie ihn mit ihren spinnenhaften Händen, der pergamentartigen Haut, die durchzogen war von blauen Adern, dem flachen Becken und ihren markanten Wangenknochen an eine Aufseherin aus seiner Kindheit.

Und plötzlich kehrte ein Schmerz zurück, den er längst vergessen geglaubt hatte. Wie damals spürte er, wie sein Ohrläppchen einriss, als sie ihn daran hochgezogen hatte und es verdrehte, bis er tanzte und Blut floss.

Mit einem unruhigen Fuß gegen die Reling gestemmt, rutschte er auf dem Barhocker nach hinten. Auf dem Tresen standen mehrere Schälchen mit ungeschälten Erdnüssen. Mechanisch griff er in eines davon und nahm drei heraus. Zwei legte er beiseite, die dritte rollte er unter stetig steigendem Druck zwischen Daumen und Zeigefinger langsam vor und zurück, bis die Schale nachgab und sie spröde zersplitterte. Ihren Inhalt aß er, die vertrocknete Hülle ließ er achtlos zu

Boden fallen. Dabei verlor er sie keinen Moment aus den Augen, verfolgte jede ihrer Bewegungen mit einer Intensität, die einem Tier ähnlich war.

Entweder war es ihr egal, oder der Job als Kellnerin hatte sie gegenüber komisch wirkenden Typen abgestumpft. So oder so, er sah ihr nicht an, wie sie über den einzigen Gast in der Kneipe dachte. Er konnte aber auch nicht ausschließen, dass sie Reizgas oder einen Taser unter dem Tresen für ihn bereithielt. Vielleicht war das der Grund dafür, warum sie so gelassen tat. Wäre er gnädig, würde er sie auf Ende vierzig schätzen. Das herausgewachsene Grau am Haaransatz verriet ihm aber, dass sie älter war. Er setzte das Glas an die Lippen und nahm einen Schluck. Er fand es schwierig, sie korrekt einzuschätzen. Die Haut war fahl, und unter den Augen trug sie lappige Ringe. Das billige Make-up, das sie üppig aufgetragen hatte, beschleunigte den optischen Verfall noch.

Er hielt das fast leere Glas schief vor sein Gesicht. Durch die Bierschlieren hindurch versuchte er sie sich zwanzig Jahre jünger vorzustellen. Er kniff dabei die Augen zusammen und fixierte sie durch das Glas wie durch ein Zielfernrohr. Die Frau hatte Glück: Heute hieß sein Jäger nicht Verlangen. Erneut nippte er kurz an dem Glas Bier und stellte es vor sich ab. Das hob er sich für später auf, wenn er in den Keller ging, ihre Toybox, wie sie ihn auch liebevoll nannten.

Ohne den einzigen Gast zu beachten, polierte sie stoisch ein Bierglas nach dem anderen weg. Manchmal hielt sie eines geneigt gegen das nikotingelbe Deckenlicht. Entsprach es nicht ihren Anforderungen, polierte sie es nach. Wie hypnotisiert starrte sie dabei über die Theke hinweg, raus aus dem großen Panoramafenster. Nur ein Fußgänger oder ein vorbeifahrendes Auto brachten sie dazu, die stupide Tätigkeit ruhen zu lassen. Dann starrte sie teilnahmslos dem Geschehen hinterher.

„Möchten Sie noch eins?", fragte sie ihren einzigen Gast mit rauchiger Stimme.

Still hielt der Mann ihr das leere Glas entgegen. Sie lächelte verlegen. Als sie danach griff, berührten sich ihre Finger ungewollt. In diesem Augenblick durchfuhr sie ein kleiner Stromstoß. Nicht unangenehm. Im Gegenteil, es war nur schon zu lange her, dass sie das Gefühl hätte benennen können. Sie blickte in seine großen Augen und verlor sich noch im selben Augenblick in deren Tiefe. Wie ein Strudel wurde sie immer tiefer hineingesogen. Wie sich seine Lippen bewegten und er murmelnde Laute sprach, bekam sie nicht mehr mit. Erst als sich ihre Finger voneinander lösten, fühlte sie mit einem Mal den Blick, mit dem er sie ansah. Distanzlos, hungrig und auf eine Art fesselnd, die sie neugierig machte. Sie spürte, wie sie von einem Verlangen nach ihm erfasst wurde.

Ihre niederen Instinkte malten sich plötzlich aus, was er alles mit ihr anstellen durfte. Sie merkte, wie sich ihr Herzschlag deutlich beschleunigte und ihre Handflächen anfingen, feucht, zu werden. „Tue es nicht", meldete sich die Stimme der Vernunft in ihr. „Sich auf einen Gast einzulassen, ist noch nie gut für dich ausgegangen." Und im selben Moment dachte sie auch: „Scheiß drauf. Scheiß auf deine Vorsätze." Sie fühlte sich auf magische Weise zu ihm hingezogen. Gerade als sie nach seiner Hand griff, um ihn über den Tresen zu ziehen, sagte er mit tiefer Bassstimme. „Vergessen Sie mein Bier bitte nicht." Sie konnte gar nicht anders, als ihm diesen Gefallen zu tun.

Während sie das leere Glas an den Rand der Spüle abstellte, hielt sie gleichzeitig ein neues unter die Bierleitung. Kurz darauf schoss weißer Schaum ein, und eine goldgelbe Flüssigkeit setzte sich am Boden ab. Immer mehr der kleinen Schaumperlen verwandelten sich in ein ordentlich gezapftes Glas Pils. Während sie diesen Vorgang aufmerksam verfolgte, blitzte eine schmutzige Fantasie nach der anderen in ihr auf.

Ihm ging es dabei nicht um Sex, und es hatte auch nicht das Geringste mit ihrem Aussehen zu tun. Er empfand grundsätzlich nichts bei Frauen. Für ihn waren sie nur Zeitvertreib, ein Vorspiel. Etwas, an dem er seine Fähigkeiten ausprobieren konnte. Auch wenn ihr Körper und die Stimme passten, war der Rest doch immer noch eine Frau. In dem Moment, wo sie das neue Glas vor ihn hinstellte, setzte er den zweiten Anker bei ihr.

Als sie nach dem leeren Glas griff, um es erneut gegen ein neues auszutauschen, nutzte er die Gelegenheit. Wie zufällig berührten sie sich. Mit der Spitze seines Fingers strich er sanft eine Linie über ihrem Handrücken. Als sich ihre Blicke trafen, war ihr, als drang er tief in ihren Verstand ein. Und je länger er sie ansah, umso stärker koppelte sich ihr Bewusstsein von ihr ab. Diesen winzigen Moment, wo ihr Verstand minimal abgelenkt war, genau diesen brauchte er. Aus ihrer Sicht war es nicht mehr als eine zufällige Berührung. Ein ungelenker Versuch, sich ihr zu nähern. Nichts, worüber sie sich Gedanken machen brauchte. Keine Gefahr, nur eine zwischenmenschliche Interaktion. Für ihn war es das Einfallstor zu ihrem Unterbewusstsein – wie ein Computervirus in einem E-Mail-Anhang. Ganz langsam, nur wenige Millimeter, beugte er sich zu ihr herüber. Dabei öffnete er seine Augen und die Pupillen weiteten sich. Vorsichtig legte er ihre Hand in die seine.

Im Prinzip hatte er nichts anderes getan, als ihren Geist in eine Warteschleife zu versetzen. Jetzt war es an der Zeit, den letzten Anker zu setzen. Ein diabolisches Grinsen legte sich über sein Gesicht. Die meisten Menschen glaubten irrtümlich, es läge daran, was man sagt – was nur zum Teil stimmte. Es war eine Mischung aus verschiedenen Elementen. Entscheidend aber war für diese Art der Hypnose, wie er sie berührte, in Verbindung mit dem Klang seiner Stimme. Sie durfte nicht zu aufdringlich sein, mehr wie ein Blatt, das sie zufällig streifte und dem sie keine Aufmerksamkeit schenkte. Und Düfte; sie waren ein mächtiges Werkzeug, um in den Geist einzudringen. Sie waren wie der Schlüssel zum Burgtor. Bei Frauen hatte er gute Erfahrungen mit

Rasierwassern gemacht, die nach Tabak und Leder rochen. Die meisten erinnerten sich dabei an ihre Väter. Der olfaktorische Reiz setzte in ihnen das Gefühl von Geborgenheit in Gang. Ja, das Verhältnis von Vater zu Tochter war immer schon was ganz Besonderes gewesen.

Leicht wankend stand sie vor ihm, ausdruckslos wie ein Zombie. Daddys kleines Mädchen war bereit, mit ihm ein Spiel zu spielen. Als Erstes gab er ihr den Befehl, die Tür abzuschließen und das Licht auszuschalten. Im Vorbeigehen öffnete sie eine der Schubladen unterhalb der Theke und griff nach dem Schlüssel. Bei dem, was er sah, musste er lachen. Wie vermutet, lag in der Schublade ein veralteter Elektroschocker. Ein klimperndes Geräusch drang von der Tür herüber an sein Ohr, als Nächstes erlosch das Licht. Wie ein Geist kehrte sie aus der Dunkelheit zurück. Blieb vor ihm stehen und sah ihn ausdruckslos an.

„Was könntest du für mich als Nächstes tun?" Sein Blick schweifte in der Kneipe umher, als er das große Messer bemerkte. Vermutlich war es dafür gedacht, Zitronen zu zerteilen. Ein sardonisches Grinsen legte sich in der Dunkelheit über sein Gesicht. In seiner Fantasie stellte er sich vor, wie sie statt der Zitrusfrucht ihren eigenen Finger in gleichgroße Stücke schnitt. Fragend betrachtete er die Uhr an seinem Handgelenk. Missmutig zuckte sein linker Gesichtsmuskel nach oben.

Wie ein Messer, das in einem Fußball steckt, presste er genervt Luft durch die Lippen. Erneut blickte er abschätzend auf seine Armbanduhr. Gleichzeitig malte er sich aus, was er alles mit ihr hätte machen können.

„Komm zu mir", befahl er ihr mit ruhiger Stimme. Die Frau schritt wie eine Erscheinung auf ihn zu.

„Du hast verdammtes Glück, dass ich noch was anderes vorhabe." Sanft strich er mit dem Fingerrücken über ihre Wange. Die Haut oberhalb des Jochbeins spannte sich und ließ sie jünger aussehen. Es belustigte ihn, mit ihrem Gesicht Dinge anzustellen. Mit beiden Daumen schob er ihre Mundwinkel weit auseinander und zwang sie zu einem unterschiedlich schiefen Grinsen. Dann zog er an ihrer Wangenhaut und ließ sie mit den Lippen flapsige Geräusche machen, aber schon nach kurzer Zeit fing es an, ihn zu langweilen. Flüchtig überlegte er, sie den Mund öffnen zu lassen, um hineinzuspucken. Auch wenn ihm die Vorstellung gefiel, auf ihrer Haut wäre seine DNA zu finden.

Schwungvoll hüpfte er vom Barhocker herunter und stellte sich auf eine Armlänge von ihr entfernt hin. Mit Bariton-Stimme sagte er: „Je näher mein Zeigefinger deiner Nase kommt, desto tiefer fällst du in Trance. Ich zähle von drei abwärts. Drei, zwei, eins."

Wie ein abgeschnittenes Seil fiel die Frau in sich zusammen. Fast schon fürsorglich fing er sie auf und führte ihren Körper behutsam zu Boden. In stiller Andacht betrachtete er ihr Fleisch.

„Würden wir beide doch nur etwas mehr Zeit haben."

Wie aus dem Nichts keimte plötzlich ein Gedanke in ihm auf. Er umkreiste den Tresen und nestelte in der Innentasche seines Parkas nach dem Smartphone. Er startete die App des Kurznachrichtendienstes. Mit Verärgerung las er die Nachricht, die nur für ihn bestimmt war. Mit Blick auf die am Boden liegende Kellnerin steckte er das Smartphone zurück in den Parka, griff entnervt über den Tresen und fingerte nach dem nassen Putzlappen, der auf der Edelstahlspüle lag. Eilig wischte er über den Tresen und ging in die Hocke, um auch mögliche Spuren auf der Messingreling zu entfernen. Er sammelte sämtliche auf den Boden gefallenen Erdnussschalen ein und spülte sie auf der Toilette mehrfach hinunter. Zurück am Tresen, nahm er sein leeres Bierglas und wusch es sauber durch, dann stellte er es wahllos zwischen den anderen Gläsern ab. Als er sich neben der bewusstlosen Frau in die Hocke begab, knackte sein linkes Knie arthritisch. Vorsichtig legte er seine Hände auf ihren Kopf. Von drei abwärts fing er an zu zählen. Wie Motten im Netz einer Spinne zuckten ihre Augenlider, als sie das Bewusstsein zurückerlangte.

„Alles wieder gut?" Der Mann über ihr klang ernsthaft besorgt.

„Was war denn los?", hauchte sie mehr, als dass sie sprach. „Warum liege ich hier auf dem Boden?" Fahrig fasste sie sich mit dem Handrücken an die Stirn, so als fühlte sie nach ihrer Temperatur.

„Sagen Sie es mir? Gerade stellten Sie mir noch ein Bier hin, entschuldigten sich bei mir, weil Sie auf die Toilette mussten, und verloren dann einfach so das Bewusstsein. Wenn ich Sie nicht rechtzeitig aufgefangen hätte …" Er ließ den Satz unbeendet, um die Dramatik darin zu unterstreichen.

„Das ist mir ja noch nie passiert." Helfend stützte er sie beim Aufstehen.

„Geht es wieder?" Behutsam setzte er sie auf einen der Barhocker. „Warten Sie, ich hole Ihnen ein Glas Wasser." Noch immer leicht schwindelig, sah sie ihm hinterher. Sie hatte ihn komplett falsch eingeschätzt. In Wahrheit war er ein echter Gentleman.

„Gott, wenn Sie nicht gewesen wären. Wer weiß, was mit mir passiert wäre." Ein Lächeln der Dankbarkeit ließ ihr Gesicht erstrahlen. „Vielleicht wäre ich jetzt tot."

„Nein, das glaube ich nicht", antwortete er fest davon überzeugt. „Aber Sie sollten unbedingt einen Arzt aufsuchen. Mit so etwas ist nicht zu spaßen." Er griff nach seinem Parka und legte ihn sich über den Arm.

Auf dem Hocker sitzend, bereute sie es, nicht mit ihm geflirtet zu haben.

Als er schon draußen war, rief sie ihm fast schüchtern hinterher: „Vielleicht sieht man sich noch mal. Ich jedenfalls würde mich sehr darüber freuen."

In der Tür drehte er sich halb zu ihr herum. „Ich mich auch", sagte er und meinte es auch so.

Vor der Kneipe stehend schaute er sich um, dann zog er das Smartphone aus der Innentasche seines Parkas. Neugierig tippte er auf den blau hinterlegten Link. Automatisch öffnete sich der Medienplayer. Bei dem, was er sah, musste er lachen. Ganz offensichtlich hatte ER sein Geschenk ohne ihn ausgepackt. Der Deckel der Holzkiste stand senkrecht, am äußeren Rand der Aufnahme, an einer Wand angelehnt. Die bunte Schleife, mit der er sein Geschenk verschönt hatte, lag zerschnitten daneben. In der Raummitte befand sich ein entkleideter Mann. Eine schwere Eisenkette führte von seinem Hals zu einem Ring, der fest mit dem grauen Betonboden verankert war. Das an sich war schon sehr komisch mit anzusehen; was ihn aber zum Lachen gebracht hatte, war die grobe Metallkiste über dessen Kopf. Er stellte den Lautstärkeregler auf ein Minimum. Das klirrende Schlagen der Kette hallte peitschend durch den Raum, während die Kamera näher heranzoomte. Belustigt verfolgte er, wie der Mann im Video versuchte, die Kiste abzustreifen. „Wie ein Hund, der sich hinterm Ohr kratzt", dachte er. Bei dem Anblick ging es ihm gleich viel besser, und er fühlte sich mit einem Mal gut und irgendwie beschwingt. Mit zwei Fingern zoomte er näher an den Mann heran. Die schmutzige Gestalt kroch in unwürdiger Position blind umher, verzweifelt, als ob sie wüsste, dass ihre Zeit erst noch kommen würde. Langsam schwenkte die Kamera von dem am Boden Liegenden hin zu einem kleinen altweißen Campingtisch. Das Licht der Kamera zeigte gestochen scharf einen Hammer und einen Meißel, wie Steinmetze sie verwenden, daneben eine rostbefleckte Geflügelschere.

Die Nachricht war unmissverständlich: Entweder er machte sich sofort auf dem Rückweg oder ER würde sein Geschenk kaputt machen.

Mit verklärtem Blick öffnete er die Kommentarfunktion des Messengers und tippte drei Buchstaben in das Antwortfeld: „LOL". Dann drückte er auf *Senden*. Noch im selben Moment wechselten die beiden Häkchen ihre Farbe in Blau. Belustigt bewegte sich die Kamera auf und nieder.

Dann musste er mit ansehen, wie die Geflügelschere anfing zu schweben. Wie durch eine unsichtbare Kraft flog sie auf sein Spielzeug zu. Hastig tippte er in das Nachrichtenfeld: „Ich beeile mich." Dahinter ein Kussmund-Smiley. Die Kamera fuhr zurück auf die angekettete Gestalt. In ihrer Verzweiflung warf sie den Kopf zu allen Seiten, woraufhin sich die Kette spannte und den Kopf wie bei einer Handpuppe immer wieder abknicken ließ.

Amüsiert verzog er die Lippen. So wie er es immer tat, wenn er eines dieser niedlichen Katzenvideos im Internet ansah. Er legte den Kopf in den Nacken und betrachtete den nachtschwarzen Himmel über sich. Aus dem Augenwinkel bemerkte er die Bedienung, wie sie ihm vom Tresen aus zuwinkte. Er lächelte breit, hob im Stil ihrer verstorbenen Majestät die Hand und erwiderte ihren Gruß. „Wir werden uns schon bald wiedersehen", flüsterte jemand verheißungsvoll tief in ihm drin.

Kapitel 19

Fröhlig fühlte sich in diesem Augenblick völlig überfordert. Die zur Verfügung stehende Auswahl an infrage kommenden Kleidungsstücken stellte ihn vor ein weitaus größeres Problem, als er anfangs gedacht hatte. Sein Verhalten glich mittlerweile einem aufgescheuchten Eichhörnchen. Wie eine Flipperkugel sprang er zwischen Kleiderschrank und Dielenspiegel hin und her. Prüfend betrachtete er die speckige Lederhose, von der er nicht gewusst hatte, dass er sie überhaupt noch besaß. Lieblos warf er sie zurück aufs Bett. Fingerte das Paar Socken vom Bettzeug und roch prüfend daran.

„Woher", fragte er sich, „sollte ich wissen, was in einem Fetischclub angesagt ist? Oder bekam man dort Klamotten gestellt?" Sein Gehirn machte eine nachdenkliche Pause. „Und wenn ja, welche?" Mit Schrecken erinnerte er sich an einem Bericht vom WDR. Dort trugen die Kunden talkumierte Overalls aus schwarzem Gummi. Sie lagen auf medizinischen Bahren, sahen aus wie pudrige Autoschläuche. Die Vorstellung, von Gisèle wie ein Baby gepudert zu werden, hielt er nicht für erstrebenswert. Fröhlig entschied sich schließlich gegen das Relikt aus vergangenen Zeiten und quälte sich in eine Hose, von der er hoffte, dass sie ihm noch passen würde. Das Sakko, das er einst bei seiner eigenen Hochzeit getragen hatte, spannte zwar hier und da, saß aber ansonsten erstaunlich gut. Zumindest solange er es nicht versuchte, zuzuknöpfen.

Vor dem Spiegel im Bad durchkämmte er sein angefeuchtetes Haar mit Wachs, legte frisches Rasierwasser auf und betrachtete das Meisterwerk seiner Eltern wohlwollend im Spiegel. Kurz zwinkerte er sich zu, dann sagte er mit fistelnder Stimme: „Wäre ich schwul, würde ich mir mit dir gerne die Zeit vertreiben."

Mit einem Klacken schaltete er das Licht am „Alibert"-Schrank aus. Schlagartig umgab ihn Dunkelheit. In der Diele nahm er das metallisch blaue Sakko von der Garderobe und schaute prüfend auf sein Smartphone. Laut der Standortübertragung befand sich das Taxi nur wenige Meter von seiner Haustür entfernt.

Draußen auf der Straße blieb sein Blick an der Plakatwand auf der gegenüberliegenden Seite hängen. Er musste zweimal hinsehen, um zu glauben, was er sah. Von dort blickte ihm der Verlobte seiner Ex mit einem selbstzufriedenen Grinsen an. Fröhlig öffnete die Knöpfe seines Sakkos und versenkte die Hände tief in den Hosentaschen. Der Anblick des Parteivorsitzenden der Freien Demokraten weckte in ihm den Wunsch, eine echte Männerquote in der deutschen Parteienlandschaft einzuführen.

Suchend bog das Taxi um die Ecke. Als der Fahrer ihn sah, beschleunigte er kurz. Fröhlig öffnete die hintere Tür und stieg ein. Zu seiner Überraschung trug der

Mann einen blauen Turban. Das bärtige markante Gesicht schaute ihn freundlich an. Er nannte dem Fahrer sein Ziel und lehnte sich zurück. Langsam setzte sich das Taxi in Bewegung. Gedanklich versuchte er zusammenzufassen, was Julia ihm über abnormales sexuelles Verhalten erzählt hatte. Paraphile sind Menschen mit einem ziemlich ungewöhnlichen Sexualverhalten. Die Betroffenen suchen Erregung auf nicht alltägliche Weise oder haben ungewöhnliche Objekte, die sie magisch anziehen. Und ausgerechnet in einem Fetischclub sollte er danach Ausschau halten. Vor lauter Bäumen würde er den Wald nicht sehen. Als das Taxi vor dem *Torture Garden* anhielt, überraschte es Fröhlig nur wenig, dass die meisten geparkten Autos im gehobenen Preissegment angesiedelt waren. Fröhlig zückte sein Portemonnaie und zwei Zwanzigeuroscheine wechselten den Besitzer.

Obwohl sein Interesse nicht privater Natur war, stellte er bei sich eine leichte Nervosität fest. Nichts Unangenehmes, vielmehr ein Kribbeln in der Bauchgegend. Fröhlig warf einen prüfenden Blick auf seine Kleidung. Er knöpfte sein Sakko zu und schritt die Rampe empor. Es war Zeit, sich zu entspannen. Er tat einige tiefe Atemzüge und kontrollierte den akkuraten Sitz seines Hemdes. Die Vorstellung, was ihn auf der anderen Seite erwartete, trieb seine Gedanken in eine schmutzige Ecke seiner Fantasie. „Du musst dich auf die Sache konzentrieren“, maßregelte er sich selbst. Fröhlig stellte sich vor die Tür und wollte gerade den glänzenden

Klingelknopf drücken, als ihm von der anderen Seite geöffnet wurde.

Der Hüne im Servierkleid probierte sich an einem koketten Lächeln, was Fröhlig aber irgendwie an den Clown von Stephen King, Pennywise, erinnerte. An die Szene, in der er aus der Kanalisation heraus versuchte, Kinder ins Verderben zu locken.

„Madame erwartet Sie." Galant gab Gisèle den Eingang frei und stellte sich einladend seitlich zur Tür. „Darf ich?" Auffordernd, aber nicht einfordernd, umfassten seine riesigen Pranken Fröhligs Schultern. Mit dem Sakko über dem Arm verschwand sie in einen anderen Raum.

Fröhlig fiel auf, dass die Lobby jetzt im Schein der Kandelaber ganz anders wirkte. Die flackernden Kerzen warfen ein goldgelbes Licht auf die rote Textiltapete. Das Muster im Perserteppich veränderte sich ständig. Das unruhige Licht schien ihm Leben einzuhauchen, genau wie die barocken Figuren auf den Ölgemälden. Dabei glaubte er, von ihren Augen verfolgt zu werden. Was noch fehlte, war das Tanzensemble der *Rocky Horror Picture Show*, das zu *The Time Warp* die breite Treppe hinabwirbelte. Stattdessen hörte er Schritte, die gedämpft über einen hochflorigen Teppich gingen.

Zwischen den Stäben des Geländers hindurch erkannte er zwei Paar Stilettoabsätze, die das Licht der Kerzen reflektierten. Die beiden Frauen blieben am Treppenabsatz stehen und schauten auf ihn herab. Ihm persönlich war es ein Rätsel, wie Frauen in solchen Dingern überhaupt laufen konnten.

Ihre Choreografie war perfekt einstudiert. Beide trugen hautenge Latexanzüge, die eine in Blutrot, die andere in satanischem Schwarz, die Haare streng zu einem Zopf geflochten. Ihre Körperhaltung war aufrecht. Elegant schritten sie zielstrebig auf ihn zu. Wie zwei Raubkatzen behielten sie ihn dabei fest im Blick. Je näher sie ihm kamen, desto heißer wurde ihm. Auf der Hälfte der Treppe blieben sie stehen. Ihre Corsagen formten Wespentaillen, was das Ausmaß ihrer Oberweite zu verdreifachen schien. Dann setzten sie ihren Weg händchenhaltend fort. Stumm stellten sich die beiden Frauen vor ihn. Sie dufteten nach Zedernholz, aber auch nach Leder. Fröhlig hatte Mühe, ihren stechenden Blicken standzuhalten. Gerade als er etwas sagen wollte, um die Situation aufzulockern, hakten sie sich bei ihm unter. Sanft, aber bestimmt dirigierten sie ihn schweigend zu einer Tür. Fröhlig fühlte sich in ihrer Gegenwart nicht unwohl, zumal er ja wusste, er stand unter dem Schutz ihrer Herrin. Es sei denn, sie hätten neue Befehle, was ihn anging.

Die Tür fiel ihm erst auf, als sie direkt davor anhielten. Der Türrahmen war kunstvoll geschnitzt und unterhalb der geschwungenen Treppe nahtlos eingelassen. Vermutlich führte dahinter eine weitere Treppe in einen der Folterkeller. Fröhlig grinste beide Frauen schmutzig an. Kleine Sicheln in den Mundwinkeln verrieten ihnen seine wahren Gedanken. Die Rotlackierte öffnete den

Reißverschluss und gab ihm einen tiefen Einblick. Mit zwei Fingern zog sie einen Bartschlüssel zwischen ihren Brüsten hervor. Sie steckte ihn in den Schlosskasten und drehte ihn klackernd darin herum. Wie von Geisterhand öffnete sich die Tür vor ihm. Zu seinen Füßen führte ein gemauerter Treppenabgang in die Tiefe. Vier Kerzenleuchter erhellten die oberen Holzstufen. Der untere Teil lag größtenteils im Dunkeln.

Einen Fuß vor den anderen setzend, stiegen sie langsam die steilen Stufen hinab. Unten angekommen, legten die beiden Frauen ihm eine Hand auf die Schulter. Fröhlig starrte in den Bereich, den das Licht nicht erhellte. Es roch nach Limette und etwas, das ihn entfernt an das Aroma von Zedernholz erinnerte. Aber da war auch noch ein anderer, ein anorganischer, chemischer Geruch, fast schon säuerlich, der ihn an ein starkes Reinigungsmittel denken ließ. „Chlorbleiche?“, kam ihm als Erstes in den Sinn. Fröhlig schmeckte der Substanz nach. Dann erkannte er sie wieder: Löschkalk. Seine Augen flogen durch den Raum auf der Suche nach der Quelle.

„Bonsoir, Monsieur le Commissaire.“ Die dunkle Stimme gehörte zu einer Frau. „Laissez-nous tranquilles“, befahl sie den Zofen mit honiggleichem Akzent. Wie Soldatinnen drehten sie sich um und verschwanden in die Richtung, aus der sie gekommen waren. Am Ende der Treppe hörte er das Geräusch, das der Schlosskasten machte, wenn er verriegelt wird. Noch immer stand die Frau in dem Bereich, den das Licht nicht preisgab.

„Sie wissen, dass ich eine Waffe trage?“ Er mochte es nicht, wenn sein Gegenüber aus dem Dunkeln heraus agierte.

„Zum einen, mein lieber Herr Kommissar, sind Sie nicht bewaffnet. Was nicht automatisch heißt, dass Sie nicht gefährlich sind. Aber für Feindseligkeiten sehe ich zwischen uns nun wirklich keinen Grund.“ Fröhlig hörte Schritte auf sich zukommen. Dann klatschte jemand schnell hintereinander in die Hände. Augenblicklich erhellte Licht den Raum, der an einen Operationssaal erinnerte. Vor einer Wand aus Spiegeln stand Odette Sansom. Zumindest das, was nach ihrer Verwandlung von ihr übrig geblieben war. Fröhlig schaute zweimal hin, um sich zu vergewissern. Die brave Hausfrau aus der Eigenheimsiedlung trug jetzt ein goldfarbenes, hautenges Latexkleid, dessen Schleppe gut und gerne einen Meter maß. Sie hatte einen schieferfarbenen Lippenstift aufgelegt, und ihr kupfernes Haar war eine einzige wilde Mähne. Sie sah aus wie ein Laufsteg-Model von Vivienne Westwood.

„Gefällt Ihnen, was Sie sehen, Herr Kommissar?“ Fröhlig hörte ihre Stimme, war aber zu sehr damit beschäftigt, ihre nackten Brüste zu ignorieren.

„Ich würde lügen, wenn ich Nein sage.“ Angestrengt versuchte er ihr ins Gesicht zu schauen.

„Sehen Sie ruhig hin. Sind sie nicht schön?“ Dabei glitten ihre behandschuhten Hände über ihre Brüste und drückten sie leicht nach oben. „Mein Mann hat sie mir zu unserem zweiten Hochzeitstag geschenkt.“

Leichtfüßig näherte sie sich ihm. Fröhlig spürte, wie er anfing zu schwitzen.

„Mir war nicht bewusst, dass Sie verheiratet sind", war er bemüht das Gespräch in eine andere Bahn zu lenken.

„Das ist schon lange her und nicht mehr der Rede wert. Wie so oft bei Paaren lebt man sich im Laufe der Jahre auseinander. Zum Schluss hatten wir unterschiedliche Ansichten, was die eigene Lebensqualität anging." Sie zögerte, als suchte sie nach den passenden Worten. „Ich fand, es war die richtige Zeit, Veränderungen vorzunehmen. Ich habe ihn zurück in seine Heimat geschickt. In sein geliebtes Russland, zu seiner Familie." Langsam schritt sie um ihn herum. Kreiste ihn ein. Dabei folgte ihr die Schleppe wie ein See aus Gold.

„Wenn Sie erlauben, Herr Kommissar, ich habe mir für Sie etwas Besonderes einfallen lassen." Er fühlte ihren Atem in seinem Nacken. „Sie möchten doch etwas über Shibari erfahren."

Er spürte, wie sie ihn in den Nacken fasste und seine Aufmerksamkeit nach oben lenkte. Wenig überrascht, erkannte er einen Haken von der Decke hängen. Ähnlich wie in einem Schlachthaus, nur schien er an den Enden abgerundet. Sie fuhr mit einem Finger quer über seine Schultern. Dabei streiften ihre Fingernägel wie Klingen darüber. Fröhlig merkte, wie ihre Berührung ihm einen Schauer bescherte. Nicht unangenehm, nur ungewohnt.

„In meinem Club geht es um Vertrauen. Es geht darum, sich fallen zu lassen. Hingabe ist der Schlüssel zum Vertrauen, Herr Kommissar." Ihr Mund kam seinem Ohr so nah, dass er ihren warmen Atem spürte. „Werden Sie sich mir hingeben?" Sanft blies sie von hinten gegen sein Ohrläppchen.

„Ich dachte, es heißt Kinbaku?", antwortete er nüchtern und wandte sich ihr zu. Der Boden war mit Fliesen ausgelegt, die an ein Schwimmbad erinnerten. Darin waren quadratische Abläufe aus Edelstahl eingelassen. Und wenn er sich nicht irrte, kam der chemisch-salzige Geruch aus der Kanalisation. Seine Nackenmuskulatur verspannte sich zunehmend. Die Domina hatte recht, es war ein Fehler gewesen, ohne Dienstwaffe hierherzukommen. Wie die böse Hexe aus dem Osten fing sie an, ihn zu umkreisen. Die goldene Schleppe verstärkte den Eindruck, als würde sie schweben. Ihre Augen waren tiefschwarz, glänzend wie Lack, und er fragte sich, ob sie Kontaktlinsen benutzte. Sie blieb vor ihm stehen und neigte den Kopf leicht in seine Richtung.

„Zieh dein Hemd aus."

Die Worte klangen für ihn nicht wie eine Bitte, vielmehr wie ein Befehl. Doch er dachte nicht im Traum daran, ihr diesen Wunsch zu erfüllen. Sie standen sich regungslos gegenüber, ohne mit den Augen zu blinzeln. Ein prickelndes Kribbeln durchzog ihn, während sie ihm ihre Zähne zeigte.

„Wissen Sie", begann sie, „ich mag Sie, Herr Kommissar. Anders als die meisten Männer sind Sie ehrlich und scheinen einen starken Charakter zu besitzen.“ Sie lächelte subtil, bevor sie sich schwungvoll von ihm abwandte und zur Raummitte ging. „Deshalb habe ich entschlossen, Ihnen eine Sonderbehandlung zukommen zu lassen. Auf Kosten des Hauses; natürlich nur, wenn Sie wollen. Ich muss Ihnen gestehen, Sie haben als Mann mein Interesse geweckt, und das ist für eine Frau in meinem Beruf außergewöhnlich. Die meisten Männer hier verhalten sich devot und machen exakt das, was wir von ihnen verlangen. Und wenn nicht …, na ja.“ Sie zuckte belustigt mit den Schultern. „Mit Ihnen aber habe ich etwas anderes vor. Ich werde Ihnen Schmerz zufügen, wie Sie ihn noch nicht zuvor durchlebt haben.“ Seine Pupillen weiteten sich ungewollt. Seine Reaktion schien sie zu amüsieren. „Keine Angst, ich werde vorsichtig sein. Sie sollen eine Vorstellung davon bekommen, worum es beim Shibari wirklich geht. Wie gesagt, ich mag Sie. Warum sollte ich also mein neues Spielzeug gleich am ersten Abend kaputt machen?“ Fröhlig hatte nicht das Gefühl, dass ihn das beruhigte. Sie drehte ihm den Rücken zu und stellte sich vor die Spiegelwand. Durch den Spiegel beobachtete sie seine Reaktion. Sie berührte mit der Hand das Glas auf Bauhöhe und eine unsichtbare Schublade fuhr heraus. „Haben Sie immer noch Bedenken, Herr Kommissar? Ihre kleine Freundin weiß doch genau, wo Sie gerade sind. Ich verspreche, es wird Ihnen nichts passieren.“ Sie drehte sich zu ihm um und hielt gleich mehrere Stricke in der Hand.

„Also los, worauf warten Sie noch? Machen Sie sich frei, das wird lustig."

Fragte sich nur, für wen?

Sie spürte seinen inneren Konflikt, noch hatte sie ihn nicht ganz überzeugt.

„Vielleicht hilft Ihnen ja das. Männer sind wie Kinder. Auf die Bestrafung sollte immer eine Belohnung folgen."

Sie stellte sich so nah vor ihn, dass ihre Körper sich berührten. Ohne dass er es verhindern konnte, spannte sich seine Hose. „Ups", sagte sie und ihre Augen wanderten an ihm herab. „Wie ich Ihnen bereits schon gesagt habe, das hier ist kein Bordell. Für das da sind wir nicht zuständig." Ihr Blick wanderte zurück zu seinen Augen. „Was ich eigentlich sagen wollte: Zur Wiedergutmachung erlittener Schmerzen lade ich Sie nachher noch ins *Hanzade* ein. Wenn Sie dann noch Fragen an mich haben – bei einem guten Glas Wein lässt sich über alles reden."

Sie stellte sich seitlich zur Wand, öffnete eine weitere versteckte Klappe und drückte auf einen signalroten Knopf. Surrend schwebte der Fleischerhaken über ihm langsam zu Boden. In diesem Moment war er nur froh, den Rat seiner Mutter befolgt zu haben: „Wo auch immer du hingehst, Junge, trage immer frische Unterwäsche."

Kapitel 20

Ihm war das Gefühl für Zeit vollkommen abhandengekommen. Ob zehn Minuten oder vier Stunden, er konnte es nicht sagen. Als sie ihn wie versprochen herunterließ und in den Arm nahm, war sein Gefühlszustand als kontrovers zu bezeichnen. Zu Anfang hatte er Schmerz empfunden und das verstörende Gefühl, ihr ausgeliefert zu sein. Im zweiten Teil ihrer praktischen Demonstration, die auf Shibari ausgerichtet war, erklärte sie ihm die Knoten und wie sie sich auf seine Nervenpunkte auswirkten. Und anders als bei Kinbaku löste Shibari ein Gefühl von Geborgenheit in ihm aus.

Fröhlig war sich nicht sicher, wie er mit dieser Erfahrung umgehen sollte. Mit etwas Abstand betrachtet, konnte er sich jedoch gut vorstellen, die eine oder andere Technik später vielleicht mit Mel oder Julia auszuprobieren.

Kapitel 21

Der BMW Z4 brauchte bis zum türkischen Restaurant *Hanzade* nur wenige Minuten. Als sie den weißen Sportwagen in einer schlecht ausgeleuchteten Seitengasse parkte, herrschte reges Treiben in dem Lokal. Viele Familien saßen mit ihren Kindern zu Tisch. Junge Paare schauten einander verliebt in die Augen. An einem runden Tisch saßen mehrere elegant gekleidete Frauen mit Hijab und amüsierten sich prächtig. Das Restaurant war modern eingerichtet. Große Fenster machten die Räumlichkeiten offen. Überall standen kleine Bäume und Sträucher. Zwischen den Tischen lief das Personal quirlig umher, brachte Getränke oder sprach Empfehlungen aus. Alles in allem herrschte eine familiäre, fast schon ausgelassene Atmosphäre.

Beide bestellten sie die gleiche Vorspeise: Joghurt, getrocknete Chilischoten mit Knoblauch. Als Hauptspeise wählte sie das gebratene Wolfsbarschfilet mit Garnelen, dazu ein stilles Mineralwasser. Er nahm Lammfiletstreifen auf gerösteten Brotwürfeln mit Joghurt und Tomatensauce, das Ganze übergossen mit Butter, dazu ein KöPi, frisch vom Fass. Auf das Dessert wollten sie verzichten.

Keine fünf Minuten, nachdem sie ihre Bestellungen aufgegeben hatten, eilte einer der Kellner mit ihren Getränken heran.

„Sie sind wirklich der schweigsame Typ." Die ganze Zeit über hatte er nicht ein Wort mit ihr gewechselt. Noch immer wirkte das Erlebte in ihm nach. Sie nippte an ihrem Wasser und sah ihn forschend an. Sie wusste genau, woran es lag. Das erste Mal war immer etwas Besonderes. Die Domina hatte sich in eine attraktive Geschäftsfrau verwandelt, die jetzt Feierabend hatte. Den schwarzen Lippenstift hatte sie gegen ein dezentes Rot getauscht und ihre Augen und Wangen nur leicht mit Rouge geschminkt. Die weiße Bluse, die sie trug, war einen Knopf zu weit geöffnet – oder vielleicht auch genau richtig.

„Verraten Sie mir, wie Sie es geschafft haben, in so kurzer Zeit einen Tisch zu reservieren?", fragte er. Er wusste aus leidvoller Erfahrung, normalerweise brauchte es zwei Wochen Vorlaufzeit, und das war optimistisch.

„Ich halte Sie für einen intelligenten Mann, Herr Kommissar. Sie kommen selbst auf die Lösung." Sie schaute Fröhlig tiefgründig an, so als suchte sie auf dem Grund seiner Seele nach etwas, das sie verloren hatte.

„Ich muss zugeben", sagte er und hielt den Blickkontakt aufrecht, „ich bin noch immer etwas verwirrt."

Odette Sansom saß da und verfolgte mit Interesse, wie er die Geschehnisse in Worte zu fassen versuchte.

Sie stellte ihre Ellenbogen auf den Tisch, verschränkte ihre Finger und legte ihr Kinn darauf ab. „Die meisten Menschen haben eine komplett falsche Vorstellung davon, was Bondage in Wirklichkeit ist. Für sie ist das ein schmuddeliges Nischenprodukt, das sie gerne bei heruntergelassenen Jalousien und mit plüschumwickelten Handschellen genießen." Was aus ihrer Sicht gut war, denn wenn ein Klaps auf den Po und das Schwingen der Nappalederpeitsche frischen Wind in deutsche Schlafzimmer brachte, konnte es nicht verkehrt sein. Auf gotteslästerliche Weise sah sie zu ihm herüber.

„Ich bin, wenn Sie so wollen, das *Enfant terrible* dieser Stadt. Nicht nur Männer kommen zu uns. Sie wären überrascht, wen ich alles zu meinen Kunden zähle." Ihr war bewusst, irgendwann musste er sie danach fragen. Sie entschied sich, die Sache offen anzugehen. „Ich muss Ihnen hoffentlich nicht erklären, wie wichtig Diskretion in meinem Beruf ist." Sie nippte an ihrem Glas Wasser.

Dann sagte sie zögerlich: „Aber in einem Punkt war ich nicht ganz ehrlich zu Ihnen."

„Was Sie nicht sagen", dachte er und sagte stattdessen: „In Bezug worauf?"

„Was die Technik angeht, wie Ihr Mörder die Opfer gefesselt hat. Es war gelogen, dass ich das so noch nie gesehen habe."

Fröhlig stellte sein Glas Bier vor sich ab. Zu ihrer Überraschung sagte er nur: „Ich weiß."

„Woher?“

„Warum sonst sollten Sie so interessiert daran sein, mir zu zeigen, welche Auswirkungen diese Knoten auf das menschliche Nervensystem haben? Eine Erklärung oder ein Ausdruck aus dem Internet hätten ansonsten auch ausgereicht.“ Fröhlig führte das Glas Bier zu seinen Lippen und trank daraus. „So wie Sie auch, bin ich gut in dem, was ich mache.“ Er leckte sich das kleine Schaumbärtchen von der Oberlippe.

„Und eigentlich liegen unsere beiden Berufe gar nicht so weit voneinander entfernt. Sie bringen Menschen dazu, sich Ihnen anzuvertrauen. Nichts anderes tue ich auch. Nur die Methoden, um unsere Ziele zu erreichen, unterscheiden sich. Im Gegensatz zu Ihnen darf ich niemanden fesseln und nicht zuschlagen. Auch wenn mir als Polizist oft genau danach ist. Eine weitere Schnittmenge ist: Wir sind beide Menschenkenner. Ohne diese Eigenschaft geht es nicht.“ Er legte eine künstlerische Pause ein. „Das ist auch der Grund dafür gewesen, warum wir dem Ganzen überhaupt zugestimmt haben. Eine vertraute Umgebung, in der Sie sich sicher fühlen. Uns war bewusst, an die Kundenliste kommen wir nicht heran. Selbst mit richterlicher Verfügung nicht. Wie Sie mehrfach angemerkt haben, stellen Ihre Kundendateien in den falschen Händen ein echtes Ärgernis für Sie dar. Also sind die Daten bis zum Eintreffen der Kollegen geschreddert oder unter dubiosen Umständen verschwunden. Die eigentliche Frage, die sich hier stellt: Für wen genau? Vielleicht für den

Vorstand von Thyssen Steel? Einige ehrenwerte Herren aus dem Rathaus, – dem Landtag, – Bundestag?“

Bei jedem aufgezählten Punkt beobachtete er ihre Reaktion ganz genau.

„Ihr Etablissement ist bisher von der Polizei unbehelligt geblieben. Wir haben das bei der Sitte überprüft. Da drängt sich mir die Frage: Wie kann das sein? Es gab weder eine Steuerprüfung noch eine Razzia wegen illegaler Beschäftigung durch den Zoll. Nicht einmal ein Knöllchen wegen Falschparkern haben Sie bekommen. All das bedeutet für mich nur eines: Jemand aus der Staatsanwaltschaft oder der eine oder andere Richter gehören ebenfalls zum erlesenen Kreis Ihrer Kunden.“

Fröhlig lächelte für ihren Geschmack etwas zu selbstgefällig. In diesem Moment bereute sie, ihn nicht strenger behandelt zu haben.

„Wissen Sie, Sie sind nicht die einzige Person, die imstande ist, andere zu manipulieren. Wir von der Polizei stehen Ihnen da in nichts nach.“ Er nahm einen Schluck Bier und befeuchtete damit seine Stimmbänder. „Ich schlage vor, wir kürzen das Schmierentheater hier ab.“

Innerlich ohrfeigte sie sich. Sie hatte ihn maßlos unterschätzt, das wurde ihr gerade bewusst. Der Mann vor ihr war alles andere als ein kleiner Polizist mit mangelndem Selbstbewusstsein. Und sie überlegte, ob er sein Outfit bewusst so schludrig gewählt hatte. Das zu enge Sakko, die komisch sitzende Hose, die Budapester Schuhe, die seit über drei Jahrzehnten in keinem Altkleidercontainer mehr zu finden waren. Dieser Mistkerl hatte sie die ganze Zeit über an der Nase herumgeführt, sie mit ihren eigenen Waffen geschlagen. Er hatte sie in dem Glauben gelassen, sie bestimme, wo es langging. Der typische Junggeselle, unfähig, ohne eine Frau an seiner Seite zu überleben. Sie fühlte sich in ihrer Ehre gekränkt.

„Also gut, beschämen wir den Teufel und sind ehrlich zueinander. Als Sie beide heute Morgen mir die Bilder vorlegten, lief es mir eiskalt den Rücken herunter." Sie war sich darüber bewusst, einen ihrer Kunden zu verraten – das war das eine. Das andere war, die nagende Angst zu ignorieren und das Wissen darüber zu verdrängen, was sie mit ihr anstellten, sollten sie von ihrem Verrat Wind bekommen.

Kapitel 22

Im blassen Gelb der Straßenlaterne blieb der taubenblaue Nissan Micra auf dem Parkplatz gegenüber des Restaurants nahezu unsichtbar. Hardy Neunziger hatte Fröhlig seit der Pressekonferenz nicht mehr aus den Augen gelassen. Und jetzt zahlte sich seine Beharrlichkeit aus. Allein die unter den Teppich gekehrte Schießerei im Norden der Stadt war es wert, die Bilder einer überregionalen Agentur anzubieten. Vor seinem inneren Auge flimmerte schon der Presseticker:

„Blutiges Drama im Duisburger Norden: Polizei und LKA in tödliche Schießerei verstrickt!!! Vertuscht hier das Innenministerium ein korruptes Netzwerk in den Reihen der Polizei?"

Der Deal mit M. war: Er hielt sie auf dem Laufenden, dafür bekam er später die Exklusivrechte an der Story. Wenn M. am Ende gut dastand, sollte es eine Win-win-Situation für alle Beteiligten werden. Genervt riss Neunziger das Blatt vom Schreibblock, zerdrückte es und warf die weiße Kugel in den Fußraum der Beifahrerseite. Er hatte immer weniger das Gefühl, an einer echten Story zu schreiben, als den Aufpasser für Fröhlig zu spielen. Und inzwischen hatte er ausreichend viel Material gesammelt, um ihn ein Dutzend

Mal aus dem Polizeidienst entfernen zu lassen. Allein dass er sich ausgerechnet in diesem Moment mit einer stadtbekannten Domina traf, sagte alles. Sie beide waren einmal in grauer Vorzeit so etwas wie Freunde gewesen, bis das Gerücht die Runde machte, Fröhlig habe mit seiner Frau geschlafen.

Neunziger kurbelte die Seitenscheibe herunter, richtete den kleinen Parabolspiegel auf Fröhlig aus und schaltete das Empfangsgerät ein.

Augenblicklich ertönte ein schrilles, pfeifendes Geräusch. Neunziger drehte am Regler der Feineinstellung. Prompt verstummte das Pfeifen. Der Straßenlärm und die Strom führenden Kabel der Straßenbahnlinie 903 verhinderten jedoch einen guten Empfang. Das war ärgerlich. Nur bruchstückhaft übermittelte das Mikrofon Teile des Gesprächs. Neunziger war zunehmend genervt. Um mehr verstehen zu können, müsste er näher an sie heran, was gefährlich war. Fröhlig war nicht mehr der gesetzestreue Bulle, den er vor Jahren kennengelernt hatte. Die Schießerei im Son Durak war dafür nur ein Beispiel gewesen. Außerdem wusste er nicht genau, wie tief Fröhlig in der Sache mit drinhing. Dass er sich zu diesem Zeitpunkt mit der Domina traf, konnte kein Zufall sein. Er hätte sich selbst ohrfeigen können, dass er aus Geiz an der Qualität des Überwachungsequipments gespart hatte. Zu gerne würde er wissen, worüber die beiden so vertraut miteinander redeten. Er nahm den Notizblock vom Beifahrersitz und fing an, darin zu blättern.

„Wie viel wusste diese Julia Stern in Wirklichkeit und hing sie mit drin? Laut der Information, die M. zur Verfügung gestellt hatte, erwähnte sie die Schießerei im Son Durak in keinem ihrer Berichte. Noch gab es mehr Fragen als Antworten." Er richtete seine Aufmerksamkeit zurück auf das ungleiche Paar im Restaurant. „Aber das würde sich schon bald ändern."

Fröhlig war nicht der erste korrupte Bulle, der sich vom Milieu schmieren ließ. So alt wie die Prostitution selbst waren die Parasiten, die von ihr lebten. Er würde Fröhlig zertreten wie eine Kakerlake, und es machte ihm nicht das Geringste aus. Wenn er mit ihm fertig war, konnte Fröhlig nur beten, wenn er im Knast seine eigene Zelle bekam. Behutsam drehte er noch mal an dem Einstellknopf. Die bruchstückhafte Unterhaltung ergab für ihn einfach keinen Sinn. Jedes Mal, wenn er glaubte, sie tauschten relevante Informationen aus, unterbrach entweder die scheiß Straßenbahn das Gespräch oder ein hochmotorisierter Tiefflieger mit getönten Scheiben dröhnte an ihm vorbei.

Der Reporter verfolgte durch sein Fernglas, wie Fröhlig zärtlich nach ihrer Hand griff. Das alles machte einen sehr vertrauten Eindruck auf ihn. Ohne den Blick von Fröhlig abzuwenden, kritzelte er einen Gedanken am Rand des Notizblocks:

„Interessenkonflikt / FF und LKA monetär kompromittiert?"

Neunziger ließ das Fernglas sinken. Die Erkenntnis traf ihn wie ein Blitzschlag: „Die beiden sind ein Paar?"

Hielt Fröhlig vielleicht auch noch bei den Einnahmen aus dem Club die Hand auf? Die Augen des Reporters fingen an zu glänzen. Inzwischen hatte er ausreichendes Material zusammengetragen, um die Bombe platzen zu lassen. Ihm fehlte nur noch ein entscheidendes Puzzleteil. Er wollte die Story wasserdicht haben, frei von jedem Zweifel, der vor Gericht ausgeräumt werden konnte. Er wollte Fröhlig an seinen eigenen Eiern aufhängen und dabei zusehen, wie sein Leben sich in Rauch auflöste. So wie sich selbst sein Leben verflüchtigt hatte, nachdem Fröhlig seine Frau gevögelt und damit seinen Untergang eingeläutet hatte.

Von Hass zerfressen, starrte er über das Armaturenbrett zum Restaurant hinüber. Plötzlich bemerkte er etwas anderes: Auf der gegenüberliegenden Straßenseite stand ein Transporter – ein marinegrauer Opel Vivaro. Daran an sich war noch nichts ungewöhnlich, und doch spürte er bei seinem Anblick eine leichte Nervosität aufsteigen. Das Gefühl konnte er sich nicht genau erklären, es war sein Instinkt, der ihn aufhorchen ließ. Neunziger nahm das Fernglas in beide Hände und den Lieferwagen ins Visier. Er konnte nicht viel erkennen, aber die Abtrennwand zwischen Fahrerkabine und Ladefläche besaß ein rechteckiges Fenster. Dahinter erkannte er schemenhaft einen einzelnen Schatten, der sich zu bewegen schien. Er drehte an dem kleinen Rad zwischen den Bügeln, versuchte den Ausschnitt schärfer zu stellen. „Bin ich etwa nicht der Einzige, der die beiden Hübschen observiert?“ Seine Stirn legte sich in

Falten. Bilder von unterschiedlichen Pkw-Fabrikaten flogen wie eine Diapräsentation durch seinen Kopf. „Welche Abteilung der Polizeibehörde käme hierfür infrage? Vielleicht die Innere?“ Was seinen Verdacht gegen Fröhlig bestätigen würde. Die besaßen aber seines Wissens nach kein Fahrzeug, das für eine Personenobservation zur Verfügung stand. Schnell tauschte er das Fernglas gegen eine Spiegelreflexkamera. Im Sucher stellte er den Ausschnitt scharf. Dem Nummernschild nach war der Transporter nicht in Duisburg zugelassen. In seinem Kopf spielte er verschiedene Szenarien durch. Wenn es sich um eine ordentliche Überwachungsmaßnahme handelte, musste das eigentliche Team größer sein. Überwachungseinheiten arbeiteten mit einem Minimum von sieben Beobachtern, aber je nach Lage und Beschaffenheit des Terrains konnten es auch mehr sein. Der Reporter schwenkte das Objektiv seiner Kamera die Straße entlang, suchte bei mittlerer Vergrößerung nach einem weiteren Observationsfahrzeug. Entweder waren sie gut versteckt oder sie standen in einer der Seitenstraßen. Das Objektiv der Kamera wanderte zurück zum Restaurant.

„Ein Bulle und seine Nutte“, flüsterte er gehässig. „Nicht besonders originell, aber für einen abgehalfterten Polizisten nicht ungewöhnlich.“

Neunziger hatte seiner Meinung nach alles, was er brauchte, um seinen Pakt mit M. zu erfüllen. Sein vorrangiges Ziel bestand nicht darin, ihr Fröhlig ans Messer zu liefern. Das Bonbon bekam sie umsonst und auf einem Silbertablett präsentiert. Er sollte sie mit Informationen versorgen, bis der Fall abgeschlossen war. Und das war er für Neunziger jetzt. Irgendwann holten die Ärzte den Mann aus dem Koma zurück. Es war schon ein merkwürdiger Zufall, oder war es Schicksal gewesen? Fakt aber war: Wäre sein einziger Zeuge, die Reinigungsfachkraft auf der Duisburger Straße, nicht vor ihr Auto gelaufen … Egal, stoppte er in seiner Überlegung. Es war nur noch eine Frage der Zeit, bis er den Namen des eigentlichen Mörders bekam. Und bis dahin schmorte Fröhlig schon in einer Zelle. Die Zeit arbeitete für ihn, so oder so.

Der Reporter grinste verschwitzt. Am liebsten würde er zu dem grauen Sprinter herübergehen, um bei den Kollegen höflich anzuklopfen. Natürlich war der Gedanke utopisch, das wusste er auch, aber er war neugierig geworden, was sie über Fröhlig wussten. Aber etwas anderes könnte er machen. Er blickte nach allen Seiten, um sich abzusichern. Wenn ihn jemand dabei erwischte, wie er ein Observationsteam der Polizei mit Spionage-Equipment abhörte, wäre seine neue Karriere beendet, bevor sie richtig an Fahrt aufgenommen hätte.

Hardy Neunziger legte den gewölbten Spiegel auf den grauen Transporter an und lauschte gespannt. Doch wieder störten Interferenzen das Signal. Entnervt warf er den Parabolspiegel auf den Beifahrersitz und wechselte zur Kamera. Vielleicht konnte er später auf seinem Laptop Details ausmachen, die das kleine Display nicht preisgab.

Das infrarote Signal der Lichtmessung leuchtete flüchtig auf und der Elektromotor der Kamera begann schnell zu surren. Die Kamera schoss eine Serie von hochauflösenden Aufnahmen. Ein längst vergessen geglaubtes Gefühl durchflutete seinen Körper: Sein Jagdfieber kehrte wieder. Hardy Neunziger war zurück. Der Starreporter aus Duisburg ging wieder auf die Jagd.

Gerade als er die nächste Serie schießen wollte, verdunkelte sich das rechteckige Guckloch in der Fahrerkabine des Kleinlasters. Bei dem Anblick blieb ihm fast das Herz stehen, wie einem Spanner, der sich ertappt fühlte. Dann sah er das rotleuchtende Paar Augen durch das Suchfenster seiner Kamera.

„Scheiße, scheiße, scheiße", fluchte Neunziger. Kalter Schweiß lief ihm den Rücken hinunter. Die Penner von gegenüber besaßen tatsächlich Nachtsichtgeräte. Erneut richtete er das Objektiv auf den Transporter an. Wie in einem schlechten Horrorfilm funkelten ihn zwei rote Augen böse an. Er spürte, wie sein Schließmuskel kurz davor stand, sich zu öffnen. Panisch warf er die Kamera auf den Beifahrersitz. Als die Abblendlichter am Transporter gegenüber aufleuchteten, glaubte er, sein Herz bliebe stehen. Kalter Schweiß sammelte sich auf seiner Stirn und zwischen seinen Pobacken. Hektisch drehte er den Zündschlüssel herum. Doch nur ein hohes, gleichmäßiges Schleifgeräusch drang aus dem Motorraum ins Wageninnere. Als wäre der Schlüssel plötzlich toxisch geworden, ließ er ihn los. Der Reporter hielt die Luft an und schickte ein Stoßgebet zum Himmel. Sein eigener

Schweiß machte den Zündschlüssel rutschig. Erneut versuchte er, den Motor zu starten. Er gab nur ein jaulendes Geräusch von sich. Hardy Neunziger musste mit angstgeweiteten Augen zusehen, wie der graue Wagen langsam aus der Parkbucht rollte. Wieder drehte er den Zündschlüssel. Und wieder nur dieses schleifende Geräusch. „Bitte, bitte, tu das nicht. Nicht jetzt", beschwor er sein Auto. Voller Panik ging er verschiedene Optionen durch. Der Transporter konnte unmöglich abkürzen, indem er die Straße querte. Das verhinderten die hohen Randsteine der Straßenbahngleise. Ihm schlug das Herz jetzt bis in den Hals. Er spürte, wie ihm der Mund trocken wurde.

„Bitte spring an", flehte er den taubenblauen Nissan an. Der Lieferwagen befand sich vor der Abbiegeampel und schien geduldig zu warten, bis das Licht auf Grün umsprang. „Du verdammte Dreckskarre, spring an!", fluchte er in seiner Not. Er drehte erneut den Zündschlüssel herum. Doch dieses Mal tat der Wagen ihm den Gefallen. Neunziger trat das Gaspedal durch, heulend schoss die Drehzahl in die Höhe. Er umklammerte den Schaltgriff so fest, dass die Knochen an den Fingern weiß hervortraten, und legte den Rückwärtsgang ein. Im Rückspiegel sah er den Opel Vivaro noch immer an der Ampel stehen. Wartend, lauernd, wie etwas Monströses. Neunziger ließ das Kupplungspedal schleifen und die Reifen drehten durch. Mit einem Satz sprang der taubenblaue Nissan nach vorne. Blitzschnell wandte er den Kopf zu Seite, den Blick fest auf die Straße gerichtet. Die

Ampel sprang auf Grün, und die Räder des Lieferwagens setzten sich in Bewegung. Der Reporter glaubte, sich in einem schlechten Film zu befinden, als dieser auf seine Spur abbog, und gab Gas. Vor Schreck rutschte er vom Kupplungspedal ab, und der Wagen machte einen Sprung nach vorne. Im selben Moment verstummte der Motor.

Wieder blickte Neunziger in den Rückspiegel und sah ungläubig, wie der Beifahrer des Transporters plötzlich die Seitenscheibe herunterfuhr. Dann richtete sich die Mündung einer Pistole auf seinen Nissan. Hardy Neunziger drehte den Zündschlüssel so hart herum, dass er Angst bekam, ihn abzubrechen. „Die Mistkerle haben vor, dich zu erschießen“, schrie eine Stimme kreischend in seinem Kopf. Heulend sprang der Motor endlich an.

„Wer auch immer den Transporter lenkt, Polizisten sind es nicht. Die töten keine Menschen. Polizisten tun so etwas nicht. Polizisten töten keine Menschen“, rief er zum wiederholten Male, während er permanent damit beschäftigt war, nicht gegen einen Bordstein zu fahren.

Der blaue Nissan Micra schoss auf die Duisburger Straße. Neunziger konnte hören, wie die Felgen in den Kurven unter der Belastung aufjaulten. Die Kamera und sein Parabolspiegel flogen wie Spielzeuge im Wageninneren umher. Der Reporter umfasste das Lenkrad mit beiden Händen, als der taubenblaue Nissan anfing zu schlingern. „Schalten“, ermahnte ihn die Stimme seines verstorbenen Fahrlehrers. Augenblicklich hakelte sich der Schalthebel vom zweiten in den dritten und weiter in den fünften Gang. Angsterfüllt warf er einen Blick in den Rückspiegel.

Der graue Transporter holte schnell auf. Der Reporter stemmte sich gegen das Gaspedal. Die 75 PS seines Nissan Micra waren gut für die Versicherungsprämie, aber bei einer Verfolgungsjagd, wie sich jetzt herausstellte, tödlich. Wie in Zeitlupe bewegte sich die Tachonadel weiter auf die 90 zu. Hastig blickte er sich zu allen Seiten um. „Wo verdammt sind die Bullen, wenn man sie braucht?" Die Duisburger Straße war in der Tuning-Szene im ganzen Ruhrgebiet bekannt, aber ausgerechnet heute gab es keine Verkehrskontrollen. „Das soll wohl ein schlechter Scherz sein", brüllte er zynisch über das Lenkrad hinweg.

Der Nissan Micra überfuhr eine rote Ampel nach der anderen und entging nur knapp mehreren Kollisionen. Reifen quietschten und Autos stellten sich quer zur Fahrtrichtung. Doch davon ließ sich der Fahrer des Transporters nicht beeindrucken. Gehetzt blickte Neunziger in den Rückspiegel. Daraus grinsten ihn zwei Totenschädel an, als kämen sie direkt aus der Hölle. Mehr Adrenalin, als gut für ihn war, durchströmte seinen Organismus. Neunziger spürte das pulsierende Aufblähen in seiner Halsschlagader. Der Kleinlaster war nur noch wenige Meter von ihm entfernt und holte schnell auf, als plötzlich blau-weißes Stroboskoplicht das Innere seines Micra flutete.

„Ja, ja, ja!“, schrie er erleichtert auf. Noch nie in seinem ganzen Leben war er so froh, in eine Polizeikontrolle geraten zu sein.

Langsam rollte der Nissan Micra auf die Beamten zu. Einer von ihnen forderte ihn mit einer Kelle auf, an den Straßenrand zu fahren. Nichts tat er lieber. Als der Nissan stand, legte Neunziger prüfend einen Finger an seine Halsschlagader. Sein Blut pulsierte so schnell wie eine Nähmaschine. Als der Polizist ins Wageninnere leuchtete, saß ein Mann hinter seinem Lenkrad, dessen Gesichtsfarbe man nur mit „deadly grey“ umschreiben konnte. Neunziger war so damit beschäftigt, sich darüber zu freuen, dass er noch am Leben war, dass er die Beamtin gar nicht bemerkte, die gegen die Seitenscheibe klopfte. Nachdem der Drogen- und Alkoholtest negativ ausgefallen war, durfte er seine Heimreise fortsetzen, erhielt jedoch ein Bußgeld in Höhe von 480 Euro und wurde von den Polizisten belehrt, dass ihm demnächst ein einmonatiges Fahrverbot drohe. Aus seiner Sicht ein verhältnismäßig geringer Preis. „Die Alternative wäre mein Tod gewesen“, ging es ihm mahnend durch den Kopf.

Der Reporter blickte sich um und versuchte, im Licht der Straßenlaternen seine Verfolger auszumachen. Doch von dem grauen Transporter fehlte jede Spur. Wie groß war das Risiko, hier in Duisburg aus einem fahrenden Auto erschossen zu werden? Was auch immer die beiden Männer in dem dunklen Fahrzeug vorhatten – ihn deswegen zu töten, erschien ihm, mit

Abstand betrachtet, absurd. Er öffnete die Autotür und sank erschöpft auf den Fahrersitz.

Hardy Neunziger verbrachte den Rückweg damit, ein Auge auf die Straße und das andere fest im Rückspiegel zu behalten. Als er vor seinem Haus parkte, fiel plötzlich die gesamte Last von ihm ab. Er sackte gegen das Lenkrad und begann bitterlich zu weinen. Schnodder lief ihm aus Mund und Nase und tropfte auf seine fleckigen Birkenstock-Sandalen. Laut sog er den Schleim zurück. Das alles war zu viel für ihn gewesen. Fröhlig zu bespitzeln, war eine Sache, aber dem Tod um Haaresbreite zu entgehen, eine ganz andere. Mit dem Ärmel wischte er sich über das Gesicht.

„Wenn mein Informant nur nicht vor das Auto gelaufen wäre", dachte er, „wäre all das heute nicht passiert." Es gab mehrere Fälle; fast alle betrafen sie junge Migranten. Die wenigen, die überlebt hatten, konnten sich an die Zeit ihrer Gefangenschaft nicht erinnern. Keiner von ihnen konnte erklären, woher ihre Wunden stammten, und schon gar nicht, wie es zu den Verletzungen, die Spuren von Folter aufwiesen, gekommen war. Erst als er die sadistisch ausgeführten Morde mit den Folteropfern in Verbindung brachte, fiel es ihm auf: Jemand setzte alles daran, die letzten Erinnerungen der Männer zu löschen. Wie ein Magnet, der nur über bestimmte Abschnitte einer Tonbandkassette gezogen wurde. Nachdem Neunziger das erkannt hatte, begann er, nach den Überlebenden zu suchen, was sich zunächst als aussichtsloses Unterfangen darstellte. Illegale Migranten hinterließen auf ihrer Flucht bewusst keine Spuren. So verhinderten sie, dorthin zurückgebracht zu werden, wo sie zum ersten Mal europäischen Boden betreten hatten. Wenn er an die Bilder von Lesbos und „Die Hölle von Moria" dachte, war diese Taktik gut nachvollziehbar. Niemand wollte an einen solch schrecklichen Ort zurück, an dem Menschen wie Vieh behandelt werden. Schafften es diese Personen bis ins europäische Kernland, taten sie alles erdenklich Mögliche, um nicht aufzufallen. Das war einer der Gründe, warum ihm für seine Recherchen nur die Krankenhausunterlagen zur Verfügung standen. Nachdem die Männer ärztlich versorgt worden waren, entließen sie sich selbst oder verließen unbemerkt das Krankenhaus. Später war es ihm gelungen, zwei Überlebende aufzuspüren: beide in Calais an der französischen Ärmelkanalküste, und beide ertranken sie später beim Versuch, die Küste Englands zu erreichen. Damit war diese Spur erloschen. Aber er hatte die Information bekommen, die er so dringend brauchte. Die Spur führte zurück nach Duisburg. Irgendwo hier trieben sadistische Menschenhändler ihr Unwesen. Sie lasen junge Flüchtlinge auf der Straße auf und verschacherten sie wissentlich an Perverse.

In ihm erwachte ein furchtbarer Gedanke: Was, wenn die beiden Männer aus dem Transporter …? Er schluckte schwer und sein Adamsapfel hüpfte gequält hoch und runter. Was, wenn sie gar nicht Fröhlig verfolgt hatten, sondern ihn? Ruckartig warf er wieder den

Kopf zu allen Seiten. Doch von dem Wagen fehlte jede Spur. Er atmete erleichtert auf.

Hardy Neunziger griff sich erschöpft ins Haar. Die grauen Locken lagen wie nasses Gras auf seiner Kopfhaut. Er wollte nur noch duschen, ein Glas Whisky trinken und diesen Tag schnellstmöglich vergessen. Die Aufregung war für heute mehr als genug. Der Reporter kramte sein Equipment zusammen, dann öffnete er die Fahrertür und stieg unter einem tiefen Seufzer aus. In seiner Wohnung angekommen, stellte er den Rucksack in die Ecke hinter der Wohnungstür. Mit den Füßen zog er die Schuhe aus und kickte sie gegen die Wand. Noch immer bewirkte die Angst in ihm, dass sein Magen nach nichts Festem verlangte. Das hohle Gefühl im Bauch verursachte ihm Übelkeit. Eilig öffnete er den Reißverschluss von seinem Rucksack und zog die Spiegelreflexkamera heraus. Im Wohnzimmer schaltete er das Licht ein und warf die Kamera ans andere Ende der in die Jahre gekommenen Ledercouch. Im Bar-Wagen befand sich ein überschaubares Angebot halb leerer Whiskyflaschen. Neunziger entschied sich für den Glen Scotia. Elegant rollte er den Verschluss auf und schenkte sich drei Fingerbreit ein. Noch im Stehen leerte er das Glas komplett. Brennend floss das Gold Schottlands seine Kehle hinunter. Mit dem zweiten Glas Whisky setzte er sich zu seiner Kamera auf die Couch. Er griff nach dem Gerät und schaltete es ein, neugierig zu erfahren, wer der Psychopath war, der ihn umbringen wollte. Hardy Neunziger hielt sich das Display dicht vor das Gesicht. Der

Bildschirm war jedoch nicht groß genug, um Details darauf zu erkennen. Mehrmals hintereinander drückte er auf den Sensor, um das Bild zu vergrößern. Noch immer war der Ausschnitt mit dem Kopf des Fahrers zu klein. Um mehr zu erkennen, musste er sie an seinen Rechner anschließen. Neunziger wechselte den Menüpunkt. Anders als noch vor wenigen Jahren, lud man heute alles in die Cloud. Er bestätigte den Upload und ließ die Kamera neben sich auf das Leder sinken.

Müde und mit herunterhängenden Schultern schleppte er sich danach ins Bad. Er legte den Mischhebel um und wartete, bis das Wasser eine angenehme Temperatur erreicht hatte. Auf dem Deckel der Toilette sitzend, fing er an, sich auszuziehen. Schließlich stieg er in die Duschwanne und stellte sich unter den Strahl. Mit leerem Ausdruck in den Augen starrte er auf die polierten Wandfliesen vor sich. Dampf stieg auf und nebelte ihn ein.

Was Fröhligs Chancen bei Frauen anging, hatte er ihn schon immer beneidet. Hinter vorgehaltener Hand erzählte man sich, dass Fröhlig selbst die Finger von der LKA-Beamtin nicht gelassen hatte, und jetzt noch Odette Sansom – eine Domina.

Er wischte sich mit der Hand das Wasser aus dem Gesicht, schloss die Augen und spürte, wie das heiße Nass über seinen Rücken lief. Neunziger nahm einen tiefen Atemzug und ließ gerade die feuchtwarme Luft seine Lungen ausfüllen, als sie plötzlich wieder da waren: Gestochen scharf und blutrot funkelnd, sahen sie ihn aus der Dunkelheit boshaft an. Neunziger zuckte zusammen und öffnete sofort die Augen.

„Was für eine verfluchte Scheiße", stöhnte er angstvoll auf und trocknete sich das restliche Wasser ab. Klatschnass und nur mit einem ergrauten Frottierhandtuch um die Hüften schlich er in die Küche. Wenn er von dem Whisky nicht gleich betrunken werden wollte, brauchte er Eis. Viel Eis, sehr viel Eis. Im oberen Fach vom Kühlschrank fand er, wonach er suchte, als ein Geräusch ihn aufhorchen ließ. Still stand er da und lauschte in die leere Wohnung. Vor der offenen Kühlschranktür stehend versuchte er zu lokalisieren, woher das Geräusch kam. Nur das sonore Brummen der Kühleinheit war zu hören. Und plötzlich war es wieder da. Fast war er sich sicher, das war das Kratzen seiner Fußmatte, die jemand von der anderen Seite gegen seine Wohnungstür stieß. Die Angst kehrte zurück, überwältigend und lähmend zugleich. Mit blitzschnellen Bewegungen streifte sein Blick durch die Küche, auf der Suche nach dem Messerblock. Er griff nach dem Messer mit der längsten Klinge.

Nahezu geräuschlos setzte er einen Fuß vor den anderen. Seine Nerven fühlten sich an wie überspannte Drahtseile. Aus dem Bad fiel ein schmaler Lichtstrahl in den engen Flur. Noch nie in seinem Leben hatte er solche Todesangst verspürt, und das Messer in seiner Hand gab ihm nicht die Sicherheit, die er sich in diesem Moment wünschte. Auf Zehenspitzen näherte er sich dem Türspion der Wohnungstür, gleichzeitig rang sein Verstand verzweifelt nach einem Ausweg.

Dann klopfte jemand von der anderen Seite, und er glaubte, sein Herz setze aus. Hardy Neunziger hätte am liebsten laut geschrien, stattdessen hielt er sich mit der freien Hand selbst den Mund zu. Es kam ihm vor, als stünde er jede Sekunde vor einem Herzanfall. Jede Faser seines Körpers verspürte den unbändigen Wunsch zu fliehen. Doch wohin? Seine Wohnung besaß weder einen Balkon, noch war ein Sprung aus dem Fenster empfehlenswert. Als die Wimpern seines rechten Auges das Glas berührten, erlosch im Treppenhaus das Licht. Er fürchtete sterben zu müssen und spürte die Präsenz der anderen Person fast körperlich.

Das Licht im Treppenhaus sprang wieder an, und Neunziger atmete erleichtert auf. „Fuck!“ Er fühlte, wie sein Herz kraftvoll in seiner Brust anfing zu pumpen. Er kannte den Mann auf der anderen Seite. Ihre Wege hatten sich gekreuzt, als er seine Recherchen zu der Geschichte in den Norden der Stadt ausgeweitet hatte. Der Priester führte dort eine inoffizielle Anlaufstelle für Menschen, die in Duisburg gestrandet waren oder sich auf dem Weg in ein anderes europäisches Land befanden. Wer zu dem Geistlichen kam, vertraute sich ihm an. Der Mann kannte sämtliche Fluchtrouten seiner Schützlinge aus deren Erzählungen und war dadurch zu einer seiner wichtigsten Informationsquellen geworden. Er war es auch gewesen, der ihm den Hinweis auf die Hafenstadt Calais gegeben hatte.

Der Schrecken steckte dem Reporter noch immer in den Knochen. Er wollte ins Bett und am liebsten alles so schnell wie irgend möglich vergessen. Leicht unterkühlt fragte er den Priester auf der anderen Seite: „Was wollen Sie?"

„Ich habe etwas, das Sie bestimmt interessieren wird." Der Geistliche trat einen Schritt zurück und hielt einen roten USB-Stick dicht vor den Türspion. „Hören Sie zu", sagte er so leise, dass der Reporter das Ohr an die Tür legen musste, um ihn verstehen zu können.

„Darauf ist alles, was Sie brauchen. Namen, Adressen, die gesamte Organisation."

Der Ton der Stimme wurde nur um eine Nuance dunkler. Ohne das Hardy Neunziger es bemerkte, legte der Mann seine Hand auf die Tür und kratzte rhythmisch mit den Nägeln seiner Finger darüber. Das schrappende Geräusch klang wie Wasser in einem flachen Bachlauf. Neunziger nahm es nicht bewusst wahr, auch nicht, dass seine Furcht langsam verging, ja weniger wurde, umso intensiver er dem Rhythmus auf der anderen Seite der Tür lauschte.

„Hardy", wie eine Spinne krabbelten die Finger scharrend über das Türblatt. „Folge in Gedanken dem Weg, den meine Stimme zurücklegt." Das Geräusch nahm an Intensität zu, wurde eindringlicher.

„Verbinde den Weg mit einem Ziel. Stelle dir vor, du gehst durch einen Garten. Rosen blühen darin."

Die Stimme von der anderen Seite hörte sich gut an. Neunziger spürte kaum, wie er ihrem Klang ganz allmählich erlag.

„Am Ende des Rosengartens siehst du einen runden Torbogen, dahinter steht ein Glockenturm. Die Sonne ist gerade im Begriff unterzugehen. Geh darauf zu. Du willst die Sonne unbedingt noch einmal sehen, bevor sie endgültig dahinter im Meer versinkt." Der Priester wartete, gab Hardys Unterbewusstsein die Zeit, sich einzufinden. Das Schaben der Fingernägel auf der Tür wurde energischer.

„Eine Tür versperrt dir den Weg. Öffne sie." Seine Lippen formulierten den Satz nicht als direkten Befehl. Die Kunst lag darin, dem Unterbewusstsein vorzugaukeln, es habe die Wahl.

Neunzigers Auge haftete regungslos am Spion.

„Öffne das Tor und geh hindurch. Schau dir das Meer an. Rieche das salzige Wasser und höre, wie die Wellen über den Sand laufen." Jetzt strich er mit der Handinnenfläche über das Holz.

Noch immer machte der Reporter keine Anstalten, ihm die Tür zu öffnen.

Im ruhigen Ton redete der Priester weiter auf ihn ein.

„Es ist spät, und die Sonne geht gleich unter. Du musst dich beeilen, Hardy, willst du sie noch einmal sehen." Jedes einzelne Wort sprach er betont deutlich aus. „Wenn die Turmuhr vier schlägt, öffnest du den Torbogen."

„Nock, nock, nock, nock!", klopfte sein gekrümmter Finger gegen die Tür. Der letzte Anker war gesetzt. Jetzt hieß es warten.

Wie ein Schlafwandler trat Neunziger einen Schritt zurück, drehte den Schlüssel im Schloss und zog die Tür in Zeitlupe auf.

Der Priester im Treppenhaus lächelte. Als wären sie beide alte Freunde, legte er dem Reporter seine Hand auf die Schulter. Sanft, aber bestimmt schob er Hardy Neunziger zurück in die Wohnung. „Schau mich an, sieh mir in die Augen."

Neunziger wusste nicht, warum er es tat, konnte sich gegen die Stimme tief in seinem Kopf nicht wehren. Sie war zu mächtig, zu fordernd, zu endgültig. Der Reporter hob unter Trance die Augen und sah dem Priester direkt ins Gesicht.

So als legte er einem kürzlich Verstorbenen die Hand über die Augen, wischte der Priester sie zu. „Schlaf!", befahl er ihm.

Augenblicklich erfasste Neunziger eine bleierne Müdigkeit, und er verlor endgültig das Bewusstsein. Als seine Beine nachgaben, fiel das Messer klirrend zu Boden. Der Reporter schwankte, dann sackte er in sich zusammen.

„Dein Fehler war immer schon gewesen, den falschen Leuten zu vertrauen." Mit der Spitze seines Schuhs trat der Priester dem am Boden Liegenden fest in die Seite. Ohnmächtig stöhnte dieser auf. Der Priester neigte den Kopf und sah den Reporter an wie etwas Lästiges, das unter seinem Schuh klebte. Prüfend warf er einen Blick durch den Spion ins Treppenhaus, ob nicht doch einer der Nachbarn etwas mitbekommen hatte. Aber alles blieb still. Mit einem weiten Schritt stiefelte er über den Reporter hinweg.

Der Priester streifte die Jacke ab, öffnete den Kragen und zog das Kollar aus dem Hemd. Das Jackett hängte er über einen Kleiderbügel an der Garderobe, den Piuskragen legte er fein säuberlich auf die Kommode. Dann begann er sich auszuziehen. Er hatte gelernt: Es ist einfacher, Hautpartikel, Haare oder andere DNA-Spuren durch scharfe Reinigungsmittel unbrauchbar zu machen, als darauf zu achten, synthetische Fasern, seltene Pollen, Farbpigmente oder spezifischen Dreck, der unter den Schuhen haftet, einzusammeln. Egal, wie gründlich man hinterher auch putzt, etwas von alledem blieb immer zurück. Ein weiterer Punkt, der ihm dabei gefiel, war, dass er sich nackt seinem Schöpfer am nächsten fühlte. Für ihn besaß es etwas Archaisches, sich so einem Widersacher zu entledigen.

Nackt, wie Gott ihn schuf, stand er da und betrachtete den Mann zu seinen Füßen. Das nasse Handtuch war von den Hüften gerutscht und lag in groben Falten neben ihm.

Wie der Rest der Wohnung, machte Neunziger einen verlebten Eindruck. Blaue Linien schlängelten sich an seinen Waden empor. Die Fettschürze am Bauch sackte seitlich herab. Der Priester wollte nicht hochmütig sein, aber bei diesem Anblick fiel ihm Galater 5,21 ein. „Neid, Saufen, Fressen und dergleichen. Davon habe ich euch vorausgesagt und sage noch einmal voraus. Die solches tun, werden das Reich Gottes nicht erben“, zitierte der Priester gottesfürchtig. „Völlerei, Hardy, ist eine Todsünde.“ Der Reporter erinnerte ihn an eine blasse Made, wie man sie unter Baumrinden findet.

Von der Kopfseite beugte er sich über ihn. Sein Rücken knackte ungesund, als er ihn wie einen Sack Zement hinter sich herschleifte. Im Türrahmen zur Küche musste er nachfassen. Dabei baumelte Neunzigers Kopf ungelenk zur Seite weg. Unter großer Anstrengung hievte der Priester ihn auf einen der Küchenstühle. Kraftlos sackte der Körper in sich zusammen. Hardy Neunziger lag mit dem Kopf auf der Tischplatte, Speichel tropfte in langen Fäden aus seinem Mundwinkel heraus. Suchend scannten die Augen des Priesters die Küche. Er konnte es eigentlich nicht wissen – und wusste es doch. Die Stelle, wo sie lagerten, war meist dieselbe. Zielstrebig hielt er auf die kleine Tür unterhalb der Spüle zu. „Ich will verdammt sein“, dachte er auf gotteslästernde Art, „wenn der Reporter sie dort nicht deponiert.“ Unterhalb der Spüle, wie in fast allen Haushalten, fand er tatsächlich die Reinigungsmittel. Er griff nach dem schwarzen Putzeimer und stellte eine blaue und eine grüne Flasche hinein. Beide enthielten unterschiedliche scharfe Reinigungsmittel. Das eine auf Chlorbasis besaß sogar einen Warnhinweis für ätzende Flüssigkeit, der Toilettenreiniger nur einen Froschaufkleber. Er beugte sich tiefer in den Unterschrank hinein. Hinter dem Siphon wurde er schnell fündig. Für das, was gleich kam, brauchte er eine leere Plastikflasche. Ein Paar haushaltsübliche Schwämme, zwei bis drei Waffeltücher und einen Kochlöffel. In der Besteckschublade fand er die Utensilien.

Gurgelnd plätscherte die zitrusgelbe Flüssigkeit aus der Flasche in den Ausguss. Als Nächstes benötigte er noch eine Waschschüssel. Mit einem Gemüsemesser schnitt er ein Loch, doppelt so groß wie eine Zweieuromünze, in den Boden der Plastikflasche. Er achtete tunlichst genau darauf, es nicht zu weit werden zu lassen. Der Lauf seines Revolvers durfte nur stramm hindurchpassen. War die Öffnung zu üppig, katapultierte die Treibladung sie hinaus und die Wirkung des improvisierten Schalldämpfers verpuffte. Als er fertig war, stopfte er so viel von dem gelbgrünen Haushaltsschwamm in die Flasche, wie er gefunden hatte. Anschließend rollte er ein pinkfarbenes Waffeltuch eng über einen Kochlöffel zusammen. Präzise steckte er das aufgewickelte Tuch mit dem Löffel durch die schmale Öffnung. Immer wieder bewegte er das Holz kegelartig, damit das Projektil später nicht von seiner Flugbahn abgelenkt wurde. Die Kunst bestand darin, den Löffel anschließend herauszuziehen und den Flugkanal so eng zu gestalten, dass der Schall des austretenden Projektils von dem Dämmmaterial geschluckt wurde. Prüfend warf er einen Blick durch die enge Röhre und kontrollierte ihre gerade Linienführung.

Noch immer saß der Reporter bewegungslos auf seinem Stuhl. Unterhalb seines Kinns bildete sich ein stetig anwachsender See aus Speichel. Ihm blieb noch genügend Zeit.

So als wäre er nur bei ihm zu Besuch, schlenderte der Priester durch Hardys Wohnung. Von Neugierde getrieben, schaute er in jedes Zimmer. Die Digitalkamera lag am Fußende der dunklen Ledercouch. Er fingerte nach dem breiten Tragegurt und öffnete die Abdeckung für die Speicherkarte. Als er den kleinen roten Knopf nach unten drückte, schob sich ihm die SD-Karte entgegen. Das Leder machte ein ziehendes Geräusch, als seine nackte Haut sich von ihr löste. Dann durchsuchte er das Arbeitszimmer. Zum Glück für ihn war der Reporter kein Paranoiker. Sämtliche Cloud-Speicher inklusive aller Festplatten besaßen keinerlei Passwörter. Selbst sein Computer war vollkommen ungeschützt und für jedermann zugänglich. „In Zeiten von Ransomware und Cyberangriffen eigentlich unverantwortlich." Aber Hardy schien es mit vielen Sachen nicht so genau zu nehmen.

Zurück in der Diele, verstaute er die Speichermedien in den Außentaschen seines Parkas. Er zog den Revolver aus der Innentasche und hielt ihn in seiner Hand. Der blauschwarz brünierte Stahl glänzte matt im Licht der Diele. Mit dem Daumen schob er die Entriegelung beiseite und klappte die Trommel schwungvoll auf. Prüfend fiel sein Blick auf die Messinghülsen. Für seine Zwecke verwendete er grundsätzlich .38 Special Hohlspitz. Man konnte darüber streiten oder auch nicht. Wer auf Präzision Wert legte, kam um diese Munition nicht herum. Mit einer ruckartigen Bewegung klappte die Revolvertrommel ein.

Zurück in der Küche, stellte sich der Priester seitlich zu Neunziger. Der saß da wie das tragische Überbleibsel einer ausgeuferten Küchenparty. „Ich zähle von drei abwärts. Wenn ich bei eins angekommen bin, setzt du dich aufrecht. Drei, zwei, eins.“ Hardy Neunziger erhob sich wie eine Marionette an den Fäden eines Puppenspielers.

Der Priester ging zu einem der Küchenschränke und nahm ein Wasserglas heraus. Als die milchige Chlorbleiche zäh hineintropfte, füllte ein sadistisches Funkeln seine Augen aus. Die übrige Hälfte des Glases goss er mit Toilettenreiniger auf. Wie in einem schlecht gemachten Märchenfilm fing das ätzende Gemisch an, giftgrüne Blasen zu werfen, und der Geruch von Chlor stieg ihm in die Nase. Mit weit ausgestrecktem Arm hielt er die zersetzende Flüssigkeit von sich, so als trüge er einen überlaufenden Nachttopf mit warmer Pisse vor sich her.

„Ich zähle jetzt von zwei abwärts. Wenn ich bei eins angelangt bin, öffnest du die Augen. Du befindest dich am Strand. Die letzten warmen Sonnenstrahlen scheinen in dein Gesicht. Du spürst ihre Wärme auf deiner Haut und vom Strand, hörst, wie die Wellen sanft über den Sand rollen. Deine Mutter hat frische, köstliche Waldmeisterlimonade für dich gemacht. Sie schmeckt so gut, dass du sie in einem Zug austrinkst. Zwei, … eins.“

Er schaute dem Reporter dabei zu, wie er die aggressive Mischung gierig hinunterschluckte. Rauch stieg aus seinem Mund auf, als sich das Kalzium seiner Zähne in Hydroxid umwandelte. Es war verblüffend. Neunziger zeigte keine Anzeichen von Schmerz. Stattdessen saß er da und trank den Inhalt gefügig bis auf den Boden leer. Kein Sohn lehnte ein Glas Limonade ab, das seine Mama nur für ihn zubereitet hatte. Das Gesicht des Priesters verzog sich immer stärker zu einer diabolischen Fratze.

Jetzt galt es, sich zu beeilen, bevor die stark ätzende Flüssigkeit zu viel Schaden in dem Reporter anrichtete. Teile von Neunzigers Unterkiefer fingen schon an zu schmelzen wie Wachs in der Sonne, während spastische Krämpfe seinen Körper durchzuckten. Mit ausreichend viel Kraft presste er den Lauf des Revolvers tief in den aufgeschnittenen Bauch der Plastikflasche. Neunziger saß noch immer brav da, während rosafarbene Wolken aus seinem zerfressenen Mund tropften. Der Schaden in ihm würde schnell größer werden, sobald die tödliche Substanz seine Innereien erreichte.

Wenn er alles richtig gemacht hatte, sollte der Schuss keinen der Nachbarn wecken. Mit dem Flaschenhals voran, legte er auf den Hinterkopf des Reporters an und drückte ab. Anstelle eines lauten Knalls hörte er nur ein dumpfes Pfft.

Der Reporter war auf der Stelle tot. Das Projektil war durch sein Scheitelbein eingedrungen und entfaltete anschließend seine ganze zerstörerische Kraft. Neunzigers Stirn war puschelig ausgefranst. Die .38 Special Hohlspitzmunition hatte Knochenfragmente und einen

Großteil seines Gehirns auf der Küchenwand gegenüber verteilt. Ähnlich einem abstrakten, expressionistischen Gemälde.

Kapitel 23

Als Fröhlig nach der Rechnung fragte, saßen sie als Einzige noch im Restaurant. Um sie herum war es still geworden. Nach dem Hauptgericht und dem zweiten oder dritten Schnaps waren sie beim Du angekommen. „Du hast gesagt, Frank, du wohnst in der Innenstadt. Soll ich dich gleich bei dir zu Hause absetzen? Es liegt ja praktisch auf dem Weg."

Fröhlig musste über ihr Angebot nicht lange nachdenken. Die letzte Straßenbahn war vor wenigen Minuten am Fenster vorbeigefahren.

„Wenn du extra wegen mir einen Umweg fahren willst – sehr gerne, Odette."

„Ich geh nur schnell noch mal auf die Toilette." Sie schob den Stuhl unter sich weg und streifte mit beiden Händen ihre Bundfaltenhose glatt.

Die ganze Zeit über hatte ihn das Gefühl nicht losgelassen, aus der Dunkelheit beobachtet zu werden. Fröhlig versuchte, durch das Schwarz der Scheibe mehr zu erkennen. „War alles zu Ihrer Zufriedenheit?" Ruckartig drehte Fröhlig sich zu der Kellnerin herum. „Danke." Die Frau legte ein schwarzes Lederetui auf den Tisch und klappte es auf. „Es tut mir leid, aber wir schließen gleich."

„Natürlich, Entschuldigung." Sie lächelten beide aufrichtig. Fröhlig zückte seine Sparkassen-EC-Karte und erhöhte die Summe um ein ansehnliches Trinkgeld. Als Odette Sansom an den Tisch zurückkehrte, stand Fröhlig auf und hielt ihr den offenen Mantel entgegen.

„Oh", tat sie angenehm überrascht. „Hatte ich also doch recht."

„Womit?"

„Du bist doch kein richtiger Bulle. Du weißt, was sich einer Frau gegenüber gehört." Ihr Kopf schnellte vor und sie gab ihm einen unverfänglichen Kuss auf die Wange. Dann wandte sie ihm den Rücken zu und schlüpfte in ihren Mantel. Vor der Tür schlug Fröhlig den Kragen seines Sakkos hoch. Die Luft hatte empfindlich an Temperatur verloren. Fröhlig versuchte bei ihr den Eindruck zu erwecken, er wäre entspannt. Doch noch immer glaubte er, von irgendwoher beobachtet zu werden. Auf der anderen Straßenseite befand sich das Gelände der Grillo-Werke. Der Firmenparkplatz hinter dem schweren Rolltor war bis auf ein Auto verwaist. So dicht, wie es neben dem Pförtnerhaus geparkt war, gehörte es sicher einem der Wachleute.

„Kommst du?", forderte sie ihn auf.

Fröhlig blieb am Straßenrand stehen und scannte die nähere Umgebung. „Was ist?", fragte sie bei ihm nach. „Du bist schon den halben Abend mit den Gedanken woanders." Nachdem sie beide ihre Grenzen ausgelotet hatten, fing der Abend an, privat zu werden.

„Es ist nichts", log er schlecht.

Während der weiße Z 4 die A59 in Richtung Duisburg-Zentrum raste, versuchte Fröhlig durch den Außenspiegel zu erkennen, ob sie verfolgt wurden. Vereinzelt fuhren Autos auf oder wechselten die Spur. Kurz hinter dem Innenstadttunnel setzte sie den Blinker. „Und wohin nun, rechts oder links?“, fragte sie auffordernd. Fröhlig dirigierte sie an der Ampel nach links. Vorbei am Ferro- und Conti-Hotel, bis er sagte: „Gegenüber an der Tanke, dann rechts.“

Als sie vor seiner Haustür hielt, lag die Nachbarschaft schon lange in ihren Betten. Odette stellte den Motor ab und drehte den Oberkörper in seine Richtung. Einen Augenblick lang herrschte Stille, und es entstand dieser unbestimmte Moment zwischen Gehen und Bleiben.

Fröhlig überlegte, wie er mit dem Ausdruck auf ihrem Gesicht umgehen sollte, der zu ihm sagte: „Ich bin nur ein Mädchen, das vor einem Jungen steht und ihn bittet, es zu lieben.“ Fröhlig erschrak gleich zweimal vor sich selbst. Einmal, weil er sich genau an diese Szene erinnerte, und zum anderen, weil er sie auch noch rezitieren konnte.

„Was ist, bittest du mich nicht mit hoch?“ Seine Gedanken fingen an zu stottern. Insgeheim hatte er darauf gehofft, aber nicht wirklich damit gerechnet. Diese Frau lag weit außerhalb seiner Gehaltsklasse, und ihr musste klar sein, dass sie miteinander nur gespielt hatten. Sein Auftrag war es, ihr als Verdächtige auf den Zahn zu fühlen, und sie sollte ihn bestmöglich daran hindern. Das waren die Spielregeln. Was beabsichtigte sie damit, noch mit nach oben zu gehen? Die Show war gelaufen.

„Du meinst mit zu mir?“ Noch dämlicher konnte er sich nun wirklich nicht anstellen. „Ich weiß nicht, ob das eine so gute Idee ist, Odette“, schob er unsicher hinterher.

„Ich würde mich heute Abend sicherer fühlen, wenn ich bei dir übernachten kann. Frag mich nicht, warum, normalerweise bin ich auch nicht hysterisch, aber seitdem wir den Club verlassen haben, habe ich so ein merkwürdiges Gefühl. Als ob uns etwas aus der Dunkelheit heraus beobachtet.“

„Ihr war es also auch aufgefallen“, ging es ihm warnend durch den Kopf.

„Was ist?“ Odette sah ihn an, als bildete sich ein Kainsmal auf seiner Stirn.

„Was ich sagen will …“, er zögerte. Was war nur los mit ihm. Er war doch sonst nicht so schüchtern. „Ich kann nicht versprechen, meine Finger von dir zu lassen“, sagte er wie ein Kind ohne Selbstbeherrschung. Noch immer spürte er, was sie mit ihm angestellt hatte. Und die Vorstellung, mehr davon zu bekommen, erregte ihn auf eine sehr unzüchtige Weise.

Über ihr Gesicht legte sich ein bogenförmiges Lächeln. „Ich bitte darum, und wenn du unartig bist, zeige ich dir, was richtig Spaß macht.“ Sie zog den Zündschlüssel ab und verharrte in der Bewegung. Dabei bekam sie denselben Gesichtsausdruck wie in dem

Moment, als sie ihn am Fleischerhaken langsam in die Höhe emporgehoben hatte.

„Du hast nicht zufällig einen Dessertlöffel mit verlängertem Stiel in einer Besteckschublade?" Ohne seine Antwort abzuwarten, öffnete sie die Tür und stieg seitlich aus. Dabei sagte sie noch: „*Fifty Shades of Grey* wird völlig überbewertet, aber das siehst du ja gleich selbst."

Kapitel 24

Am Morgen danach fühlte Fröhlig sich wie ein Gummibärchen, das zu lange in der Sonne gelegen hat. Er schlug die Augen auf und dachte zusammenhanglose Dinge. Seine Erwartungen waren weit übertroffen worden. Er reckte beide Arme von sich, streckte seinen Körper, sodass sein Rücken einen Bogen beschrieb. Dabei verrutschte sein Bettzeug. Er legte das Kinn auf die Brust und betrachtete seinen Körper. Blaue Flecken blühten an Stellen, wo er es nie für möglich gehalten hatte. In ihm regte sich die Erinnerung der vergangenen Nacht, und sein Kopf sank befriedigt zurück ins Kissen. Glückselig starrte er zur Decke. Eines war klar, er konnte keine Eisdiele mehr besuchen, ohne schmutzige Gedanken zu bekommen, und er fragte sich, wer um alles in der Welt auf die Idee gekommen war, ausgerechnet einen Dessertlöffel zu verwenden?

War das der Duft von Kaffee und frisch gebratenem Speck? Schwungvoll drehte er sich auf die Bettkante, suchte seine Shorts und zog sie sich über.

„Na, auch schon wach?" Odette stand nur mit einem Slip bekleidet in der Schlafzimmertür. In der Hand hielt sie einen sauberen Becher dampfenden Kaffee. Fröhlig fiel die Tätowierung ins Auge. Der handtellergroße Halbmond war ihm schon in der Nacht aufgefallen und bedeckte die Stelle, wo ihr Herz schlägt. Er überlegte zu fragen, was es damit auf sich habe, verwarf den Gedanken aber wieder.

Sie spitzte die Lippen und schlürfte von der braunen Brühe. Als sie ihn ansah, spiegelten sich eindeutig frivole Gedanken in ihrem Gesicht. Sie kam auf ihn zu, stellte ihren Fuß auf seine Brust und stieß ihn zurück in das Laken. Mit dem Becher in der Hand krabbelte sie über ihn und setzte sich wie ein Jockey auf seinen Oberkörper. Vorsichtig hielt sie das Gefäß so, dass er von dessen Rand trinken konnte. Fröhlig spannte seine Bauchmuskulatur an und neigte sich ihr entgegen.

„Darf ich dich etwas fragen?" Dabei sah sie ihn ernst an und strich ihm eine Strähne aus der Stirn. Er nickte, während er schluckte. „Klar."

„Könntest du dir vorstellen, mit einer Domina eine feste Beziehung einzugehen?" Sein Kehlkopf bewegte sich wie ein hüpfendes Kinderspielzeug auf und nieder. Noch bevor er antworten konnte, legte sie ihm den Finger über die Lippen.

„Du musst darauf nicht sofort antworten. Ich will nur, dass du weißt, wie ich für dich empfinde."

Sie ließ ihm etwas Zeit, ihre Worte zu verarbeiten. „Du bist ein ungewöhnlicher Mann, du bist nicht nur attraktiv, du bist auch klug." So viel Lob am Morgen danach war er nicht gewohnt. Fröhlig versuchte sich an ein vages Lächeln. Sie hatten ihm schon viel nachgesagt, aber dass er klug sei, noch nie. Die Spitze ihres Zeigefingers touchierte leicht seine Nase.

„Habe ich dir erzählt, dass ich unter Sapiosexualität leide?“ Auf der Außenkante ihres Nagels fuhr der Finger weiter bis über seine Brust. Das bescherte ihm einen angenehmen Schauer.

„Egal was das ist, lass es uns tun“, forderte er sie auf und legte die Arme, wie Jesus am Kreuz, zur Seite weg.

„Ich fühle mich auf erotische Weise von der Intelligenz einer anderen Person angezogen.“ Ihr Finger wanderte versetzt zur Mitte, dorthin, wo sein Herz schlug. Dass Odette eine Domina war, störte ihn nicht. Dass er nicht mit Bestimmtheit sagen konnte, ob er von ihr nur manipuliert wurde … Ihm fiel eine Metapher aus der Kolonialzeit ein: Man kann in Berlin zwar seinen Mohren behalten, aber die weitaus wichtigere Frage ist doch, behält man auch die Moral? Sollte heißen: Es ist weniger wichtig, an alten Traditionen festzuhalten; entscheidend ist, ob man seine moralischen Werte bewahrt. Sie war noch immer eine Verdächtige in einem Mordfall. Und dabei hatte der Morgen so gut angefangen. Fröhlig betrachtete die Frau, die auf ihm saß. „Ich …“, begann er und verstummte. Als er versuchte, den Satz neu anzufangen, meldete sich sein Smartphone. Innerlich atmete er auf.

„Da muss ich ran.“ Er machte Anstalten, sich auf die Seite zu drehen, als sie mit ihren Oberschenkeln den Druck auf seine Rippen erhöhte. Fröhlig stöhnte auf und presste Luft durch seine Lippen. So einfach würde sie es ihm nicht machen. „Du hast mich nicht um Erlaubnis gefragt." Ihr Blick verfinsterte sich, und ihr Ton wurde herrisch.

Blitzschnell umfasste er ihren Mittelfußknochen und bog ihn schwungvoll nach oben. Durch die Hebelbewegung fiel sie kopfüber ins Kissen und verteilte den Kaffee im Bett. Fröhlig nutzte den Moment zu seinem Vorteil und schlüpfte unter ihr hindurch. „Wie gesagt, ich muss da ran", sagte er und schnappte sich das Smartphone vom Beistelltisch an seinem Bett.

„Feldmann, was gibt es?" Fröhlig tat genervt, obwohl er dankbar für die Intervention war.

„Es hat sich was ergeben, Frank, das solltest du wissen. Ich bin noch einmal die Einsatzberichte der vergangenen Tage durchgegangen und dabei ist mir was aufgefallen. Am Donnerstag, in den frühen Morgenstunden, gab es auf der Neumühler Straße einen Unfall mit Personenschaden."

„Ja, und?", dachte Fröhlig. Bei einer Stadt mit 500.000 Einwohnern war daran nichts Ungewöhnliches.

„Das Opfer ist Anfang dreißig, männlich und laut den Ärzten südländischer Herkunft. Er liegt in der Sankt-Johannes-Klinik, Hamborn. Und jetzt kommt das eigentlich Interessante, Frank. Neben den Unfallverletzungen vermerkte der Rettungssanitäter in seinem Bericht, das Opfer sei übersät mit Verletzungen, die seiner Einschätzung nach von Folter herrühren könnten. Daraufhin habe ich mit der Klinik telefoniert, wohin er gebracht worden war. Die Ärzte bestätigten mir inoffiziell, der Mann sei bis unter beide Ohren vollgepumpt gewesen mit Propofol."

Fröhlig kannte das Medikament.

„Propofol ist ein Narkosemittel und wird in der Anästhesie eingesetzt." Jens las offenbar von einem Zettel ab. „Nach 10 bis 20 Sekunden verliert der Patient das Bewusstsein. Allerdings nur das Bewusstsein, nicht aber das Schmerzempfinden. Laut Beipackzettel ist das Medikament ein rasch wirksames Injektionsnarkotikum, das nur für die parenterale Anwendung verfügbar ist. Bereits 10 bis 20 Sekunden nach der Injektion tritt die Wirkung ein und dauert bei einmaliger Applikation lediglich 8 bis 9 Minuten an. Die Eliminationshalbwertszeit beträgt zwischen 1 und 3 Stunden. Und jetzt das Interessante: Die Wirkung kann durch kontinuierliche Infusion aufrechterhalten werden. Das Narkotikum wird ausschließlich zur Sedierung verwendet und kann bei Überdosierung zu Nierenversagen führen, Frank." Das sagte Feldmann so, als hätte es eine übergeordnete Bedeutung. In Gedanken ging Fröhlig das Gespräch mit Mel durch. Hatte sie nicht davon gesprochen, der Erhängte habe Probleme mit den Nieren gehabt? Ihrer Einschätzung nach war es das Resultat von Folter oder Misshandlungen. Im Hörer wurde es still. Fröhlig setzte sich auf die Bettkante. „Wo genau ereignete sich der Unfall, Jens?"

„Warte, einen Moment", sagte Feldmann und blätterte in seinen Notizen zurück. „In Neumühl, etwa auf der Höhe der Straßenbahnhaltestelle Theodor-Heuss-Straße und der Einfahrt zum Christophoruswerk. Das ist der evangelische Träger …"

„Danke, Jens", fiel er ihm ins Wort. Fröhlig öffnete in seinem Kopf eine imaginäre Straßenkarte von Duisburg. „Theodor-Heuss-Straße", waberte es durch seine Gehirnwindungen. „Nur wenige Hundert Meter von *Torture Garden* entfernt", stellte er gestochen scharf fest. Ohne dass es ihm bewusst war, wanderte sein Blick zu Odette. Plötzlich verspürte er einen unangenehmen Druck in der Magengegend. So, als ob sich etwas Ungutes in ihm ausbreitete. Wie eine Kette aus Perlen stiegen böse Vorahnungen eine nach der anderen in ihm auf. Sein Übernachtungsgast war gerade zu seiner Hauptverdächtigen aufgestiegen, und ausgerechnet mit ihr hatte er Sex gehabt. Man musste schon stumpfsinnig sein, um nicht zu begreifen, was das für den Fall bedeutete. Was Feldmann davon halten würde, fand er es denn heraus, war nicht schwer zu erraten. Bei Julia sah die Sache anders aus. Wobei sie es gewesen war, die ihn in diese Lage gebracht hatte. Sie wusste doch aus eigener Erfahrung, wie wenig Widerstand seine Hose leistete, wenn es um eine attraktive Frau ging, versuchte er sich vor sich selbst zu rechtfertigen.

Auf seinem Bett lag eine spärlich bekleidete Frau, die möglicherweise mehrere Männer bestialisch ermordet haben könnte. Fröhlig zwang sich, den Gedanken an die gemeinsam verbrachte Nacht zu verdrängen.

„Blöd gelaufen", war das Einzige, was ihm dazu einfiel. Der *Torture Garden* lag nur einen Kilometer entfernt vom Erzbrecher auf dem Gelände der Masselgießanlage und nur zwei Kilometer von dem Ort, an dem das letzte Opfer stranguliert aufgefunden worden war.

Odette Sansom spürte, wie Frank sich zunehmend unwohler in ihrer Gegenwart fühlte. Unsicher, was das zu bedeuten hatte, sah sie ihn fragend an. Doch seine Mimik war wie versteinert.

„Ich gehe nicht davon aus, dass wir da weitermachen, wo wir heute Morgen aufgehört haben?", fragte sie und kannte seine Antwort darauf. Fröhlig versuchte, sich nichts anmerken zu lassen, aber seine Körpersprache verriet ihn. Er schien ihr mit einem Mal wie ausgewechselt, und das Telefonat war schuld daran.

„Bist du noch da, Frank?", erkundigte sich Feldmann, der am Telefon auf ein Lebenszeichen wartete.

„Ja", antwortete Fröhlig steif. „Jens, ist der Mann ansprechbar?"

„Aufgrund seiner Verletzungen haben die Ärzte ihn in ein künstliches Koma versetzt. Sein Gehirn ist bei der Kollision mit dem Auto angeschwollen, und sie befürchten Blutungen. Sobald der Druck auf seine Schädelwand auf ein gesundes Maß sinkt, wecken sie ihn auf."

Fröhlig begann im Kopf zu rechnen. Heute war Samstag, Donnerstagmorgen ist er verunglückt. Das bedeutete, das Schlimmste konnte der Mann schon hinter sich haben. Der Gedanke war mehr als gewagt, aber vielleicht konnten die Ärzte ihn für ein paar Fragen kurzfristig aufwecken.

„Kannst du mich abholen, Jens? Jetzt?“ Feldmann hörte am Tonfall, dass etwas nicht in Ordnung war. Er kannte die allmorgendliche Übellaunigkeit seines Kollegen, aber das war etwas anderes.

„Gib mir dreißig Minuten.“

„Klingel durch, wenn du unten bist, Jens.“ Feldmann war gerade im Begriff aufzulegen, als Fröhlig noch hinzufügte: „Frag bitte bei Mel nach, ob bei dem Toten aus der Masselgießanlage ebenfalls ein akutes Nierenversagen festgestellt worden ist.“ Fröhlig hörte, wie ein Bleistift schnell über Papier kratzte.

Weniger als eine halbe Stunde später standen er und Odette auf der Straße und verabschiedeten sich voneinander. Odette gab ihm einen flüchtigen Kuss auf die Wange, den er nur halbherzig erwiderte. Als ihr weißer BMW Minuten später an ihm vorbeiraste, schaute Fröhlig weiterhin stur geradeaus. Er hielt für einige Sekunden die Luft an und spürte dabei ein Ziehen an den Hautstellen, an denen sich langsam Schorf auf den Spuren der letzten Nacht bildete.

Er war nicht naiv. Ihm war bewusst, dass sie eine professionelle Domina war und eine Meisterin darin, Menschen nach ihrem Willen zu formen und zu beeinflussen. Seine Augen verengten sich zu schmalen Schlitzen. Ein Gedanke beschäftigte ihn: Hat Odette Sansom auch ihn manipuliert, ohne dass er etwas davon mitbekommen hatte? Aber welches Motiv konnte sie antreiben? Ein außer Kontrolle geratener Fetisch? Reichte ihr der erkaufte Schmerz ihrer Kunden nicht mehr aus? Brauchte sie mehr Leid, mehr Qualen, mehr echtes Elend? Ging es ihr ums Geld? Es ging fast immer nur ums Geld. In ihm reifte ein Gedanke, den er später genauer prüfen wollte. Oder verkaufte sie Männer, damit sich andere an ihnen ohne Limit vergehen konnten? Daraus entstand ein noch düsterer Gedankengang.

Odette selbst hatte ihn darauf gebracht. Sie war es, die diese Snuff-Videos erwähnte. Filme, in denen Menschen vor laufender Kamera grausam ermordet wurden und die in den finstersten Ecken des Darknets zu finden sind. Auch wenn er es sich anders wünschte, ihre unheilige Liaison fing schon nach kurzer Zeit an, toxisch zu werden. Er stand immer noch an der gleichen Stelle und schaute mit leerem Blick auf die Plakatwand, als eine weibliche Stimme ihn in die Gegenwart zurückholte. Erschrocken drehte er sich um.

„Julia! Eigentlich habe ich Jens erwartet!“, rief er sichtlich irritiert und erstaunt zugleich.

„Offensichtlich!“, entgegnete Julia Stern und sah an ihm vorbei – mit einem Ausdruck, der auch ohne ihr Asperger schwer zu deuten gewesen wäre. Fröhlig schaute genauer hin, versuchte sich auf sie einzustellen, schärfte seinen Blick für sie. Für einen Moment glaubte er, bei ihr eine echte menschliche Emotion zu erkennen. Eifersucht konnte es doch wohl nicht sein.

„Na los, sag es schon“, forderte er Julia auf, ihren Gefühlen freien Lauf zu lassen. „Lass es raus, bevor es zu eitern anfängt.“

Julia fand seine Allegorie unappetitlich, auch wenn sie den Kern der Sache traf. „Du hast mit einer Hauptverdächtigen in einem Mordfall geschlafen", sagte sie wie gewohnt sehr direkt.

„Ja, das stimmt." Lügen wäre ihr gegenüber zwecklos gewesen. „Zu meiner Verteidigung möchte ich einwenden: Das wusste ich zu dem Zeitpunkt noch nicht", versuchte er sich an einer wenig glaubhaften Rechtfertigung.

„Du redest Bullshit, Frank." Nach einer kurzen Pause fügte sie fast eruptiv hinzu: „Gut, aber jetzt weißt du es."

Dann drehte sie sich um 180 Grad und richtete den Funkschlüssel auf den silberfarbenen Tesla. Die Limousine, die auf der gegenüberliegenden Straßenseite parkte, blinkte kurz auf. Fröhlig suchte vergeblich im Wageninneren nach Feldmann. Im Auto beugte sich Julia Stern in seine Richtung und drückte seine Oberschenkel unsanft zur Seite. Im Handschuhfach fand sie, wonach sie suchte. Sie ließ die Scheibe auf ihrer Seite herunter und legte die Rundumleuchte auf das Dach. Als Nächstes startete sie die Sirene. Unter dem schrillen Auf und Ab raste der Tesla in Richtung A59.

Kapitel 25

Gerade als die silberne Limousine die Auffahrt Meiderich passierte, zog ein smaragdgrüner Mercedes abrupt auf die linke Spur. Julia dachte nicht daran, auszuweichen oder gar zu bremsen. Entschlossen hielt sie weiter auf den Mercedes zu. Erst im allerletzten Moment erkannte der Fahrer die drohende Gefahr. Hastig riss er das Lenkrad herum und wechselte auf die rechte Spur. Fröhlig beobachtete im Außenspiegel, wie der Mann wild gestikulierend hinter dem Steuer zappelte.

„Du weißt schon, dass unser Mann im künstlichen Koma liegt und uns nicht davonrennt, oder?", fragte Frank sie vorsichtig.

„Natürlich weiß ich das, Frank", giftete sie. Sie verspürte den Impuls, ihm ins Gesicht zu boxen. Sein Smartphone rettete ihn.

„Jens, was gibt es?" Julia konnte nicht genau verstehen, was er sagte, aber seine Stimme klang ernst.

„Wir sind auf dem Weg zu ihm." Pause. „Was?!", brüllte Fröhlig in das Smartphone. „Okay, wir treffen uns dort." Seine Gesichtsfarbe wechselte, als er auflegte. Mit geweiteten Augen sah er zu Julia herüber.

„Hardy Neunziger ist gestern Abend ermordet worden." Das sagte er so, als müsste sie wissen, von wem er sprach. „Erinnere dich, der Journalist, der vor der Halle auf und ab gelaufen ist. Ich habe mich kurz mit ihm unterhalten."

„Ich erinnere mich jetzt. Wie?", fragte sie mit professioneller Neugier.

„Jemand hat ihm in den Kopf geschossen. Feldmann meinte, es gibt noch etwas anderes. Er wollte am Telefon nicht darüber reden. Wir treffen uns dort."

„Wohin?"

„Fahr am Autobahnkreuz Nord ab, wechsle dann auf die A3 in Richtung Düsseldorf. Duisburg-Wedau fahren wir wieder ab."

Julia drückte das Gaspedal bis zum Boden durch, und der Tesla beschleunigte spürbar. An der Ausfahrt angekommen, leitete Fröhlig sie weiter in Richtung Zentrum. Schon von Weitem rasten Einsatzfahrzeuge mit Blaulicht über die Koloniestraße. Fröhlig fühlte sich wie in einem Raumschiff. Julia und der Tesla flogen förmlich auf die Kreuzung Sternbuschweg zu, begleitet vom schrillen Auf und Ab ihrer Sirene. Fröhlig streckte den Arm aus. „Hinter der Sparkasse müssen wir rechts abbiegen", wies er sie an. Julia drosselte die Geschwindigkeit und setzte den Blinker.

Das Aufgebot an Einsatzfahrzeugen war so groß, dass die Straße auf hundert Metern blockiert war. Fröhlig zählte drei Notarztwagen der Feuerwehr. Ein Spezialfahrzeug für Gefahrgutstoffe sowie ein gutes Dutzend silberblauer Polizeiautos. Zeitgleich mit ihnen trafen die weißen Transporter der KTU ein. Julia parkte den Tesla quer zur Fahrbahn neben einem der Notarztfahrzeuge. Hinter einem Absperrband, das steif im Wind flatterte, standen zahlreiche Kollegen und diskutierten miteinander. Sie traten an die Absperrung, worauf einer der Beamten sie durchließ. Fröhlig sah zwei Männer der Feuerwehr in gasdichten Überdruckanzügen. Sie wirkten wie Außerirdische.

„Was ist los?", fragte Fröhlig einen der uniformierten Beamten und nickte in Richtung der Kollegen von der Feuerwehr.

„Keine schöne Sache, Fröhlig", sagte der Mann unheilschwanger. „Die haben sein Gesicht, oder das, was davon noch übrig ist, in Säure getaucht. Aber zuvor ist ihm in den Hinterkopf geschossen worden." Fröhlig stand nur da und schaute fassungslos nach oben. Dorthin, wo Hardy wohnte. Im Treppenhaus herrschte hektisches Treiben. Eine junge Kollegin stolperte ihnen mit der Hand vor dem Mund entgegen. Fröhlig machte Platz und drückte sich fest an die Wand. Als sich ihre Blicke trafen, lächelte er wohlwollend. Sie hatte die Tür kaum erreicht, als er sie würgen hörte. Misstrauisch verfolgte er ihren Weg zurück. Von oben drang ein Raunen durch das Treppenhaus, als würden da oben Bienen aufgeregt umherfliegen. Mit jeder Stufe, die er nahm, fühlte er, wie sich seine Gedärme enger zusammenzogen. Als sie den letzten Treppenabsatz erreichten, standen nur noch die alten, hart gesottenen Kollegen vor Hardys Wohnungstür. Der Rest drehte sich weg oder schlich leichenblass wie getretene Hunde an ihnen vorbei. Fröhlig war sichtlich irritiert, als er den leitenden Ermittler vom KK21 aus der Wohnung kommen sah. „Gerd, was machst du hier?“ Fröhlig streckte ihm platonisch die Hand entgegen.

Rütte erwiderte den Gruß. „Ich war zufällig in der Nähe, als über Funk die Nachricht von Hardys Tod reingekommen ist.“

„Na ja, besser du, als gar kein Kommissar vor Ort“, meinte Fröhlig uncharmant und mit einem gezwungenen Lächeln.

„Ach, Frank“, sagte Rütte mit gespielter Höflichkeit. „Kein Wunder, dass Sabine dich verlassen hat. Deinen vermeintlich lustigen Humor hält wirklich niemand lange aus.“ Er zog seine Hand zurück. „Und ganz im Gegensatz zu dir, Fröhlig, hält meine Ehe bis heute.“

Ihr kleiner Schlagabtausch blieb von den umherstehenden Kollegen nicht unbemerkt. Mit neugierigen Blicken verfolgten sie das kleine Scharmützel aufmerksam. Fröhlig ließ einen kurzen Moment verstreichen, bevor er konterte: „Weißt du, Gerd, deine Ehe ist wie die AOK – die ist auch nicht wählerisch.“ Fröhlig sah deutlich, wie sich die Halsschlagader des Kollegen aufblähte. Als Rütte ihn im Vorbeigehen anrempeln wollte, zog Fröhlig die Schulter weg. Hätte einer der Kollegen ihn nicht zu fassen bekommen, wäre Gerd Rütte durch den eigenen Schwung die Treppe hinuntergestürzt.

Schon am Fuß des Treppenhauses war ihnen der beißende Geruch aufgefallen, eine Mischung aus Klostein und Kläranlage. An der Tür zu Hardys Wohnung überreichte ihnen einer der Uniformierten zwei Paar grünliche Nitrilhandschuhe. In der Diele stand eine uniformierte Kollegin, die sie auffallend freundlich grüßte. Fröhlig war versucht, ihren Gruß zu erwidern, aber seine Stimmung ließ das nicht zu. In der Küchentür blieb er stehen. Der ätzende Geruch war hier kaum noch zu ertragen. Schützend bedeckte Fröhlig seine Nase mit dem Unterarm. Julia stellte sich auf die Zehenspitzen und sah über Franks Schultern hinweg. Auf einem Stuhl vornübergebeugt saß ein Mann. Komplett nackt und mit einem Loch in seiner Schädeldecke. Unter dem Gesicht, oder dem, was noch von ihm übrig war, breitete sich eine gräulich formlose Masse aus, die entfernt an Haferschleim erinnerte. Darin verteilt Haarbüschel, an denen Bruchstücke von Hardy Neunzigers Schädeldecke hingen.

„Ist er das?", fragte Julia professionell.

„Wenn ich ehrlich bin, bin ich mir gerade nicht ganz sicher." Die Austrittswunde in der Stirn war ein tennisballgroßes Loch, das matt glänzte. Der Rand des Kraters war ausgefranst. Doch etwas störte ihn. In dem Loch am Hinterkopf schwamm eine gallertartige Flüssigkeit. Nicht nur sein Instinkt sagte ihm, dass es sich dabei nicht um Blut handelte.

„Was ist das?"

„Chlorbleiche?", gab Julia ihm die Antwort und zeigte mit dem Finger zur Edelstahlspüle hin. Darin standen zwei bunte Plastikflaschen, eine in Blau und die andere in Grün.

„Fuck", Fröhlig spürte, wie sein Magen absackte. „So einen kranken Scheiß denkt sich doch kein normaler Mensch aus." Fassungslos betrachtete er das, was einmal Hardys Gesicht gewesen war.

An Julia gewandt sagte er: „Erklär mir mal was, Frau Doktor. Wer geht hin und kippt, nachdem er sein Opfer durch einen Kopfschuss getötet hat, Chlorbleiche in den Schusskanal?" Fröhlig wandte den Kopf zurück zu dem toten Reporter. „Ergibt das einen Sinn für dich?"

„Mischt man hypochlorithaltige Sanitär- mit saurem WC-Reiniger, entsteht giftige Salzsäure. Die aggressive Wirkung beider Flüssigkeiten wird dadurch verstärkt. Aus der Sicht der Psychologin will der Mörder etwas auslöschen. Deswegen die ätzende Mischung, die im Kopf des Opfers jedes Wissen vernichtet." Ihre Augen rekonstruierten die Blutspuren an der Wand. „Dem trichterförmigen Muster nach musste das Opfer ungefähr dort gestanden haben, wo du dich jetzt befindest, Frank."

Fröhlig trat an Hardys Seite. Julia glaubte, im Zentrum der blutverschmierten Wand eine Vertiefung zu erkennen. „Also steckt das Projektil noch immer in der Wand. Bei dem Versuch, es zu entfernen, wäre sonst ein Trichter im Mörtel entstanden."

Fröhlig ging in die Hocke, dabei knackten seine Knie ungesund. Wollte er dem Toten ins Gesicht sehen, oder was davon übrig geblieben war, brauchte er einen anderen Blickwinkel. Hardy Neunziger hing kopfüber in einer Schüssel, aus der giftiger Nebel über den Rand waberte. Fröhlig presste sich den Ärmel seiner Jacke dichter vor Mund und Nase. Der Geruch von Chlor und zersetzendem Fleisch war nichts für schwache Mägen. Das Gesicht des Reporters war wie Wachs in der Sonne geschmolzen, und Fröhlig hoffte für ihn, dass er da schon nicht mehr am Leben war. Fröhlig sah genauer hin. Um Hardys Gesicht herum erkannte er schwarze Stippen, die sich in der gallertartigen Brühe wie Tintenflecke zerfaserten. Der rechte Arm des Toten hing schlaff herunter. Fröhlig fiel Hardys „Grateful Dead"-Tätowierung ins Auge. Sie zeigte einen Schädel, den ein Blitz in zwei Hälften teilte. Er erinnerte sich deswegen so gut daran, weil Hardy und er sich das Album „Steal Your Face" am gleichen Tag gekauft hatten.

„Was denkst du?" Fröhlig blickte zu Julia.

Julia stülpte sich ihr Paar Nitrilhandschuhe über und betrat die Küche. Wie eine Ballerina näherte sie sich dem toten Reporter und fasste nach seinem Handgelenk. „Sein Körper ist kalt und steif. Demnach ist der Tod zwischen acht und 36 Stunden eingetreten." Sie überlegte, dann schüttelte sie mit Bestimmtheit den Kopf. „Algor mortis."

„Was ist damit?" Er sah es in ihren Augen, da war noch mehr.

„Die vier Mechanismen, die den Wärmeverlust einer Leiche beeinflussen – Leitung, Konvektion, Strahlung und Verdunstung –, sind nicht gegeben. Die Temperatur des Körpers sinkt in den ersten Stunden nach dem Tod – nach zwei bis drei Stunden um circa 1 Grad Celsius pro Stunde, gemäß dem Newton'schen Abkühlungsgesetz. Terminal kommt es bei Abkühlungen an der Umgebungstemperatur wieder zu Verzögerungen. Dieser Prozess kann sich verlangsamen durch Faktoren wie Übergewicht, kauernde Haltung, Kleidung und hohe Temperatur des Umfelds. Beschleunigt wie …“

„Ja, danke, Julia, reicht schon. Nicht, dass du dir noch deinen Frontallappen zerrst.“ Fröhlig schaute sie vorwurfsvoll an. „Wenn du schon klugscheißern willst, dann bleib wenigstens bei der Sache. Und bitte so, dass auch ich dich verstehe.“

Julia tat so, als verstünde sie ihn nicht, obwohl sie doch genau das tat. Und nicht nur, was den Tatort betraf. „Meiner Berechnung nach trat sein Tod nachts zwischen halb zwölf und halb zwei ein.“

Fröhlig legte seine Hände auf die Oberschenkel und schraubte sich nach oben.

„Was macht ihr beiden verdammt an meinem Tatort?“ Mel stand plötzlich neben ihnen. Ihr zorniger Blick bohrte sich wie ein rotglühendes Messer durch beide hindurch. „Los, raus hier, aber sofort“, polterte sie weiter.

„Geht das auch freundlicher, Mel?“, legte Fröhlig Protest bei ihr ein.

Mel wischte sich wütend die Kapuze von ihrem weißen Einwegoverall vom Kopf und sah ihn vorwurfsvoll an. „Ich hasse dich, Frank Fröhlig.“ Selbst Julia kam ihre Reaktion übertrieben heftig vor.

„Was habe ich jetzt schon wieder angestellt, Mel? Klärst du mich bitte mal auf.“ In den letzten Tagen waren ihre Gefühlsschwankungen immer schlimmer geworden. Und plötzlich schwoll die Stille in der Küche an, es herrschte eine merkwürdige Spannung. Dann begann Mel zu schluchzen und eine einzelne Träne lief ihr über die Wange. Fröhlig stellte sich zu ihr und nahm sie in seine Arme. „Was ist denn los?“ Seine Stimme war mindestens so dunkel wie die von Barry White. Mel schaute in seine haselnussbraunen Augen. Sie schluchzte und zog die Nase feucht hoch.

Julia fühlte sich unwohl und fehl am Platz. Ihre verbliebene Empathie riet ihr, die Küche zu verlassen. Mels verweinte Augen öffneten sich flatterhaft, und dankbar erwiderte sie Franks Umarmung.

Julia versuchte den Grund für diese emotionale Instabilität zu ergründen. Sie verstärkte ihren Blick und konzentrierte sich auf jede noch so kleine Reaktion von Frau Doktor Kramer.

Es gab über 20.000 verschiedene Mikrogesten, und jede für sich genommen war kaum aussagekräftig. Doch zusammen ergaben sie ein komplexes Bild. Kurz gesagt: A ähnelt B, B hat Eigenschaft C, also muss auch A diese Eigenschaft haben. Aus dem Hintergrundrauschen ihres Frontallappens versuchte Julia, ein klareres Muster zu generieren. Gerade als sie meinte, es zu erkennen, formten Frau Doktor Kramers Lippen lautlos drei einzelne Wörter. Julia glaubte im ersten Moment, sie falsch abgelesen zu haben.

Im selben Moment veränderte sich die Situation schlagartig. Franks Arme lösten sich, und sein linkes

Bein verlor erkennbar an Spannung. Nicht viel, aber es reichte aus, dass er sein Standbein wechseln musste. Die Gerichtsmedizinerin schien seine Unsicherheit wahrzunehmen und drückte ihn von sich weg. Wie den betrunkenen Onkel, den niemand gerne in seiner Nähe hat. Franks Gesichtsfarbe glich mehr und mehr der eines Haifischs.

„Was?“ Frank sah Mel ungläubig an. „Wie?“

„Was denkst du denn, Fröhlig?“, antwortete sie schnippisch. Die Gerichtsmedizinerin griff nach seiner Hand und zog ihn unsanft bis ins Wohnzimmer hinter sich her. Dorthin schmiss sie ruppig zwei uniformierte Kollegen heraus und schloss die Tür hinter sich. Julia verfolgte durch das getönte Rauchglas jede ihrer Bewegungen. Frank lief aufgeregt im Wohnzimmer umher. Seine abrupten Richtungswechsel erinnerten sie an einen Tiger, der in einem Käfig saß. Dann riss Melanie Kramer die Tür auf und ging zurück in die Diele. Sie musste nichts sagen; ihr tiefes Knurren sprach für sich und ihre gereizte Stimmung.

Frank stand immer noch inmitten des Wohnzimmers und starrte apathisch zum Fenster hinaus.

„Freust du dich nicht?“, fragte Julia ihn, die sich neben ihn stellte.

Fröhlig fühlte sich außerstande, irgendwas zu empfinden – und Freude schon mal gar nicht. Angesichts der frohen Botschaft sollte er aber, oder nicht? Er lauschte tiefer in sich hinein, während das Chaos in seinem Schädel anwuchs. Wie eine wildgewordene

Horde Affen tobten seine Gedanken durcheinander. Er war nicht mehr in der Lage, einen klaren Kopf zu bewahren.

„Woher weißt du es? Ach, egal! Ich werde Vater." Er schüttelte den Kopf. „Verdammt, in fünf Jahren werde ich sechzig. Wenn unser Kind den Führerschein macht, bin ich ..." Selbst das Kopfrechnen fiel ihm schwer. War er Mitte siebzig? „Zu seiner Hochzeit komme ich vermutlich dann mit Rollator."

„Wieso gehst du automatisch davon aus, dass es ein Junge wird?"

„Julia, nicht hilfreich", giftete er sie an.

Julia fragte sich, ob die zukünftige Mutter seines Kindes von seinem aktiven Sexualleben wusste. Auch sie hatte vor 24 Stunden mit ihm mehrmals Koitus gehabt und Frank später dann noch mit Odette Sansom. Ihr Blick wanderte zur Wohnzimmertür, dorthin, wo vor wenigen Minuten die junge Kollegin gestanden hatte. Franks triebhaftes Verhalten ließ ihrer Meinung nach Rückschlüsse auf Satyriasis zu.

„Hast du dir jemals die Frage gestellt, ob du unter dem Don-Juan-Komplex leidest, Frank?"

Fröhlig stöhnte enerviert auf. „Lass uns bitte das Thema wechseln und hier einfach weitermachen."

„Aber es ist nicht alles schlecht an dir, weißt du?", versuchte Julia die Situation zu retten.

„Ach, ist es nicht?"

„Du hast das Kind schon als deines tituliert, das lässt hoffen."

Fröhlig stand da und sah Julia ungläubig an. Wie aus einem Radio wisperten Hunderte von Stimmen in seinem Kopf. Er schob alle Gedanken zur Seite und richtete seinen Blick zurück auf den Tatort. Dabei fiel ihm etwas unterhalb der Couch auf: die Schlaufe eines Tragriemens. Fröhlig drehte den Kopf in Richtung der Kollegen in der Diele. „Ich brauche hier im Wohnzimmer mal jemanden, wir haben etwas entdeckt."

Nachdem Manjula Chandra den Fund dokumentiert hatte, zog Fröhlig die Kamera unter der Couch hervor. Es war wenig überraschend, dass der Slot für das Speichermedium leer war. Julia trat näher an ihn heran und fragte: „An welcher Geschichte hat er gearbeitet, dass sie ihn das Leben gekostet hat?" Ihre Blicke schweiften parallel durch den Raum. Nichts deutete auf einen Kampf hin; alles war akkurat an seinem Platz. Das war ihnen schon in der Küche aufgefallen. Hardys entkleidete Leiche erinnerte eher an eine Exekution als an ein klassisches Mordopfer. Auf den ersten Blick gab es keine Abwehrspuren, doch Fröhlig war sicher, dass Mel später mehr dazu sagen würde. Er verwarf den Gedanken an die erneute Konfrontation mit ihr und konzentrierte sich wieder auf das Hier und Jetzt. Kein Buch in den Regalen lag auf der Seite, geschweige denn auf dem Boden. Die gerahmten schwarz-weißen Fotografien von Kirchen der Umgebung waren exakt ausgerichtet.

„Der Mörder wusste genau, wo er suchen musste, Julia", sagte Fröhlig. Julia, die hinter ihm stand, nickte zustimmend.

„Julia, schau dich im Arbeitszimmer um und sieh dir vor allem die Computer genauer an. Finde heraus, woran er momentan gearbeitet hat. Alles, was dir auffällt, auch wenn es zunächst keinen Sinn für dich ergibt.“ Ihr Verstand arbeitete anders als der von gewöhnlichen Menschen. Durch ihre analytische Herangehensweise übersah sie oft in deren Unzulänglichkeiten das, was seine Spezies ausmachte: Fehler. Der menschliche Makel war ihr noch immer nicht in Fleisch und Blut übergegangen – und würde es vermutlich auch nie.

Fröhlig erinnerte sich, dass Hardy in der Hochphase seiner Karriere ein engagierter und hartnäckiger Reporter gewesen war; der unkonventionelle Methoden anwandte, um seine Informationen vor neugierigen Kollegen in der Redaktion zu schützen. Keiner von ihnen hatte es je geschafft, in Hardys chaotischem Haufen aus Notizen, Fotografien und Kopien ein System zu erkennen. Neunziger hatte ihm damals die Sache erklärt: Das Bewusstsein funktioniert wie ein Memoryspiel – wir erkennen Dinge anhand von Mustern, die wir bereits zuvor wahrgenommen haben. Dasselbe gilt für Informationen und alles andere, das auf diese Weise klassifiziert wird. Allerdings muss man das zugrunde liegende Muster kennen, und Hardy hatte ihm seines gezeigt. Bei dem Gedanken überkam Fröhlig eine seltsame Mischung aus Zorn und Wehmut. Hardy und er waren damals im Streit auseinandergegangen, und nun war Hardy tot. Ein Umstand, den er nicht mehr rückgängig machen konnte.

„Woran hast du blöder Hund gearbeitet?“ Ihm tat der tote Reporter in der Küche leid. Er hätte sich für ihn ein anderes Ende gewünscht. Eines mit mehr Glamour. „Welche Story hast du verfolgt, dass du dafür dein Leben lassen musstest?“ Aus dem Augenwinkel sah er Mel durch die Diele laufen. Sofort fing sein Puls an, sich zu beschleunigen. Der Gedanke, Vater zu werden, machte ihm Angst – ein Gefühl, bei dem er noch nie wusste, wie er damit umgehen sollte. Und auch wenn ihm diese Vorstellung nicht zusagte, aber sie beide mussten reden.

Apropos reden ... Ein noch unheilvollerer Gedanke stoppte seine Überlegungen. „Oh Gott!“ Pause. „Muss ich Mel jetzt heiraten?“, entfuhr es ihm. Während seine Erinnerungen um sein altes Leben kreisten, fiel sein Blick auf eine postkartengroße schwarz-weiße Fotografie. Im Hintergrund der Kirche erkannte er die Hochöfen von Thyssen Steel. Das Motiv war nicht sonderlich ansprechend, erinnerte ihn aber an einen „Schimanski“-Tatort. Fröhlig trat näher an die Fotografie heran. Er nahm das Bild von der Wand und drehte es herum. Die Rückseite war beschriftet und das weiße Passepartout bestand aus einfachem 80g-Kopierpapier. Das Bild selbst war mit Klebestreifen befestigt. Er löste die Klemmhalterungen und nahm die Fotografie vom Glas. Auf den ersten Blick schien daran nichts Ungewöhnliches zu sein. Auch als er es prüfend gegen das Licht der Deckenlampe hielt, offenbarte es ihm kein Geheimnis – falls es denn eines besaß.

„Frank." Hinter ihm stand Julia im Türrahmen, in der Hand einen Laptop, dessen wichtigste Komponenten ausgebaut worden waren. Sie hielt ihm das Gerät demonstrativ entgegen. „Festplatte und der Arbeitsspeicher fehlen, genau wie der Chip aus dem Drucker. Ebenso alle externen Festplatten."

„Was ist mit der Cloud?", wollte Fröhlig wissen. Selbst er wusste, dass heutzutage vieles, wenn nicht sogar alles in der Cloud gespeichert wird.

„Leer. Genau wie der Papierkorb und der Ordner für temporäre Dateien. Selbst die Registry ist bereinigt worden", sagte Julia, die ahnte, welche Frage er als Nächstes stellen würde. „Sämtliche Zugangsdaten standen auf einem gelben Klebezettel, der auf der Unterseite der Schreibtischunterlage klebte. Sie passten zu drei Cloud-Speichern."

„Verdammt!", fluchte Fröhlig. „Wie konnte Hardy nur so leichtsinnig sein. Kann man die Daten wiederherstellen?" Sie schüttelte verneinend den Kopf.

Ein flaues Gefühl breitete sich in ihm aus, und sein Magen knurrte wie ein tasmanischer Teufel. Dass er noch nicht gefrühstückt hatte, rächte sich jetzt. Zuletzt hatte er Neunziger auf der eiligst einberufenen Pressekonferenz von M. gesehen. In Fröhligs Kopf entstand eine meditative Stille, in der ein einzelner Buchstabe, wie das Auge von Mordor, schwebte: M! Er warf einen schnellen Blick auf seine Armbanduhr. Inzwischen war es kurz vor zwölf. Er hatte Fragen, und nur sie war imstande, die Antworten darauf zu geben. Mit grimmiger

Stimme forderte er Julia auf: „Ruf M. an. Sag ihr, wir stehen in zwanzig Minuten bei ihr auf der Matte, und sie soll sich nicht einfallen lassen, uns zu ignorieren. Sag ihr genau das!“

Julia belegte ihn mit einem Blick, der ihn an eine Gorgone erinnerte. Schön und tödlich zugleich.

„Was ist? Worauf wartest du noch? Julia – sie hat Informationen über Hardy, die uns fehlen. Und ich will wissen, was.“ Julias Augen verengten sich, und kleine Falten bildeten sich auf ihrem Nasenrücken. Seine Antwort schien sie nicht zu überzeugen. Er merkte, wie seine Geduld ins Wanken geriet. „Das hier ist kein aus dem Ruder gelaufener Raubüberfall, Julia. Mein Kumpel liegt nackt und mit einem faustgroßen Loch im Schädel …“ Fröhlig zeigte mit dem Finger in Richtung Küche, „… aus dem eine ätzende Flüssigkeit tropft. Und vielleicht wird es dich überraschen, aber ich will verdammt noch mal erfahren, wer das war.“ Sein Blick war so kalt, dass selbst ein Polarbär gefroren hätte.

Julia schaute ihn jetzt mit diesem merkwürdigen Blick an, den sie stets bekam, wenn sie versuchte, in ihm zu lesen.

„Tue das nicht“, forderte er sie grob auf. „Ich hasse es, wenn du mich wie ein Insekt ansiehst.“ Dann kam er sich immer vor wie eine Laborratte.

„Entschuldige, es war nicht meine Absicht, dein Selbstbewusstsein zu kupieren. Aber um eine Polizeipräsidentin indirekt mit einem Mord in Verbindung zu bringen, fehlen uns nicht nur Indizien.“

Fröhlig akzeptierte nur widerwillig. „Okay, dann klär mich auf, schließlich bist du von uns beiden die mit dem Diplom."

Tonlos, als würde sie Werbung für ein Waschmittel machen, sagte sie: „Er radiert das Wissen in seinem Kopf komplett aus und verwendet starke Bleiche, damit nichts übrig bleibt. Der Mörder verspürt den unwiderstehlichen Drang, jemanden zu vernichten, und handelt dabei nicht impulsiv, sondern nach einem Plan, den er verfolgt. Seine Vorgehensweise, wie das Entfernen der Datenträger und das Löschen der Dateien in der Cloud, zeigt, dass er im Hier und Jetzt agiert. Sein Verhalten basiert nicht auf einer bipolaren Störung; die Abfolge seiner Taten ist zu überlegt und präzise dafür. In seiner Welt", sie hielt nachdenklich inne, „wird nichts dem Zufall überlassen. Er plant minutiös, lässt nichts unbedacht. Natürlich ist er sich bewusst, dass der Kopfschuss ihn getötet hat. Dass er ihm Lauge in die Wunde geschüttet hat, ist symbolisch zu verstehen, Frank. Der Mörder wollte sich bildhaft aus der Erinnerung seines Opfers auslöschen."

„Umso dringlicher ist es, dass wir M. befragen. Denn nur sie kann uns Antworten liefern." Ein Stechen in seiner Stirn setzte ein, als hätte er zu viel und zu schnell Eis gegessen.

„Quod erat demonstrandum." Zwischen ihnen entstand eine Stille. Julia beobachtete, wie Franks Gefühlsspektrum die Pole wechselte; von Wut, hin zu Enttäuschung. Er unterstellte ihr zwar immer, sie sei nicht kompromissbereit, aber das stimmte nicht. Sie führte ihre Hand in die Innentasche ihrer Jacke und nestelte nach ihrem Smartphone. Dann drückte sie das abgerundete Viereck unter „Favoriten".

Als eine Frauenstimme am anderen Ende das Gespräch entgegennahm, drehte sie sich von Frank weg, als sollte er nicht hören, was sie zu besprechen hatten. Schon nach wenigen Sekunden drehte sie sich zu ihm zurück. „Wir sollen mit unseren Fragen bis Montag warten. Ihre Sekretärin gibt uns dann zeitnah einen Termin."

Fröhlig spürte, wie ihm die Zornesröte ins Gesicht stieg. „Ha", lachte er verächtlich auf. „So lass ich mich nicht abspeisen. So einfach kommt sie mir nicht davon. Wenn du das akzeptierst, bitte schön, aber mich wird sie nicht so einfach los. Da kennst du mich aber schlecht. "

Doch das Gegenteil war der Fall, weswegen sie ihm auch den aktuellen Aufenthaltsort von M. nicht preisgab. Frank war emotional aufgewühlt, nicht nur, weil viele Ereignisse auf ihn eingestürzt waren. Die Zeit bis Montag konnte er nutzen, um seine Situation mit Frau Doktor Kramer neu zu überdenken und in Ruhe rationale Entscheidungen für sein zukünftiges Leben zu treffen.

„Wo ist sie?", fragte Fröhlig hartnäckig nach.

Unbeeindruckt stand sie ihm gegenüber. Er musste sich sammeln; in diesem Zustand war er wie eine Stange Dynamit, die in der Sonne liegt. „Frank, in der chinesischen Philosophie braucht Yin das Yang und nicht noch ein Yin. Du musst dich beruhigen."

Frank trat so nah an sie heran, dass sie seinen Atem riechen konnte.

„Ich werde dir mal was sagen, Julia. Yang ist der beschissene Name eines Pandas." Sie versuchte ein Grinsen zu unterdrücken, doch ihr linker Mundwinkel zuckte einmal kurz nach oben.

„Na los, Julia, worauf wartest du noch? Als Vorgesetzte musst du gelegentlich auch Entscheidungen treffen, die keinen Spaß machen."

Als der silberne Tesla Minuten später an der Straßenbahnhaltestelle Lutherplatz rechts einbog, war der Parkplatz vor der denkmalgeschützten Villa voll belegt. Daher entschied sich Julia Stern, direkt vor dem Eingang zu parken.

„Frank, glaubst du immer noch, dass hier ist eine gute Idee?", fragte sie und sah ihn skeptisch an.

„Ich versteh die Frage nicht, Julia", antwortete er mit Sarkasmus in der Stimme.

Mit jedem Schritt, den sie der Eingangstür näherkamen, wurde das Stimmengewirr lebhafter. Fröhlig kannte die Matineen der Weinvilla noch aus der Zeit, als er mit Sabine verheiratet war. In regelmäßigen Abständen fanden hier Veranstaltungen statt, die für ihr hervorragendes Essen und eine exquisite Auswahl an feinen Weinen bekannt waren. Julia und er betraten den Verkaufsraum. Die Stimmung unter den Gästen war ausgelassen. Rund 40 Personen saßen in lockerer

Atmosphäre an einer langen Tafel, aßen, tranken und amüsierten sich prächtig. Nur von M. fehlte jede Spur.

Sollte er sich, was ihre Gewohnheiten anging, geirrt haben? Sein Blick fiel auf die zwei Flügeltüren am Ende der Tafel. Durch die Glaskassetten hindurch erkannte er den Wintergarten. Ohne Aufsehen zu erregen, drängte das ungleiche Paar sich an den Stuhlreihen vorbei. Wie er richtig in Erinnerung hatte, gab es draußen weitere Plätze. Fröhlig riskierte einen Blick durch die Glasfenster der hölzernen Flügeltür. Und da saß sie. Allerdings nicht nur M. allein. Fröhlig legte den Kopf in den Nacken und stieß einen Seufzer zur Decke hin.

„Was ist?", fragte Julia, die hinter ihm stand und nichts Genaues erkannte.

„Draußen sitzt die komplette Clique um M. herum." Julia neigte sich zur Seite und sah an ihm vorbei. Franks Ex-Frau saß mit dem Rücken zu ihnen. Ihr gegenüber, an einem Glas Champagner schlürfend, ihr ständiger Verlobter, der Vorsitzende der Liberalen Partei Deutschlands. Als er Frank erkannte, schaute er verblüfft in dessen Richtung. Irritiert von seinem Gesichtsausdruck drehte sich Sabine zu ihnen herum.

„Was willst du hier, Fröhlig?" Sein unangekündigtes Erscheinen machte sie sichtlich wütend.

„Ich dachte, du freust dich, mich zu sehen, Sabine? Jetzt bin ich ein wenig von dir enttäuscht." Im Gesicht seiner Ex stieg Zornesröte auf.

„Ich störe eure kleine Soiree wirklich nur ungern, aber wir haben Fragen." Dabei haftete sein Blick anklagend auf M. Die Miene, mit der sie ihn bedachte, erinnerte an einen schlecht gelaunten Terrier. Vollkommen unbeeindruckt von dem Versuch, mit einem tödlichen Fluch belegt zu werden, setzte er sich auf die Bank gegenüber seiner Ex-Frau. Gerade als der ständige Verlobte protestieren wollte, schaute Fröhlig ihn an wie ein Revolverheld und drohte ihm: „Lass es. Ich weiß, wo dein Porsche steht." Mit Genugtuung sah er, wie der Widerstand in den Augen des Mannes versiegte. „Wusste ich es doch."

M. fixierte ihn durch schmale Schlitze, schob ihren Teller zur Mitte des Tisches und drückte sich von der Holzbank ab. Dabei sah sie ihn finster an.

„Okay, Frank, reden wir, aber nicht hier." Wäre sie ein Hund gewesen, er hätte sie erschossen. Was noch fehlte, war der Schaum vor ihrem Mund und das Hochziehen ihrer Lefzen. Verachtung demonstrierend, zerknüllte sie die Serviette und warf diese gleichgültig auf den Teller.

Zusammen mit Julia gingen die drei in Richtung Ausgang. Der Tesla blinkte kurz auf und M. setzte sich auf den Beifahrersitz, wodurch Fröhlig gezwungen war, auf der Rücksitzbank Platz zu nehmen. Sie klappte die Sonnenblende herunter und kontrollierte im Schminkspiegel den Sitz ihres Lippenstifts. Sie öffnete den Reißverschluss ihrer Handtasche, zog einen schwarz glänzenden Zylinder hervor, schraubte ihn auf und fuhr sich mit dem aprikosenfarbenen Lippenstift über ihre Lippen. Durch den Spiegel in der Sonnenblende bemerkte Fröhlig den Blick, den M. ihm zuwarf.

„Du hast noch exakt vier Minuten, danach hänge ich mir deinen Skalp an meinen Schreibtisch, Frank.“ Sie wandte sich jetzt Julia zu. „Dachtet ihr wirklich, ich würde mir euer impertinentes Verhalten gefallen lassen? Ich habe dich satt, Fröhlig, weißt du das? Du stehst mir bis hier.“ Dabei schwebte ihre Hand waagerecht auf Höhe der Augen. „Nur der Tatsache, dass wir uns in der Öffentlichkeit befinden, verdankt ihr euer Glück, dass ich euch nicht sofort suspendiere. Auch wenn es nicht in deinen Kopf will, Fröhlig, ich bin immer noch die Polizeipräsidentin. Du hast mir Respekt zu zollen.“ M. schürzte die Lippen und presste sie so fest zusammen, dass sich tiefe, senkrechte Falten darin ausbildeten.

„Hardy Neunziger ist tot.“ Fröhlig wählte bewusst eine neutrale Betonung. Er wollte sehen, wie sie darauf reagierte.

„Und was soll mich das kümmern?“ Ihre Stimme hatte einen seltsam desinteressierten Ton angenommen.

„Sie ist genau das eiskalte Miststück, für das ich sie immer gehalten habe“, dachte er nüchtern. Selbst der Tod ihres Handlangers schien sie nicht weiter zu beschäftigen.

„Ihm wurde erst in den Kopf geschossen, danach schüttete sein Mörder eine ätzende Flüssigkeit in das Loch, und weil das noch nicht ausreichte, stellte er eine Schüssel darunter, damit sein Gesicht wie Wachs in der Sonne schmilzt.“ Fröhlig malte den Tatort so bunt aus, wie er konnte.

„Wissen wir schon, wer es war?“ M. blickte gelangweilt zum Seitenfenster hinaus.

Fröhlig war fassungslos angesichts ihrer Kaltschnäuzigkeit. In ihm entstand der unwiderstehliche Drang, ihr den Anschnallgurt um den Hals zu legen und sie so lange zu würgen, bis ihre schwarze Seele davonflog. Angewidert von ihrer Gleichgültigkeit und der fehlenden Empathie gefror Fröhligs Miene. Die Wut stand ihm wortwörtlich ins Gesicht geschrieben.

„Die Wohnung wurde nicht durchsucht“, erklärte Julia sachlich und kam damit Frank zuvor. „Wir müssen davon ausgehen, dass der Mörder genau wusste, wo er zu suchen hatte.“ M. starrte weiterhin teilnahmslos aus dem Seitenfenster. Ihr Atem hinterließ einen blinden Fleck auf der Seitenscheibe.

Fröhlig schoss wie ein Pfeil nach vorne. „Du kaltherziges Miststück. Wir wissen, dass Hardy seine Informationen von dir bekommen hat. Und da drängt sich mir die Frage auf, ob er vielleicht noch an einer anderen Story dran gewesen ist? Einer, von der du Bescheid gewusst hast.“ Durch den Schminkspiegel hindurch sah sie ihn überlegen an.

„Wieso glaubst du, Fröhlig, dass ausgerechnet jemand wie Hardy sein Leben mit mir geteilt hat? Es war nichts weiter als eine Interessengemeinschaft, wenn du so willst. Ich weiß nicht, woran er noch gearbeitet hat, und es interessierte mich auch nicht. Gott ja, es tut mir leid, dass er tot ist, aber mehr auch nicht. Es war ja nicht so, dass wir das Bett miteinander geteilt haben. Es war ein Agreement, das von beiderseitigem Vorteil war.“

„Beiderseitigem Interesse? Dass ich nicht lache. Hardy ist tot, und du bist immer noch da. Und er ist möglicherweise wegen dir ums Leben gekommen.“ Fröhlig funkelte böse zurück.

„Vorsicht mit dem, was du sagst, Fröhlig“, zischte sie ihn gefährlich an.

„Was versuchst du mir gerade einzureden? Dass ich für seinen Tod verantwortlich bin? Scheiße, Frank, ich bin weder seine Mutter noch sein Arbeitgeber. Hardy war ein großer Junge. Keine Ahnung, womit er sich noch beschäftigt hat. Er sollte nur an euch beiden dranbleiben und mich über den Stand eurer Ermittlungen auf dem Laufenden halten. Mehr nicht.“

„Warum hast du nicht einfach gefragt?“

„Hahaha“, lachte sie übertrieben laut auf. „Haltet mich doch nicht für dumm. Ich weiß genau, dass ihr beide mir notwendige Informationen vorenthaltet.“

„Wieso sollte der tote Reporter parallele Ermittlungen zu uns anstellen?“, fragte Julia Stern die Polizeipräsidentin.

„Jetzt rück verdammt noch mal damit heraus, worum es hier in Wirklichkeit geht?“ Fröhlig hielt sich an der Kopfstütze fest und zog sich nach vorne.

Im Inneren des Teslas breitete sich Stille aus. „Also gut“, kam es von M. zischend durch die Lippen. „Bevor ich euch auch nur eine Silbe sage, müssen wir eine Sache vorab klären. Und die ist nicht zu diskutieren, Fröhlig.“ M. sah die beiden Kommissare durchdringend an. „Wenn das, was ich euch gleich erzähle, an die Öffentlichkeit gerät, streite ich nicht nur alles ab, es wird auch von übergeordneter Stelle Sorge getragen, dass ihr beide wegen der Weitergabe von Dienstgeheimnissen unter Anklage gestellt und anschließend aus dem Polizeidienst entfernt werdet. So weit klar?“ Sie interpretierte ihr Schweigen als stille Zustimmung.

„Ich habe aus dem Ministerium ein Angebot erhalten, das mit einem Ultimatum verbunden ist.“

„Was für ein Ultimatum?“

„Was habe ich zum Thema Diskussion gesagt, Frank?“ Beide Frauen sahen ihn strafend an. „Eines, das ich nicht in der Lage war abzulehnen.“ Ihrer Stimme haftete etwas Unheilverkündendes an. „Mir ist die Position als Staatssekretärin im Ministerium für Inneres in Aussicht gestellt worden.“

Fröhlig überlegte für sich, was aus ihrer Sicht so schlimm daran war und welche Farbe ihr Parteibuch besaß.

„Im Gegenzug sollte ich alles daran setzen, dass der Innenminister bis zur nächsten Landtagswahl gut dasteht.“ Fröhlig schnitt eine Grimasse wie unter Drogeneinfluss. Das war wahnwitzig. NRW besaß eine Fläche von 34 000 Quadratkilometern mit einer geschätzten Einwohnerzahl von rund 18 Millionen. Selbst die US-amerikanische NSA verfügte über kein derart mächtiges Instrument, um eine gesamte Bevölkerung lückenlos zu überwachen.

„Entschuldige, ich muss dich das fragen: Hast du gekifft? Wie genau soll das vonstattengehen? Sollen wir drei in ganz NRW für Recht und Ordnung sorgen? NRW ist groß und Duisburg nicht gerade als der Nabel der Welt bekannt. Du weißt selbst am besten, wie desolat wir in den Präsidien hier ausgestattet sind, ganz zu schweigen von einer solch schwachsinnigen Aufgabe", gab Fröhlig zu bedenken, obwohl er eigentlich Sprechverbot erhalten hatte.

„Hältst du mich für so dumm, Fröhlig. Natürlich weiß ich, dass das nicht geht." Entnervt warf sie der Hauptkommissarin vom LKA einen Blick zu. „Es geht dem Innenministerium auch nicht darum, auf den Straßen von NRW für Sicherheit zu sorgen. Wir wissen alle, wie die Situation bei uns ist. Da können sich die Kollegen und Kolleginnen noch so den Arsch aufreißen. Nein, darum geht es nicht. Duisburg ist, soweit wir wissen, deutschlandweit die einzige Großstadt mit einem aktiven Serienmörder", sprach M. in einem Ton, der ihm einen Schauer über den Rücken jagte.

„Was genau soll daran gut sein?" Entweder erkannte er den Vorteil nicht oder es gab schlicht keinen, und M. verarschte sie beide. Seine innere Stimme mahnte ihn zur Vorsicht.

„Wenn es der Polizei Duisburg gelingt, eine außergewöhnlich schnelle Verhaftung vorzuweisen, ist das Innenministerium in der Lage, diesen Erfolg einem bestimmten Projekt zuzuordnen." M. wartete ab und ließ ihnen genügend Zeit, das Gehörte zu verarbeiten. „Jetzt gerade, genau in diesem Augenblick, sitzen Techniker im Rechenzentrum von IT.NRW und überwachen eine KI-gestützte Software. Sie ist gezielt entwickelt worden und generiert Algorithmen, die berechnen, wann und wo ein Verbrechen geschieht."

„Blödsinn", empörte sich Fröhlig lautstark. „So etwas gab es schon, und es hat nichts gebracht."

„Ich kann euch nur wenig erzählen, ohne mich vor dem Gesetz strafbar zu machen. Das Ganze unterliegt einer Geheimhaltungsstufe, die wir drei nicht besitzen. Der einzige Grund, warum ich überhaupt eingeweiht wurde, ist, dass der Innenminister und ich uns noch aus der Schulzeit kennen und er mir vollstes Vertrauen schenkt."

Er hasste Seilschaften.

„Du hast vollkommen recht, wenn du sagst, eine ähnliche Software gab es schon einmal. Doch glaube mir, wenn ich sage, diese ist grundlegend anders. Deutlich weiterentwickelt und …" Sie bremste sich, überlegte, was sie noch sagen durfte. Aber eigentlich hatte sie schon zu viel erzählt, um jetzt noch einen Rückzieher zu machen. „Vom Militär konzipiert", führte sie den Satz zu Ende. M. drehte sich auf dem Fahrersitz, sodass sie beide Kollegen im Blickfeld hatte. „Nicht nur im Landtag existieren reaktionäre Kräfte, die, sollten sie nach den Wahlen an die Macht gelangen, eine solche Software ohne Bedenken gegen die eigene Bevölkerung einsetzen und skrupellos ihre eigenen Interessen durchsetzen würden. Und seid bitte nicht so naiv und sagt, das kann nicht passieren. Wir sehen doch gerade in den USA, was alles möglich ist. Oder sie verkaufen den Quellcode an totalitäre Regime wie Russland, China, dem Iran. Nicht zu vergessen Syrien, Nord-Korea, die Philippinen. Soll ich weitermachen?"

„Ich denke, wir haben es verstanden", gab Julia zur Antwort.

„Es ist kaum nötig zu betonen, wie gefährlich eine solche Überwachungssoftware in den falschen Händen ist." Die Falten auf M.s Stirn furchten tiefer. Der Gedanke daran trieb sie seit Tagen um und zeigte sich durch tiefe Ringe unterhalb ihrer Augen.

„Okay, und was hat das alles mit unserem Fall zu tun?" Frank war genervt – das sah und hörte man ihm an.

Julia verstand, worauf die Polizeipräsidentin hinauswollte, und der Gedanke gefiel ihr keineswegs. „Frank, veränderst du die Parameter eines solchen Programms, sucht die KI nicht nur nach möglichen Straftaten. Ebenso gut kann sie auch nach Dissidenten, Schwulen oder Personen mit einer unerwünschten Religion Ausschau halten. Wie Juden, Muslime oder Roma oder auch nach Menschen mit einer Behinderung." Julia sah in ernste Gesichter.

Nach zwei Sekunden sagte Fröhlig: „Warum löscht ihr dann das Programm nicht einfach?" Die Antwort war aus seiner Sicht so einfach wie simpel.

M. reagierte nicht sofort auf seine Frage. Stattdessen zögerte sie die Erwiderung darauf hinaus. Irgendwie schien sie ihr unangenehm zu sein. Das war exakt die Frage gewesen, die sie ganze Zeit über schon gefürchtet hatte.

„Er hat recht. Wenn diese Software so gefährlich ist, warum wird sie nicht einfach gelöscht?“, fragte Julia nach.

„Wie schon gesagt, ich kann nicht alles erzählen, wenn ich nicht Gefahr laufen will, mich selbst strafbar zu machen.“

„Bullshit!“, empörte sich Fröhlig, der genau wusste, wann er angelogen wird. M. war anzusehen, wie sie innerlich den Schutzwall hochfuhr. „Du hast schon zu viel erzählt, um uns noch für blöd zu verkaufen. Hör auf, unsere Zeit zu verschwenden. Entweder du erzählst uns, was du weißt, oder wir sind raus. So einfach ist das.“

Als M. Luft durch die Nase einsog, entstand ein Rauschen. Wie Wind, der durch Bäume streicht. „Also gut, aber wehe, etwas von dem, was ich gleich sage, dringt an die Öffentlichkeit: Das Innenministerium ist nicht die einzige Behörde, die involviert ist.“

„Ha, wusste ich es doch!“, rief Fröhlig laut auf, mit nach oben gereckter Faust.

„Ja, du bist ein ganz Schlauer, Frank, aber das warst du immer schon.“ Sollte er damit hausieren gehen, landete Fröhlig in einem feuchten Keller des Militärischen Abschirmdienstes. Sie lächelte; der Gedanke gefiel ihr.

„Was ist es, das du uns noch nicht erzählt hast?“

Die Gesichtsfarbe von M. fing an, sich zu verändern. Binnen zwei Sekunden entsprach sie der eines toten Soldaten aus einem Renaissancegemälde.

„Wie ich schon versucht habe zu erklären: Das Problem hat sich inzwischen zu einem wahren Knäuel aus Komplexität entwickelt, das sich nicht mehr ohne Weiteres entwirren lässt. Die Theorie von Ockhams Rasiermesser funktioniert hier nicht mehr." M. ließ die letzten Worte langsam und nachdrücklich verklingen.

Fröhlig kannte den Begriff. Ockhams Rasiermesser besagte, dass oft die einfachste Lösung die beste sei. Doch jetzt stutzte er. Vor seinem inneren Auge entstand das Bild von einem Serverraum. Darin saß ein Mann, der an der Duisburger Universität unterrichtet hatte und später im Stadtwald ermordet worden ist.

„Sag bitte, dass das nicht wahr ist", stöhnte er laut auf. Ohne Vorwarnung schlug er so fest mit der flachen Hand gegen dic Rückenlehne des Beifahrersitzes, dass M. ungewollt nach vorne flog.

Fröhlig glaubte, ein Déjà-vu zu haben. Vor einigen Jahren stießen sie in einem Fall an der Universität Duisburg, der sich um einen brutalen Serienmörder drehte, bereits auf eine Künstliche Intelligenz. War es damals nicht Fournier, der Professor für Künstliche Intelligenz an der Universität, gewesen, der sie genau vor einem solchen Szenario gewarnt hatte?

„Valentin?", fragte Julia, die seinen Gedankengängen gefolgt war. Auch sie hatte damals ein ungutes Gefühl bei der Vorstellung, dass eine Künstliche Intelligenz unkontrolliert im Netz abtauchen und dort ihr Unwesen treiben könnte.

„Ihr habt ein Programm für eine Künstliche Intelligenz geschrieben.“ Fröhlig konnte selbst nicht glauben, dass er das sagte. „Und das Mistding ist euch entwischt.“

„Ja, Frank“, gab M. kleinlaut zu.

„Warum?“

„Du meinst, warum es entwickelt worden ist? Wie schon gesagt, Frank, ich kenne nicht alle Einzelheiten. Nur so viel: Das Programm soll die Verbrechensbekämpfung und die Abwehr von Gefahren revolutionieren. Unsere Spezialisten von IT.NRW und eine Cybereinheit des Militärischen Abschirmdienstes sind dran, es wieder in den Griff zu bekommen.“ Das war das, was das Innenministerium ihr gesagt hatte.

„Das Problem ist, Mittwoch kommender Woche sollte das Programm den Sicherheitsbehörden kooperierender Länder vorgestellt werden. Selbst das FBI schickt einige ihrer schlausten Köpfe, um sich die Software näher anzuschauen. Die Entwicklung der KI hat etwas über 37 Millionen Euro an Steuergeldern verschlungen. Steuergelder, die aus Sicht der Opposition im Landtag hätten besser eingesetzt werden können. Für Kitas, in Schulen oder generell in die marode Infrastruktur in unserem Land. Wenn herauskommt, dass wir außer dem Verschwinden eines siebenstelligen Betrags nichts weiter vorzuweisen haben, wird die politische Opposition im Landtag keinen Moment zögern, den Rücktritt des Ministers zu fordern, und sich entweder absichtlich oder unbeabsichtigt zu einem Komplizen der antidemokratischen Kräfte machen. „Solltet ihr es schaffen, den Täter vor Mittwoch zu verhaften, sind die IT-Spezialisten zuversichtlich, dass es der Öffentlichkeit so präsentiert werden kann, als wäre der Erfolg ausschließlich der KI zu verdanken."

„Ich muss dich das fragen, Julia. Bist du über den Vorgang informiert?" Fröhlig war nicht wohl bei dem Gedanken, aber er konnte nicht anders. Sie saß hinter dem Lenkrad und sah ihn auf eine Weise an, die er so von ihr nicht kannte. Ihr Blick war emotional und ließ keinen Zweifel an ihrer Loyalität ihm gegenüber.

„Mir ist noch nicht klar, was für dich dabei rausspringt." Fröhlig verschränkte die Arme vor der Brust und sah M. finster an. „Und sag mir nicht, nichts. Dafür kenne ich dich zu lange." Die Stille im Tesla breitete sich aus. Auch Julias Augen waren jetzt auf M. gerichtet. „Wir warten."

„Also schön, okay, scheiß drauf, Fröhlig. Das wird dir gefallen", sagte M.

„Wenn du deinen Job machst, für den du ohnehin bezahlt wirst, und den Killer rechtzeitig einbuchtest, werde ich Staatssekretärin im Ministerium für Inneres. Sabine rückt auf meinen Posten nach und Frau Stern hier vom LKA bezieht die frei gewordene Stelle von Sabine."

Fröhlig ließ sich in das Leder der Rücksitzbank fallen. „Ähm, wie soll das funktionieren?", gab er zu bedenken. „Was ihr in Düsseldorf klüngelt, ist mir egal, aber die Stelle als Polizeipräsidentin und die der Leitung vom KK11 muss ausgeschrieben werden."

M. bekam wieder dieses überhebliche Lächeln. „Du verstehst es noch immer nicht, oder? Das ist Politik. Eine Hand wäscht die andere, und ich habe viele Hände gewaschen."

Er hatte schon verstanden, schneller als ihr lieb sein konnte. „Ich fass das kurz zusammen: Du, M., wirst Staatssekretärin im Ministerium für Inneres. Sabine rückt als deine Nachfolgerin auf den Posten der Polizeipräsidentin nach. Durch die frei gewordene Position der Polizeioberrätin wird Julia zu Jens' und meiner Vorgesetzten. Wenn ich was vergessen haben sollte, sag es ruhig."

„Polizeirätin", verbesserte M. Fröhligs Aufzählung.

„Nein, das glaube ich nicht", legte Fröhlig Widerspruch ein. „Sie wird *Polizeioberrätin Julia Stern* oder du und deine Mischpoke im Ministerium seid am Arsch. Wenn wir schon den Kopf hinhalten, dann nach meinen Regeln – oder gar nicht."

M.s Augen funkelten ihn böse an. Julia sagte gar nichts, richtete ihren Blick auf Frank.

Aus seiner Sicht käme M. günstig dabei weg, Julia einige Besoldungsgruppen überspringen zu lassen. Vielleicht zu günstig? Er sah M. mit verderbter Fröhlichkeit an. „Und Feldmann wird Kriminalhauptkommissar", erweiterte er seinen Forderungskatalog um ein paar Besoldungsgruppen für den Kollegen.

„Und was willst du für dich, Frank?"

Fröhlig schob sich wie der Kopf einer Muräne zwischen den vorderen Sitzen hindurch. Er war sich bewusst, dass er sein Blatt nicht überreizen durfte. „Das war's. Keine weiteren Forderungen."

Die Lüge ging ihm leicht über die Lippen. Natürlich würde er es ihr so oft aufs Brot schmieren, wie er es für nötig hielt, und allein das war ihm die Sache wert. Alles Weitere ergab sich.

„Also gut, Fröhlig, Deal." Sie streckte ihre Hand nach hinten durch.

Er versuchte gar nicht erst, seine Schadenfreude über die Zugeständnisse, die er ausgehandelt hatte, zu verbergen und schlug ein.

„Wir brauchen alle Unterlagen, die Hardy dir gegeben hat. Notizen, E-Mails, Sprachnachrichten, Bilder, die er geschossen hat. Und wenn möglich, auch ein komplettes digitales Bewegungsprotokoll der letzten drei Wochen."

„Das kannst du vergessen, Frank. Wenn rauskommt, dass die Polizei die Grundrechte eines Journalisten untergräbt, geht die Post ab." Schon halb aus dem Tesla ausgestiegen, fiel ihr plötzlich der passende Name zu dem Problem ein. Kein Richter war so naiv, einen solchen Beschluss zu unterschreiben. Bei IHM sah die Sache anders aus. Es würde sie einiges kosten. Doch als Gegenleistung für seine Unterschrift würde sie ein romantisches Abendessen erhalten und später als kleine Gegenleistung ihrerseits sich nur auf den Rücken legen und warten, bis der Staatsanwalt fertig war. Auf eine weitere Hand, die gewaschen werden musste, kam es jetzt auch nicht mehr an. „Aber mal sehen … Sonst noch was?“

Fröhlig überlegte, dann sagte er: „Nein, vorerst ist das alles.“

M. glitt aus dem Wageninneren und schlug die Tür ins Schloss.

„Wieso hast du keine Beförderung für dich ausgehandelt?“, meldete sich Julia zu Wort und sah ihn verständnislos an.

„Sagen wir, mir gefällt es da, wo ich bin.“

Dann schwieg er vielsagend und blickte aus dem Fenster. Der Wind verfing sich an einer bestimmten Stelle am Parkplatz, dort, wo zwei Wände eine Ecke bildeten und eine unsichtbare Windhose Dreck vom Boden aufwirbelte. Aus einem unbestimmten Grund fiel ihm etwas ein, das Hardy vor vielen Jahren zu ihm gesagt hatte: „Geister, Frank, manchmal kann man sie sehen. In Form von Blättern und Papierfetzen, die sich schnell im Kreis drehen.“

Plötzlich riss ein schwaches Vibrieren Fröhlig aus seinem Tagtraum. Er beugte sich zur Seite und zog das Smartphone aus seiner hinteren Hosentasche. Auf dem Display leuchtete der Name „Mel“ hell auf. Sofort kehrte der Druck auf seinen Magen zurück, und die Zahl neun manifestierte sich wie ein Countdown vor seinem inneren Auge. Wie ein Ballon, der stoßartig aufgeblasen wird, setzte hinter seinen Schläfen der Schmerz ein.

„Frank, dein Telefon, es läutet!“

Fröhlig versuchte, ein Lächeln zu zeigen, dann schob er den grünen Kreis zur Mitte des Displays. „Mel, hallo, was kann ich für dich tun?“

„Was soll das werden, wenn es fertig ist, Fröhlig? Seit wann frisst du Kreide, wenn ich anrufe. Lass das.“ Er wusste nicht, wie er darauf antworten sollte.

„Egal, ihr müsst herkommen, um euch etwas anzusehen.“

„Um was genau?“ Fröhlig war versucht, wie gewohnt grob zu klingen, verwarf den Gedanken aber wieder.

„Manjula ist auf etwas gestoßen. Die Cloud von Google, Microsoft und Apple ist zwar leer geräumt worden, aber sie hat bei Adobe etwas gefunden. Hardy muss die Aufnahmen zur späteren Bearbeitung in die Creative Cloud von Adobe hochgeladen haben. Einige Kameras machen das automatisch, wenn das Häkchen an der richtigen Stelle gesetzt ist, und Hardy Neunziger war ein Bildjournalist. Der Mörder scheint diese Möglichkeit nicht in Betracht gezogen zu haben.“ Im Hintergrund hörte Fröhlig Stimmengewirr und das surrende Geräusch eines Ringblitzes, nachdem er ausgelöst worden war. Jemand öffnete schnalzend den Schnappverschluss eines Koffers. Ohne sich zu verabschieden, legte Fröhlig auf. „Wir müssen zurück zu Hardys Wohnung.“

Sie fuhren die Mülheimer Straße bis zur nächsten Kreuzung, dann bog der silberfarbene Tesla links ab. Ihr Weg führte sie weiter, vorbei an der Flüchtlingsunterkunft und dem Hallenbad in Neudorf. Als sie rechts in die Grabenstraße abbog, konnte sie aus der Ferne erkennen, wie blaues Licht grell über die Wände der Häuser zuckte. Inzwischen war die Straße geflutet mit Einsatzfahrzeugen der verschiedenen Behörden. Julia parkte den Tesla wie immer abseits, und sie gingen den Rest zu Fuß.

Vor der Tür zu Hardys Wohnung herrschte eine überraschende Stille. Das Summen der Hummeln war verstummt. Der Türrahmen zu seiner Wohnung war mit einer milchigen Folie versiegelt. In der Mitte befand sich der obligatorische Reißverschluss. Fröhlig schnippte mit dem Finger gegen die Plastikplane. „Mel?" Er hörte Schritte, die schnell näher kamen. Dann öffnete sich surrend der Reißverschluss von der anderen Seite.

„Anziehen." Die Assistenz von Mel zwängte zwei weiße Papieranzüge durch den offen stehenden Spalt. Ihr Tonfall erinnerte ihn ein wenig an den von Mel. Allem Anschein nach fing der Umgang mit ihr auf Manjula abzufärben. Mel selbst fanden sie im Bad. Kniend in der Duschwanne, tütete sie mit einer Pinzette Haare ein.

„Mel." Fröhlig trat näher an sie heran. Gebieterisch hob sie eine Hand, als wolle sie nicht gestört werden. Mit einer Pinzette stocherte sie tief in den pelzigen Löchern des Abflusses herum.

„Wusstet ihr, dass der Haarfollikel das kleinste menschliche Organ ist? Aus der Sicht von Laborratten ist er eine wahre Fundgrube." Sie spreizte eine transparente Plastiktüte und ließ vorsichtig ihre Ausbeute hineingleiten. Zwischen Zeigefinger und Daumen fuhr sie über den roten Verschlussstreifen. Dann griff sie nach einem wasserfesten Marker, beschriftete das Asservatentütchen und stellte es senkrecht an den Rand der Duschwanne.

Fröhlig hielt ihr die Hand unterstützend entgegen, als sie im Begriff war, aufzustehen. Mel zögerte, als würde sich ihr Inneres gegen die Geste sträuben. Sie wusste, dass Frank, nachdem er sich ihr gegenüber wie ein Arsch verhalten hatte, versuchte, Punkte gutzumachen. In den vergangenen Stunden hatte sie Zeit gehabt, über einiges nachzudenken, und sie kam zu dem Schluss, ein Tatort eignete sich nicht zum Überbringen einer solch frohen Botschaft. Das hieß jedoch nicht, dass Frank kein Arsch war. Aus ihrer Sicht hätte er empathischer reagieren können, mit mehr Verständnis für ihre Situation. Bei dem Gedanken an Empathie in Zusammenhang mit Frank musste sie innerlich lachen.

„Wir müssen reden, Frank", sagte sie mit leiser, bebender Stimme. Ihre Hand fügte sich in seine. Langsam zog er sie zu sich hoch.

„Bin ich nicht genau deswegen hier?" Fröhlig probierte es mit einem Anflug von Humor. Mel strafte ihn mit einem Blick ab, der ihn innerlich frösteln ließ.

„Nimm es lieber nicht auf die leichte Schulter, Fröhlig." Die Drohung war unmissverständlich. „Oder ich verpasse dir doch noch eine Ladung Pfefferspray." Dann drückte sie ihn grob beiseite und verließ das Bad in Richtung Arbeitszimmer. War er der Einzige im Raum, der nicht verstand, worüber Mel hier redete?

Verwundert über seine Ignoranz wandte Julia sich ihm zu. „Hast du vergessen? Frau Doktor Kramer ist von dir schwanger!“ Sie wusste, eine negative Erinnerung half oft den meisten Menschen, sich wieder zu erinnern. Julia war sich nicht sicher, ob es in Franks Fall genauso fruchtete.

Natürlich war ihm bewusst, dass Mel von ihm schwanger war. Für wie ignorant hielt Julia ihn eigentlich? Die Tatsache, dass er Vater werden würde, beschäftigte ihn ständig, und er konnte kaum noch einen klaren Gedanken fassen. Er fühlte sich vollkommen überfordert mit der Situation. In seinem Kopf entstand wieder dieses weiße Rauschen, und daraus bildete sich eine Stimme. Als würde sie vom Wind getragen. Flüsterte, verführerisch redete sie sanft auf ihn ein: „Vielleicht ist es ja gar nicht dein Kind, Frank. Ihr führt eine offene Beziehung, in der jeder tun und lassen kann, was er für richtig hält.“

Das Rauschen kehrte zurück und formte ein anderes, ein noch klareres Signal.

„So einfach, Fröhlig, kommst du aus der Sache nicht heraus. Steh dazu, sei ein Mann.“ Die Stimme seiner Vernunft redete ihm ins Gewissen.

„Frag sie“, provozierte die andere ihn säuselnd.

„Mit Sicherheit nicht“, sagte seine Überzeugung. Es kam ihm vor, als ob sich zwei Stimmen übereinanderlegten, sich stritten, wer von ihnen nach der Scheidung die Kinder bekam. Fröhlig schüttelte den Kopf, als wollte er Mücken vertreiben.

„Frag sie!“, forderte ihn die Stimme aus dem Wind auf. „Los, frag sie, das ist dein gutes Recht.“

„Tu es, und Mel wird dich vor aller Augen erschießen.“

Wie ein getretener Hund trottete er ins Arbeitszimmer hinterher, während in ihm der Kampf Gut gegen Böse tobte. Mel saß an einem Schreibtisch, versteckt hinter dem Monitor. Fröhlig stellte sich so, dass sie ihn sehen musste.

„Mel, ich will mich bei dir entschuldigen.“ Augenblicklich herrschte Ruhe in dem Raum. Mel, Julia und selbst Manjula drehten sich zu ihm um. In den Augen der drei Frauen erkannte Fröhlig dieselbe Frage: „Er will was?“

„Mel, es tut mir leid. Ich bin ein Idiot.“ Fröhlig steckte seine Hände tief in die Taschen seiner Hose, als würde er darin nach Halt suchen. „Es war nicht meine Absicht, dich zu verletzen.“ Oft fiel es ihm schwer, die richtigen Worte zu finden oder den Mut aufzubringen, gerade wenn es um Gefühle ging. Doch tief in seinem Inneren hoffte er, dass sie wusste, was er für sie wirklich empfand.

Doch sie reagierte anders, als er erwartet hatte. Mel schob den Bürostuhl vom Schreibtisch weg, stützte ihre Ellenbogen auf die Lehne des Bürostuhls und formte mit ihren Fingerspitzen ein Dach. Mit stechendem Blick sah sie ihn über die Maske hinweg an. Irgendwie hatte er gehofft, sie würde seine Entschuldigung annehmen, stattdessen machte sie den Eindruck, ihn lieber ins Feuer der Verdammnis werfen zu wollen.

Jetzt trat Julia um den Monitor herum und sah Mel über die Schulter. Ihre Augenbrauen zogen sich zu einer unausgesprochenen Frage zusammen. Von Neugierde gepackt, umrundete Fröhlig ebenfalls den Schreibtisch. Auf dem Monitor waren er und Odette übergroß zu sehen. Sie hielten Händchen über den Tisch hinweg und sahen sich dabei tief in die Augen. Julia beugte sich vor und belegte zwei Tasten mit einer Fingerkombination. Das Bild vergrößerte sich um das Doppelte.

„Das kann ich erklären", startete er den Versuch einer Rechtfertigung.

„Das Bild zeigt Frank bei einer angeordneten Befragung", kam Julia ihm ungefragt zu Hilfe.

„Ist das so?", zweifelte Mel.

„Gibt es noch andere Aufnahmen?"

Erneut belegte Julia die Tastatur mit einer Zweifinger-Kombination. Wieder waren er und Odette zu sehen, in nur wenig veränderter Pose. Fröhlig wandte sich zu Mel um. Die Gerichtsmedizinerin saß zurückgelehnt da, mit verschränkten Armen vor der Brust.

„Fröhlig, du kannst dich wieder beruhigen. Deine Eskapaden sind nicht der Grund dafür, warum ich euch gerufen habe. Darüber reden wir später noch. Der Grund, warum ihr hier seid, kommt gleich." Mel schob Julias Hand grob beiseite. Der Cursor flog zum unteren Bildrand. Als Mel fand, wonach sie suchte, tippte sie schnell hintereinander auf die Maus. Das verpixelte

Foto legte sich fast über den gesamten Monitor. Fröhlig überlegte, was genau er sah. Ein Großteil der verschwommenen Aufnahme lag im Dunkeln. Zwei rote Punkte stachen leuchtend hervor.

„Was soll das sein?“ Fröhlig schärfte den Blick und sah genauer hin. Mel ging zur nächsten Ansicht über. Anders als bei der davor waren die schemenhaften Umrisse von zwei Personen zu erkennen.

„Bekommst du das klarer hin, Mel?“, forderte er sie auf. Mel tippte wortlos auf die rechte Maustaste und bestätigte den Befehl „Öffnen mit Photoshop“. Fröhlig verfolgte aufmerksam, wie der Cursor zum oberen Menüband flog und auf dem Reiter „Helligkeit und Kontrast“ zum Stehen kam. Vor ihnen öffnete sich ein graues Feld mit zwei Reglern. Mel verschob beide so, dass immer mehr Details aus der Dunkelheit zum Vorschein traten. Fröhlig glaubte ein Gesicht zu erkennen, aus dem Antennen ragten. Er beugte sich näher zum Monitor. „Ist das ein Nachtsichtgerät?“

„Wer auch immer das auf dem Bild da ist, wusste, dass Neunziger ihn beobachtete.“ Mel schaute sie beide fragend an.

„Das Bild sagt uns auch noch etwas anderes, und zwar, dass Hardy Neunziger in diesem Augenblick aufgeflogen war“, sagte Julia mit beunruhigender Klarheit.

„Das ist noch nicht alles.“ Ungläubig betrachteten sie beide das Bild, was Mel als Nächstes öffnete. Es zeigte einen Skelettierten, der mit einer Automatikpistole aus dem Seitenfenster eines Transporters heraus auf Neunziger zielte.

„Glaubt ihr, wir sehen hier den Mörder von Hardy?" Fröhlig stellte die Frage in den Raum, obwohl er die Antwort darauf vermutlich bereits kannte.

„Findest du nicht, die eigentliche Frage sollte lauten: Warum war nicht nur Hardy hinter dir her? Es ist offensichtlich, dass der Transporter und Hardy nahezu gleichzeitig eingetroffen sind. Das zeigen die Zeitstempel der Aufnahmen eindeutig. Auf einem der Bilder erkennt man am Rand, wie der graue Transporter einparkt, und die Zeit stimmt mit den ersten Fotos überein, die Hardy von euch gemacht hat." Mels Stimme klang jetzt dunkler, fast persönlicher. Fröhligs Blick fror ein.

„Warum sollten sie das tun? In letzter Zeit war ich an keiner großen Sache mehr dran. Es gab da diesen Hausfrauenmord, bei dem die Leiche in den Kanal geworfen wurde. Und dann waren da noch zwei oder drei Messerstechereien. Nichts, weswegen man sich in dieser Stadt eine schlaflose Nacht macht." Auch wenn er es ihnen gegenüber nicht zugeben wollte, Mels Gedankengang setzte sich in ihm fest wie ein Splitter unter dem Fingernagel.

„Genauso gut kann aber auch Odette Sansom das Ziel ihrer Beschattung gewesen sein, und du, Frank, warst nur unbeabsichtigter Beifang", führte Julia Mels Gedanken fort. So oder so war es ein Fehler gewesen, die Nacht mit ihr zu verbringen. Das wusste er nicht nur seit eben. Er versuchte schnell, den Gedanken an Odette beiseitezuwischen. Nach heute Morgen gehörte ihre kleine Liaison endgültig der Vergangenheit an, und von einer „Amour fou“ waren sie so weit entfernt wie nur irgendwas. Trotzdem spürte er noch einen kleinen Rest von Nervosität, wenn er an sie dachte.

„Wer auch immer das in dem Transporter ist, ich glaube auch, dass sie es nicht auf mich abgesehen haben“, stimmte er Julias Überlegung zu.

„Vielleicht – vielleicht aber auch nicht, Frank.“ Mel wog beide Optionen gegeneinander ab. „Egal, auf wen sie es letzten Endes abgesehen hatten, die Gefahr ist nicht zu unterschätzen. Hardy hat seine Leichtgläubigkeit mit dem Leben bezahlt. Mach du nicht den gleichen Fehler.“ Mel sagte das so, als sei sie wirklich um seine Gesundheit besorgt. Und das nicht nur, weil sie ein Kind von ihm erwartete. „Ich habe alle Bilddateien an Jens zur Auswertung weitergeleitet. Auf die Schnelle fehlen uns hier die Ressourcen, genauer hinzusehen.“ Mel senkte ihre Stimme. „Das Nummernschild des Transporters ist nicht erkennbar und lässt sich auch nicht rekonstruieren. Die Auflösung ist zu schlecht.“ Weder Fröhlig noch Julia brauchten es laut auszusprechen – vermutlich war das Kennzeichen ohnehin gestohlen.

„Mir ist noch etwas anderes aufgefallen, das jedoch mit den Aufnahmen nicht im direkten Zusammenhang steht.“ Mel löste sich vom Schreibtisch und verließ den Raum in Richtung Diele. Schweigend folgten sie ihr. Vor der Wohnungstür blieb Mel stehen und lenkte ihre Aufmerksamkeit auf die Blende der Türklinke. „Das Schloss weist keinerlei Beschädigung auf. Auch der Türrahmen ist unbeschädigt. Nichts, was auf einen mechanischen Hebel oder ein anderes Werkzeug hinweist." Wie bei einer Präsentation strichen ihre behandschuhten Finger über den seidenmatten Lack der Türpfosten.

„Du glaubst, Hardy kannte seinen Mörder?" Fröhlig hielt das nicht für ausgeschlossen. Hardy hatte immer von Menschen und ihren Geschichten gelebt. Anscheinend hatte er in diesem Fall dem Falschen vertraut und dafür einen hohen Preis bezahlt.

„Entweder das, oder der Täter besaß einen Schlüssel zur Wohnung." Mel stellte die Theorie bewusst zur Diskussion. Es entstand eine Pause. Fröhlig glaubte weder an ein spätes Coming-out, noch meinte er, eine zweite Zahnbürste in seinem Bad gesehen zu haben. Und für ein One-Night-Stand war Hardy einfach nicht der Typ gewesen. Mel drängte sich an Julia und ihm vorbei. „Folgt mir, ich habe euch noch etwas zu zeigen." Stillschweigend folgten sie der Gerichtsmedizinerin ins Wohnzimmer. Mel kniete sich vor den Couchtisch, unter dem ein Stück Plane lag.

„Manjula", forderte Mel ihre Assistentin auf, „vermische bitte ein Gramm Uranin-Pulver mit etwas Wasser und fülle es in einen der kleinen Zerstäuber. Ach, und eine UV-Lampe, bitte", fügte sie noch hinzu. Manjula Chandra drehte sich auf dem Absatz herum und verschwand im Bad. Kurz darauf kehrte sie mit einer haushaltsüblichen Pumpflasche zurück, in der sich eine dunkelrote Flüssigkeit befand. Manjula schüttelte die Flasche und überreichte sie Mel.

„Organische Stoffe fluoreszieren und leuchten, wenn sie mit UV-Licht bestrahlt werden. Das gilt für Blut genauso wie für eine Vielzahl an Fetten. Elektronisch angeregte Moleküle sind bestrebt, ihre Energie abzugeben." Behutsam legte Mel das Stück Plane beiseite.

Pffft, pffft.

Der Zerstäuber spuckte einen Nebel aus roten Tropfen aus. Glänzende Perlen benetzten den Boden und sammelten sich zu einer Pfütze.

„Diesen Zustand nennt man bekanntermaßen: Fluoreszenz. Er entsteht, wenn ein angeregtes Atom oder Molekül in seinen Grundzustand zurückkehrt und dabei Licht abgibt. Dieses Licht hat eine längere Wellenlänge als jenes, das zur Anregung verwendet wurde. Das liegt daran, dass vor der Lichtabgabe etwas Energie in Form von Schwingungen verloren geht. Blut und Fett leuchten unter UV-Licht, daher kann man sie mit Fluoreszenzspektroskopie untersuchen. Man kann die Fluoreszenz verstärken und die Rückstände sichtbarer machen, indem man Tracer wie Uranin hinzufügt." Mel bat Julia, die dem Schalter am nächsten stand, das Licht auszuschalten. Augenblicklich wurde es dunkler.

„Manjula, schalte bitte jetzt deine UV-Lampe ein." Im selben Moment leuchtete die Flüssigkeit auf dem Boden grün auf. Sofort assoziierte Fröhlig die Ränder

der Lache mit der Küstenlinie Englands. Dort, wo sich die Zehen befanden, sprach man schottisch.

„Was ist das?“, wollte Fröhlig von ihr wissen. Von Neugierde gepackt, trat er näher an den amöbenartigen Abdruck heran.

„Genau diese Frage bereitet mir Kopfzerbrechen, Frank. Jemand hat sich in der Wohnung viel Mühe gegeben, alle Spuren zu verwischen. Im Bad, in der Diele, Küche, im Arbeitszimmer und auch hier im Wohnzimmer. Im Schlafzimmer übrigens nicht, dort finden sich eindeutig Spuren, die Hardy zuzuordnen sind.“ Fröhlig fragte nicht nach, weil er ihre Antwort fürchtete. Mel bat Manjula, die fluoreszierende Flüssigkeit von verschiedenen Positionen aus zu beleuchten. Dadurch ergab sich ein detaillierteres Bild.

„Ist das ein Fußabdruck des Reporters?“, fragte Julia.

„Das glaube ich nicht. Hardy Neunziger hat Schuhgröße 42. Diese hier aber ist eine 45.“ Mit verschränkten Armen sah die Gerichtsmedizinerin Julia an. „Außerdem ist die Form ungewöhnlich. Selbst wenn der Abdruck verwischt oder die Person ausgerutscht ist, ist diese Trittspur größer.“

Fröhlig trat näher heran.

„Was sind das für merkwürdige Rillen in dem Abdruck? Sieht für mich aus wie eine Folie, die von einem nassen Untergrund abgezogen worden ist.“ Flache Täler durchzogen die unförmige Spur, deren Ränder sanft anstiegen. „Hat er Überschuhe getragen und ist in etwas hineingetreten?“

„Gut mitgedacht, aber das kann ich definitiv ausschließen. Unser Glück ist, dass bis auf Küche und Bad in der gesamten Wohnung Stäbchenparkett verlegt ist. Dadurch haben sich Rückstände in den Zwischenräumen angesammelt, die unser Mörder nicht beseitigen konnte. Zitiert mich nicht, aber ich habe eine Idee, um was es sich bei dem Abdruck handeln kann." Eigentlich war es mehr eine vage Ahnung, die Mel hatte. „Die merkwürdigen Rillen in dem Abdruck selbst haben mich auf die Idee gebracht. Es ist der nackte Abdruck von Fußsohlen."

„Warum sollte der Killer barfuß durch die Wohnung des Reporters gelaufen sein?" Julia schien ihre These anzuzweifeln.

„Ich weiß nicht alle Antworten auf eure Fragen, Julia."

„Aber auf die meisten, Mel", schmeichelte Fröhlig ihr im versöhnlichen Ton.

„Wenn ich recht behalte, leidet der Mörder unter einer leichten bis mittelschweren Form des atopischen Ekzems im subakuten bis chronischen Stadium. Deswegen benutzt er eine fetthaltige Wundsalbe, sie verschafft ihm Linderung von den Schmerzen. Sie bindet aber auch seinen Fußschweiß, was ihn unter UV-Licht aufleuchten lässt." Fröhligs fragender Gesichtsausdruck sprach Bände.

„Neurodermitis", erklärte Julia ihm knapp.

„Sobald ich im Labor die Rückstände analysiert habe, wissen wir mehr. Wie gesagt, zitiert mich bitte noch nicht."

Fröhlig sortierte im Kopf die neu gewonnenen Informationen und versuchte, eine effektive Strategie zu entwickeln. Jemanden zu finden, der an den Füßen unter Neurodermitis litt, glich der berühmten Suche nach der Nadel im Heuhaufen. In Duisburg lebten über 500.000 Menschen auf einer Fläche, die größer ist als Düsseldorf. Und nicht alle sind im Einwohnermeldeamt registriert. Auf der anderen Seite: Wie viele von ihnen besaßen die Schuhgröße 45 und litten unter Neurodermitis an den Füßen? Dieses Alleinstellungsmerkmal potenzierte schon die Möglichkeiten auf einen Treffer – sofern der Datenschutz im deutschen Gesundheitswesen die Recherche nicht aushebelte, bevor sie überhaupt begonnen hatte. Darum sollte sich Feldmann kümmern. Gerade als er sein Smartphone aus der Jackeninnentasche fingerte, um Jens anzurufen, spürte er ein sanftes Vibrieren. Fragend betrachtete er das helle Display, auf dem eine Nummer aufleuchtete, die ihm unbekannt war. Einen Augenblick lang zögerte er, dann wischte er den Anruf ins digitale Nirwana. Julia legte den Kopf leicht schief und sah ihn ausdruckslos an.

„Unbekannte Nummer", sagte er wahrheitsgemäß. Doch das schien ihr als Antwort nicht zu reichen. Gerade als er das Smartphone zurückstecken wollte, leuchtete der Bildschirm erneut auf und das Konterfei von Feldmann erstrahlte. Fröhlig hielt Julia das Display demonstrativ entgegen – wie einem Priester das Kreuz. Erleichtert nahm Frank den Anruf an und stellte das Gespräch auf laut. „Seid ihr noch in der Wohnung von dem Reporter?", kam Feldmann direkt zur Sache.

„Warum fragst du, Jens?“ Fröhligs Stirn legte sich in Falten.

„Ich habe einen Anruf aus dem Krankenhaus erhalten, in dem das Unfallopfer vom Donnerstag liegt.“

„Verdammt“, fluchte Fröhlig innerlich laut. Den Mann hatte er komplett ausgeblendet. Die Nachricht von Hardys Tod hatte alles andere überschattet.

„Er ist jetzt ansprechbar“, sagte Feldmann.

„Danke, Jens. Wir machen uns umgehend auf den Weg. Ach, du weißt nicht zufällig die Station und die Zimmernummer, auf der er liegt?“ Feldmann holte gerade Luft, als Fröhlig ihm ins Wort fiel. „Finde heraus, welcher Mann Schuhgröße 45 besitzt und an Neurodermitis leidet. Insbesondere an den Füßen.“ Fröhlig hörte ein schnelles Kratzen auf Papier. Während Feldmann sich Notizen machte, kam von ihm die Frage: „Und wie soll ich das deiner Meinung nach anstellen? Soll ich jeden Dermatologen hier in der Stadt anrufen und ihn darum bitten, mir seine Patientenunterlagen zur Verfügung zu stellen?“

„Ich bin mir sicher, dir wird was einfallen, Jens.“ Er stellte sein Können gerne unter den Scheffel. Jens war in der Lage, an Informationen zu gelangen, die anderen verborgen blieben und besaß ein verborgenes Talent, eine geheime Superkraft sozusagen.

„Da ist noch was anderes, Frank. Ich habe mich am Telefon herumgehört. In den verschiedenen Einrichtungen, die mit Migranten zu tun haben.“

„Und?“

„Ob bei ihnen Männer mit südländischem und/oder orientalischem Aussehen als abgängig geführt werden. Ich habe mir nämlich die Fotografie noch einmal genauer angeschaut, und da ist mir etwas aufgefallen. Eine Übereinstimmung, die mein Interesse geweckt hat." Feldmann verschwieg ihnen bewusst, wer hinter dem Hinweis stand. Einhändig tippte er Franks und Julias E-Mail-Adressen auf der Tastatur des Computers ein und drückte auf „Senden".

„In der E-Mail findet ihr zwei Detailaufnahmen. Beide zeigen sie die Innenseite der Schuhe." Julia und Frank öffneten die eingehende E-Mail und versuchten, auf der Fotografie wie bei einem Bilderrätsel den Fehler zu finden.

„Es sind die Einlagen", verriet Feldmann ihnen die Auflösung. „Sie sind beide an den Seiten ausgetreten. Was bedeutet, die Schuhe waren ihnen zu groß, weswegen sie mit ihren Zehen versuchten, darin Halt zu finden. Ich habe mit einer Kollegin vom KK12 gesprochen, sie bestätigt meine Theorie. Es spricht einiges dafür, dass es sich bei unseren Toten um Geflüchtete handelt. Das ist auch der Grund dafür, warum ich mich am Telefon bei den Einrichtungen umgehört habe." Julia beugte sich nach vorne und sprach mit klarer Stimme in ihr Smartphone: „Hast du auch schon beim Ausländeramt nachgefragt?"

„Natürlich, Julia, aber das Ausländeramt hat nur Daten von Menschen, die das System schon erfasst hat. Leider zieht es einige von ihnen weiter. Sie versuchen, sich dorthin durchzuschlagen, wo schon ein Teil ihrer Familie lebt, oder in Länder, wo die Aussicht auf Arbeit größer ist."

„Was denkst du in dieser Richtung weiter zu unternehmen, Jens?" Sie fand seine Argumentation, ausgehend von den neu gewonnenen Erkenntnissen, logisch, also hakte sie nach.

„Ich hatte gehofft, dass du mir die Antwort darauf gibst. Wenn es darum geht, in die Köpfe anderer Menschen zu schauen, bist du von uns dreien die geeignetste." Jens ging fälschlicherweise davon aus, dass ihr die Antworten ebenso einfach über die Lippen kamen wie das Reiben zweier Stöcke aneinander. Doch das traf nicht immer zu.

„Jens, hast du Frau Doktor Greifswald vom NTZ kontaktiert?", schaltete sich Frank in die Unterhaltung ein.

„Ja, aber bisher keinen Rückruf erhalten." Sie konnten hören, wie Feldmann auf der Tastatur tippte. „Ich sehe gerade nach, bisher auch nicht per Mail."

Fröhlig zog das Smartphone wieder näher zu sich. „Wir machen uns jetzt auf den Weg zur Johannes-Klinik, Jens. Sobald wir mit dem Unfallopfer gesprochen haben, melde ich mich wieder." Fröhligs Blick forderte Julia zum Gehen auf.

„Alles klar, Frank. In der Zwischenzeit versuche ich, alle Informationen über unseren Mann mit der Schuhgröße 45 in Erfahrung zu bringen. Julia, was ist mit Frau Doktor Greifswald? Soll ich sie an dich durchstellen, wenn sie sich hier meldet?" Julia überlegte kurz, dann sagte sie: „Bitte."

Der silberfarbene Tesla rollte bereits geräuschlos an, während Fröhlig noch damit beschäftigt war, sich anzuschnallen. Julia steuerte den Wagen in Richtung Innenstadt. Kurz vor der Eisenbahnunterführung bog sie rechts ab. An der Ampel, die zur Auffahrt A59 führte, sprach sie die Adresse ins Navigationsgerät ein. Als der Wagen auf die mittlere Spur wechselte, drückte sie den Schalthebel zweimal schnell hintereinander nach unten. Fröhlig beobachtete, wie sich die Anzeige auf dem Display der Mittelkonsole veränderte. Im gleichen Moment löste Julia ihre Hand vom Lenkrad, und der Tesla fuhr wie auf Schienen ganz von selbst.

„Was soll das werden, Julia?" Ganz eindeutig geriet Franks Weltordnung gerade ins Schwanken.

Julia ignorierte jedoch seine Bedenken bezüglich des autonomen Autofahrens und befahl stattdessen dem Bordcomputer, die Nummer von Frau Doktor Greifswald anzurufen. Sie genoss sichtlich Franks mangelndes Vertrauen in die Technik. Er erinnerte sie an die ersten Menschen, die Eisenbahn fuhren. Damals herrschte die Vorstellung, ab dreißig Stundenkilometer würde man sterben. Ein Freizeichen ertönte, und ein gesichtsloser Avatar erschien auf dem grün hinterlegten Display. Julia saß immer noch Frank zugewandt und amüsierte sich über dessen Verhalten.

Fröhlig spürte ein nervöses Kribbeln auf seiner Gesichtshaut. Er versuchte sich abzulenken, indem er stumpf aus dem Fenster starrte. Im Vorbeifahren beobachtete er einen Schubverband, dessen Ladung aus grobem Metallschrott bestand. Weitere Schiffe lagen vor der Meidericher Schleuse, ankerten oder warteten darauf, einfahren zu können. Das Freizeichen verstummte und eine Frauenstimme meldete sich. Fröhlig legte fatalistisch die Hände in den Schoß und massierte sie langsam gegeneinander.

„Julia", die Frau im Display begann zu strahlen. „Wie lange ist das schon wieder her?"

„Acht Jahre, vier Monate und elf Tage." Die Frau auf dem Monitor verzog das Gesicht zu einem breiten Grinsen. „Du weißt schon, dass die Frage rhetorischer Natur gewesen ist, oder? Es ist schön zu wissen, dass du dich nicht verändert hast." Aus ihrer Sicht glich es nahe einem Wunder, dass Julia an dem, was ihr damals in Köln widerfahren war, nicht zugrunde gegangen ist. „Du hast mir durch deinen Kollegen ausrichten lassen, es sei wichtig. Wie kann ich helfen." Neugierig neigte sich Frau Doktor seitlich in Fröhligs Richtung, als könnte sie über den Rand des Displays hinwegschauen. „Wer ist denn der recht ansehnliche Kerl, der neben dir sitzt?" Frau Doktor schenkte Fröhlig ein anzügliches Lächeln.

„Hauptkommissar Fröhlig, KK11", stellte er sich ihr vor.

„Sind Sie ein Kollege von Frau Stern?" Ihm kam es so vor, als beinhaltete die Frage mehr, als sie im ersten Moment vermuten ließ.

„Ja." Mehr sagte er nicht. Ihm reichte Julia – zwei menschliche Detektoren waren einer zu viel.

„Sehr interessant." Das klang als beobachtete sie ein Insekt unter dem Mikroskop. „Wie genau kann ich dir helfen? Cluster B, hast du gesagt, ja?" Nachdenklich tippte sie mit der Fingerspitze gegen ihre Unterlippe. „Ohne genau zu wissen, worum es dabei geht, ist es schwierig für mich, dir eine passende Antwort darauf zu geben." Kurz überlegte Julia, dann entgegnete sie: „Auf die Schnelle gelingt es mir nicht, dir den Fall zu dekonstruieren."

„Dann bitte nur das Nötigste, Julia." Ihm fiel auf, dass Frau Doktor in denselben Ton verfiel wie auch Julia, und er fragte sich, ob das am Beruf liegen konnte oder sie beide Schwestern im Geist waren. Fast die ganze Strecke, die sie auf der Autobahn fuhren, redete Julia unaufhörlich. Gelegentlich nur unterbrochen von einem „Aha" oder einem nachdenklichen „Hm, ich verstehe".

Fröhlig selbst verstand nicht mal die Hälfte von dem, worüber sich die beiden Frauen unterhielten. Das meiste davon war Fachchinesisch. Stattdessen hörte er das elektronische Klacken eines Blinkers. Gerade als der Tesla selbstständig die Spur wechselte, sagte Frau Doktor: „Ich bin im Bilde. Du brauchst nicht weiter zu erzählen." Dann nahm der Wagen wie selbstverständlich die Ausfahrt Duisburg-Hamborn.

„Okay, was du suchst, Julia, sind paraphile Störungen und Sexualdelinquenz – also Neigungen zu strafbaren sexuellen Handlungen. Diese Persönlichkeitsstörungen beginnen oft in der Jugend oder im frühen Erwachsenenalter und beeinflussen das Denken, Fühlen und die zwischenmenschlichen Beziehungen der Betroffenen stark.“ Julia saß da, schloss die Augen und hörte aufmerksam zu. Fröhlig war kurz davor, einen hysterischen Anfall zu bekommen, und wollte gerade ins Lenkrad greifen, als Julia wieder die Augen öffnete und ihm zuvorkam.

Frau Doktor fuhr fort: „Bei Sexualstraftätern kommen diese Störungen häufig vor, aber nicht jeder Sexualstraftäter hat eine paraphile Störung, musst du wissen. Das Verhältnis liegt bei etwa eins zu zwei. Viele dieser Täter haben mehrere paraphile Störungen gleichzeitig. Die häufigsten sind Pädophilie und sexueller Sadismus, wobei wir Pädophilie aufgrund deiner Beschreibung ausschließen können.“

„Danke“, sagte Julia tonlos, meinte es aber aufrichtig.

„Immer wieder gerne. Und, Julia, du erinnerst dich, wir sind Freundinnen. Du kannst auch ohne einen besonderen Grund jederzeit hier vorbeischauen.“

„Ich denke darüber nach.“ Damit beendete Julia das Gespräch. Das Display wechselte in den Navigationsmodus zurück. Am Ende der Ausfahrt angekommen, stellte sie den autonomen Fahrmodus ab. Während sie darüber nachdachte, was Frau Doktor Greifswald ihnen mit auf den Weg gegeben hatte, spürte sie Fröhligs bohrenden Blick auf sich. „Geht es dir gut, Frank?“ Fast gelang ihr ein Lächeln.

Er hielt sich nicht für ein reaktionäres Arschloch, auch wenn seine Ex das anders sah. Er stand dem Fortschritt offen gegenüber – nur eben nicht dann, wenn das Auto, in dem er saß, von einer KI gesteuert wurde.

„Interessiert es dich, was Frau Doktor Greifswald gesagt hat? Soll ich es noch einmal zusammenfassen?" Vom Beifahrersitz kam ein tiefes, grollendes Geräusch. In diesem Moment hätte er sie mit Freuden umbringen können.

„Also Folgendes: Unser Sadist hat eine kriminelle Vergangenheit und zeigt mehrere Störungen gleichzeitig. Besonders die antisoziale Persönlichkeitsstörung erhöht sein Rückfallrisiko, weil die Tat durch Dominanz und Aggression motiviert ist", erklärte sie im Ton einer Dozierenden. Frank entschied sich, nicht zu antworten. Wie lange kannte er Julia jetzt schon? Waren es drei oder vier Jahre? Er fragte sich, ob das Verschachteln von Erkenntnissen dazu diente, Leute wie ihn dumm zu halten – so wie es der Klerus über Jahrhunderte geschafft hatte, als er alle Schriften auf Latein verfasste.

Das Krankenhaus war nicht weit von der Autobahnabfahrt entfernt. Der modernere Trakt war in einem Curryfarbton gestrichen, während der ältere, rechte eine Backsteinfassade besaß. Beide Gebäude waren durch einen gläsernen Zweckbau in der Mitte verbunden. Darüber stand „St. Johannes Klinik". Wie nicht anders zu erwarten, waren alle Parkplätze belegt. Zielsicher steuerte sie eine Lücke zwischen zwei parkenden Autos an. Der Tesla bockte einmal auf und rollte auf die verglaste Lobby zu. Kurz vor einer oval angeordneten Sitzgruppe kamen sie zum Stehen. Julia nestelte im Seitenfach der Tür, nahm die laminierte Ausnahmegenehmigung mit dem Polizeiwappen von NRW und legte sie auf das Armaturenbrett. Eine Gruppe adipöser Teenager mit zerrissenen Hosen und schlecht gefärbten Haaransätzen stand um einen Ascheneimer herum und rauchte. Auf einem T-Shirt stand in rissiger Schrift: „Ich bin nett, du Fickfehler."

Angesichts dieser Charmeoffensive musste Fröhlig grinsen. Londoner oder auch Pariser Chic konnte jeder tragen. Duisburgs Prêt-à-porter hingegen musste man wollen. Fröhlig zwinkerte der jungen Frau zu, deren Fettschürze zwei Fingerbreit über ihrer Leggings hing. Sie revanchierte sich mit einem ausgestreckten Mittelfinger. Daraufhin öffnete er seine Jacke und zeigte ihr seine Walther P99. Mit einem rasselnden Geräusch tief aus ihrer Kehle spuckte das Mädchen auf den Bürgersteig und sagte verächtlich: „Stirb, Opa."

Jeder hat seine Grenzen, bis es hässlich wird, dachte Fröhlig und überlegte, ihrem Elend ein Ende zu bereiten.

„Willst du auch mit ihr Sex haben?" Julias direkte Art kam nicht immer gut an. Wie jetzt zum Beispiel.

„Was? Wieso sollte ich … die ist fast noch ein Kind! Und hässlich obendrein", schrie Fröhlig dem Balg entgegen.

Kurz vor der Glasschiebetür, die in die Lobby führte, fragte er. „Wieso denkst du, ich will mit ihr Sex haben, Julia?"

„Ich dachte, weil, abgesehen von deiner Ex-Frau und mir, ich heute drei weitere gezählt habe, mit denen du Geschlechtsverkehr praktiziert hast. Die Wahrscheinlichkeit ist also hoch, dass es nicht dabei bleibt.“ Fröhlig fühlte den Puls in seiner Schläfe, und seine Gewaltfantasien kehrten zurück. Hinter der Glasschiebetür flankierten zwei Aufsteller den Eingangsbereich. Die Piktogramme auf den Überbleibseln der vergangenen Pandemie weckten unschöne Erinnerungen. Millionen Menschen waren dem Virus zum Opfer gefallen, und auch er hatte Verluste zu beklagen.

Der Empfangsbereich war hell und übersichtlich. Schlicht gehaltene Säulen stützten die abgehängte Decke, die an ihren offenen Kanten illuminiert war. Alle Sitzmöglichkeiten in der Lobby waren besetzt. An der Wand stand ein blau-weiß gestreiftes Zebra. Es brauchte einen Moment, bis er den Zusammenhang verstand. Vier milchige Pendellampen tauchten den froschgrünen Empfang in ein warmes und beruhigendes Licht.

Schweigend hielt Fröhlig der Frau hinter der Glasscheibe seinen Dienstausweis entgegen. „Kripo Duisburg. Wir suchen einen Mann, der am Donnerstagmorgen mit schweren Unfallverletzungen hier in die Notaufnahme eingeliefert worden ist. Name und Herkunft sind unbekannt. Vermutlich Südländer oder Orientale.“ Fröhlig neigte den Kopf zu beiden Seiten, was seine Nackenwirbel knirschend knacken ließ.

„Wann, sagten Sie, soll er zu uns eingeliefert worden sein?“

„Donnerstag“, wiederholte er wortkarg.

„Er hat die Notaufnahme inzwischen verlassen und liegt zur Beobachtung auf der Intensivstation.“

Fröhlig drehte sich auf dem Absatz herum, ohne ein Wort des Abschieds.

„Ähm, warten Sie“, forderte sie ihn freundlich, aber bestimmt auf. „Erste Etage, Zimmernummer 124. Sie müssen sich vorher anmelden, bevor Sie die Station betreten.“

Oben angekommen, betätigten sie den Anmeldetaster an der Wand. Es dauerte einen Augenblick. Fröhlig sah durch das Milchglas eine Silhouette auf sie zukommen. Kurz darauf öffnete sich surrend die Flügeltür. Vor ihnen stand eine junge Frau. Ihr dichtes Haar hatte sie frech zu einem Zopf zusammengebunden. Ihre wassergrünen Augen sahen die beiden Besucher fragend an. Fröhlig hielt der in Blau gekleideten Schwester seinen Dienstausweis entgegen.

„Kripo Duisburg, das ist meine Kollegin vom LKA Düsseldorf. Wir sind auf der Suche nach einem Mann, der am Donnerstag Opfer eines Unfalls gewesen ist. Er soll hier in die Notaufnahme eingeliefert worden sein. Er …“

Weiter kam er nicht. Da formten ihre Hände das Zeichen für Time-out.

„Folgen Sie mir, aber leise“, sagte die Krankenschwester und ging zurück in die Richtung, aus der sie gekommen war. In der Mitte des Gangs bog sie rechts hinter einem Counter ab. Schweigend setzte sie sich an den Computer und tippte auf dessen Tastatur. „Ich muss Sie darauf hinweisen, er hat schwere Schädelverletzungen. Sein Gehirn ist immer noch geschwollen." Ihr Finger glitt gleichmäßig über den Monitor. „Er ist ansprechbar, aber sein Zustand ist nicht stabil, und vernehmungsfähig ist er schon mal gar nicht." Sie blickte zu ihnen auf. „Wir melden uns, sobald er Ihre Fragen beantworten kann."

Fröhlig sah Julia auffordernd an. Von ihnen beiden war sie diejenige mit dem Doktortitel. Er als einfacher Bulle konnte hier nichts ausrichten.

„Außerdem spricht er nicht unsere Sprache. Hier steht, er spricht nur Dari oder Paschtu."

„Beides sind Amtssprachen in Afghanistan", überlegte Julia laut. Sie zückte ihr Smartphone und startete die Übersetzungs-App. Unter P wie Paschtu wurde sie fündig.

„Welches Zimmer?", fragte Julia unbeeindruckt, gleichzeitig hielt sie der Krankenschwester ihren eigenen Dienstausweis dicht vor das Gesicht. Fröhlig war jedes Mal aufs Neue überrascht, wie gut sie den bösen Bullen draufhatte. „Er ist ein wichtiger Zeuge in mehreren Mordfällen. Wir können auf eventuelle Befindlichkeiten keine Rücksicht nehmen. Wenn wir haben, was wir brauchen, sind wir schneller weg, als Sie dem leitenden Stationsarzt Bericht erstatten. Noch einmal, welches Zimmer?" Die Frau hinter dem Schalter griff nach dem Telefonhörer und wollte gerade eine Kurzwahl wählen, als Julia mit harscher Stimme sagte: „Welches

Zimmer? Oder ich lasse Sie wegen Behinderung der Justiz in mehreren Mordfällen festnehmen." Julia sah die junge Frau mit eisiger Miene an. „Ich sehe, Sie sind noch in der Ausbildung. Lassen Sie mich Ihnen sagen, was passieren wird: Wenn Sie uns jetzt abweisen, wird der Mörder weitermachen. Sich sein nächstes Opfer suchen und es schlachten. Die Presse wird Fragen stellen und das LKA wird alles auf Sie und das Krankenhaus abwälzen. Die Boulevardpresse wird sich wie ein Rudel hungriger Hyänen auf Sie stürzen. Wenn Sie denken, Ihr Leben sei ab da schon ein Albtraum, warten Sie ab, was die Staatsanwaltschaft noch alles für Sie bereithält." Julia grinste schief. „Ich empfehle Ihnen, noch rechtzeitig eine Rechtsschutzversicherung abzuschließen. Sobald das Verfahren gegen Sie eingeleitet ist, wird Sie keine Klinik mehr aufnehmen." Julia sah sie mit unerbittlicher Härte an. Die dunkle Hautfarbe der jungen Frau begann zu verblassen. „Egal, was Sie denken, wie das hier für Sie ausgehen wird, Sie verlieren. Spätestens gegen Ende des Monats stellt das Klinikum Sie dem freien Arbeitsmarkt wieder zur Verfügung."

Die angehende Krankenschwester schluckte trocken, was ihren Kehlkopf hüpfen ließ.

„Ihre Entscheidung." Demonstrativ langsam drehte Julia der Schwesternschülerin den Rücken zu und wählte auf ihrem Smartphone die Nummer von ihrem Pizzalieferanten. Gerade als das Freizeichen erlosch und eine grobe Stimme Julia unverständlich begrüßte, rief die Lernschwester: „Zimmer 124. Er liegt in 124."

Als sie durch den Gang auf das Zimmer zuschritten, sagte er: „Du solltest sie nur überzeugen und nicht zu Tode verängstigen, Julia."

Sie ignorierte seinen Vorwurf. Man starb entweder richtig oder gar nicht. Vor der Tür mit der Nummer 124 blieben sie stehen. „Warte."

„Worauf?", fragte er.

„Die Patientenakte. Ich will vorher einen Blick hineinwerfen." Mit raubtierhafter Geschwindigkeit eilte Julia zurück zum Counter. „Die Patientenakte", forderte sie und streckte der jungen Frau die offene Hand entgegen.

„Das geht nicht." So als würde sie ihr eigenes Kind beschützen, presste die Schwesternschülerin die Akte dicht vor die Brust und verdeckte sie mit beiden Armen.

„Ich wiederhole mich nur ungern." Wieder streckte Julia ihren Arm aus. Deutlich war der in Blau gekleideten Frau anzusehen, wie ihr Körper unter dem Druck zu zittern begann.

„Ich will zum Wohle Ihres Patienten einen Blick hineinwerfen." Nur zögerlich reichte die Schwester ihr die Akte über den Tresen hinweg. Als Julia fand, wonach sie gesucht hatte, gab sie ihr die Patientenakte zurück und schenkte der Frau ein aufmunterndes Lächeln. Ganz so wie nach einem Zahnarztbesuch: „Siehst du, Kleines, war doch alles gar nicht so schlimm."

Der Inhalt las sich wie ein Auszug aus Frankensteins Monster: Die Schnittwunden in seinem Gesicht bekamen sie mit kosmetischen Operationen in den Griff. Durch das Eindringen der Glasscherben waren jedoch die Netzhäute in Mitleidenschaft gezogen worden. Außerdem wies der Körper etliche Knochenfrakturen auf, unter anderem Impressionsfrakturen. Sein Schädel war gebrochen. Teile davon waren nach dem Aufprall nach innen gedrückt worden, was eine Infektion ausgelöst hatte.

Jetzt, wo sie den Inhalt der Patientenakte kannte, war Julia sich bewusst, wie unverantwortlich ihr Handeln dem Patienten gegenüber sein würde. Nur welche Alternative bot sich ihnen? Keine! Lautlos drückte sie die Klinke der Tür nach unten und schob sie einen Spalt weit auf.

In dem Zimmer stand ein einzelnes Bett, darin lag ein Mann. Die schweren Verbände um seinen Kopf und den Gliedmaßen ließen erahnen, wie es wirklich um ihn bestellt war. Sein rechtes Auge verdeckte eine weiße Kompresse, die von weißen Klebestreifen fixiert wurde. Die beiden Kommissare traten näher an das Bett heran. Über einen Tropfbeutel gelangte eine transparente Flüssigkeit in die Venen des Mannes. Die Schnitte und blauvioletten Verfärbungen in seinem Gesicht machten eine spätere Identifizierung unmöglich.

„Was denkst du?“, fragte Fröhlig Julia leise, die seine Verletzungen genau studierte.

„Ich zweifle, ob wir ihn wirklich aufwecken sollen.“

„Lassen wir es ihn selbst entscheiden.“ Fröhlig trat näher an das Kopfende heran. Behutsam verstellte er das kleine Rädchen am Tropf. Augenblicklich verringerte sich die Durchflussmenge des Medikaments.

„Was machst du da, Frank?“ Sie war zwar keine Anästhesistin, aber auch sie wusste, eine falsch eingestellte Medikation konnte für den Patienten unabsehbare Folgen mit sich bringen.

„Entspann dich. Wenn er zu sich kommt, wird er für ein paar Minuten Kopfschmerzen haben, und wenn ich das Rad zurückdrehe, wird er sich an nichts mehr erinnern. Das Zeug hier nennt sich Tramadol. Es ist ein synthetisches Opioid.“

„Wie oft hast du so etwas schon getan?“ Er blieb ihr die Antwort auf ihre Frage schuldig.

Im selben Augenblick fing das gesunde Auge an zu flattern. Nicht stark – mehr wie bei einem geliebten Haustier, das träumte. Seine linke Hand, in der die Kanüle steckte, griff ins Leere. Lippen und Wangen bewegten sich und verzogen die ohnehin geschwollene Mundpartie zu einer grotesk aussehenden Fratze. Julia sah Fröhlig mit Argwohn an und hoffte, dass er wusste, was er tat. Dem Mann ging es ganz offenkundig nicht gut.

Ein leises Stöhnen drang aus den spröden Lippen. Als er das noch gesunde Auge öffnete, war sein Blick desorientiert und mit Angst erfüllt. Als Fröhlig lächelte, formten seine Lippen einen Halbbogen. Freundlich hielt er dem Mann seinen Dienstausweis entgegen. Langsam und überdeutlich fragte er: „Verstehen Sie mich?“ Das schwache Nicken bedeutete wohl ein Ja.

Julia startete die Übersetzungs-App und stellte die Funktion auf Unterhaltung. Dann hielt sie das Smartphone mittig zwischen die beiden Männer. Mit einer universellen Geste zeigte Fröhligs offene Hand auf die Frau neben sich. „Das ist meine Kollegin, Hauptkommissarin Stern. German Police", fügte er noch hinzu. Fröhlig hoffte inständig, dass Julias Übersetzungsprogramm funktionierte, denn andernfalls litt der Mann nur unnötig unter Schmerzen. Fröhlig beobachtete gespannt das Gerät in ihrer Hand. Gerade als er den Satz wiederholen wollte, begann die App zu übersetzen. Die fremdartige und komplexe Sprache klang in europäischen Ohren wie eine Mischung aus rauen Kehllauten und einem Klang, bei dem das darüber hängende Zäpfchen nicht ganz unbeteiligt war. Kaum war das letzte Wort verklungen, da begann das gesunde Auge des Patienten feucht zu werden. Sein geschwollener Mund verzog sich vor Schmerz, und eine Träne lief über den Rand des Auges die Wange herab. Mit einer schwachen Bewegung des Zeigefingers gab er der deutschen Frau zu verstehen, dass sie näher kommen sollte. Julia hielt ihm das Smartphone dichter vor das Gesicht. Sein Atem roch nach Medizin, und in seinem gesunden Auge konnte sie den Schmerz sehen, den er fühlte. Und noch etwas anderes konnte sie darin erkennen: Es schien, als sei das für ihn in Ordnung.

Seine Lippen fingen an, sich zu bewegen. Zaghaft, wie ein Verdurstender, benetzte seine Zunge die spröde Haut. Julia griff zu der Flasche Wasser auf dem Beistelltisch und schüttete etwas in ein Glas. Vorsichtig führte sie es an seine Lippen und ließ ihn daraus trinken. Als ihre Blicke sich trafen, lächelte er müde. So leise, dass Julia ihn kaum verstehen konnte, begann der Mann bruchstückhaft zu sprechen. Beim ersten Versuch war die Sprach-App nicht in der Lage, den Satz korrekt zu übersetzen. Der Fremde schien zu spüren, dass seine Stimme zu schwach gewesen war, um klar zu sprechen. Mit einer kaum wahrzunehmenden Bewegung seiner Finger winkte er die deutsche Polizistin noch näher heran.

Wieder formten die Lippen des Verletzten für ihre Ohren einen unverständlichen Laut. Julia lehnte sich zurück und sah ihn an. Sie lächelte sanftmütig, als eine weitere Träne seine Wange hinunterlief. Julia hatte auch ohne Übersetzungs-App verstanden, was er ihnen zu sagen versuchte.

Das einzige Wort war: „Danke". Sie sprachen nicht dieselbe Sprache, denn der Mensch vor ihr war Tausende Kilometer von seinem Zuhause entfernt; und doch wusste Julia genau, was diese eine kleine Geste für ihn bedeutete: Sicherheit.

Fröhlig legte dem Mann vorsichtig die Hand auf die Brust, dann führte er das Smartphone in Julias Hand zurück vor dessen Mund. Vor ihm lag ein Überlebender – ein Zeuge, eine Person, bereit, seine Peiniger zu beschreiben. In seiner Überlegung zögerte er kurz – oder hieß es vielleicht Peinigerin? Nein – daran wollte er immer noch nicht glauben. Odette war bestimmt vieles, aber doch bestimmt keine Mörderin. Fröhlig spürte, wie etwas versuchte, nach ihm zu greifen. Die Finger des Mannes streiften schwach über den Saum seiner Hose, als wollten sie sich daran festhalten. Das Zittern darin konnte keiner von ihnen ignorieren. Der Patient litt mehr und mehr unter dem Entzug des Tramadol. Mit schmerzgeweitetem Auge stöhnte er schwach unverständliche Laute. Julia hielt dem Verletzten das Smartphone so dicht vor sein Gesicht, dass es auf seinen Lippen auflag. Seine rachitische Stimme formte für ihre Ohren einen unverständlichen Satz.

Plötzlich wurde die Tür zum Krankenzimmer mit einer solchen Wucht aufgerissen, dass der Luftzug die Vorhänge an den Fenstern in Wellen bewegte. „Entfernen Sie sich von dem Patienten, sofort!", brüllte der Chefarzt im weißen Kittel, das Gesicht vor Zorn gerötet. Der Arzt brauchte weniger als eine Sekunde, um die Situation einzuschätzen. „Sofort, habe ich gesagt!"

Julia blickte auf das Display ihres Smartphones. Darauf stand: Stimme nicht erkannt. Mit einem verneinenden Kopfschütteln sah sie zu Frank herüber. Gleichzeitig warf sie ihm ihr Smartphone zu. Dann drehte sie sich zu dem Arzt um und zückte ihren Dienstausweis. Breitschultrig stellte sie sich ihm mit ausgestrecktem Arm in den Weg. Die Halsschlagader des Weißkittels pulsierte nah an der Belastungsgrenze. Sein wütendes Schnauben wurde lauter. Fröhlig ignorierte den Arzt und überließ ihn Julia. Der Mann vor ihm im Bett war im Begriff gewesen, ihnen etwas mitzuteilen. Wieder drohte der Arzt

Julia, und es klang noch unfreundlicher als beim ersten Mal.

Der Tumult hinter ihm nahm an Lautstärke zu, und Fröhlig rechnete jeden Augenblick mit dem Eintreffen der Verstärkung. Er neigte den Kopf zur Brust des Patienten und brachte sein Ohr dicht an die Lippen des Mannes. Sein Atem rasselte, und er tat sich schwer zu sprechen. Gerade als seine Lippen anfingen, sich zu bewegen, zerrten fremde Hände an Franks Schulter. Aus dem Augenwinkel erkannte er die Pflegeschülerin, die ihn festhielt. Ihm fehlte die Zeit für ein Handgemenge. Der Mann vor ihm war ihr einziger Zeuge und im Begriff gewesen, ihnen etwas mitzuteilen. Fröhlig versuchte, den Griff an seiner Schulter zu lösen, indem er, wie beim Rugby, die Pflegeschülerin durch eine ruckartige Bewegung abschütteln wollte. Gleichzeitig hauchte die dünne Stimme vor ihm einzelne Wörter. Fröhlig bemühte sich zu verstehen, was der Mann ihm sagen wollte, in der Hoffnung, wenigstens den Laut später wiedergeben zu können. Von hinten zog ein Paar Hände resolut an seinem Oberkörper. Die Pflegeschülerin setzte all ihre Kraft ein, um Fröhlig vom Patienten zu trennen. Ihm blieb kaum noch Zeit, er musste handeln.

„Jetzt!“, schrie die Stimme in seinem Kopf.

Ohne dass sie damit rechnen konnte, lockerte er blitzartig seine Schultern. Dadurch verringerte er den Druck auf seine Arme – ein Trick, den er im Judo gelernt hatte. Pfeilschnell löste sich sein Oberkörper aus ihrer Umarmung und schoss nach vorne. Wie einen Wurfstern warf er das Smartphone zielsicher auf das Bett. Erneut packten wütende Hände nach ihm und rissen ihn vehement vom Patienten weg. Schmerzhaft bohrten sich aufgeklebte Nägel tief in die Haut an seinem Hals. Er spürte, wie Blut daraus hervorquoll. Der Mann neigte indes mit hervortretenden Augäpfeln den Kopf zur Brust. Die spröden Lippen begannen sich zu bewegen. Nach nur zwei Sekunden sank sein Kopf erschöpft zurück ins Kissen.

„Das wird Sie beide Ihren Job kosten!", fauchte der Arzt und starrte Fröhlig mit unverhohlenem Hass an. Das fiebrige Timbre seiner Stimme war nicht zu überhören. Fröhlig lächelte ihm breit zu.

„Das haben Sie nicht zu entscheiden", konterte Fröhlig seine Drohung selbstbewusst. Der Arzt war für einen kurzen Moment durch Fröhligs Impertinenz abgelenkt und sah irritiert zu der Schwesternschülerin. Julia nutzte die Gelegenheit, trat wie ein Schatten ans Bett und wischte das Smartphone vom Laken. Schnell wie eine Taschendiebin drehte sie das orangene Stellrad zurück und das Tramadol fing wieder an zu tropfen. Als sich ihre Blicke trafen, war die Unsicherheit über ihr Vorgehen spürbar. Sollte die Aufnahme unbrauchbar sein, wäre alles vergebens gewesen, und der Mann hätte unnötig gelitten. Dass Julia ohne richterlichen Beschluss in die Patientenakte Einsicht genommen hatte und die Art ihrer Befragung fast an Folter grenzte, besorgte ihn weniger. Er wusste, dass in Bezug auf die Akte ihre Aussage gegen die der Schwesternschülerin stand, und dass ihnen niemand nachweisen konnte, das Medikament vorsätzlich abgesetzt zu haben.

Fröhlig beobachtete, wie der Arzt Julia am Arm packte und sie rüde vom Bett wegzog. Kurz darauf standen sie bereits im Flur. Er führte sie wie ein ungezogenes Schulmädchen tiefer in den Gang, weit weg von seinem Patienten. Aufgebracht redete er sich regelrecht in Rage. Fröhlig verfolgte besorgt das ungesunde Pochen seiner Halsschlagader.

Ticka, ticka, ticka, ticka, ticka, ticka, ticka.

Zwei Wörter kamen Fröhlig zu ihrer beider Verteidigung in den Sinn. In seinem Plädoyer ließ er „unabwendbar“ und „unabdingbar“ mit einfließen. Schnell wurde ihm aber klar: Der Arzt schien nicht empfänglich für seine Argumente zu sein. Gut, dann sollte er eben eine Dienstaufsichtsbeschwerde gegen sie beide anstreben. Für Fröhlig war es nicht die erste und mit Sicherheit auch nicht seine letzte. Er stand da und grinste dem Arzt ins Gesicht. Genau in diesem Moment fühlte Fröhlig sich ein bisschen unantastbar. Ausnahmsweise und besonders in diesem speziellen Fall war M. auf seiner Seite. Julia und er standen höchstpersönlich unter dem Schutz der Polizeipräsidentin und, wenn man wollte, auch unter dem Schutz des Innenministers – und somit weit außerhalb der Reichweite der Abteilung für Inneres.

Fröhlig verabschiedete sich nicht, sondern drehte dem vor Wut schnaubenden Arzt einfach den Rücken zu. Als er den Kontaktschalter der automatischen Tür berührte, entstand ein klackendes Geräusch, dann öffnete sie sich surrend. Noch nicht ganz auf der anderen Seite, fragte er Julia verschwörerisch: „Haben wir das, was wir brauchen?"

Ihr Schweigen stimmte ihn nicht zuversichtlich. Fröhlig sog scharf den Atem ein und wiederholte seine Frage: „Haben wir das, was wir brauchen?"

„Dadurch, dass du die Frage wiederholst, wird die Antwort nicht automatisch zur Gewissheit, Frank." Sie holte ihr Smartphone aus der Innentasche ihrer Jacke und startete die Aufnahme. Frank war schlau genug gewesen, anstelle der Übersetzungs-App das integrierte Diktiergerät zu benutzen. Sie mussten schon genau hinhören, um überhaupt etwas zu verstehen. Sie bewegte den Regler bis zum Anfang der Aufnahme zurück und stellte die Lautstärke auf Maximum.

„Die beiden Silben klingen für mich wie ‚bah-war'", sagte Fröhlig wenig überzeugt. „Was den Rest angeht …" Seine Lippen formten die Wörter kindlich nach: „Stoon-za kiid ka-ra?" Sein Versuch, die Phonetik der Sprache korrekt wiederzugeben, scheiterte kläglich. Er stotterte mehr, als dass er sprach. Dass Paschtu ein anderes Alphabet und damit eine abweichende Lautstruktur als Deutsch hatte, war für Julia selbstverständlich.

„Dein Smartphone, Frank", sagte Julia fordernd und streckte ihm die Hand entgegen. Fröhlig zog es aus seiner Jackentasche und reichte es ihr. Julia startete die Aufzeichnung und nutzte die Übersetzungssoftware auf Franks Gerät, um mitzuhören. Nachdem die Aufnahme überspielt war, warteten beide gespannt auf das Ergebnis.

„Bah“, modulierte die generierte Stimme – mit Betonung auf der ersten Silbe, ähnlich wie in „Baum“. Fröhlig war überrascht, wie menschlich die KI auf seinem Smartphone klang. Das zweite Wort erinnerte ihn an das deutsche „war“, jedoch ohne das „r“ stark zu betonen. Am Ende übersetzte das Programm beide Wörter zusammen: „Vertrauen missbraucht.“

Fröhlig drückte auf Repeat: „Vertrauen missbraucht.“ In Gedanken suchte er nach der Bedeutung oder einem Zusammenhang. Was wollte er uns damit sagen? Vertrauen missbraucht, oder meinte er Vertrauen und „Missbrauch?“ Beides ergab aus seiner Sicht durchaus Sinn. Julias Blick war nach innen gerichtet. In ihrem Kopf schwärmten verschiedene Konzepte aus, deren Assoziationen erst neu geordnet werden mussten: Beziehungen und Freundschaft, Vertrauensbruch, Missbrauch von Autorität und Macht, Datenschutz und Sicherheit, rechtliche Konsequenzen, psychologische Auswirkungen, Ethik und Moral, menschliche Enttäuschungen. Die Vielzahl ihrer unsortierten Überlegungen verwirrte sie. Ihre Gedanken schweiften ab, und ihre Augen folgten einer imaginären, leeren Papiertüte auf der Straße. Wind kam auf, spielte mit ihr, wirbelte sie hoch und trug sie davon. Julia beobachtete angespannt, wie sie immer kleiner wurde. Konzentrierte sich nur auf das Geschehen. Dabei setzte ihr Verstand gleichzeitig zwei einzelne Wörter passend zusammen: „Vertrauensmissbrauch“, sprach sie das Substantiv laut aus. „Der oder die Täter nutzten eine Schwäche bei den Männern aus. Eine finanzielle oder emotionale Abhängigkeit.“ Julia versuchte, die letzten rastlosen Gedanken in ihrem Kopf zu beruhigen. Doch sie konnte den Prozess in ihr nicht stoppen. Immer mehr Informationen stürzten auf ihren Verstand ein. Ihre Atemfrequenz erhöhte sich, und ihr Herzschlag wurde spürbar hoch.

Fröhlig beobachtete mit Sorge ihr Verhalten. Zwar galt er gemeinhin als empathischer Krüppel – besonders, wenn es um seine Frauen ging –, aber er war nicht blind. Er sah, wenn mit seinen Freunden etwas nicht stimmte – und mit Julia war eindeutig etwas nicht in Ordnung. Sie stand kurz vor einer Panikattacke. Diesen Zustand kannte er bei ihr. Jeden Moment würde sie zu hyperventilieren beginnen. Sie keuchte, hechelte und ihre Augen quollen ängstlich hervor. Ihr ganzes Gesicht glänzte ölig. Fröhlig stellte sich parallel zu ihr und lenkte ihren Fokus auf sich. „Riechst du das auch, Julia?“, fragte er sie und atmete dabei durch die Nase ein. Julia sah ihn mit angstgeweiteten Augen panisch an. Sie schnappte nach Luft, als wäre diese giftig. Fröhlig führte beide Handflächen vor den Bauch und hob sie mit einer schaufelförmigen Bewegung bis zur Brust hinauf. Seine Nase zischte, als er die Luft tief einsog. Sein Brustkorb blähte sich auf. Dann atmete er langsam wieder aus. „Es riecht wundervoll nach Jasmin.“ Mit einer fließenden

Bewegung wiederholte er den Vorgang. „Wir sind in Italien. Die weißen Blüten des Jasmins stehen in voller Pracht. Riechst du ihn?“ Julia verstand, was er damit zu bezwecken versuchte, und tat es ihm gleich. Sie standen sich gegenüber und atmeten ein – und wieder aus.

Schon nach kurzer Zeit spürte sie, wie die Angst zu verfliegen begann.

„Danke“, sagte sie kurzatmig. „Ich kann es noch immer nicht kontrollieren.“

„Wir werden alle von Dämonen gejagt.“ Fröhlig fühlte mit ihr –, er wusste, wovon er sprach. Das Verrückte daran war, dass er trotz besseren Wissens seine Dämonen inzwischen selbst züchtete. Mit jedem neuen Tag kam eine neue Bestie hinzu. „Geht es wieder?“, wollte er von ihr wissen. Sie nickte zur Bestätigung. Julia zückte den Funkschlüssel und richtete ihn auf die Motorhaube des Tesla. Ohne ein Wort zu wechseln, stiegen beide ein. Geschlagene zehn Minuten saßen schweigend nebeneinander.

„Das war unser erstes längeres gemeinsames Schweigen“, dachte Fröhlig nach einer Weile und entschied sich, sie mit einem Scherz aufzumuntern: „Mir ist bekannt, dass die Männerfantasie selten den Intellekt der Frauen anspricht. Vielleicht verrätst du mir lieber gleich, woran du denkst. Das erleichtert mir das Fischen im Trüben.“ Als tauchte sie aus großer Tiefe zu ihm auf, sah sie ihn an und sagte. „Das ist korrekt, Frank. Mitunter ist es der Grund dafür, warum ich den Maßstab für Männer niedrig ansetze.“

„Autsch“, sagte er schlecht geschauspielert und griff sich theatralisch mit beiden Händen an die Brust. „Das tat weh.“ Julia spürte, wie ihr Verstand wieder in normalen Parametern funktionierte. Sie war ihm dankbar, verlor aber typischerweise keine großen Worte darüber. „Wohin möchtest du, dass ich fahre?“

Fröhlig dachte über die Aufnahme nach. „Vertrauen missbraucht. Was genau versuchte er uns damit zu sagen? Meint er seine Schlepper, eine Organisation, eine Person, sogar mehrere Personen?“ Er sah zu ihr herüber, und auch wieder nicht. Seine Gedanken schweiften zurück zu dem Patienten. „Ist dir in den Sinn gekommen, dass …“ Er kam nicht dazu, den Satz zu vollenden. Julias Smartphone aktivierte die Gegensprechanlage im Auto. Irritiert schaute er in Mels Gesicht, das auf dem Display erschien. Julia nahm den Video-Call entgegen.

„Wo erwische ich euch gerade?“, wollte die Gerichtsmedizinerin von Julia wissen.

„Wir stehen vor dem Eingang der Sankt-Johannes-Klinik in Duisburg-Hamborn, Frau Doktor Kramer“, beantwortete sie ihre Frage so korrekt wie üblich.

„Gut, das ist sehr gut. Ihr müsst noch mal zurück.“

„Ähm, ich glaube, eher nicht“, gab Fröhlig zögerlich zu bedenken. Die Wahrscheinlichkeit war groß, sollte er sich noch einmal auf der Station blicken lassen, dass der Chefarzt ihm persönlich eine Giftspritze in den Allerwertesten rammte.

Mel ahnte, dass etwas nicht stimmte. „Ruft euch Hardys Bild in Erinnerung zurück, wie er kopfüber in der Schüssel lag", sagte sie und wartete. „Habt ihr's?"

„Worauf sollen wir achten?", fragte Julia mit der Stimme der Wissenschaftlerin.

„Erinnerst du dich an die dunklen Stippen, die in der ätzenden Flüssigkeit herumschwammen?"

„Ja", sagte Julia vage.

„Gut, halte an dem Bild fest. Bei der Leiche aus der Masselgießanlage ist mir bei der Obduktion etwas aufgefallen. Eigentlich war es Hardy, der mich erst auf die Idee gebracht hat. Genau wie bei dem Opfer aus der Industriehalle fand ich auch bei Hardy fast identische Ablagerungen in seinen Nebenhöhlen." Sie machte eine Pause, um die Worte wirken zu lassen. „Mel, mach es nicht so spannend", drängte Fröhlig. „Was ist es, was du gefunden hast?"

„Eisenstaub." Mel war der Stolz anzusehen.

„Ich versteh nicht, wie soll uns das weiterhelfen? Das Zeug liegt hier überall herum", sagte Fröhlig und machte eine ausladende Geste. „Ich versuche es so zu erklären, dass auch du mich verstehst, Frank. In den vergangenen fünfzig Jahren hat sich die chemische Zusammensetzung von Roheisen durch technologische und ökologische Fortschritte in der Stahlproduktion grundlegend verändert. Während der Siliziumgehalt im Roheisen vor dreißig Jahren noch zwischen 1 und 2 Prozent lag, bewegt er sich heute zwischen 0,5 und 1,5 Prozent. Der Schwefelgehalt, der früher oft bei 0,05 Prozent oder höher lag, ist mittlerweile deutlich gesenkt worden. Auch der Phosphorgehalt, der damals zu sprödem Stahl führte, liegt heute unter 0,05 Prozent. Elemente wie Chrom, Nickel, Kupfer, Titan und Vanadium, die früher per Hand dem Roheisen zugefügt wurden, werden heute gezielt dosiert. Diese Konzentrationen lassen sich im Labor präzise wie ein Fingerabdruck bestimmen. Auch die höheren Anteile von Sauerstoff und Stickstoff im Roheisen sind durch moderne Hochofenprozesse und Entgasungsverfahren reduziert worden."

„Wenn ich eine Werksführung bei Thyssen machen will, melde ich mich", spöttelte Fröhlig.

„Freut mich, dass du deinen Humor nicht verloren hast", entgegnete Mel kühl. „Aber wie so oft, verstehst du nicht, worum es wirklich geht." Fröhlig überlegte, ob sie noch bei dem Fall war oder auf etwas anderes anspielte. „Bei den Opfern im stillgelegten Hochofenwerk ergab die Laboranalyse, dass beide Eisenstaub eingeatmet hatten, der aus der Zeit vor dreißig Jahren stammt. Das ist es, was sie von Hardy unterscheidet. In seinen Nebenhöhlen fanden wir Staub mit einem niedrigeren Anteil an Silizium, Schwefel und Phosphor. Das bringt mich zu den Elementen. Ich habe bei Thyssen Steel Europe eine Anfrage gestellt, und sie haben mir die Laborergebnisse der letzten drei Monate zugesagt. Ich werde diese Werte mit den Eisenpartikeln aus Hardys Nebenhöhlen vergleichen. Gibt es Übereinstimmungen, kann ich anhand der Windrichtung zur Zeit des Abstichs den Radius des betroffenen Gebiets berechnen. Und hier kommt ihr ins Spiel: Wenn wir in den Nebenhöhlen des Unfallopfers weitere Eisenrückstände finden, kann ich mit den Laborwerten von Thyssen einen weiteren Kreis ziehen. Aus der Schnittmenge ergibt sich vielleicht der Ort, den ihr sucht."

Eine Melange verschiedener Geräusche drang in den Tesla. Ein Notarztwagen raste mit aufheulender Sirene an ihnen vorbei, während gleichzeitig ein Porsche Panamera den V6-Biturbo-Motor startete. Bedrohlich klingend, rollte die Limousine an ihnen vorüber.

„Ihr müsst dem behandelnden Arzt unbedingt klarmachen, wie entscheidend der Abstrich für den Verlauf der weiteren Ermittlung ist."

Bei dem Gedanken daran bekam Fröhlig Sodbrennen. „Mel, das wird nicht funktionieren", sagte er kleinlaut. Ihr ungutes Gefühl von vorhin schien sich zu bestätigen. „Was hast du jetzt wieder angestellt?" Fröhlig wiederholte in kurzen Sätzen, was geschehen war. „Das ist nicht euer Ernst!" Entrüstet schaute Mel sie beide durch den Monitor an. „Von ihm erwarte ich nichts anderes, Julia, aber von dir schon."

Julia hob ihr Kinn leicht an und sah mit ernstem Blick auf das Tablet. „Es gibt Momente, Frau Doktor Kramer, in denen Maßnahmen getroffen werden müssen. Wir sind ein Team, und das bedeutet, dass wir die Konsequenz unserer Entscheidung gemeinsam tragen. Außerdem gab es aus Mangel an Alternativen keinen anderen Lösungsansatz, der ebenso erfolgversprechend war. Wenn sie den Vorfall melden, werden wir dazu stehen." Fröhlig sah sie an wie eine Erscheinung. „Was redest du da?", stand in seinem Gesicht geschrieben.

Mel atmete tief ein und wieder aus. Wie eine Mutter, die ihren Kindern verzieh. „Also gut“, auf ihrem Nasenrücken bildeten sich winzige Falten, und ihre Pupillen verengten sich. „Wie heißt der behandelnde Arzt? Wisst ihr beiden Spezialisten wenigstens das?“ Sie notierte den Namen und die Nummer der Station, dann befahl sie ihnen beiden, sich nicht von der Stelle zu rühren.

„Caesar, morituri te salutant. Die Todgeweihten grüßen dich“, erinnerte sich Fröhlig an ein Zitat aus seiner Schulzeit.

„Frank, eigentlich heißt es korrekt übersetzt: diejenigen, die sterben …“

Er fragte sich jedoch, ob das noch einen Unterschied machte.

Nach einer Viertelstunde erwachte der Monitor in der Mittelkonsole zum Leben. Mel sah wütend aus – mehr noch als sonst.

„Hat euch beide der Teufel geritten, den Mann aus der Narkose zu holen und ihn zu befragen?“, ätzte sie. „Spielt ihr neuerdings ‚Jack Bauer trifft auf Harley Quinn‘, oder was?“

„Jetzt komm aber mal wieder runter, Mel. Dem Mann geht es gut“, versuchte Fröhlig die Angelegenheit zu relativieren.

„Was nicht euer Verdienst ist.“ Sie stemmte ihre Arme in die Hüfte und sah in strafend an. „Egal, ich habe mit dem Arzt gesprochen, und er stimmt dem Abstrich zu. Unter einer Bedingung, dass ihr euch bei der gesamten Station entschuldigt.“

„Kommt gar nicht infrage“, empörte sich Fröhlig spontan. „Wir haben nur unseren Job gemacht. Es gibt nichts, wofür es sich zu entschuldigen lohnt.“ Fröhlig sah Mel fest entschlossen an. „Bestimmt werde ich keinen Kotau machen, nur weil sich ein Weißkittel von mir auf den Schlips getreten fühlt.“ Die Vorstellung schlug ihm auf den Magen.

„Frank, nur einmal möchte ich erleben, dass du das tust, was man dir sagt, ohne dabei gleich auf Konfrontationskurs zu gehen. Du hast ...“, sie zögerte, „nein, ihr, ihr habt Mist gebaut. Dein Starrsinn gefährdet die gesamte Ermittlung.“ Fröhlig wollte ihr darauf gerade die passende Antwort geben, als Julia das Videogespräch für beendet erklärte und die Verbindung unterbrach. Irritiert und verwundert zugleich sah er sie an. „Hast du sie einfach abgewürgt?“

Litt Julia unter Todessehnsucht? Mel tobte vermutlich vor Wut.

„Frau Doktor Kramer hat alles gesagt, was relevant ist. Eine Wiederholung hätte die Sache nicht besser gemacht.“ Julia öffnete die Fahrertür und stieg schwungvoll aus. „Worauf wartest du, Frank? Geh und entschuldige dich, damit wir im Tausch seinen Nasenabstrich bekommen.“

„Aber ich ...“, Fröhlig fühlte sich plötzlich in seine Kindheit versetzt. Unterwürfig sanken seine Schultern herab. Der Gedanke, sich aus seiner Sicht grundlos entschuldigen zu müssen, verursachte ihm ein kneifendes Gefühl in der Magengegend.

Kapitel 26

PI-Mitte, wenige Minuten zuvor

Feldmann blickte auf das provisorisch angebrachte Whiteboard und überlegte, welche Hinweise er bereits aus dem kriminellen Ökosystem streichen konnte. Der Fokus ihrer Ermittlungen hatte sich erweitert und richtete sich jetzt nicht mehr nur auf das organisierte Verbrechen. Immer stärker rückte auch die Theorie in den Vordergrund, es handele sich bei den Tätern um kriminelle Sadisten. „Frank und Julia befragten das Unfallopfer vom Donnerstag", murmelte Feldmann und drehte den Kugelschreiber zwischen seinen Fingern wie einen Tamburinstab, während er das improvisierte Whiteboard anstarrte. In der Kunststoffablage für Postausgänge dudelte sein Smartphone. Ein Auge weiter auf die gesammelten Fotos gerichtet, schob er den grünen Hörer zur Displaymitte. „Mel, wie kann ich dir helfen?"

„Ist Frank bei dir?"

„Er und Julia sind in die Sankt-Johannes-Klinik gefahren, um einen möglichen Zeugen zu befragen", sagte Feldmann und bemerkte, wie Mel in nachdenkliches Schweigen verfiel.

„Was für ein Zeuge?“, fragte sie nach kurzem Zögern. Feldmann umriss in wenigen Sätzen, dass der Verletzte ihr einziger Überlebender und damit ihr wertvollster Zeuge sei. „Weißt du mehr über seine Herkunft?“, bohrte sie nach. Feldmann durchblätterte seine Notizen und sagte schließlich: „Die Stationsschwester erwähnte, dass er Paschtu oder Dari spricht. Mehr wissen wir augenblicklich noch nicht, aber das sind zwei der Hauptsprachen in Afghanistan. Sie weiß das deshalb so genau, weil ihre Eltern 1979, nach dem sowjetischen Einmarsch in Afghanistan, von dort geflohen sind.“

„Jens, ich erspare dir die Einzelheiten, aber bei der Obduktion bin ich auf etwas gestoßen, das uns der Lösung des Falls einen großen Schritt näherbringt“, sagte Mel mit einer ultimativen Dringlichkeit. Sie erzählte ihm von den Eisenpartikeln, die sie beim Ausspülen der Nasennebenhöhlen entdeckt hatte. „Kannst du mich über dein Smartphone direkt mit einem von beiden verbinden?“

„Bleib dran, Mel.“ Dann drückte er auf „Anruf weiterleiten“.

Forschend wanderten seine Augen von einer Fotokopie zur nächsten, bis sein Blick an einem bestimmten Motiv hängen blieb. Langsam drückte er sich aus seinem Bürostuhl und trat näher an die Kopie heran. Sie zeigte eine verfallene Kirche. Manjula hatte alles in Hardy Neunzigers Wohnung so abfotografiert, wie es bei ihm an der Wand hing, und ihm anschließend die Dateien per Mail zugeschickt. Aufmerksam studierte er die Schwarz-Weiß-Fotokopien.

Die abfotografierten Bilder besaßen keinerlei künstlerischen Anspruch. Weder was das Motiv anging noch die unterbelichtete Aufnahme selbst. In ihrer Hässlichkeit lag nichts Geheimnisvolles. Warum also sollte der Betrachter sich zu ihnen hingezogen fühlen? Eine vage Idee formte sich in seinem Kopf. War es nicht die Aufgabe der Kunst, dekorativ oder im besten Fall informativ zu sein? Hier aber hatte er den Eindruck, der Fotograf wäre talentfrei, was nicht sein konnte, da Hardy Neunziger sein Geld damit verdiente. Nur wenn ein Motiv richtig in Szene gesetzt war, interessierten sich die Bildagenturen dafür und bezahlten auch entsprechend. Feldmann trat noch ein wenig näher an das improvisierte Whiteboard heran, der Gedanke ließ ihn nicht mehr los. Etwas an dem Bild mit der Kirche zog ihn in seinen Bann.

Er löste den Klebestreifen von der Kopie und betrachtete sie genauer. Nichts an dem Motiv war reizvoll. Tatsächlich zeigte es nur eine entweihte Kirche ohne das Kreuz Christi. Auch sonst machte das Gemäuer einen eher verwahrlosten Eindruck auf ihn. Der schmiedeeiserne Zaun, der das Kirchenschiff umfasste, lag an vielen Stellen niedergedrückt am Boden. Feldmann tippte auf Vandalismus oder Korrosion. Rauchschwaden verschleierten die verfallene Szenerie auf beiden Seiten. Im Hintergrund ragte ein riesiger Kühlturm in den wolkenverhangenen Himmel. Eines musste Feldmann dem Fotografen allerdings zugestehen: Das unterbelichtete Bild vermittelte eine zutiefst deprimierende Stimmung. Er verschränkte beide Arme vor der Brust, dann stützte er nachdenklich das Kinn auf seine Faust. Eine Aufnahme weiter sah er die Hälfte vom alten Pfarrhaus. Seine Aufmerksamkeit galt einem 5 x 5 Millimeter großen Rechteck. Schwach erkannte er unterschiedlich helle Pixel. Sie setzten sich kaum erkennbar von der anderen Umgebung ab. Das streuende Licht der Straßenlaternen kontaminierte diesen Bereich und machte eine gründlichere Betrachtung fast unmöglich.

Feldmann schaute genauer hin. Und tatsächlich, jetzt sah er es: In dem Raum dahinter brannte Licht. Das war der Grund dafür, warum die Pixel in dem Rechteck heller aussahen. Ein böser Verdacht regte sich in ihm: „Was, wenn die Geflüchteten, in der Hoffnung auf Hilfe, genau dort in eine Falle liefen? Die Umgebung war ideal und machte auf ihn nicht den Eindruck, als würde die Nachbarschaft auf ungewöhnliche Vorkommnisse mit einem Anruf bei der Polizei reagieren."

Feldmann schaute stumm auf, tippte mit der Spitze seines Fingers gegen seine Unterlippe. „Vielleicht stand der Reporter kurz davor, die wahre Identität aufzudecken, und er oder sie sind ihm zuvorgekommen", murmelte er vor sich hin. „Ich sollte die Theorie mit Frank besprechen", verwarf er den Gedanken aber gleich wieder. „Vermutlich war Frank gerade damit beschäftigt, sich Mels Theorie anzuhören." Feldmann ließ den Blick sinken und betrachtete die Fotokopie in seiner Hand. „Im Grunde musste er nur die Gebäude auf den Kopien triangulieren. Wie schwer konnte es sein, eine entweihte Kirche in der Nähe eines Kühlturms ausfindig zu machen? Alles, was er dafür benötigte, waren die Google-Bildersuche und eine digitale Straßenkarte."

Feldmann tippte kurz hintereinander auf die Escapetaste. Augenblicklich erwachte der Bildschirm zum Leben. Als Nächstes öffnete er Google Maps und wechselte in die Satellitenansicht. Fließend tippte er in das Suchfeld „Duisburg" und „Kühlturm" ein. Ein Druck auf die Entertaste – der Cursor schoss über den Binnenhafen hinaus. Zwei weitere Markierungen leuchteten als rote Punkte auf. Er überflog die Karte auf der Suche nach Übereinstimmungen. Schon nach kurzer Zeit wurde er fündig. Mit geballter Faust rief er: „Treffer!"

Kapitel 27

Das Gemäuer war am Tag der ideale Umschlagplatz für harte Drogen. Vielleicht teilten sich die Dealer ihn auch mit Prostituierten aus der Nachbarschaft. Feldmann zweifelte allerdings daran, dass bei Nacht die Geschäfte hier gut laufen würden. Süchtige wie Freier galten nicht als besonders mutige Menschen. Das KK21 konnte ihm bestimmt Auskunft darüber erteilen, jedoch gehörte Jens nicht gerade zu Rüttes Fanclub, was nachweislich auf Gegenseitigkeit beruhte. Aber dass KK21 besaß nun mal die besten Informationen über den Norden der Stadt. Wenn also jemand wusste, was dort vor sich ging, dann einer von dieser Abteilung. Feldmann pappte die Kopien lieblos zurück an die Wand und fingerte seine Jacke vom Haken des Garderobenständers.

Rütte selbst traf er zwar nicht an, dafür aber einen seiner verdeckten Ermittler. Nachdem dieser sich am Telefon bei Rütte rückversichert hatte, erzählte er Jens alles, was er wusste.

Als das Taxi Feldmanns vor der Kirche langsam zum Stehen kam, tauchte das Licht der untergehenden Sonne den Stadtteil in ein blutrotes Glühen. Der Sakralbau erhob sich am Rand einer verwahrlosten Kleingartenkolonie, während der Kühlturm dahinter wie ein in Beton gemeißeltes Monument in einen Himmel ragte, der an Jimi Hendrix' Purple Haze erinnerte. Der satte Violett-Ton besaß etwas Verstörendes. Feldmann überreichte dem Fahrer zwei Zwanziger und verlangte im Gegenzug eine Quittung. Als er die Beifahrertür zurück ins Schloss warf, hallte das Geräusch in der Straße nach. Rumpelnd fuhr das Taxi über das feuchtnasse Kopfsteinpflaster davon. Er sah sich um. Das schmiedeeiserne Tor stand verschlossen zwischen zwei gemauerten Pfeilern aus Feldbrandziegeln. Der Zaun daneben war tatsächlich Metalldieben zum Opfer gefallen. Feldmann stieg über die hüfthohe Mauer hinweg. Das Gelände selbst war mit allerlei Unrat übersät. Schon von dort, wo er stand, sah er, dass die schwere Eingangstür einen Spaltbreit offenstand.

Feldmann griff in seine Jackentasche und zog den Teleskopschlagstock heraus. Kraftvoll schleuderte er die Stahlrute zu Boden. Metallisch schlagend entfaltete sich der Schlagstock über eine Länge von fünfzig Zentimetern. Auf Anweisung von M. war ihm das Tragen einer Schusswaffe untersagt, doch seine unkonventionelle Fähigkeit zur Selbstverteidigung stand ihm weiterhin zur Verfügung. Wenn es ihm gelang, im Alleingang den Täter zu stellen, würde M. ihre Entscheidung, womöglich überdenken.

Feldmann spürte eine Mischung aus Angst und Erregung in sich aufsteigen. Auf eine beunruhigende Art fühlte sie sich dennoch belebend an. Lautlos spähte er in das Innere der verfallenen Kirche. Fahles Licht strömte durch die Spitzbogenfenster und tränkte den Raum in ein blassblaues Grün. Die mächtigen Strebepfeiler erinnerten ihn an Klauen, die das Bauwerk von innen heraus zusammenhielten. Er machte einen Schritt tiefer in den Sakralbau hinein. Keine einzige der Gebetsbänke stand noch an ihrem ursprünglichen Platz. Eine nach der anderen lagen sie da wie umgestürzte Dominosteine. Über ihm hörte er das nervöse Schlagen von Flügeln. Er legte den Kopf in den Nacken und blickte zum Gebälk der Kirche. Unter dem Dach des Vierungsturms flogen Tauben aufgeregt umher. Bedrohlich ragte die dunkle Turmspitze in die Höhe. Dreck knirschte verräterisch unter seinen Schuhen, als er versuchte, lautlos einer zerbrochenen Bierflasche aus dem Weg zu gehen. Die dreischiffige Pfeilerbasilika bestand aus dunklen Feldbrandziegeln, und wo einst der Prediger stand, hielten alte Geister seine guten Absichten in den Mauern gefangen.

Feldmann war niemand, dem so schnell gruselte, aber dieser Ort ging ihm unter die Haut. Seine Schlaghand umfasste den Teleskopschlagstock fester. Mit geschärften Sinnen näherte er sich lautlos der Basilika. Auf dem schweren Steinaltar lagen die verschmorten Überreste einiger Grabkerzen, und der Sockel war beschmiert mit Runen und heidnischen Symbolen. Feldmann fielen die eingelassenen Nischen in den verstaubten Wänden auf. Wo früher die Heiligenfiguren der Gläubigen standen, dienten sie jetzt durchgeknallten Spinnern zur Götzenanbetung. Die nach innen gerundeten Nischen erzeugten einen dreidimensionalen Effekt. Dadurch kam es ihm vor, als würden die eingekratzten Fratzen ihn mit dämonischen Augen verfolgen.

Er sog scharf die Luft ein und spuckte verächtlich zu Boden. Er durfte sein Ziel nicht aus den Augen verlieren. Als er sich vom Altar abwandte, fiel ihm eine schmale Tür auf, die im Dunkel der Bastei versteckt lag. Lautlos schlich er auf den Kanten seiner Sohlen näher. Der Schlosskasten war durch einen Fußtritt herausgebrochen, und die Tür stand halb offen. Dahinter lag im Verborgenen die Sakristei.

Die Finger seiner Hand umklammerten den Schlagstock fester, während sich seine Muskeln und Sehnen anspannten. Feldmann konzentrierte sich auf den Bereich vor ihm. Der schmale Spalt gab nur wenig von der Sakristei preis.

Plötzlich ließ ein Schlag ihn schreckhaft umdrehen. Kurz bevor die Taube mit einem dumpfen Laut zu Boden gefallen war, hörte er sie ein quälendes Geräusch von sich geben. Zuckend lag das sterbende Tier da, als eine gierige Ratte heraneilte und sich an ihr zu schaffen machte.

„Dieser Ort besaß nichts Heiliges mehr“, dachte er für sich. Feldmann verfolgte angewidert, wie das Nagetier an ihrem Flügel zerrte, was aussah, als winkte sie ihm zu. „Don’t hate the player, hate the game“, hallte es leise nach, als er die Worte wie einen Fluch aussprach. Die Ratte konnte nichts dafür, es war ihre Natur. Angewidert wandte er sich ab, als der Schatten – wie ein verkommenes Tier – ihn anfiel. In diesem Moment erkannte Feldmann das abgrundtief Böse, das in seinen Augen ruhte.

Kapitel 28

Feldmann kämpfte gegen die Übelkeit an. Er hatte das Gefühl, jemand trieb rot glühende Nietnägel durch seine Schädeldecke. Halb benommen schüttelte er den Kopf und bereute es im selben Augenblick. Dumpf stöhnte er auf; ein gequälter Laut entwich seinen Lippen.

„Tatütata, tatütata, tatütata, tatütata, die Polizei ist auch schon da", plärrte eine kindliche Stimme, die Feldmann an eine lustige Handpuppe erinnerte. Wie jemand, der aus einem tiefen Traum erwacht, zuckten seine Augenlider nervös. Speichel tropfte unter ihm zu Boden. Sein Verstand versuchte zu begreifen, wo genau er sich befand. Mühsam zwang er sich, die Augen offen zu halten. Das Atmen fiel ihm schwer, und die Gelenke an Armen und Beinen brannten wie Feuer. Die Luft in dem Raum war stickig und roch nach feuchtem Mauerwerk und alter Kleidung. Unter ihm erkannte er die gestanzten Rillen eines Abflussgitters. Daneben eingetrocknetes Blut. Nur unter größter Anstrengung gelang es ihm, seinen Kopf anzuheben. Was er sah, gefiel ihm nicht, und Angst stieg in ihm auf. Mit schwarzen Seilen um Fuß- und Handgelenke gefesselt, hing er waagerecht in der Luft. Wie Tierhaut, die man zum Trocknen aufgehängt hatte, um sie später zu gerben. In seiner Panik fing er an, sich hektisch zu bewegen. Zappelte wie ein Fisch am Haken und bereute es noch im selben Moment. Schmerzhaft spürte er, wie sich die Stricke fester um seine Gelenke zusammenzogen und die Blutzufuhr abschnürten. Ein reißendes Brennen setzte ein, und er glaubte, seine Haut platze an den Stellen auf, wo sich die Seile in sein Fleisch drückten. Gleichzeitig fingen seine Gliedmaßen an, kalt zu werden, und ein Kribbeln wie von zehntausend Feuerameisen durchzog ihn.

„Wenn ich Ihnen einen Ratschlag erteilen darf, Herr Polizist, an Ihrer Stelle würde ich das unterlassen." Die Stimme klang verstörend freundlich. „Mit jeder Bewegung ziehen sich die Seile enger um Ihre Gelenke zusammen, bis die Blutzirkulation aussetzt und Ihre Hände und Füße nicht mehr ausreichend mit Blut versorgt werden. Aus Gründen, die nachvollziehbar sind, kann ich die Seile nicht mehr lösen. Infolge faulen Ihre Hände und Füße irgendwann ab wie lästige Warzen. Allerdings, bis es so weit ist, kann es noch etwas dauern. Also verhalten Sie sich ruhig und genießen Ihren Freiflug."

Feldmann versuchte angestrengt, in die Richtung zu schauen, wo er die Stimme vermutete, doch zu seiner Überraschung stand dort niemand.

„Huhu, hier drüben." Feldmann folgte dem Klang seiner Stimme hin zu einem Tisch, auf dem ein schuhkartongroßer Lautsprecher stand.

„Kuckuck", verhöhnte ihn die kindliche Stimme.

„Was wollen Sie von mir?“, schrie Feldmann dem Lautsprecher angestrengt entgegen.

„Das Gleiche könnte ich auch Sie fragen, Herr Kommissar. Schließlich sind Sie zu mir gekommen.“

Feldmann spürte seine Angst, gestattete ihr aber nicht, die Oberhand zu gewinnen. Warum er sich ausgerechnet jetzt an die Worte seines Ausbilders vom Luftsturmregiment 40 der NVA erinnerte, wusste er nicht. „Angst ist keine Schwäche. Sie zeigt, dass du dich herausforderst. Lerne, sie zu kontrollieren, und sie wird dir helfen, stärker zu werden.“

Feldmann fokussierte sich. Seine Zukunft war noch nicht geschrieben. Also ergab es auch keinen Sinn, sich deswegen den Kopf zu zerbrechen. Stattdessen dachte Feldmann über die Wahl der Worte nach, die aus dem Lautsprecher kamen. So redete niemand, der geistig zurückgeblieben war. Sein Gegenspieler wusste genau, was er sagte und tat. Eine Beziehung aufzubauen, indem er selbst den Ahnungslosen spielte, würde ihm nicht helfen. Er brauchte eine andere Strategie, und zwar schnell.

„Wieso Flüchtlinge?“, fischte Feldmann im Trüben – in der Hoffnung, Zeit zu gewinnen. Zeit, die er brauchte, um als ebenbürtig betrachtet zu werden. Als einen Menschen, dessen Verstand auf gleicher Ebene funktionierte, und nicht als ein Ding, das er später entsorgen würde, sobald es für ihn keinen Nutzen mehr hatte.

Elektrisch knisternd räusperte sich die Stimme. „So kompliziert ist es gar nicht, Herr Polizist. Es hat nur indirekt was mit ihrem Status als Flüchtling zu tun", sagte die kindliche Stimme im Plauderton. „Wissen Sie, gelegentlich zählen wir auch Frauen zu unseren Gästen, aber überwiegend sind es doch Männer."

Feldmann war sich jetzt sicher: Der Typ hielt einen Stimmenverzerrer vor das Mikrofon.

„Es ist nicht schwer, sich mit Menschen zu vergnügen oder sie verschwinden zu lassen, die niemand vermisst." Eine Pause entstand. „Oder wollten Sie von mir wissen, warum es ausschließlich dunkelhäutige Männer sind, für die wir uns interessieren?"

Feldmann schloss die Augen und senkte den Kopf, ließ die Nackenmuskulatur locker und sank tiefer zu Boden. Wenn er hier unbeschadet herauskommen wollte, brauchte er einen klaren Verstand – und zwar für einen verdammt langen Zeitraum.

Hatte er gerade *wir* gesagt?

„Ich kann das sogar nachvollziehen." Feldmann machte eine Pause, um sich zu vergewissern, dass er die Aufmerksamkeit des Fremden hatte. „Eigentlich ist es ja auch nur die logische Konsequenz. Nur Männer wissen, wie es Männer wirklich mögen. Mit Frauen ist es oftmals wie das Herumstochern im Dunkeln."

Stille.

Mit dem Kopf nach unten wurde Feldmann schmerzhaft bewusst, dass er sein Blatt überreizt hatte. Immer häufiger verlor er jetzt das Bewusstsein. Durch sein Eigengewicht zogen sich die Fesseln enger um seine Gelenke zusammen und unterbrachen die Blutzufuhr.

Dann spürte er, wie etwas Hartes sein Gesicht traf. Benommen wie er war, nahm er die Umgebung nur undeutlich wahr. Er stöhnte vor Schmerzen auf, als etwas ihn an den Haaren packte und sein Kopf nach hinten flog. Schemenhaft erkannte er die Gestalt eines Mannes.

„Da sind Sie ja wieder." Die Hand ließ sein Haar los, und Jens' Kopf fiel wie ein Sack schwer nach unten. „Ich muss Ihnen leider mitteilen, unsere gemeinsame Zeit neigt sich schon dem Ende zu. Verstehen Sie mich bitte nicht falsch, Herr Polizist. Ich hätte Sie wirklich gerne ausführlicher kennengelernt. Aber jetzt ist es, wie es ist, und ich muss das hier leider beenden."

Feldmann erkannte verschwommen den Saum einer tiefdunklen Chino-Hose. Darunter ein Paar schwarzer Lederschuhe. Aber er glaubte, auch noch etwas anderes zu sehen: eine Kiste, die aussah wie ein Sarg.

Er fühlte, wie eine eisige Kälte über sein Rückgrat strich. „Für Ihr Alter sind Sie erstaunlich gut in Form, Herr Feldmann. Ihre Frau muss stolz auf Sie sein."

„Woher kennen Sie meinen Namen?", stöhnte Feldmann unter Schmerzen.

„Schon vergessen? In Ihrer Jackentasche steckte Ihr Dienstausweis. Die verminderte Blutzirkulation wirkt sich auch auf Ihr Gedächtnis aus, wussten Sie das? Aber natürlich, Sie sind ja ein schlauer Polizist." Die schwarzen Schuhe entfernten sich, blieben stehen und Feldmann hörte, wie Wasser umgefüllt wurde. Etwas Kaltes, Schweres legte sich auf seinen Rücken, ähnlich einem

Stück Eisen. Augenblicklich hatte er das Gefühl, dass ihm die Luft zum Atmen genommen wurde.

„Ich habe mir erlaubt, Ihre Fesseln um einige Stricke zu erweitern." In dem Moment schob der Mann seine Hand unter zwei der Seile, die längs über seinen Rücken führten. Der dumpfe Schmerz ließ Feldmann aufschreien. Ein Ende war um seinen Hals gewickelt, dass andere fest um seine Hoden. Sterne blitzten grell auf seiner Netzhaut auf und er merkte, wie er ohnmächtig zu werden drohte. Röchelnd schnappte Feldmann nach Luft. Vor seinem inneren Auge manifestierte sich das Bild des Toten aus der Gießerei.

„Ich habe mir außerdem erlaubt, einen Eimer mit Wasser auf Ihren Rücken zu stellen, es kürzt den elenden Prozess Ihres Erstickungstods wenigstens etwas ab. Sie werden immer mehr ins Hohlkreuz fallen, was den Strick um Ihren Hals und, wie Sie gerade bemerkt haben, auch um Ihre Hoden spannt." Ein weiteres Mal straffte der Mann das Seil auf seinem Rücken, und wieder stöhnte Feldmann unter Schmerzen auf.

„Aber ein wenig enttäuscht bin ich schon. Sie haben mich um den eigentlichen Spaß gebracht, Herr Polizist. Es ist unterhaltsam, jedes Mal die Enttäuschung in den Gesichtern der Männer zu sehen. Zu beobachten, wie sie sich anfangs an diese lächerliche Hoffnung klammern, sie könnten überleben, wenn ich nur genügend Gefallen an ihnen finde. Wissen Sie, bis zum letzten Atemzug halten sie an dem naiven Glauben fest, dass irgendetwas eine Bedeutung hat. Doch dann, wenn die

Wahrheit sie eiskalt erwischt, wenn sie realisieren, dass sie nur Spielfiguren in unserem kleinen Theaterstück sind – genau diesen Moment, wenn ihre Illusion in tausend Scherben zerbricht, genießen wir ihre Gesellschaft am meisten. So wie vor wenigen Stunden bei Ihnen. Als Sie der lächerlichen Illusion erlagen, ich würde mit Ihnen fraternisieren, und sich der irrigen Annahme hingaben, ich durchschaue Ihre plumpe Polizeitaktik, eine Beziehung zu mir aufzubauen, nicht. Jetzt noch darüber nachzudenken, ob eine andere Strategie erfolgversprechender gewesen wäre, na ja, ein wenig Zeit bleibt Ihnen ja noch. Aber wenn Sie mich fragen, der Gedanke ist doch eher müßig."

„Fick dich", röchelte Feldmann, während die Schlinge um seinen Hals ihm die Luft zum Atmen nahm. Er spürte, wie seine verbleibenden Kräfte allmählich zu schwinden begannen.

„Erstaunlich, den eigenen Tod vor Augen und immer noch widerspenstig. Ja, ja, die Männer aus dem wilden Osten." Der Mann strich Feldmann sanft über den Hinterkopf. „Keine Butter, keine Sahne, aber auf dem Mond die rote Fahne." Die Stimme lachte kehlig auf. „Ging der Spruch nicht so?" Feldmann musste hilflos mitansehen, wie das Paar Schuhe zum Tisch hinüberging. Er hörte, wie etwas Schweres von der Platte genommen wurde, gefolgt von einem leisen Schleifen. „Erinnern Sie sich noch genau an Ihre Kindheit, Herr Feldmann?" Die schwarzen Schuhe drehten sich zermahlend auf den Absätzen herum und kamen in kleinen Schritten zurück. „Natürlich tun Sie das. Sie gehören nicht zu den Menschen, die die Vergangenheit glorifizieren oder verklären. Sie sind ein Mann der Fakten, jemand, der, wenn überhaupt, sich gerne erinnert. Nicht alles war damals schlecht, war es nicht so?" Die Stimme kam vor Feldmann zum Stehen, ging in die Hocke und zog seinen Kopf grob nach oben. Feldmann blickte in ein Gesicht, das er nicht kannte.

„Erinnern Sie sich, erinnern Sie sich daran, wie man in Ihrer Kindheit nur mit einem Hammer und einem Meißel Schweine erschlagen hat?" Feldmann brüllte unverständlich, er warf den Kopf zu allen Seiten, aber die Hand hielt seine Haare fest im Griff. Mit vor Angst geweiteten Augen fixierte er die Lippen des Mannes, die sich bedrohlich verzogen – wie bei einem Tier, das die Lefzen fletscht.

„Erinnern Sie sich, Herr Kommissar?", schrie der Mann ihn hysterisch an – wie jemand auf heiliger Mission, entschlossen, die Seele eines Ungläubigen vor dem Satan zu retten. Dann ließ er Feldmanns Kopf sinken und hob Hammer und Meißel in Form eines Kreuzes zur grauen Decke empor.

Kapitel 29

Fröhlig sah mit an, wie der Arzt eine riesige Spritze in seine Brust rammte. Nicht in Wirklichkeit, doch in seinem Kopf durchaus real. Er spürte, wie bei der Vorstellung daran sein Magen zu rebellieren anfing. Julia stand auf der anderen Seite des Wagens und sah ihn auffordernd an. Es half nichts – er musste sich der Situation stellen. Schwerfällig hievte er sich aus dem Beifahrersitz und stieg aus. Keine vier Meter von der Flügeltür zur Station entfernt, öffnete sie sich leise surrend. Fröhlig kam sich vor wie beim Jüngsten Gericht. Der Arzt hatte beide Hände tief in den weißen Kittel vergraben und stand da wie der Erzengel Gabriel. Kalt und ohne jedes Mitleid. Flankiert wurde er von einigen Stationsschwestern, die ihn finster und mit Mordgelüsten in den Augen anstarrten. Fröhlig verhielt sich wie ein Mann. Er streckte dem Arzt die Hand entgegen und trat unerschrocken auf ihn zu. Gerade wollte er seinen Spruch aufsagen, als der Arzt sagte: „Hier." Er griff in seine Brusttasche und zauberte ein Probenröhrchen hervor. „Tun Sie mir einen Gefallen, Herr Hauptkommissar Fröhlig?"

„Gerne, wenn ich kann. Worum geht es?"

„Kommen Sie und Ihre Kollegin nie wieder. Versprechen Sie mir das, es sei denn, Sie liegen im Koma und es besteht keine Möglichkeit, Sie wiederzubeleben." Er drückte Fröhlig das beschriftete Plexiglasrohr in die Hand und drehte sich mit wehendem Kittel herum, gefolgt von seiner Entourage grün gekleideter Schwestern.

Auf dem Weg zu Mel in die Gerichtsmedizin waren beide in Gedanken versunken. Fröhlig fand, dass er die Situation mit dem Arzt gut gemeistert hatte. Und wenn Mel tatsächlich in der Lage war, anhand der chemischen Zusammensetzung den Tatort einzugrenzen, half ihnen das ein riesiges Stück weiter. Es lieferte ihnen den Mörder zwar nicht auf einem silbernen Tablett, aber es grenzte den Ort ein, an dem sie suchen konnten.

Als der Tesla rechts auf das Gelände der Sana-Kliniken einbog, herrschte das übliche Treiben. Besucher schleppten schwere Plastiktüten voller Verpflegung und hatten bunte Magazine unter den Armen eingeklemmt. Neue Raucher standen um denselben qualmenden Ascheneimer und unterhielten sich angeregt. Vor dem Eingang zur Gerichtsmedizin rollte die silberne Limousine langsam aus. Fröhlig entschied, im Wagen zu warten, bis Julia zurückkam. Für heute hatte er genug von Mel gesehen – und vor allem gehört. Er brauchte mehr Zeit für sich, nicht um sich der Verantwortung zu entziehen – wenn Mel das Kind behalten wollte, würde er ihre Entscheidung zu einhundert Prozent unterstützen. Das stand nicht zur Diskussion, und so hatten seine Eltern ihn auch nicht erzogen. Aber er hätte sich auch gewünscht, etwas mehr Vorlaufzeit bekommen zu haben. Er atmete tief durch. Seine Gedanken schweiften ab und wechselten die Perspektive. „Wie viel Zeit hatte Mel bekommen, um die frohe Botschaft zu verdauen?" Ihm war bewusst, es war unfair, ihr die Schuld an ihrer Schwangerschaft allein zu geben. Zu dem Schlamassel gehörten natürlich zwei. Ein weiterführender Gedankengang lenkte ihn ab: „Ich bin ein Mann, Mel eine Frau." Gab es genügend Gemeinsamkeiten, um gute Eltern zu werden? Die Vorstellung, Vater zu werden, fühlte sich für ihn auch instinktiv falsch an. Sein Blick wanderte über die Fassade der Klinik weiter nach oben. Eine Etage über der Gerichtsmedizin befand sich die Abteilung für Kinder- und Jugendmedizin. Er holte gedanklich Luft. „Auf der anderen Seite – sogar Wölfe bekommen die Erziehung ihrer Sprösslinge hin", versuchte er sich selbst Mut zu machen. Als Julia aus der Gerichtsmedizin zurückkam, warf sie auf Höhe der Motorhaube einen forschenden Blick ins Wageninnere. Es war offensichtlich, dass Frank mit seinen Gedanken gerade nicht bei dem Fall war. Mit der flachen Hand schlug sie hart auf die Motorhaube. Der dumpfe Schlag riss ihn unsanft aus seinen Grübeleien. Sie öffnete die Fahrertür und ließ sich auf den Sitz gleiten.

„Alles in Ordnung bei dir, Frank?", fragte sie harmlos. Fröhligs Augen funkelten sie böse an.

„Frau Doktor Kramer wartet noch auf die Vergleichswerte von Thyssen Steel. Wann sie bei ihr eintreffen, darüber konnte sie keine Angaben machen." Fröhlig warf einen schnellen Blick auf seine Armbanduhr. Die Zeiger standen auf kurz nach 18 Uhr, und die ersten Straßenlaternen tauchten den Asphalt in gelbes Licht.

„Fahr mich zur PI Mitte. Ich warte dort, bis Mel uns die Ergebnisse mailt. Es reicht vollkommen, wenn sich nur einer von uns beiden die Nacht um die Ohren schlägt. Mach, dass du nach Hause kommst, und leg dich schlafen. Sobald mir die Laborergebnisse vorliegen, melde ich mich bei dir, versprochen." Ohne ein Wort zu verlieren, startete sie den Elektromotor. Julia bemühte sich, ihren Unmut vor ihm zu verbergen, sie lehnte seinen Vorschlag kategorisch ab. Denn als seine Vorgesetzte gehörte es zu ihren Aufgaben, mit gutem Beispiel voranzugehen. Wie gewohnt, parkte Julia den silbernen Tesla nur wenige Meter von der Sicherheitsschleuse der PI Mitte entfernt. Es überraschte Fröhlig kaum noch, dass keiner der Kollegen daran Anstoß nahm. Irgendwie schien sich jeder mit ihrer Unbelehrbarkeit abgefunden zu haben. Fröhlig öffnete die Beifahrertür und war gerade dabei, sich von Julia zu verabschieden, als sie ihm zuvorkam und ebenfalls ausstieg. Fröhlig schaute sie fragend an.

„Frank, unser beider Moralkompass weist oft genug in unterschiedliche Richtungen, gerade wenn es um deine Auffassung von Arbeit geht. Aber wir gehören zu ein und demselben Team. Also frag ich dich: Was würdest du an meiner Stelle jetzt tun?"

„Soll heißen, du kommst mit?"

„Als deine Vorgesetzte und Kollegin." Beim Einbiegen in den Flur zu ihrem Büro, fiel ihnen als Erstes auf, dass unter der Tür kein Licht hindurchschien. „Feldmann war klug und ist nach Hause gefahren“, beneidete ihn Fröhlig. Er steckte den Schlüssel ins Schloss und gab der Tür einen unterstützenden Tritt. Schleifend glitt das Holz über den abgewetzten Linoleumboden. Ohne hinzusehen, fand er den Lichtschalter mit einer fließenden Bewegung. Ein surrendes Geräusch ertönte, als die Starter der Neonröhren ansprangen. Fröhlig zog seine Jacke aus und warf sie über den Garderobenständer. Als sein Blick auf die patinierte Kaffeekanne fiel, machte sich Enttäuschung in ihm breit. Routiniert zog er die Walther P99 aus dem Seitenholster und legte sie auf den Schreibtisch. Ihn beschlich ein ungutes Gefühl. Argwöhnisch stellte er sich neben die Kaffeemaschine, umfasste die Dose und wog sie abschätzend. Das geringe Gewicht machte ihn misstrauisch. Wie zur Bestätigung schüttelte er das Gefäß. Verärgert stellte er fest, dass Feldmann den letzten Kaffee verbraucht und vergessen hatte, neuen zu besorgen. Innerlich belegte er seinen Kollegen mit einem Fluch. Frustriert kehrte er zu seinem Schreibtisch zurück, startete den Computer und überlegte, wie er die Wartezeit am sinnvollsten nutzen konnte. Julia saß aus Mangel an Sitzmöglichkeiten auf Jens' Bürostuhl und rief ihre dienstlichen E-Mails auf dem Smartphone ab. Während Fröhlig Langeweile schob, blieben seine Augen auf Julia hängen. Er fand die Ähnlichkeit zu der isländischen Sängerin Björk verblüffend. Julia tat, als würde sie es nicht bemerken, wie er sie anstarrte. Sie ignorierte ihn und las in aller Ruhe eine E-Mail nach der anderen. Als sie damit fertig war, legte sie beide Arme auf den Lehnen ab und neigte sich zurück. Die weiße Tischplatte an der Wand betrachtend, spürte sie ein unangenehmes Jucken im Nacken. Etwas daran schien sie zu irritieren, sodass es anfing, körperlich zu werden. Es war wie eine Entropie in einem ansonsten perfekten System. Ihr gegenüber hingen mehrere Reihen Kopien. Über- und nebeneinander, fast wie eine Hommage an die barocke Hängung von 1764. Julia erhob sich aus dem Bürostuhl und schritt um den Schreibtisch herum. Wie eine Kunstkennerin musterte sie die antiquierte Hängung – auf der Suche nach der Unvollkommenheit. Ihre Augen wanderten von einem Blatt Papier zum nächsten, so lange, bis sie den Störfaktor identifizieren und beseitigen konnte.

„Was ist los?", fragte Frank.

„Irgendetwas stimmt nicht mit den Kopien. Es sieht so aus, als ob die korrekte Reihenfolge verändert worden ist."

„Und?", erwiderte Fröhlig gelangweilt. „Was daran ist so spektakulär?"

„Ich weiß es noch nicht, Frank", erwiderte sie zögerlich. Das Wissen über eine mögliche Unordnung im ansonsten perfekten System verursachte in ihr zunehmend einen nervösen Juckreiz. Sie trat einen Schritt zurück, um die Wand mit mehr Abstand zu mustern.

„Vielleicht hat Jens sie, ohne es bemerkt zu haben, in der falschen Reihenfolge wieder aufgehängt. Ich versteh nicht, was das für einen Unterschied macht?"

„Tu mir einen Gefallen, Frank. Öffne alle E-Mails, die Mel dir in den vergangenen Tagen geschickt hat."

„Welche genau?", hakte er nach, jetzt wurde er neugierig. Er kannte Julia lange genug, um zu wissen, dass sie in den allermeisten Fällen einen bestimmten Plan verfolgte.

„Die mit den Aufnahmen aus der Wohnung des Reporters."

„Die habe ich nicht, die hat Jens bekommen." Julia eilte zurück zu Feldmanns Schreibtisch und tippte rasch hintereinander auf dessen Tastatur herum. Wenig überrascht stellte sie fest, dass der Monitor ohne Passwortabfrage erwachte. Sie minimierte die „Google Maps"-Ansicht und öffnete das E-Mail-Programm. Den Anhang hatte Frau Doktor Kramer mit „WZ_HN" im Betreff markiert. Julia klickte auf das Dokument und beobachtete, wie eine Flut von Bildern den Monitor aufpoppte.

„Wonach genau suchen wir?" Fröhlig stand hinter ihr und beugte sich leicht über ihre Schulter.

„Das weiß ich, wenn ich es sehe, Frank." Julia drehte langsam am Stellrad der Maus. Bei jeder neuen Reihe Fotografien hielt sie inne, und ihre Augen verglichen systematisch die Fotos mit den Bildern auf der Tischplatte. Plötzlich rief Frank eruptiv: „Stopp!" Sein Finger wies auf vier Fotografien, die an der Wohnzimmerwand von Hardy hingen. Eine davon zeigte die alte Kirche. „Das ist es, Julia." Fröhlig eilte zu dem improvisierten Whiteboard und zeigte mit dem Finger auf eine Kopie.

„Du hast recht“, stimmte sie ihm zu, mit Blick auf die Tischplatte an der Wand. „Die Reihenfolge ist verkehrt. Unsere Kirche hängt an zweiter Stelle, die in seiner Wohnung aber hängt auf Platz eins.“ Julia verglich die Bilder auf dem Monitor mit den Kopien auf dem Whiteboard genauer. „Dem Sonnenstand nach zu urteilen, ist das eine östliche Ansicht auf das Kirchenschiff.“ Fröhlig verspürte jetzt ein unangenehmes Ziehen in der Magengegend, als ein ganz mieses Gefühl in ihm aufstieg. Wie heiße Säure, die seine Speiseröhre hochkroch. Zögernd fragte er: „Als du Jens' Computer hochgefahren hast, war das Kartenprogramm noch geöffnet, oder?“ Es war, als stiege gleichzeitig mit der Magensäure auch eine dunkle Vorahnung in ihm auf. In einer schnellen Bewegung führte Julia die Maus über den Bildschirm. Ein quälend langer Augenblick verging.

Als der Kartenausschnitt erschien, der einen Teil des Duisburger Nordens zeigte, wusste Fröhlig, dass sie entdeckt hatten, wovor er sich gefürchtet hatte.

„Jens, du verdammter Idiot“, murmelte er, hin- und hergerissen zwischen Wut und Sorge um seinen Kollegen. Fröhligs Augen verengten sich zu dünnen Schlitzen; sie konnte sehen, wie es hinter der Stirn ihres Kollegen arbeitete. „Was hast du, Frank?“

Alles begann sich für ihn zusammenzufügen. Fröhlig ging um Jens' Schreibtisch herum und stellte sich direkt vor das Whiteboard. „Weißt du, in welchem Jahr die Kirche entweiht worden ist?“, fragte er und befürchtete das Schlimmste. Julia blätterte durch Feldmanns handschriftliche Notizen. „Ich finde nichts darüber." Während Fröhlig sich zu ihr herumdrehte, ruhte sein Finger auf dem Bild mit der Kirche. „Hat Mel nicht gesagt, dass die Zusammensetzung der Eisenpartikel in Hardys Nasenhöhlen neueren Datums ist –, und was hat der Afghane noch gesagt?" Sein Blick war starr auf sie gerichtet.

„Vertrauen missbraucht", wiederholte sie die beiden Wörter.

Fröhlig nahm eine Kopie von dem improvisierten Whiteboard und gab sie ihr. „In Migrantenkreisen werden die Adressen von Orten, wo sie Hilfe bekommen, weitergereicht."

„Du meinst …", begann Julia.

„Genau das", bestätigte Fröhlig. „Die Kirche auf dem Bild steht in unmittelbarer Nähe zu einem Hochofen. Frag dich selbst, warum Hardy solche Bilder in seinem Wohnzimmer haben will. Künstlerisch wertvoll sind sie nicht." Julia nahm eine der Kopien und hielt sie sich dicht vor das Gesicht. „In einem der Fenster brennt Licht."

„Welchen Punkt auf der Karte hat Jens markiert?", fragte er, getrieben von der Sorge, dass sich Jens höchstwahrscheinlich in Schwierigkeiten befand.

„Es gibt drei", antwortete sie tonlos. Fröhlig trat hinter sie und betrachtete die Karte. Mit einer gezielten Bewegung berührte sein Finger den roten Punkt auf der Mitte des Monitors.

„Warum ausgerechnet dieser?", wollte sie von ihm wissen.

„Weil er, anders als die übrigen, exakt mittig liegt. Unser Gehirn ist darauf programmiert, das Gesuchte – in diesem Fall einen Ort – zu fokussieren." Fröhlig zückte sein Smartphone und rief Feldmann an. Augenblicklich meldete sich eine Stimme, die ihm mitteilte, dass die gewählte Nummer zurzeit nicht zu erreichen sei. Fröhlig legte auf. Instinktiv dachten sie beide dasselbe.

„Schnapp dir deine Sachen, Julia, wir müssen los." Fröhlig wischte die Walther P99 vom Tisch und seine Jacke vom Garderobenständer. Dann rannten sie, so schnell ihre Füße sie trugen, die Treppe herunter.

Kapitel 30

Ein kreischendes Zischen zerschnitt die Luft, als der Tesla vor der Kirche parkte. Flüssiges Roheisen tauchte den wolkenverhangenen Himmel in ein blutrotes Licht. Schweigend standen sie nebeneinander und betrachteten die entweihte Kirche, deren dunkles Portal weit offen stand. Fröhlig schob seine Jacke zur Seite und zog die Walther P99 aus dem Holster. Lautlos ließ er das Magazin aus dem Griff gleiten und überprüfte die genaue Anzahl der Patronen. Julia, die leicht versetzt zu ihm stand, senkte den Lauf ihrer Glock zum Boden. Fröhlig überlegte einen Moment, die Kirche in einer Zangenbewegung zu betreten, entschied sich aus taktischen Gründen dagegen. Es war klüger, ihre Kräfte gebündelt zu lassen, schließlich wusste keiner von ihnen, was sie auf der anderen Seite des Portals erwartete.

Lautlos stieg er über das auf dem Boden liegende Eisengitter hinweg. Dicht gefolgt von Julia. In der Ferne hörten sie das Warnsignal einer Werksbahn, begleitet von verwaschenen Stimmen der Eisenkocher, die der Wind zu ihnen herübertrug. Vor dem schweren Kirchenportal stehend, nahmen sie beide eine geduckte Haltung ein. Fröhlig zog seine Waffe enger an den Körper, indem er die Ellenbogen anwinkelte. Er warf einen kurzen Blick in das Innere der Kirche, und was er sah, gefiel ihm nicht. Die Vandalen der Umgebung hatten ganze Arbeit geleistet. Im roten Feuerschein des Hochofens wirkte das Bauwerk, als hätte der Teufel persönlich hier gewütet.

Mit einer militärischen Handgeste zerschnitt Fröhlig die Luft. Die seitlichen Stützpfeiler boten ihnen beim Vorrücken ausreichend Schutz.

Julia verstand den Befehl sofort. Flink wie eine Katze huschte sie an ihm vorbei. Dicht an einen der Stützpfeiler gepresst, flankierte sie die rechte Seite. In einer fließenden Bewegung drehte er sich aus der Deckung und suchte auf der gegenüberliegenden Position Schutz. Durch Handzeichen übermittelte er, dass er jetzt die Führung übernahm. Julia nickte zustimmend. Staub knirschte verräterisch unter seinen Schuhen, als er weiter zur nächsten Säule vorrückte. Gleichzeitig nahm Julia den Bereich vor ihm genau ins Visier. Fröhlig schmiegte sich dicht an die eine klassizistische Säule. Misstrauisch wanderten seine Augen zur Decke hin. Das Gewölbe über ihm sah gefährlich löchrig aus. Aber er war nicht hier, um sich über die Statik der Kirche Gedanken zu machen. Er war hier, um Jens zu suchen. Lautlos ging er in die Hocke und zielte mit dem Lauf der Walther P99 über die umgeworfenen Kirchenbänke hinweg, in der Dunkelheit nach verräterischen Bewegungen suchend. Mit zwei abgespreizten Fingern deutete er Julia an, wachsam zu bleiben. Nickend gab er ihr zu verstehen, dass er sich als Nächstes tiefer in das Kirchenschiff vorwagte. Julia folgte ihm parallel auf der gegenüberliegenden Seite. Fröhlig war fasziniert, wie elegant sie sich vorwärts bewegte. Im Gegensatz zu ihm hatte sie anscheinend den taktischen Schießkurs besucht. Wie das Rohr von einem Leopard-Panzer bewegte sich der Lauf ihrer Glock beim Gehen nur minimal. Schwenkend deckte sie mit der Automatik in der Hand jeden Bereich zielsicher ab.

Zwei Drittel der Kirche hatten sie bereits hinter sich gelassen, aber von Jens fehlte weiterhin jede Spur. Der in Beton gegossene Hochaltar stand massiv inmitten der Bastei. Die entweihte Kirche und der rohe Vandalismus störten Fröhlig mehr, als er bereit war, zuzugeben.

„Sauber", hörte er Julia aus der Sakristei sagen. Nachdenklich überblickte er das angerichtete Chaos um sich herum. „Wenn Feldmann hier gewesen ist, was zum Teufel haben wir dann übersehen?" Befänden sie sich in einem Roman von Dan Brown, wäre der Altar der erste Ort, an dem er nach Jens suchen würde. Julia stand neben ihm und durchkämmte das Bild der Verwüstung – auf der Suche nach etwas, das nicht hier hingehörte. Ein Detail, das sich trotz des unübersichtlichen Chaos' wie ein Fremdkörper anfühlte. Die Wände des Kirchenschiffs waren zu dünn gemauert, als dass sie einen Geheimgang verbergen konnten, und der Boden bestand aus zentnerschweren Steinquadern. Wenn Jens tatsächlich hier gewesen war und er sich in Schwierigkeiten befand, verwischte das angerichtete Chaos seine Spuren.

„Wir sind am falschen Ort, Frank." Ohne ein weiteres Wort drehte sie sich um und hastete zurück in die Sakristei, zu einem Ausgang, der ins Freie führte. Wortlos folgte er ihr. Julia griff nach der Klinke, doch die Tür ließ sich nicht öffnen. Fröhlig schob Julia beiseite und verlagerte sein Gewicht auf das Standbein, um die Pforte mit aller Kraft einzutreten, als ein dumpfes, klatschendes Geräusch ihn unterbrach.

„Hast du das gehört?", flüsterte Julia und legte einen Finger über ihre Lippen. Sie drehte sich in der Sakristei um die eigene Achse. Die Tür zur Toilette stand offen, und die Schränke waren von den Wänden gerissen. Wenn das Geräusch mit Jens' Verschwinden zusammenhing, konnte es nicht aus der Sakristei stammen. Fröhlig holte aus und trat jetzt die Tür krachend aus den Scharnieren. Draußen schlug ihnen ein säuerlicher Geruch nach glühendem Koks und verbrannter Schlacke entgegen. Hektisch schauten die beiden Kommissare sich nach allen Seiten um.

Feldmann lief die Zeit davon, das spürten sie beide.

Fröhlig rannte in Richtung des offenen Kirchenportals, doch in seinem Kopf mahnte eine Stimme: „Nicht dorthin – von dort bist du gekommen. Das schlagende Geräusch kam von ..." Er blieb abrupt stehen und drehte sich in die entgegengesetzte Richtung zum Kopf der Kirche. Wie ein Getriebener jagte er das Mittelschiff entlang und entdeckte sah Julia, wie sie halb verdeckt am Ende der Kirche stand und ihm zuwinkte. Alarmiert rannte er schneller auf sie zu. Dann sah auch er den ausgebrannten Anbau. Glassplitter bedeckten den Boden vor den rußgeschwärzten Fenstern, dahinter lag ein Raum in absoluter Dunkelheit. Seine Ausmaße schätzte er auf die Größe einer Doppelgarage. Fröhlig kratzte mit dem Lauf seiner Walther über den angesengten Fensterrahmen. Glassplitter spritzten gefährlich zur Seite weg, und er hielt sich schützend den Arm vor das Gesicht. Mit dem Ärmel seiner Jacke wischte er die verbliebenen Splitter von der Fensterbank, dann schwang er sich hinüber. Ein widerlicher Geruch schlug ihm entgegen. Die Mischung aus verbranntem Kunststoff, Pilzen und dem süßlichen Gestank von altem Urin war mehr als nur gewöhnungsbedürftig. Er startete die Taschenlampen-App auf seinem Smartphone, legte den Lauf seiner Waffe über das Gerät und drang tiefer in die Ruine vor. Er hörte, wie Julia ebenfalls ins Zimmer sprang. Auch sie kreuzte die Arme übereinander, sodass der Lauf ihrer Glock dem Licht folgte. Die beiden Lichtkegel warfen unheimliche Schatten an die Wände. Schemenhafte Kreaturen huschten von einem Raum zum nächsten – wie verloren gegangene Seelen. Tapeten hingen in Fetzen und verstärkten die Illusion, nicht allein zu sein. Das kalte LED-Licht wanderte weiter. Der Boden war übersät mit den verkohlten Überresten der früheren Bewohner. Das verbliebene Mobiliar lag in Trümmern. Leere Schubladen stapelten sich in einer Ecke, und weiter hinten erkannte er den aufgegebenen Schlafplatz eines Obdachlosen. Schritt für Schritt wagten sie sich tiefer vor. Plötzlich winkelte Fröhlig den Arm und ballte seine Hand zu einer Faust. Julia erstarrte auf Kommando zur Salzsäule. Beide lauschten angespannt durch den rußgeschwärzten Türrahmen in die Dunkelheit dahinter. Wie durch ein Portal in eine andere Dimension versuchten sie, mehr in dem nachtschwarzen Raum zu erkennen. Das schleifende Geräusch kam definitiv von weiter vorne.

Sssht, sssht, sssht, sssht, sssht.

Vor Franks innerem Auge entstand ein verstörendes Bild. Es zeigte einen bulligen Metzger, der sein Messer schwungvoll über einen Wetzstahl zog. Er wollte lieber nicht daran denken, aber das Bild setzte sich fest, wie ein Ölfleck auf einem Hemd. Und breitete sich immer weiter in seiner Fantasie aus.

Sssht, sssht, sssht, sssht, sssht.

Lautlos glitten die beiden Kommissare in das, was einmal das Schlafzimmer des Geistlichen gewesen war. Schnell flogen die Lichter in dem Raum umher. Das Feuer hatte hier gewütet, als das Zimmer noch eingerichtet war. Auf dem mit Schimmel befleckten Bett lag eine lochzerfressene Tagesdecke. Julia drängte sich mit der Glock im Anschlag dicht an ihm vorbei. Schnell erkannten sie, dass es einen weiteren Ausgang gab, der aus dem Raum führte. Ohne zu zögern, stürmte sie darauf zu, doch Frank hielt sie zurück. Er gab ihr zu verstehen, er zähle bis drei, dann würde er die Tür aufreißen und sie würde alles auf der anderen Seite absichern. Sie nickte wie zur Bestätigung. Fröhlig riss die Tür auf – doch zu ihrer Überraschung schauten sie nur mittig in das verwüstete Kirchenschiff. Lautlos schob Fröhlig die Tür zurück ins Schloss. Unbestimmt flogen die Lichter in dem dunklen Raum umher. Fröhlig glaubte seinen eigenen Herzschlag außerhalb seiner Brust hören zu können. Irgendwo hier in dem Pfarrhaus musste es einen geheimen Zugang geben. Da war er sicher. Das Geräusch, das sie in der Sakristei gehört hatten, kam definitiv aus dieser Richtung – da war er sich ebenfalls sicher.

Julia drehte sich umher und ließ ihr Licht durch den Raum streifen. Der Schein glitt über einen Beistelltisch und blieb dann auf dem, was einst ein Kleiderschrank gewesen war, haften. Die Zwischenbretter lagen quer über den Boden verstreut. Als das kalte Licht auf sie fiel, spiegelte es den matten Verfall der Möbel wider. Sie kniete sich und leuchtete den Bereich unter dem Bett aus. Da traf sie leicht etwas an der Schulter. Fragend schaute sie auf. Frank stand am Fußende vom Bett. Sein Finger machte eine lockende Geste. Julia verstand sofort. Mit einer Wischbewegung erlosch das Licht an ihrem Smartphone. Fröhlig gab mit dem Lauf seiner Automatik einer übertapezierten Tür einen leichten Impuls. Die Abstellkammer wäre ihm nicht aufgefallen, hätte er sich nicht noch einmal herumgedreht und hineingeschaut. An den weißbeschichteten Seitenwänden hingen noch Regalböden, auf denen Rattenkot verstreut lag. Fröhlig versuchte, den Gedanken an die Biester auszublenden. Vor Kopf waren zwei messingfarbene Querstangen befestigt. Vermutlich dienten sie ursprünglich dem Priester, seine Soutanen, Chorhemden und Stolen daran aufzuhängen. Der kleine Raum war als Ankleidezimmer konzipiert, aber etwas anderes weckte sein Interesse. Fröhlig machte eine halbe Schrittdrehung und signalisierte ihr, sich mittig vor ihm hinzustellen. Julia zwängte sich in der Enge der Kammer an ihm vorbei. Mit weit ausgestrecktem Arm lenkte sie ihre Aufmerksamkeit auf Höhe ihres Bauchs. Julia musste zweimal hinsehen, um die zwei winzigen Lichtpunkte zu erkennen. Erst als sie den Kopf wie ein Pendel bewegte, wurden sie sichtbar. Fröhlig gab ihr zu verstehen, totenstill zu sein. Auf Zehenspitzen trat er an ihre Seite und deutete auf das transparente Ende einer feinen Nylonschlaufe. Die Plastikschnur war nahezu unsichtbar auf der weißbeschichteten Schrankrückwand. Mit spitzen Fingern verlängerte er die Schlaufe, bis er einen Widerstand spürte. Ganz langsam zog er fester an der Schnur. Schleifend bewegte sich die beschichtete Holzplatte auf sie zu. Aus dem Augenwinkel heraus sah er Julias Glock. Vorsichtig spähte Fröhlig durch den schmalen Spalt. Dahinter führte eine Kellertreppe steil nach unten.

Die dunkle Männerstimme aus dem Grund des Kellers klang, als käme sie aus einem Radio, das im Nebenzimmer stand. Er verstand nicht genau, was gesagt wurde, aber wie es gesagt wurde, verhieß nichts Gutes. Fröhlig zog die Rückwand nur so weit auf, dass er gerade hindurchpasste. Lautlos stellte er seinen Fuß auf die erste Stufe.

Sssht, sssht, sssht, sssht, sssht.

Das schleifende Geräusch bohrte sich regelrecht in sein Trommelfell. Vorsichtig einen Fuß vor den anderen setzend, schritt er tiefer in den Keller. Dann sah er die Biegung, die die Treppe am unteren Ende machte. Verdammt – wenn er jetzt weiterginge, hätte er keinen Schutz mehr und würde sofort entdeckt werden. Wie angewurzelt blieb er stehen und lauschte. In einer fließenden Bewegung zog er seine Jacke aus und reichte sie Julia. Er ging erst in die Hocke, dann auf die Knie, und mit den Händen voran glitt er kopfüber in Bauchlage. Julia ahnte, was Frank vorhatte. Wie ein Reptil zog er sich die steinernen Stufen hinunter. Kurz bevor er den Knick erreichte, stoppte er. Julia, die ihm gefolgt war, hielt seine Fußgelenke fest, um ein Abrutschen zu verhindern. Er konnte nicht genau erkennen, was unten vor sich ging. Ein Teil der Kellerwand versperrte ihm noch immer den Blick. Doch das Wenige, das er sah, gefiel ihm nicht. Kalter Schweiß sammelte sich auf seinem Rücken und ließ sein T-Shirt festkleben. Jens hing, an Armen und Füßen gefesselt, schwebend in einem Gestell. Von seiner linken Hand tropfte zähes Blut nach unten. Entsetzt starrte Fröhlig auf die zwei losen Finger, die wie rote Würmer auf dem Boden lagen. Fröhlig gab Julia zu verstehen, ihn tiefer abzulassen. Zentimeter um Zentimeter tastete er sich vor, weiter bis zur nächsten Stufe. Der in Schwarz gekleidete Mann stand mit dem Rücken zu Fröhlig und sortierte klappernd Messer auf einem Tisch. Er wollte nicht so lange warten, bis der

Unbekannte sich netterweise zu ihm umdrehte. In einer schlangenartigen Bewegung drehte Fröhlig sich auf die Seite und versuchte, über den Lauf seiner Walther hinweg sein Ziel anzuvisieren. Doch durch die Seitenlage verschob sich der Schusswinkel, und ein Teil der Mauer versperrte ihm wieder die Sicht. Er war gezwungen zu warten, bis die Person ihre Position veränderte und sich ihm eine bessere Schussmöglichkeit bot. Fröhlig sah tatenlos zu, wie der dunkel gekleidete Mann aus einer Melange verschiedener Messer ein Metallskalpell auswählte und es Jens an die Kehle führte. Er hob den leblosen Kopf an und betrachtete nachdenklich den sedierten Körper. In diesem Moment traf es Fröhlig mit voller Wucht: „Priester!", rief die Stimme in seinem Kopf verblüfft aus. Der Mann trug den typischen weißen Ansteckkragen! Selbst aus der Entfernung heraus konnte Fröhlig die bösartige Verderbtheit in seinen Augen erkennen.

Mit einer schnellen Geste befahl er Julia, ihn vollständig loszulassen. Doch die abschüssige Position brachte ihn ins Rutschen, und er konnte sich gerade noch retten, indem er seine Beine zwischen den Mauern der Kellertreppe verkeilte.

Währenddessen griff der Priester hinter sich und zog ein kleines schwarzes, in Leder gebundenes Buch aus der Hosentasche. Es war nicht viel größer als eine Zigarettenschachtel. Beschwörend bedeckte er das ledergebundene Buch mit seiner Handfläche. „Römer 12, 19: Rächt euch nicht selbst, Geliebte, sondern gebt

Raum dem Zorn Gottes; denn es steht geschrieben: ‚Mein ist die Rache; ich will vergelten, spricht der Herr.'" Dann küsste er die Bibel und schob sie in die Brusttasche seines Hemdes. Das Skalpell wippte nachdenklich in seiner Hand. „Ich kann mir vorstellen, wenn Sie später unserem Schöpfer gegenüberstehen, werden Sie sich fragen: Warum?" Mit dem Skalpell in der Hand ließ er von Jens' Kehle ab und stellte sich zwischen dessen Beine. „Sagen Ihnen die Namen: Quatermain, King Kong oder Tarzan was? Der edle Wilde aus dem Dschungel." Der Priester lächelte schmallippig. „In den meisten Köpfen der Weißen ist alles, was mit diesen Figuren zu tun hat, romantisch verklärt. In Wahrheit ist die Geschichte Afrikas mit Blut geschrieben. Ein Beispiel. Ende der 1970er-Jahre fand in Rhodesien ein grausamer Umsturz statt. Heute kennt man das Land unter dem Namen Simbabwe. Es liegt im Süden von Afrika und ist bis heute für seine vielfaltige Fauna, seine Reservate und bildgewaltigen Safarigebiete bekannt. Die Victoriafälle donnern am Sambesi über 100 Meter in die Tiefe. Es ist fast schon bedauerlich, dass Sie dieses Land niemals besuchen werden." Mit der Hand schob er Feldmans Hosenbein ein Stück nach oben.

„Ende der 1970er-Jahre metzelte Robert Mugabe und seine gefürchtete 5. Brigade 20.000 Anhänger seines Rivalen Joshua Nkomo nieder. Und wo immer seine Todesschwadronen auftauchten, hinterließen sie eine Spur der Verwüstung. Massenvergewaltigungen,

Plünderungen, Übergriffe und Massaker gehörten zur Tagesordnung. Dabei war es ihnen egal, wer ihre Opfer waren. Es ging damals um Terror und Macht. Diejenigen, die an Ort und Stelle den Tod fanden, wurden später von den Überlebenden beneidet. Wir waren damals über einhundert Kinder, und bis zu diesem Tag war das Waisenhaus unser einziges Zuhause. Ich erinnere mich, wie sie mit ihren weißen Pick-ups den lehmverkrusteten Pfad hochrasten. Auf den Ladeflächen waren Lafetten mit schweren Maschinengewehren montiert. Die wenigen verbliebenen Nonnen stellten sich ihnen mutig in den Weg."

Er machte eine Pause in seinem Monolog. „Ihre schwarzen Körper wurden blutig vom Kugelhagel der Maschinengewehre zerfetzt. Ein Bild, das mich bis heute verfolgt. Wir waren zu Tode verängstigt. Noch immer, selbst nach so vielen Jahren, rieche ich unsere Angst. Eine Handvoll lief in den dichten Busch, der Rest von uns verfiel in Schockstarre. Die Männer der 5. Brigade sprangen von ihren Pick-ups. Sie brauchten uns nur vom Boden aufzusammeln. Wie Kalebassen pflückten sie einen nach dem anderen auf. Später nannten sie es die Ernte. Ganze drei Monate dauerte das Martyrium. Drei Monate, in denen sie unaussprechliche Dinge mit uns machten. Zum Schluss stellten sie die letzten Überlebenden vor die Wahl: Laufen oder sterben …" Die Augen des Priesters fingen an zu glänzen, versunken in diesen schrecklichen Erinnerungen. „Wie schon erwähnt, wir fingen an, die Toten zu beneiden. Denn denjenigen von uns, die sich entschieden, in die nächste Stadt zu laufen, häutete man die Füße. Die anderen wurden Opfer ihrer Macheten." Er setzte die Klinge an Feldmanns Ferse und sofort trat Blut aus dem dünnen Schnitt hervor.

Fröhligs Schuss hämmerte wie ein Kanonenschlag durch das Kellergewölbe und das Projektil bohrte sich in die Brust des Priesters. Wie von einer unsichtbaren Leine wurde dieser zurückgerissen. Mit weit aufgerissenen Augen streckte er beide Arme von sich, während sein Körper nach hinten geschleudert wurde.

Fröhlig sprang auf, hielt sein Ziel aber immer noch fest im Blick. „Ruf einen Krankenwagen, los!", befahl er Julia, die hinter ihm stand und Feuerschutz gab.

Dann rannte er zu Feldmann, dessen rechte Hand übel zugerichtet war. Fröhlig griff nach einem Messer vom Beistelltisch und durchtrennte die Stricke um seine Gelenke. Auch Julia eilte herbei, um Frank zu helfen und Jens' Oberkörper zu stützen. Behutsam legten sie ihn auf den Boden. Julia presste sanft ihr Ohr an seine Brust und lauschte. Als sie Frank kurz darauf anlächelte, fiel ihm eine Last von der Seele. Sein Kollege, nein, Freund, war schwer verletzt, aber er würde es überleben.

Fröhligs Augen flogen in dem Folterkeller umher, und erst jetzt fiel ihm die mannsgroße Kiste auf. Sie verströmte einen penetrant süßlichen Geruch. Plötzlich forderte ein leises Geräusch seine Aufmerksamkeit. Irritiert blickte er auf den leblosen Körper des Priesters. Was sich ihm darbot, schien unmöglich: Er hatte doch gesehen, wie seine Kugel die Brust des Geistlichen durchschlagen hatte, und doch bewegte dieser sein rechtes Bein. Noch bevor Fröhlig reagieren konnte, sprang Julia auf und kniete sich hart auf den Körper des Angeschossenen, die Glock fest entschlossen auf seine Stirn gerichtet. Röchelnd und nach Luft ringend versuchte der Mann, sie zur Seite zu schieben. Grob schlug Julia seine Hand beiseite, dabei fiel eine kleine schwarze, in Leder eingebundene Bibel aus seiner Brusttasche. Ein kreisrunder Krater klaffte knapp unterhalb des silbernen Kreuzes. Fröhlig zögerte zunächst, denn tief in seinem Inneren wollte er dieses Monster tot sehen. Nur widerwillig gab er Julia zu verstehen, den Druck auf seiner Brust zu mindern. Wie ein Ertrinkender sog der Priester gierig die Luft ein. Julia drehte ihn grob auf den Bauch und legte ihm Handschellen an. Dabei rutschte sein Hosenbein nach oben und enthüllte die Haut bis zur Wade oder vielmehr das, was davon übrig geblieben war. Fröhlig betrachtete die Stelle: Die rosa Strukturen waren fließend und hatten weiche cremefarbene Übergänge. Das vernarbte Gewebe von der Wade abwärts erinnerte an eine Pizza Margherita mit zu wenig Käse.

„Und die Überlebenden beneideten die Toten", schauderte es ihn bei solchen Gedanken.

Fröhlig stützte immer noch den Kopf von Jens und schaute mit Sorge auf seinen leblosen Kollegen.

„Nimm sie in den Mund", Julia stand über dem Priester, die Glock auf seinen Hinterkopf gerichtet. Fröhlig starrte sie verständnislos an. Dann begriff er, und sein

Blick fiel auf die abgetrennten Finger, die wie tote Würmer auf dem Boden lagen.

„Mach schon", drängte sie. „Die Wundränder sind glatt, und dein Speichel ist desinfizierend. Das ist die einzige Chance, wie Jens seine Finger behalten kann."

„Nein ...! Das mache ich unter gar keinen Umständen." Die Vorstellung verursachte ihm Übelkeit.

„Los!", befahl Julia in einem Ton, der keinen Widerspruch duldete.

Eine gefühlte Ewigkeit verging, in der Fröhlig abwechselnd Würge- und Schluckreflex unterdrückte. Als der erste Sanitäter die Stufen hinuntereilte, besaß Fröhligs Gesichtsfarbe kaum bis gar keine Pigmente mehr. Der Rettungshelfer hatte noch nicht ganz den Fuß der Treppe erreicht, da murmelte Fröhlig mit verwaschener Stimme: „Tüte." Der Sanitäter verstand nicht sofort, doch der Anblick der verletzten Hand, des Bluts auf dem Boden und Fröhligs kreidebleichem Gesicht verriet alles, was er wissen musste. Hastig zog er eine Frischhaltetüte aus seinem Rucksack und reichte sie ihm. Als Jens' Finger in die Plastiktüte fielen, gab es ein nasses Geräusch. Behutsam legte Fröhlig seinen Kopf auf den Boden und wischte sich angeekelt wie eine Katze mit der Hand über die Zunge. Die Sanitäter übernahmen die Versorgung des Kollegen, und Fröhlig spürte, wie eine Last von ihm abfiel und sich stattdessen eine erschöpfte Leere in ihm ausbreitete. Er ließ kurz den Kopf sinken, der sich in diesem Moment unendlich schwer anfühlte. Dann fuhr er sich mit den

Fingern durch das Haar, als ob er die erdrückende Last wegwischen könnte.

Julia übergab den Priester an zwei uniformierte Kollegen. Fröhligs Augen verengten sich, und er spürte, wie tiefer Hass die Leere in ihm verdrängte. „Kollegen!", rief er den beiden Uniformierten zu. „Lasst ihn erkennungsdienstlich erfassen und ohne Umwege sofort ins KK11 überstellen." Fröhlig bemerkte den Widerstand der beiden. Er wusste, dass die Dienstvorschriften ein anderes Prozedere vorsahen. Wie um seine Anweisung zu verstärken, spie Fröhlig Jens' Blut neben sich auf den Boden. Die Männer verkniffen sich jeden Kommentar. In ihren Gesichtern spiegelten sich Ekel, aber auch Anerkennung für ihn wider.

Je länger Frank sich in diesem Folterkeller mit seiner bedrückenden Atmosphäre aufhielt, desto schwerer fiel es ihm, die Fassung zu bewahren. Jens hatte es übel erwischt. Keiner wusste, wie viele Stunden er diesem Irren wirklich ausgeliefert gewesen war. Der Verlust seiner Finger konnte mit viel Geschick rückgängig gemacht werden, aber was war mit den Verletzungen, die man nicht sah ...

„Wie geht es ihm?", fragte er den Sanitäter. Der nahm das Stethoskop von Jens' Brust und sah Fröhlig vage an.

„Hier vor Ort ist das schwer zu beurteilen. Seine Vitalwerte sind stabil. Was uns Sorgen macht, ist der Zustand seiner Psyche. Er scheint in eine Art Wachkoma gefallen zu sein." Der Rettungssanitäter gab den Blick auf Jens frei, der mit leeren Augen zur Decke schaute.

„Wir bringen ihn jetzt ins Sankt-Johannes-Klinikum. Dort wird man sich gut um ihn kümmern. Sie brauchen sich um Ihren Kollegen also keine Sorgen machen."

„Wie viele Ihrer Freunde sind schon in die Hände eines Irren gefallen? Sie sagen das, als ob …" Fröhlig brachte den Satz nicht zu Ende. „Entschuldigung, ich habe es nicht so gemeint", fügte er hinzu. Er wusste, es wäre unfair, den Rettungssanitäter dafür verantwortlich zu machen, was Jens widerfahren war.

„Ist schon gut. Wir bringen ihn zu den besten Ärzten der Stadt. Er wird bald schon wieder auf den Beinen sein." Das sagte der Sanitäter mit so viel Zuversicht, dass Fröhlig ihm glauben musste – glauben wollte. Julia erkannte, in welcher emotionalen Ausnahmesituation Frank sich befand. Für sie beide war Jens mehr als nur ein Kollege. Dieser Serienmörder hatte sie alle drei empfindlich getroffen. Jens hatte zwei Finger eingebüßt, lag im Koma und Frank hatte mit Hardy Neunziger einen alten Freund verloren.

„Was ist, Frank, sollen wir los?", fragte Julia, während sie sich straffte und den Oberkörper durchdrückte. „Es gibt noch immer einige Morde aufzuklären, Frank. Im Interesse deines Berufsethos solltest du damit anfangen, dich emotional zu stabilisieren. Fehler in der Vernehmung könnten später im Prozess zu Strafminderungen führen." Sie wusste, ihre rationale Art kam nicht bei jedem gut an, aber es war ihr Versuch, Frank in dieser Situation zu helfen. Fröhligs Augenbrauen zogen sich zusammen.

„Herrgott, Julia, du bist manchmal echt verstörend." Aber er ahnte tief im Innern, was sie mit ihrer Ansprache beabsichtigte. Fröhlig sah den beiden Sanitätern nach, wie sie Jens die Treppe hinauftrugen. Ihr Kollege war in guten Händen, und im Moment konnte er nichts weiter für ihn tun.

Inzwischen hatte es sich herumgesprochen, dass der Serienmörder gefasst worden war. Als der Tesla auf den Parkplatz der PI Mitte abbog, stürmten die ersten Reporter auf sie zu. Zahlreiche Blitzlichter blendeten sie grell, und Kameraobjektive knallten dumpf gegen die Seitenscheiben des Teslas. Der Mob aus Presseleuten bildete einen Belagerungsring um die silberfarbene Limousine.

„Na, das hat uns gerade noch gefehlt", murmelte Fröhlig verächtlich.

„Ich halte sie dir vom Hals. Sobald ich die Presse abgearbeitet habe, folge ich dir ins Büro." Julia wusste, dass der größte Gefallen, den er Feldmann jetzt machen konnte, darin bestand, seinen Job richtig zu machen und diesen Irren für immer hinter Gitter zu bringen. Fröhlig öffnete die Beifahrertür und stieg hastig aus. Sofort stürzte sich der Pulk wie ein Schwarm Fliegen auf ihn. Julia stieg parallel zu ihm aus und pfiff schrill. „Ich werde alle Ihre Fragen beantworten."

Fröhlig spürte, wie er aus dem Fokus geriet, und nutzte die Gelegenheit. Surrend glitten die beiden Glastüren der Sicherheitsschleuse beiseite. Einige Kollegen standen wie zufällig Spalier. Als Fröhlig an ihnen vorbeieilte, spendeten sie ihm Applaus. Ohne sie weiter zu beachten, lief er an ihnen vorbei und hetzte die Stufen hinauf. Schon im Treppenhaus hörte er Sabine und M. miteinander aufgeregt diskutieren. Er verstand nicht, worüber sie sprachen, aber es klang nach Kompetenzstreitigkeiten. Es war erschreckend. M. war noch nicht im Ministerium, und doch klang Sabine bereits wie sie. Erschreckend traf es nicht ganz, gruselig schon eher.

„Frank!“ Als die beiden Frauen ihn sahen, verstummte ihr Gezänk. Sabine strahlte ihn an wie ein Kind bei der Konfirmation. „Ich gratuliere dir zur Festnahme.“

„Das Lob dafür gehört ausschließlich Jens“, antwortete er mit Stolz in der Stimme. Auch wenn Jens jetzt nicht hier war, ohne seine Vorarbeit wären sie dem Killer nie so schnell auf die Spur gekommen.

„Ja, wir haben es schon gehört“, sagte M., kam auf ihn zu und legte ihre Hand auf seine Schulter. Die Geste sollte wohl Anteilnahme bei ihr zeigen. Der Ausdruck auf M.s Gesicht verriet aber ihre wahren Gefühle. Fröhlig sog scharf Luft zwischen den Zähnen ein.

„Du karrieregeiles Miststück! Das alles wäre nicht passiert, wenn du uns die Zeit gegeben hättest, um ordentlich zu ermitteln“, ging Fröhlig sie wütend an. Grob wischte er ihre Hand von seiner Schulter. „Wo befindet der Priester sich gerade?“, fragte er kühl und zog seine Jacke aus.

„Das KK21 hat ihn so lange in Gewahrsam genommen, bis du kommst.“

Zornesröte stieg Fröhlig ins Gesicht. „Rütte?“, spie er verächtlich seinen Namen aus. „Ist das der Dank dafür? Wir machen die Drecksarbeit, und Rütte kassiert die Lorbeeren?“ Seine Stimme drohte zu kippen.

M. sah bedrohlich finster zu ihm herüber. „Nein, Frank, das KK21 passt nur so lange auf ihn auf, bis Frau Stern und du bereit seid.“

Fröhlig warf der Polizeipräsidentin einen abschätzigen Blick zu. „Na, dann ist ja gut, dass wir jetzt hier sind.“ Damit ließ er das Thema ruhen. Von nur einem Gedanken getrieben, dem Priester das Leben zur Hölle zu machen, preschte er in die nächsthöhere Etage. Oben angekommen, erblickte er den leitenden Ermittler des KK21, der mit zwei dampfenden Bechern im Flur stand.

„Wo ist er, Rütte?“, fauchte Fröhlig ihm entgegen.

„Auch wenn es mir schwerfällt, Fröhlig. Gratulation zur Verhaftung. Und dein Mann sitzt bei mir im Büro und wartet schon auf dich.“ In Fröhligs Kopf schrillten die Alarmglocken. „Etwa allein, du Idiot?“, brüllte er ihn an.

„Beruhig dich, er sitzt gefesselt auf einem Stuhl und schweigt die ganze Zeit. Außerdem, wo will er schon hin?“, antwortete Rütte flapsig.

Fröhlig eilte auf den Hauptkommissar zu und schob ihn unsanft beiseite.

„Hey, hey, hey, vorsichtig!“, rief Rütte, während er hektisch versuchte, die dampfenden Becher auszubalancieren.

„Fröhlig, jetzt krieg dich mal wieder ein, hörst du?“, hörte er M. hinter sich rufen. Sie musste ihm gefolgt sein und stand nur wenige Schritte entfernt im Flur. Fröhlig drückte die Türklinke nach unten und riss die Tür auf.

„Fuck!“, schrie er und stürmte in den Raum.

M. eilte an Rütte vorbei und blieb entsetzt im Türrahmen stehen. M. hielt sich fassungslos die Hand vor den Mund und starrte auf das schaurige Bild, das sich ihr bot. Fröhlig stand mit nur zwei großen Schritten neben dem Priester und suchte am Handgelenk nach dem Puls.

„Verdammte Scheiße“, verschaffte Fröhlig seiner Wut über Rüttes Nachlässigkeit Luft. M. trat näher an den Schreibtisch heran. Der Anblick war skurril. Der höhenverstellbare Schreibtisch war ganz nach oben gefahren, sodass das Druckerkabel, das um den Kopf des Geistlichen gelegt war, sich straff spannte und den Hals unnatürlich in die Länge zog. Die Adern an seiner Schläfe traten wulstig blau hervor. Der Kopf war abgeknickt, und der Körper schien schwebend unter dem Schreibtisch zu sitzen. Dadurch machte er den Eindruck, als ob er auf unnatürliche Weise den Gesetzen der Schwerkraft zu trotzen versuchte. Unterhalb der Hüfte berührten die Fingerspitzen nur knapp den Boden. M. blickte in ein Gesicht, das den Erstickungstod als blasse, qualvolle Maske widerspiegelte. In diesem Moment kam Julia dazu, gerade noch rechtzeitig, um Frank vor einer großen Dummheit zu bewahren. Wie ein Raubtier wollte er sich auf Rütte stürzen.

Fröhligs Arm schnellte vor, um Rütte am Kragen zu packen, doch Julia stellte sich dazwischen.

„Wie bescheuert muss man sein, du Idiot?“, brüllte er Rütte ins Gesicht.

„Fröhlig, er war Priester, und ich bin nicht davon ausgegangen, dass jemand wie er selbstmordgefährdet ist. Außerdem habe ich gedacht ...“, versuchte Rütte sich zu rechtfertigen.

„Du hast was gedacht, Rütte?“, schnitt Fröhlig ihm wutschnaubend das Wort ab. Sein Gesicht verzog sich zu einem zynischen Grinsen. „Überlass das Denken lieber denen, die mit mehr Verstand weniger Schaden anrichten.“ Wieder schoss sein Arm nach vorne, und wieder blockierte Julia seinen Versuch, Rütte eine zu verpassen. M. warf Rütte einen vernichtenden Blick zu und sagte durch zusammengepresste Lippen:

„Frank hat recht, der Zeitpunkt deiner Inkompetenz könnte kaum schlechter gewählt sein.“ Das Timbre ihrer Stimme verriet, wie wütend sie auf den leitenden Ermittler vom KK21 in Wirklichkeit war.

„Verdammt, was ist hier passiert?“ Sabine stand im Türrahmen und versuchte angestrengt, das Geschehen gedanklich zu rekonstruieren.

„Da fragst du am besten ihn.“ Fröhlig streckte den Arm aus und zeigte mit seinem vor Zorn bebenden Finger auf den leitenden Ermittler des KK21.

Rütte ging mit hängenden Schultern um seinen Schreibtisch herum. Julia folgte ihm, nicht nur, um ihn vor Frank zu schützen. Sie kannte ihren Kollegen gut genug, um zu wissen, dass er in solchen Momenten wie eine entsicherte Sprenggranate war.

Kopfschüttelnd betrachtete Rütte das morbide Stillleben direkt vor ihm.

„Wer um alles in der Welt denkt sich so was aus? Mal ehrlich, welcher normale Mensch würde auf die absurde Idee kommen, sich ein Kabel um den Hals zu legen, um sich dann mit der Höhenverstellungsfunktion eines Schreibtischs zu strangulieren?“ Rütte schüttelte fassungslos den Kopf. Als er sich aufrichtete, klammerte er sich an die Tischplatte, um Halt zu finden. Julia ging ebenfalls um den Schreibtisch herum und betrachtete den erhängten Priester mit ausdrucksloser Miene. Dieses Mal war es kein Juckreiz, der sie irritierte. Vielmehr war es einer ihrer anderen Sinne, der sich an dem „Stillleben“ störte. Es war nicht der Tod an sich, der war normal. Es war der Ausdruck in seinen Augen, der sie interessierte. Julia trat näher an den Mann heran. Empathie zählte bekanntermaßen nicht zu ihren Stärken, diesen Makel glich sie aber durch erlerntes Wissen aus. Sie stützte ihre Hände auf die Knie und beugte sich zum toten Geistlichen vor. Sein Gesichtsausdruck war der eines gewöhnlichen Erhängten. Die Augen traten weit aus ihren Höhlen hervor, und die verfärbte Zunge lag geschwollen in seinem Mundwinkel. Doch was sie immer noch störte, war der glasige Blick des Toten. Trotz der Angst, die zu erkennen war, lag eine gewisse Güte darin. Julia rief sich verschiedene Formen der Gesichtszüge ins Gedächtnis.

„Als wollten seine Augen um Vergebung bitten“, sprach sie zu sich selbst. Ein vernunftwidriger Gedanke setzte sich in ihrem Kopf fest. „Aber wen um Vergebung bitten? Sich selbst, seinen Schöpfer?“ Der letzte Gedanke war absurd. „Die drei großen christlichen Religionen sind, was das angeht, unmissverständlich. Selbstmörder schmoren bis in alle Ewigkeit im Fegefeuer; und den Teufel um Begnadigung zu bitten, ergab selbst für sie als Atheistin keinen Sinn.“ Hilfe suchend richtete sie ihren Blick auf Frank. Sie wusste, das Letzte, was sie jetzt gebrauchen konnten, war eine Neuauflage von *The Twilight Zone*. Julia fixierte Frank mit einem intensiveren Blick. Mit einer Kopfbewegung gab sie ihm zu verstehen, herüberzukommen. Fröhlig löste sich aus der Gruppe, die lautstark versuchte, die Situation unter Kontrolle zu bekommen.

Julia kniete so, dass die Tischplatte sie größtenteils verdeckte. Fröhlig musste schon genau hinhören, um sie zu verstehen.

„Ich bin überzeugt, Frank, der Mann hier ist ermordet worden.“

Er glaubte zuerst, Julia falsch verstanden zu haben. Sie umfasste sein Handgelenk und zog ihn zu sich hinunter. „Findest du nicht auch, Frank, dass der Ausdruck in seinen Augen merkwürdig ist?“

Fröhlig versuchte zu begreifen, worauf sie genau hinauswollte. „Der Mann hat sich selbst erdrosselt. Wie denkst du, sollte er deiner Meinung nach denn schauen?“, fragte er ironisch nach.

„Zumindest sollte er nicht schauen, als hätte er Verständnis für den Mord an ihm." Julia umfasste das rechte Handgelenk des Toten und verdrehte es um 180 Grad. „Wie erklärst du dir die Kratzspuren auf seiner Haut? Er besitzt weder Ekzeme noch störende Insektenstiche, die ihn zum Kratzen animiert haben könnten." Aus ihrer Perspektive ergab alles einen Sinn. „Frank, hast du schon mal in Betracht gezogen, dass es zwei Dämonen geben könnte und einer von ihnen noch immer unter uns ist?"

Ohne näher darauf einzugehen, beugte er sich zu dem Leichnam hinunter und betrachtete intensiver den Ausdruck in seinen Augen. „Verdammte Scheiße, Julia, du hast recht." Fröhlig sah jetzt noch genauer hin.

„Und sieh dir seine Fingernägel an, Frank. Zwei von ihnen sind eingerissen." Darunter erkannte Fröhlig schwach rosafarbene Partikelspuren. „Der Priester hat sich gewehrt!"

Ähnlich einem Periskop bei einem U-Boot schaute Fröhlig über die Kante der Tischplatte hinweg. Blind löste sein Daumen den Druckknopf an seinem Holster. Der Griff seiner Walther fühlte sich kalt und zugleich gut an. Julia verstand sofort. Wie abgesprochen, erhoben sich beide. Sie nahmen ihre Schritte in entgegengesetzte Richtungen – in der Hoffnung, dass ihre Zangenbewegung so lange wie möglich unerkannt blieb. Doch Rütte hatte es bemerkt. So schnell, dass keine der Frauen reagieren konnte, packte er M. und missbrauchte sie als lebenden Schutzschild. Fast synchron zogen Julia und

Frank ihre Dienstwaffen und zielten damit auf seinen Kopf. M. schrie vor Schmerz laut auf. Grob zerrte Rütte an ihren Haaren, sodass ihr Kopf nach hinten flog. Gleichzeitig drückte er das spitze Ende eines Brieföffners schmerzhaft gegen ihre Halsschlagader. Ein Rinnsal roter Flüssigkeit quoll aus ihrer Haut hervor.

Sabine war in einer Art Schockstarre verfallen und betrachtete mit Entsetzen das Geschehen.

Fröhlig schob vorsichtig einen Fuß vor den anderen. Ohne sein Ziel aus den Augen zu lassen, näherten sie sich dem Kollegen von beiden Seiten. „Rütte, was soll der Scheiß, wenn es fertig ist? Du weißt doch selbst am besten, wie das hier läuft.“ Um seiner Aussage Nachdruck zu verleihen, zielte Fröhlig präzise auf dessen rechtes Auge. Fröhlig überlegte, wie Rütte plötzlich zu dem Brieföffner gekommen war. Es gab dafür nur eine logische Erklärung. Er musste ihn unbeobachtet vom Schreibtisch genommen haben, in dem Moment, als er aufstand.

Rütte schob jetzt M.s Kopf schützend vor sein Gesicht, indem er brutal an ihren Haaren zog. Ihn direkt anzugreifen, wurde dadurch riskant. Julia zielte über den Lauf ihrer Waffe auf die weichste Stelle an seinem Hals, dort, wo das Projektil ohne großen Widerstand auf die Wirbelsäule treffen konnte. Bei einem präzisen Nervenschuss bekäme sein Muskelapparat keine Signale mehr vom Gehirn, um zu reagieren. Rütte würde wie ein kaputtes Spielzeug in sich zusammenfallen und sterben, noch ehe er den Boden berührte.

Fröhlig sah den flehenden Blick, den M. ihnen zuwarf. Die Frau litt unter Todesangst. Wäre die Situation anders gewesen, hätte er sie vielleicht angelächelt. Doch Rütte war ein erfahrener Kriminalbeamter, der jeden Trick durchschaute. Julia schlich wie ein Raubtier um ihn herum, versuchte, ihn zu einer unüberlegten Bewegung zu nötigen. Rütte verfolgte sie aus dem Augenwinkel heraus. Ohne ein Wort zu sagen, bohrte er die Klinge tiefer in die Haut seiner Geisel, nur um Julia zu zeigen, dass er ihre Absicht erkannt hatte. Wimmernd stöhnte M. auf. Seine Faust auf ihrem Kopf ballte sich fester, so sehr, dass sie hören konnten, wie einzelne Haare herausgerissen wurden. Rütte überdehnte ihren Hals und zog sie noch näher zu sich heran. Wie eine Ballerina tänzelte M. nervös auf den Zehenspitzen. Der Blutstrom an ihrem Hals fing an, breiter zu werden. Rütte grinste auf eine Weise, die nichts Gutes bedeuten konnte. Dann raunte er M. etwas ins Ohr. So als hätte er einen Schalter umgelegt, beruhigte sich M. plötzlich. Ihre tänzelnde Bewegung verebbte, und die Angst in ihren Augen war verflogen. Was auch immer Rütte M. zugeflüstert hatte, es schien eine extreme Wirkung auf seine Geisel zu haben.

Vorsichtig setzte Fröhlig einen weiteren Schritt in seine Richtung, das Ziel über den Lauf der Waffe fest im Blick. Wie Wölfe versuchten Julia und er, ihn einzukreisen. Plötzlich öffnete Rütte seine Faust und zog seine Finger aus M.s Haaren, die Spitze des Brieföffners weiter auf ihre Halsschlagader gerichtet. Die Polizeipräsidentin verharrte reglos und starrte durch Fröhlig hindurch, so als nähme sie seine Gegenwart gar nicht wahr. Ganz offensichtlich stand sie unter Hypnose. Rütte löste die Spitze des Brieföffners langsam von ihrem Hals, dabei wurde das Rinnsal Blut noch breiter. Er lächelte immer noch selbstgefällig. Wieder flüsterte er M. etwas so leise ins Ohr, dass die anderen es nicht verstehen konnten. Weiterhin hielt er das spitze Ende gefährlich nah an ihrer Halsschlagader. M. bewegte ihren Arm so, dass es aussah, als wollte sie ein unsichtbares Tablett über ihrer Schulter balancieren. Dann legte Rütte M. den Brieföffner in die offene Hand und gab ihr einen sanften Stoß in Richtung Büromitte. Ungelenk stolperte die Polizeipräsidentin vorwärts. Im selben Moment zog Rütte seine Waffe und zielte damit auf Julia. Es ging alles so schnell, dass keiner damit gerechnet hatte.

Und dann passierte das Unvorstellbare.

M. holte aus und stach sich mit dem Brieföffner mehrmals in den eigenen Hals. Blut spritzte in Fontänen aus der Wunde und bis an die Wand.

„Nein!“, schrie Sabine entsetzt auf. Ohne auf die Gefahr zu achten, die von Rütte ausging, eilte sie ihrer Freundin zu Hilfe. Schützend presste sie die Hände auf die klaffende Wunde. Arterielles Blut floss heraus und quoll zwischen ihren Fingern hindurch.

Zwei Schüsse bellten laut auf. Fröhlig sah mit weit aufgerissenen Augen, wie Julia in die Brust getroffen und nach hinten geschleudert wurde. Rütte stand taumelnd an der Schwelle zur Tür und hielt sich schmerzverzerrt die Schulter. Noch in der Bewegung drückte auch Fröhlig ab. Erneut hämmerte ein Schuss ohrenbetäubend durch das Büro. Durch die Mündungswolke sah er verschwommen, wie das Projektil in das Mauerwerk neben Rütte einschlug. Putz platzte weg und riss ein trichterförmiges Loch in die Wand. Rückwärts wankte Rütte in den Flur.

Fröhligs Verstand versuchte, das Geschehene zu begreifen. Wie bei einer Triage entschied sich sein Gehirn, erst Julia zu helfen. Sabine kniete neben M. und presste die Hand fest auf ihren blutenden Hals. M. lag da, während ihr Herz immer schwächer ins Leere pumpte.

„Ruft einen Krankenwagen, schnell!", brüllte Sabine verzweifelt aus dem Büro raus in den Flur. Tränen flossen über ihr Gesicht, während sie bereits verstand, dass für M. jede Hilfe zu spät kam.

Julia lag auf dem Rücken. Ihr Gesicht war ein einziger Ausdruck zwischen Angst und Schmerz. Die Augen weit aufgerissen, presste sie ihre Zähne fest aufeinander. Weiß traten ihre Zahnreihen hervor. Als er sie so liegen sah, glaubte er, die Luft bliebe ihm weg. Vorsichtig schob er ihr seine Hand unter den Nacken und hob den Kopf leicht an. „Du lebst!", stellte er erleichtert fest.

Wie Kugeln aus Glas bewegte sie ihre Augäpfel. „Ja, und es tut verdammt weh", kam die nüchterne Antwort.

Seine Hand glitt vorsichtig über ihre Brust und schob ihren Pullover nach oben.

Julia versuchte sich an einem Lächeln, das ihr nicht gelang. „Findest du nicht, wir sollten warten, bis wir allein sind."

„Du trägst eine schusssichere Weste", sagte er fassungslos und wie erstarrt.

„Du etwa nicht?"

Fröhlig überlegte, ob er sie würgen oder küssen sollte. „Was ist mit dem leitenden Ermittler vom KK21?", wollte sie von ihm wissen. „Hast du ihn erwischt?" Sein Schweigen verstand sie als ein Nein.

„Mir geht es gut, ganz ehrlich", sagte Julia und pulte mit dem kleinen Finger in dem kreisrunden Loch ihrer Kevlar-Weste. „Verschwinde und bring ihn zur Strecke." Wie ein ungeliebtes Kind stieß sie ihn von sich. Dabei fiel ihr Blick auf M., die röchelnd da lag und gerade an ihrem eigenen Blut erstickte. Julia erkannte sofort, dass die Frau eigentlich schon tot war.

„Verflucht, Frank, ich kann dir dabei nicht helfen, selbst wenn ich wollte – zwei meiner Rippen sind gebrochen, und ich glaube, eine bohrt sich gerade in meinen linken Lungenflügel. Geh jetzt!"

Im Treppenhaus hörte Fröhlig bereits die gebrüllten Kommandos der Kollegen. Er rannte die Stufen hinab, übersprang die Absätze und hechtete wie ein Hürdenläufer über den Handlauf. Das Geschrei im Foyer wurde heftiger und nahm an Aggression zu. Eine Männerstimme zählte laut von fünf abwärts. Als diese bei zwei angekommen war, erkannte Fröhlig das Dilemma: Rütte hielt eine blutverschmierte Kollegin fest in seiner

Umklammerung, den Lauf seiner Dienstwaffe unter ihrem Kinn gepresst.

„Gerd!“, brüllte Fröhlig.

Der leitende Ermittler vom KK21 wirbelte so schnell herum, dass der Kopf der Frau kaum hinterherkam.

„Es ist vorbei, Gerd. Du kommst hier nicht raus.“ Auf der anderen Seite der Sicherheitsschleuse drängten sich Reporter gegen das Glas der Schiebetüren, um das beste Foto zu sichern. Blitzlichter wie bei einem Gewittersturm erhellten das Foyer. Fröhlig streckte beide Arme durch. Die Walther fest zwischen seinen Händen, zielte er auf knapp oberhalb von Rüttes Nasenwurzel.

„Weißt du, Frank“, begann Rütte mit einem spöttischen Grinsen, „Angst entsteht nur da, wo man die Gefahr nicht kennt. Du bist ein miserabler Schütze. Angesichts dessen sollte ich eigentlich vor Angst zittern.“ Fröhlig sah, wie Rüttes Augen auf der Suche nach einem Ausweg durch den Raum flogen.

„Also gut, Fröhlig, dieses eine Mal hast du gewonnen.“ Plötzlich ließ er die Kollegin los. Stöhnend atmete die Frau auf, taumelte mehr zur Seite, als dass sie ging. Mit beiden Händen fasste sie sich an den Hals. Rüttes Grinsen wurde noch breiter. Fröhligs Augen verengten sich zu schmalen Schlitzen. Als Rüttes Schulter kurz zuckte, sah Fröhlig seine Chance und schoss.

Ungläubig starrte der leitende Ermittler auf die Löcher in seiner Brust. Der Schmerz fraß sich wie heiße Säure durch seinen Oberkörper. Wankend und torkelnd machte er zwei Schritte zurück, dann fiel Gerd Rütte rücklings zu Boden. Er japste keuchend nach Luft, presste beide Hände fest gegen die Löcher, aus denen immer mehr Blut sickerte. Ungläubig betrachtete er die dunkle Flüssigkeit, die zwischen seinen Fingern hindurchsickerte, dann blickte er Fröhlig an. „Wie schnell doch die Zeit vergeht, Frank, wenn man Spaß hat." Er hustete und spuckte roten Schleim aus.

„Warum, Gerd? Ich verstehe es nicht", fragte Fröhlig den Mann, den er glaubte zu kennen und der sich nun als Mehrfachmörder herausstellte.

„Liebe", keuchte Rütte – mit Augen, die anfingen, ihren Glanz zu verlieren.

„Aber du bist doch verheiratet. Mit einer Frau?" Fröhlig hatte davon gehört, dass heterosexuelle Ehemänner plötzlich das Lager wechselten.

„Nicht mit einer Frau." Er hustete wieder und kleine rote Bläschen quollen aus seinem Mundwinkel.

„Du und der Priester – ihr wart ein Paar?" Fröhlig stand der Unglaube ins Gesicht geschrieben.

„Seit unserer Jugend", flüsterte Rütte schwach. „Arrrgh", stöhnte er auf und hielt sich die Brust fester.

„Ihr beide wart in diesem Waisenhaus in Afrika, als die Soldaten Mugabes kamen?" Es war mehr eine Frage als eine Feststellung. Rütte nickte schwach, und langsam ergab alles für Fröhlig einen Sinn. „Aber warum Hypnose, Gerd?"

Rütte lächelte schmerzverzerrt. „Ich wurde Polizist, vielleicht auch, um der Welt etwas Gutes zu tun. Mein Mann entdeckte den Glauben für sich. Nach seiner

Priesterweihe kehrte er nach Afrika zurück, um dem Land zu vergeben, wie er sagte. In den Buschkrankenhäusern lernte er Hypnose, weil Schmerzmittel dort Mangelware sind." Rütte hustete erneut, und dunkelroter Speichel tropfte nass aus seinem Mund. „Weißt du, Frank, Afrika ist ein Kontinent, von dem wir Weißen uns fernhalten sollten. Als mein Mann zurückkam, war er nicht mehr derselbe. Anstelle dort geheilt zu werden, verschlechterte sich sein Zustand. Er legte sein Priestergewand ab, und wir heirateten auf einem Schloss in Schottland. Es war schön, selbst dir hätte es dort gefallen." Rütte lächelte blutverschmiert. „Trotz mehrerer Therapien konnten wir das Erlebte nicht vergessen. Das Grauen saß einfach zu tief. Wie ein bösartiger Tumor zerstörte es unsere Seelen. Wir begannen zu experimentieren – um uns dadurch Luft zu verschaffen. Erst an uns selbst, dann an anderen. Zu unserer beider Überraschung verringerte ihr Leid unseren Schmerz. Je größer ihre Qualen, desto besser fühlten wir uns hinterher. Es wurde zu unserer Droge. Es verlieh uns Linderung. Als wir nicht mehr genug Männer fanden, die ein extremes Verlangen nach masochistischen Praktiken besaßen, kamen wir auf die Idee mit der Hypnose. Und Flüchtlinge sind eine ständig verfügbare Ware."

Fast hätte Fröhlig Mitleid empfunden. Doch eben nur fast, denn der Ekel überwog. Diese Männer, die sie zu Tode gefoltert hatten, waren für sie nichts weiter als „Ware" gewesen. Plötzlich verkrampfte sich Rüttes Körper. Seine Gliedmaßen zuckten unkontrolliert, und seine Brust hob sich in verzweifelten Atemzügen. Im Todeskampf rang er nach Luft, bis sein Körper schließlich erstarrte und wie ein Soufflé in sich zusammensackte.

Fröhlig legte ihm seine Hand über die Augen und schloss sie. Er war sich vollkommen bewusst, welchen Gefallen er Rütte erwiesen hatte, als er auf ihn schoss. Rückblickend belastete ihn das kaum. „Suicide by Cop" gehörte zum Job, und in diesem Fall verspürte er keine Reue.

Epilog

Vier Tage später

Fröhlig saß in dem kleinen Café Evergreen und wartete seit über einer Stunde. Odette hatte sich am Telefon nur wenig begeistert angehört, doch nachdem er ihr versprochen hatte, alles zu erklären, stimmte sie zähneknirschend einem Treffen zu. Mit Mel verhielt es sich komplizierter. Sie erwartete zwar ein Kind von ihm, doch das machte sie kein bisschen zugänglicher, was er ihr aber nicht übel nahm.

Fröhlig schob sich aus dem tiefen, plüschigen Ohrensessel nach vorne und nippte an seinem Kaffee. Während er über die Situation nachdachte, fiel sein Blick auf ein Schaufenster gegenüber. Dort prangte auf einem T-Shirt der Schriftzug „Oldschool Defence“. Sein Gehirn versuchte ihm ganz offenkundig etwas mitzuteilen. Vielleicht war es an der Zeit, aufzuhören, sich selbst zu bemitleiden und die Realität zu akzeptieren.

Dann sah er Odette und wie sie auf das Café zuging. Sie trug einen schwarzen Lackleder-Trenchcoat und ein weißes Kopftuch. Kurz blieb sie stehen, so als dächte sie darüber nach, umzukehren. Als sie eintrat, verstummten die Gespräche der anderen Gäste.

Fröhlig stand auf, um sie zu begrüßen, doch zu seiner Überraschung nahm sie sein Gesicht in ihre Hände und küsste ihn leidenschaftlich. Der Duft von Rosen, Patschuli und Moschus stieg ihm in die Nase. Fröhlig drückte sie von sich weg.

„Ich bin dir peinlich, Frank?", fragte sie in einem Ton, der ihn nichts Gutes ahnen ließ. Sie löste den Knoten ihres Kopftuchs und warf es über den Tisch.

„Warum solltest du, Odette?", entgegnete er galant. Der Kellner kam auf sie zu und hielt ihr auffordernd die Hände entgegen. Odette löste die breite Schnalle ihres glänzenden Trenchcoats und öffnete ihn. Gerade noch rechtzeitig verhinderte Fröhlig Schlimmeres: Bis auf ihre High Heels war sie darunter vollkommen nackt.

Odette lächelte provokant. „Oh, jetzt bin ich ehrlich von dir enttäuscht. Ich war mir sicher, dir gefällt, was du hier siehst", sagte sie lasziv schmollend.

„Was soll das werden?" Fröhlig zog den Mantel hastig zu und drückte sie unsanft in den Sessel.

„Du bist ein großer Junge, Frank, ich bin mir sicher, du kommst von ganz allein darauf. Ich kann alles sein, was du dir wünschst. Die brave Hausfrau, die zu Hause darauf wartet, dass ihr Mann zurückkommt. Deine Hure, mit der du es treiben kannst, wie du es willst. Ich bin alles für dich."

In Fröhlig schrillten die Alarmglocken. „Wie ist das gemeint, Odette: ‚Ich bin alles für dich'?"

Sie griff nach seiner Hand, drückte sie fest gegen ihren warmen Oberschenkel und schob sie gegen seinen

Willen weiter hinauf. Hastig zog er sie zurück. „Odette, ich frage dich noch mal: Was soll das werden? Ich habe dich nicht hierhergebeten, damit du weiter deine Spielchen mit mir treibst." Das klang zorniger, als er es beabsichtigt hatte.

„Aber genau das liebst du doch so sehr, Herr Kommissar: Spielchen spielen, es mit mir treiben. Komm, lass uns spielen. Nur ein bisschen", bettelte sie mit kindlicher Stimme. Dabei lächelte sie kalt. Fröhlig spürte in der Bauchgegend ein Unbehagen aufsteigen. Die Dynamik ihres Treffens gefiel ihm ganz und gar nicht. So wie Odette sich gerade verhielt, wäre es ein Fehler, ihr von Mels Schwangerschaft zu erzählen und auf ihre weibliche Solidarität zu hoffen. Sie wirkte, als hätte sie sich in eine Traumwelt geflüchtet – ein Schutzmechanismus, vermutlich ausgelöst durch die enttäuschte Liebe, die sie seinetwegen durchlitt. „Gott, jetzt klang er schon genau wie Julia", schoss es ihm durch den Kopf. Nach einem kurzen Augenblick, in dem Fröhlig sie ansah, als studierte er einen aufgespießten Schmetterling, sagte er: „Nein. Es ist aus zwischen uns, und das wird nicht diskutiert, Odette."

„Netter Versuch, Herr Kommissar, aber ich bestimme, wann Schluss ist." Ihre Stimme klang jähzornig. Sie öffnete den Trenchcoat und entblößte ihre nackten Brüste. „Sieh sie dir an, Frank", forderte sie ihn trotzig auf.

„Ich kenne sie bereits."

„Weißt du, wofür das steht?" Die Frau straffte mit der Hand ihre linke Brust: „Was es in Wahrheit bedeutet?"

Fröhlig blickte auf den tätowierten Halbmond knapp oberhalb von ihrem Herzen. „Ich habe dir doch erzählt, dass mein Mann Russe war. In Russland steht dieses Symbol für Sklaverei. Mein Mann hat ihn mir zu unserem dritten Hochzeitstag geschenkt. Wie romantisch, findest du nicht auch? Danach hat er mich vergewaltigt. Ich war zu seinem Eigentum geworden."

„Hast du mir nicht erzählt, er ist zurück nach Russland, zu seiner Familie?"

„Ja, das stimmt auch", sagte sie zuckersüß. Von jetzt auf gleich wechselte ihr Gemütszustand und sie fügte hinzu: „Er ist schon zurück, aber eher indirekt." So wie sie es sagte, gefiel ihm die Geschichte zunehmend weniger.

Der Kellner näherte sich von der Seite her. Als sein Blick auf ihren nackten Busen fiel, blieb sein Mund dümmlich offen stehen. „Gefällt dir, was du siehst, Kleiner?", fragte sie schamlos. „Na los, nicht so schüchtern. Schau genau hin. Sie haben ein kleines Vermögen gekostet. So viel Geld, dass deine kleine flachbrüstige Freundin nur davon träumen kann, sich jemals wie eine echte Frau zu fühlen." Dem jungen Mann stieg die Röte ins Gesicht, und gedemütigt schlich er davon.

„War das jetzt unbedingt nötig?" Der junge Kellner tat ihm leid.

„Keiner sagt mir, was ich zu tun oder zu lassen habe, Frank. Ich allein bestimme über mein Leben." Sie umfasste Fröhligs Handgelenk und warf einen prüfenden Blick auf dessen Armbanduhr. „Es ist an der Zeit, dass wir uns verabschieden. Deine hübsche Kollegin wird jeden Augenblick hier sein."

Fröhlig schüttelte den Kopf, als müsste er die Worte in die richtige Reihenfolge bringen. „Warum sollte sie?", fragte er ungläubig. Im selben Moment fuhr die silberfarbene Limousine von Julia vor dem kleinen Café vor.

„Adieu, mon amant", hauchte sie ihm zu. Fröhlig wusste nicht, wohin er zuerst sehen sollte: zu Julia, die langsam und mit gezogener Waffe auf das Café zuging, oder zu Odette, die ihren Mantel abgestreift hatte und plötzlich nackt mitten im Raum stand. Wortlos öffnete Julia die Tür und betrachtete die skurrile Szenerie.

Mit verderbter Fröhlichkeit sagte Odette: „Frank, als ich sagte, ich habe meinen Mann zu seiner Familie zurückgeschickt, war ich nicht ganz ehrlich." Ohne Widerstand legte Odette ihre Arme auf den Rücken und ließ sich von Julia Handschellen anlegen. „Nachdem er mich vergewaltigt hatte, habe ich ihn noch in derselben Nacht, im Schlaf, mit einer Schere erstochen. Gisèle half mir später, ihn zu zerteilen und in Natronlauge aufzulösen." Odette wandte den Kopf Julia zu. „Versprechen Sie mir, Frau Stern, nett zu Gisèle zu sein. Er wollte nur helfen."

Fröhlig überlegte, ob das der unangenehm säuerliche Geruch gewesen war, den er auf dem Parkplatz und in ihrem Keller wahrgenommen hatte. Ihr Gesicht bekam einen merkwürdigen Ausdruck, so als wechselte gerade nicht nur ihr Gemütszustand die Realität.

„Seine Knochen habe ich im Backofen getrocknet, anschließend zu Mehl verarbeitet und fein durchgesiebt, dann noch Milch, Hefe, ein paar gute Eier, Schmand und natürlich Rosinen hinzugefügt. Rosinen dürfen unter keinen Umständen in einem Kulitsch fehlen.“ Sie sah den fragenden Ausdruck in seinen Augen. „Du bist wirklich ein Kind deiner Stadt, Frank. Warst du überhaupt schon jemals raus aus diesem Kaff hier?“

Fröhlig musste nicht lange überlegen. Warum sollte er? „Kulitsch ist ein traditioneller Kuchen, der in Russland zu Ostern gereicht wird.“ Ihm lief es kalt den Rücken hinunter.

„Verstehe ich dich richtig, Odette, du hast ihn an seine eigene Familie verfüttert?“ Ihm wurde übel bei dem Gedanken.

„Lustig, nicht?“ Die Frau schien vor seinen Augen zu verwelken. „Aus dem Leib seiner Mutter kam er gekrochen, in ihren Leib sollte er zurückkehren. Sie sollte an dem Monster, das sie ihren Sohn nannte, ersticken. Das ist doch nur gerecht nach all dem, was er mir angetan hat?“ Sie zitterte und ihre Stimme stand am Rand der Hysterie. Sie neigte den Kopf leicht schief und schaute Fröhlig an – wie ein junger Hund, der sich seiner Missetat bewusst war. „Weißt du“, sagte sie plötzlich ganz ruhig. „Ich liebe dich, Frank. Ich liebe dich wirklich.“ Fröhlig sah sie an und sagte nichts.

Er wusste aus eigener schmerzhafter Erfahrung: Liebe ist eine vorübergehende Art von Wahnsinn.

Julia legte Odette ihren Mantel über die Schultern, umfasste ihren Arm und führte sie hinaus. Vor dem

Tesla öffnete Julia die hintere Tür und achtete darauf, dass sich Odette nicht beim Einsteigen den Kopf stieß.

Fröhlig zog sich die Jacke über und setzte sich an einen der Tische draußen vor der Tür. Er nestelte eine Schachtel Zigaretten aus der Innentasche, schnippte mit dem Finger gegen ihren Boden und klemmte sich die Zigarette zwischen die Zähne. Knisternd zündete er sie an. Er fühlte sich erschöpft und ausgelaugt. Die letzte Leiche des Horror-Ehepaars Rütte war frühmorgens von einer Joggerin entdeckt worden, als sie an der Erzbunkeranlage im Landschaftspark Nord vorbeilief. Laut Protokoll fiel ihr dabei auf, dass eines der Vorhängeschlösser aufgebrochen am Boden lag. Zunächst dachte sie an gewöhnlichen Vandalismus. Was sie dann entdeckte, versetzte ihr einen Schock. Das Opfer hing kopfüber an den Füßen von der Decke, die Arme auf dem Rücken gefesselt. Der Kopf steckte in einer Gießpfanne, die bis zum Rand mit Wasser gefüllt war. Ein Teilabdruck darauf konnte Gerds Ehemann zugeordnet werden.

Meditativ betrachtete Frank die rote Glut am Ende der Zigarette und ließ die vergangenen Tage Revue passieren. M. war noch am Tatort ihren Verletzungen erlegen. Jens hingegen ging es den Umständen entsprechend gut. Die Ärzte hatten es geschafft, seine Finger wieder anzunähen, doch was die seelischen Verletzungen betraf, würde die Heilung andauern. Aber Frank war zuversichtlich; mit seiner Unterstützung und „fürsorglichen“ Art würde es Jens bald besser gehen. Julias

Versetzungsgesuch hing noch immer in der Luft. Nach dem Tod von M. konnte sich im Innenministerium niemand mehr an eine Absprache erinnern.

„Surprise, surprise", dachte er verächtlich. Sabine versprach Julia, alles in ihrer Macht Stehende zu tun, um sie ins KK11 versetzen zu lassen. Und was Mel und ihn anging, gedanklich senkte er die Stimme, sie brauchten beide Zeit, um sich an die neue Situation zu gewöhnen.

Er nahm einen tiefen Zug und hielt den Atem an. Dann blies er einen aschfahlen Kringel aus Rauch in die Luft. „Leidenschaft ist das Feuer, dass erst dann brennt, wenn du etwas aneinanderreibst." Sagte man doch so.

Plötzlich riss ein Vibrieren ihn aus seinen Gedanken. Blind fingerte er in der Innentasche seiner Jacke. Als er das Smartphone in Händen hielt, blickte er auf ein älteres Modell, das definitiv nicht seins war. Der kleine Briefumschlag auf dem Display verriet ihm, dass eine Nachricht eingegangen war. Fröhlig führte oldschool den Cursor über das kleine Icon und gab den Befehl zum Öffnen.

„À jamais, Odette." Sein Französisch reichte gerade aus, um den Text zu verstehen: „Für immer, Odette."

Mit einem Lächeln à la Gary Cooper ließ er das Handy zurück in seine Jackentasche gleiten.

Sein Bauchgefühl sagte ihm, sie würden sich wiedersehen.